MAI JIA
Das verhängnisvolle Talent
des Herrn Rong

MAI JIA

Das
verhängnisvolle Talent
des Herrn Rong

ROMAN

Aus dem Chinesischen
von Karin Betz

Deutsche Verlags-Anstalt

I
WIE ALLES ANFING

1

Im Jahre 1873 verließ ein junger Mann an Bord einer kleinen Passagierfähre die südchinesische Stadt Tongzhen. Er war der jüngste Spross der alteingesessenen Salzhändlerfamilie Rong, die ihn zum Studium ins Ausland schickte. Als er losfuhr, hieß er noch Rong Zilai, bei seiner Rückkehr nach China nannte er sich John Lilley. Später hieß es, mit ihm sei das feuchte Salzaroma der Kaufmannsfamilie dem trockenen und sterilen Geruch des Akademikers gewichen. Er war der erste Rong, der zu den Begründern einer neuen bürgerlichen Klasse gehören sollte. Die vielen Jahre im Ausland hatten sein Denken verändert und machten ihn zu einem Pionier der Modernisierung Chinas. Seine Familie jedoch hatte gewiss nicht im Sinn gehabt, ihm den Kaufmannsgeruch auszutreiben. Ihr war es einzig darum gegangen, das Leben seiner Großmutter ein wenig zu verlängern.

Großmutter Rong hatte der Familie neun Söhne und sieben Töchter geschenkt, die – keine Selbstverständlichkeit in dieser Zeit – alle überlebten und als Erwachsene erfolgreich den Reichtum der Familie mehrten. Großmutters Position an der Spitze des Klans war daher unantastbar. Dank der Fürsorge ihrer Nachkommen lebte sie ein ungewöhnlich langes Leben, doch es war kein sehr glückliches. Sie litt unter ständigen verstörenden Träumen, aus denen sie nachts schreiend aufschreckte und die sie noch am nächsten Morgen verfolgten. In diesen Albträumen wurden ihr der Reichtum an Kindern und Enkeln und ihr materieller Wohlstand zu einer furchtbaren Last. Die Flammen der Räucherkerzen flackerten und loderten nachts durch ihre schrillen Schreie gefährlich auf. Allmorgendlich bestellte die besorgte Familie eine Reihe von Gelehrten ins Haus, um die Träume der alten Dame zu deuten, doch die meisten erwiesen sich als nutzlose Dilettanten.

Am ehesten beeindruckt zeigte sich die Großmutter noch von den Fähigkeiten eines jungen Mannes, den es von irgendwo im Ausland nach Tongzhen verschlagen hatte. Der Ausländer war nicht nur in der Lage, das Traumgeschehen auf tatsächliche Ereignisse in Großmutter Rongs Leben zurückzuführen, er vermochte manchmal sogar Ereignisse oder Personen darin zu erkennen, die die Zukunft bringen würde. Allein seine Jugend machte sie misstrauisch. »Kein Flaum über der Lippe, keine Hand für's Geschäft«, pflegte Großmutter Rong zu sagen. Doch seine Weissagungen für die Zukunft trafen nie ein. Mit den Träumen in der ersten Nachthälfte kam er zumeist ganz gut zurecht, den komplexeren Träumen in der zweiten Nachthälfte jedoch, in denen sie sogar im Traum träumte zu träumen, stand er ratlos gegenüber. Er selbst gab zu, dass er die Traumdeutungskunst nie studiert hatte. Vielmehr sei er Autodidakt und habe sich die Fertigkeit bei seinem Großvater abgeschaut – er könne also bestenfalls als talentierter Amateur gelten. Großmutter Rong öffnete das in der Wand versteckte Geheimfach, zeigte ihm das Familiensilber, das sie dort hütete, und flehte ihn an, seinen Großvater nach China zu holen. Der junge Mann musste sie enttäuschen. Sein Großvater sei ein sehr wohlhabender Mann, der kein Geld nötig habe, und zudem sei er schon reichlich betagt; die beschwerliche Fahrt über den Ozean könne ihn das Leben kosten. Doch er hatte einen anderen Vorschlag: Warum schicke sie nicht jemanden aus ihrer eigenen Familie zum Studium der Traumdeutungskunst ins Ausland? Wenn der Prophet nicht zum Berg kommt, dann muss der Berg eben zum Propheten kommen.

Nun galt es, unter ihren unzähligen Nachkommen den geeigneten Kandidaten zu finden, einen, der zwei wesentliche Kriterien erfüllte: erstens absolute Loyalität und Opferbereitschaft gegenüber Großmutter Rong und zweitens große Intelligenz und Studierwillen, er sollte schließlich die schwierige Praxis der Traumdeutung in kürzester Zeit zu lernen imstande sein. Nach sorgfältiger Prüfung fiel die Wahl auf ihren zwanzigjährigen Enkelsohn Rong Zilai. Und so brach dieser, mit einem Empfehlungsschreiben des jungen Ausländers in der Tasche und einer großen Verantwortung auf den Schultern, zu seiner weiten Reise auf. Einen Monat später, als der Ozeandampfer unterwegs auf hoher See in einer stürmischen Nacht zu schwanken begann, träumte seine Großmutter im fernen China, das Schiff sei von einem Orkan erfasst worden und gesunken, ihr Enkelsohn nur noch Fischfutter. Dieser Traum nahm sie so sehr mit, dass ihr der Atem stockte und sie auf der Stelle im Schlaf an Herzversagen starb. Als Rong Zilai nach der langen und anstrengenden Reise sein Ziel erreicht hatte und dem zukünftigen Lehrer das Empfehlungsschreiben präsentierte, händigte dieser ihm im Gegenzug einen Brief aus, der vom Tod seiner Großmutter kündete. Nachrichten reisen meist schneller als Menschen.

Der Lehrer musterte den jungen Chinesen mit einem Blick so scharf, dass er damit einen Vogel im Flug hätte abschießen können. Ihm schien die Idee zu gefallen, auf seine alten Tage noch einen Schüler anzunehmen. Rong Zilai freute sich zwar über das Angebot, doch da seine Großmutter nun nicht mehr lebte, gab es auch keinen Grund mehr, das Studium aufzunehmen. Also lehnte er dankend ab und erkundigte sich nach dem nächstmöglichen Termin für die Heimreise. Doch während er auf seine Schiffspassage wartete, lernte er einen anderen chinesischen Studenten kennen. Dieser nahm ihn zu einigen Vorlesungen mit, die den jungen Rong so begeisterten, dass er die

Pläne zur Rückkehr sofort aufgab. Wie er feststellen musste, gab es hier eine Menge für ihn zu lernen. Also blieb er und hielt sich an seinen neuen chinesischen Bekannten. Tagsüber besuchten sie gemeinsam mit Studenten aus Bosnien und der Türkei Kurse in Mathematik und Geometrie, und nachts nahm ihn ein Student aus Prag mit zu Konzerten klassischer Musik. Die Zeit verging wie im Flug. Als er es an der Zeit fand, nach Hause zurückzukehren, waren bereits sieben Jahre vergangen.

Im Frühherbst 1880 bestieg Rong Zilai erneut einen Ozeandampfer, im Gepäck sein neu erworbenes Wissen und mehrere Dutzend Fässer jungen Weins. Als er mitten im Winter zu Hause ankam, war der Wein bereits zu hervorragender Güte gereift.

Glaubte man den Bewohnern von Tongzhen, so hatte sich in diesen sieben Jahren bei den Rongs nichts verändert – sie waren nach wie vor Salzhändler, so zahlreich und so wohlhabend wie eh und je. Den einzigen Unterschied machte der nicht mehr ganz so junge Heimkehrer, der einen ungewöhnlichen Namen angenommen hatte: Lilley nannte er sich jetzt, John Lilley. Außerdem brachte er eine Reihe seltsamer Gewohnheiten mit: Er hatte keinen Zopf mehr, trug eine kurze Jacke statt eines langen Seidenmantels, trank gerne blutroten Wein und mischte Worte in seine Rede, die wie Vogelgezwitscher klangen. Zu allem Überfluss konnte er den Geruch von Salz nicht mehr ertragen – ging er hinunter zum Hafen oder in die Salzläden, reizte ihm das beißende Salzaroma die Schleimhäute so arg, dass er würgen musste. Die ganze Stadt tuschelte über ihn. Nicht zu fassen, dass der Sohn eines Salzhändlers den Geruch von Salz nicht aushielt. Man behandelte ihn, als habe er sich eine unheimliche Krankheit zugezogen. Rong Zilai selbst konnte sehr wohl erklären, wie es dazu gekommen war: Während seiner Schiffspassage über den Ozean war er mehrmals durch den hohen Wellengang in Meerwasser gebadet worden und hatte einmal so viel davon verschluckt, dass er beinahe gestorben wäre. Der Schrecken dieses Erlebnisses saß ihm tief in den Knochen. Um den Rest der Reise zu überstehen, hatte er dazu übergehen müssen, an Deck stets Teeblätter zu kauen. Doch trotz dieser Rechtfertigung wollte niemand sein zweifelhaftes Verhalten akzeptieren. Wie in Gottes Namen sollte jemand mit einer Salzallergie im Familienunternehmen der Rongs arbeiten können? Ein Firmenchef, der ständig Teeblätter kaute? In der Tat kein leicht zu lösendes Problem.

Glücklicherweise hatte ihm Großmutter Rong in ihrem Testament als Belohnung für das aufopfernde Auslandsstudium ihren in der Wand verborgenen Silberschatz vermacht. Er machte sein Erbe zu Geld und investierte es kurzerhand in die Gründung einer repräsentativen Schule in der Provinzhauptstadt C, die er »Lilleys Akademie für Mathematik« taufte. Sie war der Vorläufer der berühmten Universität N.

2

Berühmt war die Schule allerdings schon, als sie noch »Lilleys Akademie für Mathematik« hieß. Und das lag zuallererst an John Lilley selbst, der, den Reaktionen seiner schockierten Umgebung zum Trotz, auch Studentinnen an seiner Akademie akzeptierte. Die Schule wurde so zu einer regelrechten Touristenattraktion; wie bei einer Peepshow spähten die Besucher der Provinzhauptstadt über den Schulzaun und amüsierten oder empörten sich über den Anblick der Studentinnen oder beides zugleich. Erstaunlich war, dass die Akademie nicht unverzüglich von der Provinzverwaltung geschlossen wurde. Es liegt nahe, die Erklärung dafür in der gesellschaftlichen Stellung der Rongs zu suchen. Ein Blick ins Immatrikulationsregister verrät, dass so gut wie alle frühen Studentinnen der Akademie mit Nachnamen Rong hießen. Da die vermeintliche Schande also in der Familie blieb, musste das Außenstehende nicht interessieren. Aus diesem Grund konnte die üble Nachrede dem Fortbestand der Schule nichts anhaben. Im Gegenteil: So wie Kinder unter viel Geschrei groß werden, wurde Lilleys Akademie für Mathematik unter viel Gerede groß und berühmt.

Einen mindestens ebenso hohen Anteil an der zunehmenden Bekanntheit der Akademie wie John Lilley selbst hatte ein weiteres Mitglied der Familie Rong – das Kind, das sein älterer Bruder im fortgeschrittenen Alter mit seiner Konkubine gezeugt hatte. Es war ein Mädchen, das mit einem übergroßen, runden Kopf geboren wurde. Dieser Kopf war alles andere als hohl: Wie sich schon früh herausstellte, war sie außergewöhnlich klug, vor allem hatte sie eine große Begabung für Mathematik. Mit nur elf Jahren trat sie in die Akademie ihres Onkels ein, und mit zwölf nahm sie an einem Wettbewerb im Rechnen mit dem Abakus teil. Ihre Schnelligkeit war unglaublich; so schnell, wie sie zwei vierstellige Zahlen miteinander multiplizierte, konnte man kaum ausspucken. Aufgaben, die anderen Menschen stundenlanges Kopfzerbrechen bereiteten, löste sie in Sekundenschnelle. Anstatt davon beeindruckt zu sein, schien ihr jeweiliges Gegenüber eher enttäuscht, denn man konnte sich diese Geschwindigkeit nur dadurch erklären, dass sie betrog und die Lösungen schon vorab gekannt hatte.

Ein Blinder mit der Gabe, das Schicksal eines Menschen an seiner Kopfform abzulesen, sagte ihr einmal, in ihr stecke ein Genie, wie es nur alle Tausend Jahre ein Mal vorkomme.

Mit 17 reiste sie um den halben Globus, um einen Cousin zu seinem Studium in Cambridge zu begleiten. Als ihr Schiff durch den dichten Nebel in den königlichen Hafen von London einfuhr, fühlte sich ihr Cousin (der gerne Gedichte schrieb) zu ein paar Versen inspiriert:

>Die Macht der Wellen des Ozeans
>Hat mich nach Britannien gebracht
>Großbritannien
>Großbritannien
>Nicht einmal der Nebel verdeckt deine Pracht.

Vom lauten Rezitieren ihres Cousins geweckt, warf das Mädchen einen Blick auf ihre goldene Uhr und unterbrach ihn trocken: »Wir waren 39 Tage und sieben Stunden unterwegs.«

Und schon verfielen die beiden in ihre übliche Frage-Antwort-Routine.

»Neunundreißig Tage und sieben Stunden sind …?«

»Neunhundertdreiundvierzig Stunden.«

»Neunhundertdreiundvierzig Stunden sind?«
»Sechsundfünfzigtausendfünfhundertachtzig Minuten.«
»Sechsundfünfzigtausendfünfhundertachtzig Minuten sind...?«
»Dreimillionendreihundertvierundneunzigtausendachthundert Sekunden.«

Dieses Spiel war ein Teil ihres Lebens geworden – jeder behandelte sie wie einen lebenden Abakus, und so mancher nutzte ihre Begabung für sich aus. Ihr Talent wurde zu ihrem Markenzeichen und generierte irgendwann einen neuen Namen. Bald nannte sie jeder »Abakus«, manchmal auch »Abakuskopf« wegen ihrer auffälligen Kopfform. Selbstredend war sie viel besser als alle ausgebildeten Abakisten. Dieses Mädchen rechnete, als sei das ganze über Jahrhunderte hinweg angehäufte kaufmännische Wissen der Familie Rong in ihr aufgegangen, als habe mit ihr all die quantitative Erfahrung eine qualitative Neuerung hervorgebracht.

Nach ihrer Ankunft in Cambridge entdeckte Abakus noch ein weiteres bis dahin ungekanntes Talent, nämlich das für Fremdsprachen. Wo andere sich zähneknirschend ein neues Wort um das andere abrangen, genügte es ihr, ihren ausländischen Mitbewohnerinnen zu lauschen, und schon nach wenigen Wochen konnte sie sich mit ihnen verständigen. Bewusst suchte sie sich in jedem Semester eine Mitbewohnerin aus einem anderen Land, und am Ende des Semesters wusste sie die neue Sprache erstaunlich flüssig, man musste gestehen: kaum unter dem Niveau eines Muttersprachlers, zu beherrschen. An ihrer Lernmethode war zunächst nichts Ungewöhnliches; es ist sogar sehr üblich, sich Fremdsprachen auf diese Weise anzueignen. Ungewöhnlich war die Schnelligkeit, mit der sie es tat. In nur wenigen Jahren hatten in ihrem Abakuskopf sieben Sprachen Platz gefunden, die sie nicht nur sprechen, sondern auch lesen und schreiben konnte.

Eines Tages lernte sie eine dunkelhaarige junge Frau auf dem Campus kennen, mit der sie in keiner der sieben Sprachen kommunizieren konnte. Die Studentin kam aus Mailand und sprach nur Italienisch. Sofort lud sie sie ein, sich mit ihr ein Zimmer zu teilen. Im selben Semester begann sie an einem Modell für Newtons Mathematiker-Brücke zu arbeiten. Die Brücke gehört zu den bedeutenden Sehenswürdigkeiten auf dem Gelände der Universität Cambridge. Sie besteht aus 7.177 Holzbalken unterschiedlicher Größe. Die Holzbalken setzen sich zu Tangenten zusammen, die Brückenbogen imitieren. Insgesamt gibt es 10.299 sich berührende Flächen. Wollte man sie alle zusammennageln, bräuchte man mindestens 10.299 Nägel. Newton jedoch warf der Legende nach die Nägel in den Cam und konstruierte eine Brücke, die allein durch die Schwerkraft gehalten wird – ein Wunderwerk der Technik. Generationen von Mathematikstudenten in Cambridge versuchten sich erfolglos daran, das Geheimnis der Brücke zu entschlüsseln. Einige fanden einen Weg, die Brücke unter Verwendung von 1.000 Nägeln nachzubauen, doch nur sehr wenige boten Lösungen, die mit weniger Nägeln auskamen. Einem Isländer gelang ein Entwurf mit nur 561 Nägeln. Sir Joseph Larmor, zu Abakus' Studienzeit Präsident der Newtonian Mathematical Society, versprach dem Studenten, der eine Rekonstruktion entwerfe, die mit noch weniger Nägeln auskomme, den Doktortitel der Mathematik. Und so sicherte sich Abakuskopf die Promotion im Fach Mathematik an der Universität Cambridge. Ihr gelang ein Modell der Brücke, für das man nur 388 Nägel brauchte. Während der Promotionsfeier unterhielt sie sich angeregt mit einem der Dons – in perfektem Italienisch.

Damals war sie gerade erst 22 und hatte fünf Jahre in Cambridge verbracht.

Im darauffolgenden Jahr erhielt sie dort Besuch von einem Bruderpaar, das die Menschheit in die Lüfte zu tragen hoffte.

Die Vision der Brüder beeindruckte Abakus so sehr, dass sie ihnen nach Amerika folgte. Und nur zwei Jahre später startete das erste Flugzeug der Geschichte über den Sanddünen von North Carolina und erhob sich gen Himmel. Am Bauch der Maschine war ein Banner befestigt, auf dem in silbernen Buchstaben die Namen derjenigen standen, die für den Entwurf und die Konstruktion der Maschine verantwortlich waren. Die vierte Zeile lautete: *Tragflügeldesign: Rong »Abakus« Lilley, aus C in China.*

Rong »Abakus« Lilley, so nannte sie sich im Ausland – zu Hause, in der Genealogie ihrer Familie, hieß sie immer noch Rong Youying, ein Spross der achten Generation der Familie Rong. Und bei dem Brüderpaar, das sie aus Cambridge mitgenommen hatte, handelte es sich natürlich um niemand anderen als die Pioniere der Luftfahrt: die Gebrüder Wright.

Der Flugapparat hatte ihren Namen in den Himmel getragen, und damit auch dem guten Ruf ihrer Alma Mater Flügel verliehen. Mit der Xinhai-Revolution wurde China zur Republik, und die junge Frau erkannte, dass ihr Vaterland bald auf der Höhe der Zeit ankommen sollte. Sie entschied sich, ihrem langjährigen Verlobten Lebewohl zu sagen und kehrte trotz seiner Klagen an ihre Heimatuniversität zurück, um dort Dekanin der Fakultät für Mathematik zu werden. Die Akademie war zu diesem Zeitpunkt bereits in Universität N umbenannt worden. Im September 1913 besuchte der Präsident der Newtonian Mathematical Society, Sir Joseph Larmor, China, und überreichte ihr ein Modell ihres Entwurfs der newtonschen Mathematiker-Brücke unter Verwendung von nur 388 Nägeln, die daraufhin nach dem Modell auf dem Campus der Universität errichtet wurde. Das trug natürlich erheblich zum Ansehen der Universität N bei. Professor Larmor war der dritte Name, mit dem die Universität N Geschichte schrieb.

Im Oktober 1943 wurde die Universität durch einen japanischen Bombenangriff zerstört. Sir Joseph Larmors außergewöhnliches Geschenk fiel den Flammen zum Opfer. Die Frau, nach deren Entwurf dieses Modell gebaut worden war, war zu diesem Zeitpunkt bereits seit 29 Jahren tot. Sie starb im Jahr nach Larmors Besuch in China, noch keine 40 Jahre alt.

3

Rong Youying, genannt »Abakus« Lilley oder »Abakuskopf«, starb im Kindbett. Das ist schon so lange her, dass alle, die sie mit eigenen Augen leiden und sterben sahen, selbst längst verstorben sind, doch die Geschichte ihres qualvollen Todeskampfs wurde von Generation zu Generation weitererzählt, als handele es sich um die Entscheidungsschlacht eines furchtbaren Kriegs. Durch die mündliche Überlieferung wurde die Geschichte immer weiter ausgeschmückt und damit so exemplarisch wie eine alte Sage. Ihre Qualen müssen in der Tat entsetzlich gewesen sein – es heißt, dass ihre Schreie zwei Tage und Nächte lang von den Wänden des Krankenhauses widerhallten, und ihr Echo durch die Gänge bis auf die Straße hinausdrang. Der Arzt versuchte sich sowohl in den neuesten wie in den althergebrachten Methoden der Geburtshilfe, aber das Kind wollte einfach nicht aus dem Mutterleib herauskommen. Anfangs waren die Flure der Krankenstation noch voll von Mitgliedern der Familie Rong und der Familie des Vaters, aber mit der Zeit löste sich die Gruppe auf und es blieben nur ein paar weibliche Bedienstete zurück. Diese komplizierten Wehen waren selbst für die standhaftesten Gemüter zu viel. Man ahnte, dass die Freude über die Geburt des Nachwuchses vom Entsetzen über den qualvollen Tod der Mutter überschattet werden würde. Jeder hoffte auf ein Wunder, doch die Geschichte steuerte unerbittlich auf eine gnadenlose Entscheidung zu.

Der alte Lilley war der Letzte, der im Krankenhaus auftauchte, und er sollte der Letzte sein, der es verließ. Bevor er ging, sagte er: »Dieses Kind wird entweder ein Kaiser oder ein Dämon.«
»Wahrscheinlich wird es gar nicht geboren werden«, antwortete der Arzt.
»Oh doch, das wird es.«
»Das glaube ich nicht.«
»Sie unterschätzen sie. Das ist keine gewöhnliche Frau.«
»Mag sein, doch ich verstehe etwas von Frauen, und wenn dieses Kind geboren wird, ist es ein Wunder.«
»Wenn eine Frau Wunder vollbringt, dann sie.«
Mit diesen Worten wandte sich Lilley zur Tür.
Der Arzt hielt ihn zurück. »Bitte hören Sie mich an. Was soll ich tun, wenn sie das Kind nicht zur Welt bringen kann?«
Der alte Lilley schwieg.
»Wen soll ich retten: die Mutter oder das Kind?«
Ohne zu zögern antwortete Lilley: »Die Mutter natürlich.«
Doch was waren schon die Worte eines alten Mannes gegen die Macht des Schicksals. Bei Tagesanbruch, nach einer weiteren Nacht in Wehen, war die Kraft der Mutter erschöpft, und sie wurde bewusstlos. Der Arzt brachte sie mit eiskaltem Wasser und einer zweifachen Dosis Aufputschmittel wieder zu Bewusstsein, es war der allerletzte Versuch. Sollte ihre letzte Anstrengung nicht ausreichen, war für den Arzt klar, dass sie das Kind zugunsten des Überlebens der Mutter aufgeben würden. Doch es kam anders. Rong Youyings Organe versagten, aber das Kind wurde durch einen eilends vorgenommenen Kaiserschnitt lebend zur Welt gebracht.

Dieses Kind hatte sich sein Lebensrecht teuer erstritten, und schnell sprach sich herum, warum die Geburt so schwierig gewesen war. Jeder, der das Neugeborene sah, war verblüfft über seinen ungeheuer großen Kopf. Der Kopf seiner Mutter schien dagegen winzig. Ein Kind mit einem solchen Kopf zu gebären, noch dazu das erste und mit fast 40, musste zwangsläufig das Todesurteil für die Mutter bedeuten. Es war eine Ironie des Schicksals, dass eine Frau, die in der Lage war, ein tonnenschweres Dingsda in die Luft zu befördern, sich ihrem eigenen Fleisch und Blut geschlagen geben musste.

Nach seiner Geburt gab die Familie des Vaters dem Kind zwar die üblichen Namen – Geburtsname, Beiname, Kosename, Ehrenname, die ganze Palette –, aber schnell war klar, dass sie sich die Mühe hätten sparen können. Sein riesiger Kopf und die verhängnisvolle Geburt verschafften ihm einen sprechenden Spitznamen: Teufelsschädel.

Teufelsschädel!
Teufelsschädel!
Man wurde nicht müde, ihn so zu nennen.
Teufelsschädel!
Teufelsschädel!
Verwandte und Freunde nannten ihn so.
Gott und die Welt nannte ihn so.

Bedauerlicherweise machte das Kind seinem Namen alle Ehre und benahm sich auch wie ein rechter Teufel. Keine Familie in der Provinzhauptstadt war so wohlhabend wie Familie Lin, ihre Ladenzeilen machten gut und gerne zwei Kilometer der Hauptstraße aus. Doch je älter der kleine Teufel wurde, umso mehr schrumpfte das Familienvermögen, immer wieder musste die Familie herhalten, um seine Spielschulden und allerhand andere Vergehen zu begleichen. Hätte ihn nicht eines Tages eine Hure mit dem Messer erstochen, wäre Familie Lin wohl nicht einmal das Dach über dem Kopf geblieben. Man erzählte sich, dass der Teufel schon mit zwölf Jahren zum ersten Mal in kriminelle Machenschaften verwickelt gewesen sei. Als er starb, war er gerade einmal 22, hatte ein Dutzend Morde auf den Gewissen und unzählige Frauen verführt und sitzen gelassen. Daneben hatte er einen Haufen Geld und eine ganze Ladenzeile verspielt. Man konnte nicht fassen, wie eine so bemerkenswerte Frau, ein Genie, einen so bösartigen Sohn hatte bekommen können.

Doch kaum sah sich Familie Lin endlich von den Machenschaften des Teufels erlöst, tauchte eine mysteriöse Frau auf, die erneut Unruhe stiftete. Niemand hatte sie je zuvor gesehen. Sie kam von außerhalb der Provinz und verlangte, das Familienoberhaupt zu sprechen. Ohne Umschweife kniete sie vor ihm nieder, hielt sich den vorstehenden Bauch und klagte: »Ich trage einen Lin in mir!« Den Lins war klar, dass es vieler Boote bedurfte, um sämtliche Frauen, die der Teufelsschädel verführt hatte, aufs Meer hinauszuschicken. Trotzdem war bislang noch keine vor ihrer Tür aufgetaucht und hatte behauptet, schwanger zu sein. Da die Dame zudem aus einer anderen Provinz stammte, erschien sie ihnen besonders fragwürdig. Sie ließen sie kurzerhand hinauswerfen. Die Schwangerschaft überstand diese grobe Behandlung, sehr zum Missfallen der fremden Frau. Sie schlug sich mit der Faust auf den Bauch, um nachzuhelfen, jedoch ohne Erfolg. Sie war so außer sich, dass sie schreiend auf der Straße sitzen blieb. Schnell war sie von neugierigen Passanten umringt. Mitleidig empfahl ihr ein Herr, es doch an der Universität N zu versuchen, wo sich Mitglieder der Familie mütterlicherseits fänden. Also humpelte sie bis zur Universität, wo der alte Professor Lilley sie empfing. Der alte Lilley war ein Mann von Prinzipien, und Gerechtigkeit ging ihm über alles. Der Gedanke, dass dieser Frau Unrecht geschehen war, war ihm unerträglich, und er ließ sie bleiben. Am nächsten Tag rief er seinen Sohn Rong Xiaolai, auch Lilley Junior genannt, zu sich und befahl ihm, die Frau in seinen alten Heimatort Tongzhen zu bringen, der zur Hälfte aus dem riesigen Anwesen der Rongs bestand. Dicht wie Fischschuppen reihten sich die Dächer der vielen dazugehörigen Gebäude aneinander, doch es hatte bereits ein schleichender Verfall eingesetzt. An den kahlen Stellen der Stützpfeiler und Dachtraufen konnte man ablesen, wie die Zeiten sich änderten: Nachdem der alte Lilley in der Provinzhauptstadt die Akademie gegründet hatte, waren ihm viele Familienmitglieder dorthin gefolgt, und damit waren die besten Tage des alten Familienanwesens vorüber. Kaum einer der jüngeren Familienmitglieder, die zum Studium in die Stadt gezogen waren, zeigte Interesse an einer Rückkehr in die Provinz, um sich dort um das Familiengeschäft zu kümmern. Die Aussichten standen ohnehin nicht besonders gut. Seitdem der Staat das Salzmonopol für sich beanspruchte, waren die Rongs um ihre wichtigste Einnahmequelle gebracht worden. Und diese Entwicklung beeinflusste selbstverständlich die Interessen der an der Akademie eingeschriebenen Rongs: Sie studierten lieber Naturwissenschaften und Philosophie, als sich für das Geschäft und ein Leben als Kaufleute zu begeistern. In ihrem Elfenbeinturm scherte sie der Zusammenbruch des Familienunternehmens und ihre trüben Zukunftsaussichten wenig, sie ließen es zu, dass innerhalb eines Jahrzehnts der einstige Reichtum der Familie praktisch zu einem Nichts geschmolzen war.

Über die Ursachen dieses Niedergangs schwieg man sich diskret aus. Wer es wissen wollte, der musste nur das Schild lesen, das über dem Eingang des alten Anwesens prangte. In fünf goldenen Schriftzeichen stand da: *Den großzügigen Unterstützern der Nordexpedition.* Der Hintergrund war folgender: Offensichtlich war Lilley Senior so beeindruckt von den Spendenaktionen der Studenten zur Unterstützung der Nationalen Revolutionsarmee beim Einzug in C gewesen, dass er nach Tongzhen gegangen war, um dort die Hafenlager und die Hälfte der Geschäfte, die der Rong-Klan über viele Generationen hinweg aufgebaut hatte, zu verkaufen. Von dem Erlös erwarb er eine Bootsladung voller Munition für die Nordexpedition und wurde dafür mit dieser Gedenktafel belohnt. Die Rongs galten dank dieser Aktion fortan als große Patrioten. Leider wurde der berühmte General, von dem die Inschrift stammte, nur wenig später zum gesuchten Verbrecher und musste vor der Kuomintang-Regierung flüchten, womit die Gedenktafel ihren Glanz einbüßte. Die Regierung bot den Rongs an, die Tafel durch eine mit derselben Inschrift und derselben Größe, aber der politisch korrekten Kalligrafie eines anderen, zu ersetzen, was der alte Lilley rundweg ablehnte. Damit war ein endloser Zwist zwischen den Rongs und der Regierung vorprogrammiert, es war unmöglich, geschäftlich wieder auf die Beine zu kommen. Lilley Senior waren die Geschäfte egal, er wollte seine Gedenktafel behalten. »Nur über meine Leiche!«, war seine Antwort auf jeden Versuch, sie zu entfernen.

Und die Rongs wurden immer ärmer.

Ihr altes Anwesen, einst erfüllt von der lebendigen Geschäftigkeit seiner Bewohner, lag nun desolat und still da. Die wenigen Personen, die man dort noch ein- und ausgehen sah, waren zumeist älteren Semesters, auffallend mehr Frauen als Männer und mehr Diener als Herren. Der Verfall war nicht aufzuhalten. Je weniger Menschen dort lebten, insbesondere jüngere, desto größer und stiller wirkte das Anwesen. Immer mehr Vögel nisteten in den Bäumen, Spinnen webten Netze vor den Türen, die sich im Dunkeln verlierenden Wege waren von Unkraut überwuchert, die Ziervögel flogen davon, der künstlich angelegte Hügel wuchs zu einem echten an, der Blumengarten verwilderte und die Hinterhöfe wurden zur Rumpelkammer. Hatte man das Anwesen der Rongs früher als ein elegantes und farbenfrohes Gemälde bezeichnen können, so glich es jetzt, auch wenn noch etwas von den Farbpigmenten erhalten war, immer mehr einer groben Skizze, die unter dem vollendeten Werk hervortrat. Es gab kaum einen besseren Ort, um eine mysteriöse, anonyme Frau von dubioser Herkunft zu verstecken.

Lilley Junior zerbrach sich den Kopf darüber, wie er Herr und Frau Rong dazu bringen könnte, die Frau bei sich aufzunehmen. Sämtliche Vertreter der siebten Generation von Rongs waren tot, mit Ausnahme von Lilley Senior, der fern in der Provinzhauptstadt lebte. Damit waren Herr und Frau Rong die unanfechtbaren Oberhäupter des Rong-Klans in Tongzhen. Herr Rong war mittlerweile schon fortgeschrittenen Alters und hatte einen Herzinfarkt hinter sich, der ihn zermürbt und bettlägerig gemacht hatte. Er war nur noch ein Schatten seiner selbst, die Macht lag schon seit geraumer Zeit ganz in den Händen seiner Frau. Sollte das Baby im Bauch dieser Frau tatsächlich das des Teufelsschädels sein, dann waren Herr und Frau Rong sein Onkel und seine Tante. Weshalb sie ihn nicht unbedingt lieben mussten. Wohl wissend, dass Frau Rong eine überzeugte Buddhistin war, keimte in Lilley Junior eine Idee. Er brachte die Fremde in Frau Rongs Gebetszimmer, um dort, umgeben vom Duft der Räucherstäbchen und dem Klang ihres rhythmischen Klopfens auf einen hölzernen Fisch, ein Gespräch mit ihr anzufangen. Frau Rong fragte: »Wer ist sie?«

»Eine Frau.«

»Wenn du mir etwas zu sagen hast, dann heraus mit der Sprache. Ich möchte in Ruhe meine Sutren rezitieren.«

»Sie ist schwanger.«

»Ich bin kein Arzt. Was habe ich damit zu tun?«

»Sie ist eine überzeugte Buddhistin und nicht verheiratet; sie ist im Nonnenkloster aufgewachsen. Im vergangenen Jahr ist sie ins Putuo-Gebirge gepilgert, um dort zu der Buddhastatue zu beten. Als sie zurückkam, hat sie entdeckt, dass sie schwanger ist. Glaubst du ihr?«

»Was ändert das, ob ich ihr glaube oder nicht?«

»Nun, wenn du ihr Glauben schenken könntest, wärst du vielleicht bereit, sie bei euch aufzunehmen.«

»Und wenn ich ihr nicht glaube?«

»Wenn du ihr nicht glaubst, setze ich sie vor die Tür.«
Frau Rong verbrachte eine schlaflose Nacht. Buddha schien ihr bei ihrer Entscheidung nicht helfen zu können. Um die Mittagszeit tat Lilley Junior so, als wolle er die Frau nun endgültig aus dem Haus werfen. Frau Rong traf ihre Entscheidung. »Sie bleibt. Gesegnet sei der Name des höchsten Buddha.«

II
DIE BÜRDE

1

Zwei Jahre lang habe ich meine Ferien damit verbracht, per Bahn durch den Süden Chinas zu reisen, um mit den 51 noch lebenden Zeugen dieser Ereignisse zu sprechen. Erst, nachdem ich Tausende Seiten von Notizen zusammenhatte, fühlte ich mich bereit, mit diesem Buch zu beginnen.

Der Süden ist anders. Das wurde mir erst nach meinen ausgiebigen Reisen in dieser Gegend klar. Wie nach meiner Ankunft im Süden jede meiner Poren zum Leben erwachte, war eine tiefgreifende Erfahrung – ich atmete tief durch, genoss jede Minute, spürte, wie sich meine Haut glättete, mein Haar schwärzer und glänzender wurde. Es sollte unschwer zu verstehen sein, warum ich mich entschieden habe, mein Buch im Süden zu schreiben – weniger leicht verständlich ist, warum sich mit meinem Umzug auch mein Schreibstil verändert hat. Ich spürte deutlich, wie die sanfte Brise des Südens mir den Mut und die Geduld zum Schreiben verlieh, die mir zuvor oft gefehlt hatten. Gleichzeitig nahm meine Geschichte neue Wendungen, sie wuchs jetzt wild und üppig wie die Bäume des Südens. Noch ist der Protagonist nicht in Erscheinung getreten, aber keine Sorge, es wird nicht mehr lange dauern. In gewisser Weise ist er auch längst da, Sie haben ihn bloß noch nicht bemerkt. Wie ein junger Schößling in einem Reisfeld, den man unter der gut bewässerten Erde noch nicht sehen kann.

Mehr als 20 Jahre waren vergangen, seit die außergewöhnliche Rong Youying unter unvorstellbaren Qualen ihren teuflischen Sohn mit dem großen Kopf geboren hatte. Jedermann hatte gehofft, dass so etwas nie wieder vorkommen werde. Einige Monate nach dem Einzug der mysteriösen Frau bei den Rongs jedoch wiederholte sich die Geschichte. Da sie um einiges jünger war, hatten ihre Schreie doppelt so viel Verve, sie klangen wie das grelle Geräusch eines Messers am Schleifstein. Sie gellten durch das verdunkelte Haus, ließen die Flammen der Öllampen tanzen, bis es selbst dem schwerhörigen Herrn Rong die Eingeweide zusammenzog. Eine Hebamme nach der anderen mühte sich, manchmal gingen sie nur kurz in das Zimmer, um die Laken zu wechseln, waren aber jedes Mal, wenn sie herauskamen, mit dem Geruch von Blut behaftet und mit roten Spritzern übersät wie ein Metzger. Das Blut tropfte vom Bett auf den Boden und lief weiter, bis unter die Türschwelle hindurch. Draußen drang es in die Ritzen zwischen den dunklen Steinen auf den Pfaden, sickerte hinab zu den Wurzeln der alten Pflaumenbäume, die zwischen dem Unkraut und den Weiden wuchsen. Diese Pflaumenbäume galten längst als abgestorben, doch in jenem Winter schlugen sie unerwartet wieder aus – sie hatten sich am Blut genährt, hieß es. Als die Bäume im Januar zu blühen begannen, war die mysteriöse Frau längst tot und ihre Seele davongeflogen, um als hungriger Geist kahle Gebirgslandschaften heimzusuchen.

Alle, die dabei gewesen waren, hielten es beinahe für ein Wunder, dass die Fremde das Kind überhaupt hatte zur Welt bringen können. Und wenn auch die Mutter diese Geburt überlebt hätte, wäre das noch erstaunlicher gewesen. Doch so kam es nicht – das Kind wurde geboren, die Mutter starb an einem Blutsturz. So viele Wunder auf einmal gibt es nicht. Darüber machte man sich auch weniger Sorgen. Gravierender war die schreckliche Entdeckung, dass das Neugeborene, von Blut und Plazenta gereinigt, dem Teufelsschädel glich wie ein Ei dem anderen: Das dichte Haar, der riesige Kopf – bis hinunter zum Mongolenfleck über den Pobacken war die Ähnlichkeit verblüffend. Lilley Junior stand da wie ein Betrüger. Es war nun offensichtlich, dass das mysteriöse Baby, das seine Mutter angeblich während einer Pilgerfahrt empfangen hatte, die illegitime Brut eines Mörders war, die Frucht seiner vielen Beziehungen. Hätte Frau Rong nicht eine gewisse Ähnlichkeit mit seiner Großmutter entdeckt, dem geheiligten Fräulein Abakus Lilley, hätte sie das Kind am liebsten irgendwo in der Wildnis ausgesetzt. So aber wurde der Junge auf dem Anwesen der Familie großgezogen. Wirklich glücklich war keiner von ihnen mit dem Kind, sie betrachteten es nicht einmal als echtes Familienmitglied.

Lange nannte den Knaben niemand anders als »Todesdämon«. Die beiden Diener, in deren Obhut die Rongs das Kind gegeben hatten, waren schon ziemlich betagt und nannten das Kind nur ungern bei diesem Namen, der klang, als sei es gekommen, um sie zu holen. Seit Langem schon wollten sie das Kind anders nennen. Zuerst hatten sie sich selbst einen Namen überlegt – einen Kindernamen, wie er eben im Dorf üblich war –, aber keiner wollte so recht funktionieren. Die Leute akzeptierten den Namen einfach nicht. Es graute die beiden Alten, wenn die Nachbarn den Kleinen ständig »Todesdämon« riefen, es verursachte ihnen Albträume. Eines Tages, als Mr Stranger zufällig vor ihrer Tür vorbeikam, baten sie ihn höflich herein, in der Hoffnung, dass er dem Kind einen besseren Namen geben könne, einen, mit dem jeder leben konnte. Mr Stranger war der Fremde, den man viele Jahre zuvor ins Haus geholt hatte, um Großmutter Rongs Träume zu deuten. Die alte Dame hatte ihn sehr bewundert, viele der wohlhabenden Männer im Ort jedoch waren ihm nicht wohlgesonnen. Einmal hatte er, unten bei den Docks, den Traum eines reichen Teehändlers aus einer Nachbarprovinz in unvorteilhafter Weise gedeutet und war dafür mit einer Tracht Prügel belohnt worden. Sie brachen ihm beide Arme und Beine, aber das war noch nicht alles: Er büßte eines seiner leuchtend blauen Augen ein. Mit letzter Kraft schleppte er sich bis zu den Rongs, die ihn bei sich aufnahmen, als gute Tat, um des Seelenfriedens der verstorbenen Großmutter willen. Er blieb für immer. Nach einer Weile betrauten sie ihn mit einer Arbeit, die perfekt zu ihm passte: Die Rongs beschlossen, dass es einer reichen und prominenten Familie wie der ihren angemessen war, eine Genealogie erstellen zu lassen. Im Laufe der Jahre wusste Mr Stranger besser über ihren Familienstammbaum Bescheid als jeder andere. Er kannte ihre Geschichte, die Frauen und Männer des Klans, die Hauptlinien des Stammbaums und die illegitimen Nebenlinien, die erfolgreichen und die missglückten Lebensläufe, wusste, wer wann wohin gegangen war, um was zu tun: Er hielt es fest. Mochten andere, was das Kind anging, immer noch im Dunkeln tappen, Mr Stranger wusste genau, woher es stammte, und auch von den skandalösen Umständen seiner Zeugung und Geburt. Das Wissen darum machte es allerdings besonders knifflig für ihn, den passenden Namen zu wählen.

Er dachte eine Weile darüber nach und kam zu dem Entschluss, dass man dem Kind zuerst einen Nachnamen geben sollte, bevor man sich um den Vornamen kümmerte. Formell hätte es ein Lin sein müssen, aber das barg zu viele unheilvolle Bezüge. Rong wiederum, der Mädchenname der Großmutter, schien allzu unpassend. Am ehesten wäre der Nachname seiner Mutter infrage gekommen – doch selbst, wenn man diesen gekannt hätte, hätte man ihn wohl kaum benutzt. Man musste ja nicht unbedingt auf die Leichen im Familienkeller hinweisen. Da sich die Suche nach dem Nachnamen so kompliziert gestaltete, konzentrierte sich Mr Stranger doch lieber zunächst auf den Rufnamen. Er dachte an die seltsame Kopfform des Kleinen und an seine Zukunft als Außenseiter, ohne den Rückhalt der Familie. Endlich hatte er eine Idee. Er entschied sich für »Kobold«.

Als man Frau Rong in ihrem Gebetsraum von diesem Namen berichtete, sog sie beim Sprechen meditativ den Duft der Räucherstäbchen ein: »Seinem Vater hat man ja allerhand furchtbare Namen gegeben, doch dieser Teufel war immerhin für den Tod seiner Mutter verantwortlich, einer wunderbaren Frau, dem Stolz der Familie! In einem Monat voller Feiertage hätte man keinen besseren Namen für ihn finden können. Dieses Kind aber ist lediglich für den Tod einer schamlosen Hure verantwortlich. Seine Mutter hat den Namen Buddhas geschmäht. Sie zu töten, war kein Verbrechen, sondern ein Verdienst. Das arme Kind ›Todesdämon‹ zu nennen ist nicht gerecht. Nennen wir ihn also von nun an Kobold, obwohl er sich wohl kaum jemals in einen schönen Geist verwandeln wird.«
Kobold!
Kobold!
Niemand interessierte sich dafür, wo er herkam und wer seine Eltern waren.
Kobold!
Kobold!
Niemanden scherte es, ob er lebte oder starb.
Der Einzige in dem ganzen großen Familienanwesen, der Kobold wie ein menschliches Wesen behandelte – wie ein ganz normales Kind – war Mr Stranger, ein Fremder, der zufällig hier gestrandet war. Täglich nach getaner Arbeit und einer nachmittäglichen Siesta kam er den dunklen, von Blumenstauden gesäumten Kiesweg herunter zur Wohnung des alten Dienerpaars. Er setzte sich dann an Kobolds hölzerne Wiege, rauchte eine Zigarette und erzählte ihm in seiner Heimatsprache, was er letzte Nacht geträumt hatte. Er sprach mehr mit sich selbst als mit Kobold, denn das Kind hätte ihn ohnehin nicht verstanden. Hin und wieder brachte er dem Kleinen eine Rassel oder ein kleines Tonspielzeug mit, und bald hing der Junge immer mehr an ihm. Kaum, dass er krabbeln konnte,

machte er sich auf den Weg zu Mr Strangers Arbeitszimmer im Birnengarten.

Der Birnengarten hatte seinen Namen selbstredend von seinen Birnbäumen, 200 Jahre alten Birnbäumen. In der Mitte des Gartens stand ein kleines Holzhaus, auf dessen Dachboden die Rongs früher ihr Opium und chinesische Kräutermedizin gelagert hatten. Eines Tages verschwand eine der Hausangestellten unter ungeklärten Umständen. Zunächst hatten sie angenommen, sie sei mit einem Kerl durchgebrannt. Doch dann fand man ihre bereits verwesende Leiche in dem Holzhäuschen. Es war unmöglich, ihren Tod zu verheimlichen. Schon bald wussten es sämtliche Rongs und auch die Dienerschaft. Immer mehr Schauergeschichten rankten sich bald um den Birnengarten, und niemand wollte ihn mehr betreten. Allein die Erwähnung des Namens ließ die Leute erbleichen, und ungezogenen Kindern drohte man: Wenn du nicht brav bist, schicken wir dich in den Birnengarten! Mr Stranger machte sich nichts aus den Schauergeschichten und war froh, dass er dort ungestört leben und arbeiten konnte. Jedes Jahr, wenn er im Frühling die aufkeimenden Blüten betrachtete und ihren süßen Duft einsog, freute er sich darüber, genau den Ort gefunden zu haben, nach dem er sein Leben lang gesucht hatte. Wenn sie abfielen, kehrte er die Blüten zusammen und trug sie ins Haus, wo sie ihm das ganze Jahr über ihren Duft schenken sollten – wie ein immerwährender Frühling. Fühlte er sich krank, bereitete er sich aus ihnen einen Tee. Der Birnenblütentee war eine Wohltat für seinen Magen.

Kobold besuchte ihn bald täglich. Stumm stand er unter den Birnbäumen und beobachtete Mr Stranger, schüchtern, wie ein ängstliches kleines Rehkitz. Er hatte sich schon früh an seiner hölzernen Krippe hochgezogen und dadurch schneller laufen gelernt als andere Kinder. Dafür brauchte er umso länger, bis er zu sprechen anfing. Mit über zwei Jahren, wenn andere Kinder

bereits ihre ersten Wörter zu Sätzen formten, brachte er nur einen einzigen Laut zustande: Da … da. Die Leute fragten sich schon, ob er vielleicht stumm war. Doch eines Nachmittags, als Mr Stranger gerade auf einer Rattanliege seine übliche Siesta hielt, hörte er überraschend eine verzweifelte Stimme rufen:
»Pa-pa!«
»Pa-pa!«
»Pa-pa!«
Jemand versuchte, ihn »Papa« zu rufen. Als er die Augen öffnete, stand Kobold neben ihm, und zog ihn mit Tränen in den Augen am Ärmel. Das war das erste Mal, dass Kobold etwas zu jemandem gesagt hatte. Offenbar betrachtete er Mr Stranger als seinen Vater. Er hatte angefangenen zu weinen, weil sein vermeintlicher Vater wie tot dalag. Noch am selben Tag nahm Mr Stranger das Kind bei sich im Birnengarten auf. Wenige Tage später kletterte der achtzigjährige Herr auf einen der Birnbäume, um dort eine Schaukel zu befestigen, sein Geschenk zum dritten Geburtstag des Jungen.

Kobold wuchs inmitten von Birnenblüten auf.

So vergingen acht Jahre. Eines Tages, als die Birnenblüten ihren alljährlichen Frühjahrstanz in den Zweigen aufführten, blickte Mr Stranger zum Himmel auf und besah sich nachdenklich die weiße herumwirbelnde Pracht. Während er langsam durch den Garten humpelte, sagte er sich leise Wort für Wort die Zeilen vor, die er noch am selben Abend niederschrieb. Sein Brief an den in der Provinzhauptstadt lebenden Lilley Junior, den Sohn des alten Herrn Lilley, war nach wenigen Tagen fertig. Das Schreiben lag jedoch noch ein gutes Jahr in der Schublade, bis es der alte Mann, als er wusste, dass seine Tage gezählt waren, hervorholte und Kobold bat, es zur Post zu bringen. Wegen des Krieges hatte Lilley Junior keine feste Adresse und war ständig unterwegs, sodass ihn der Brief erst Monate später erreichte.

Darin stand:

An den Vizekanzler der Universität

*Sehr geehrter Herr,
ich weiß nicht, ob dieser Brief der letzte Fehler meines Lebens sein wird. Ich werde ihn nicht sofort abschicken, da ich gerne noch etwas mehr Zeit mit Kobold verbringen möchte. Wenn Sie das lesen, werde ich vermutlich nicht mehr unter den Lebenden weilen, und ich kann mir das Privileg der Sterbenden zunutze machen, sich nicht mehr um die Bürden, die einem diese Welt auferlegt, kümmern zu müssen. Von diesen Bürden hatte ich nicht wenige zu tragen, und leicht waren sie auch nicht. Dabei will ich mir die weisen Augen des Sterbenden zunutze machen und hoffen, dass Sie die Dinge, von denen ich schreibe, ernst nehmen und in meinem Sinne handeln werden. In vieler Hinsicht könnte dieses Schreiben als mein letzter Wille gelten. Ich habe lange Zeit, beinahe ein ganzes Jahrhundert, auf diesem schwierigen und gefährlichen Planeten verbracht. Ich weiß, wie gut man in diesem Land die Toten behandelt – ich schweige lieber davon, wie schlecht man dagegen mit den Lebenden umgeht. So lobenswert das Erstere, so schlimm ist das Letztere. Aus eben diesem Grund gehe ich davon aus, dass Sie mir meinen letzten Willen nicht abschlagen werden.
   Meine ganze Sorge gilt diesem Jungen, Kobold. Viele Jahre bin ich sein Vormund gewesen in Ermangelung eines Besseren. Doch nun hat meine Stunde geschlagen und es bleiben mir nur noch wenige Tage. Es ist an der Zeit, ihn jemand anderem anzuvertrauen. Ich möchte Sie bitten, diese Rolle zu übernehmen. Es gibt drei Gründe dafür, dass Sie die perfekte Wahl sind:*

1. *Es ist allein Ihrem und Ihres Vaters Mut und Großmut zu verdanken, dass er überhaupt geboren wurde.*
2. *Ob Sie es wollen oder nicht, er ist und bleibt ein Rong, und seine Großmutter war der Mensch, den Ihr Vater wie niemanden sonst auf dieser Welt geliebt hat.*

3. *Dieses Kind ist außerordentlich klug. In den vergangenen Jahren war es für mich ein Quell der Entdeckungen. Immer wieder bin ich über seine erstaunliche Intelligenz gestolpert. Lassen Sie sich nicht von seinem menschenscheuen und scheinbar kalten Charakter täuschen. Ich bin mir sicher, dass es über dieselbe Intelligenz wie seine Großmutter verfügt, abgesehen davon, dass die beiden einander ähneln wie ein Ei dem anderen. Sie war eine ungewöhnlich kluge Frau, außerordentlich kreativ, und verfügte über eine bemerkenswert starke Persönlichkeit. Wie sagte Archimedes:»Gebt mir einen Punkt, wo ich hintreten kann, und ich hebe die Welt aus den Angeln.« Für mich hat es das Zeug dazu. Jetzt aber braucht es Ihre Fürsorge, denn es ist gerade erst zwölf Jahre alt.*

Glauben Sie mir und nehmen Sie sich des Kindes an. Es braucht Sie, Ihre Liebe und eine gute Erziehung. Mehr als alles andere vielleicht braucht es Sie, um ihm einen Namen zu geben.
Ich bitte Sie.
Ich flehe Sie an.
Das ist das erste und das letzte Mal, dass ich je jemanden um etwas gebeten habe.

Ihr sterbender R. J.
Tongzhen, 8. Juni 1944

2

1944 war das furchtbarste Jahr, das die Provinzhauptstadt C – und mit ihr die Universität N – je erlebt hatte. Zuerst stand sie in der Frontlinie des Krieges unter Beschuss, dann wurde die Bevölkerung von der Nankinger Marionettenregierung so sehr schikaniert, bis die Stadt und ihre Menschen nicht mehr wiederzuerkennen waren. Als Mr Strangers Brief bei Lilley Junior eintraf, waren die schlimmsten Kämpfe schon überstanden. Die gewissenlose Interimsregierung hatte aber bereits ein unwiderrufliches Chaos in der Stadt angerichtet. Lilley Senior war schon viele Jahre tot, sein Prestige geschwunden, und die Stellung des jungen Lilley an der Universität nachhaltig erschüttert, weil er sich weigerte, mit dem Regime zusammenzuarbeiten. Dennoch behandelte die Regierung ihn mit gewissem Respekt, denn erstens konnte ihr sein berühmter Name von Nutzen sein, und zweitens hoffte sie darauf, dass die Familie Rong, nachdem sie enorm unter der Kuomintang-Regierung gelitten hatte, sich nun kooperativ zeigen würde. Um sich seine Gunst zu erkaufen, bot die von den Japanern eingesetzte Marionettenregierung Lilley Junior, der damals Vizekanzler der Universität war, sehr bald den Posten des Kanzlers an. Doch entgegen ihren Erwartungen riss der junge Lilley die Ernennungsurkunde öffentlich in Fetzen und gab einen polternden Kommentar dazu ab: Ein Rong würde lieber sterben, als sein Vaterland zu verraten!

Lilley Junior hatte damit, wie man sich denken kann, zwar seinen Landsleuten aus dem Herzen gesprochen, seine offizielle Karriere war damit allerdings beendet. Er hatte sich schon länger mit dem Gedanken getragen, sich den widerlichen Machenschaften des Marionettenregimes und den internen Machtkämpfen an der Universität durch eine Rückkehr nach Tongzhen zu entziehen, und zweifellos beschleunigte Mr Strangers Brief seinen Entschluss. Noch als er am Hafen von Tongzhen von Bord ging, überflog er zum wiederholten Male das Schreiben. Im trüben Nieselregen erkannte er den Majordomus der Rongs. Dieser fragte ihn höflich, ob er eine gute Reise gehabt hätte, doch er entgegnete nur brüsk: »Wie geht es Mr Stranger?«

»Mr Stranger ist gestorben«, sagte der Majordomus. »Schon vor einer ganzen Weile.«

Der Herzschlag des jungen Lilley setzte kurz aus.

»Was ist mit dem Kind?«

»Wen meinen Sie, Herr?«

»Kobold.«

»Er lebt nach wie vor im Birnengarten.«

Das war wohl wahr, dort lebte er, doch was er dort trieb, wusste so gut wie niemand, denn er kam so selten dort heraus, wie irgendwer hineinging. Er war wie ein Geist, alle wussten von seiner Anwesenheit, doch niemand bekam ihn je zu Gesicht. Nach den Worten des Majordomus war Kobold praktisch stumm.

»Ich verstehe jedenfalls kein Wort von dem, was er sagt. Meistens redet er gar nicht, und wenn er einmal den Mund aufmacht, kommt nichts Verständliches dabei heraus.«

Der Majordomus berichtete weiter, dass es laut der Dienerschaft allein Mr Stranger zu verdanken sei, dass Kobold auch nach seinem Hinscheiden weiter im Birnengarten wohnen durfte – wenn dieser vor seinem Tod den Hausherrn nicht auf Knien darum gebeten hätte, hätten sie den Jungen vermutlich auf die Straße gesetzt. Er erzählte weiter, dass Mr Stranger dem Kind seine sämtlichen Ersparnisse vermacht hatte, ohne die

Kobold nicht würde leben können, da die Rongs nicht bereit waren, für seinen Unterhalt aufzukommen.

Tags darauf ging Lilley Junior um die Mittagszeit in den Birnengarten. Der Regen hatte aufgehört, doch nach sieben Tagen ununterbrochener Regenfälle war die Erde im Birnengarten gründlich aufgeweicht. Seine Schritte hinterließen tiefe Abdrücke im Matsch, und an manchen Stellen versank er bis zu den Gamaschen darin. Außer den eigenen konnte er jedoch keine Fußabdrücke entdecken – selbst die Spinnennetze in den Bäumen waren leer, die Spinnen hatten sich unter die Dachvorsprünge geflüchtet. Nun spannen sie neue Netze direkt vor der Tür. Leicht hätte man den Ort für verlassen halten können, wäre da nicht der aus dem Kamin aufsteigende Rauch gewesen und ein Geräusch, als ob jemand auf einem Brett hackte.

Kobold zerteilte gerade eine Süßkartoffel. Auf dem Herd kochte Wasser, in dem ein paar vereinzelte Reiskörner auf und ab hüpften wie Kaulquappen. Das plötzliche Auftauchen von Herrn Lilley schien ihn weder zu überraschen noch zu stören, er sah nur kurz auf und fuhr mit seiner Tätigkeit fort, als sei jemand nur kurz weggegangen und wiedergekommen – doch wer wohl? Ein Hund? Er war kleiner, als Lilley Junior erwartet hatte, und sein Kopf war lange nicht so groß, wie die Leute behaupteten, er hatte nur diese seltsame Ausbuchtung am Schädel, als ob er ein schief sitzendes Käppi trüge. Lilley Junior konnte nichts Außergewöhnliches an dem Jungen entdecken, seine ruhige, kühle Art jedoch war beeindruckend. Wie jemand, der schon in jungen Jahren die Abgeklärtheit eines alten Mannes hatte. Das Zimmer war schlicht und karg, man erfasste auf einen Blick das Leben seines Bewohners – kochen, essen, schlafen. Die einzigen vorzeigbaren Möbelstücke waren der Kräuterschrank – ein Relikt aus der Zeit der ursprünglichen Nutzung des Gebäudes –, ein Schreibtisch und ein hoher Lehnstuhl. Auf dem Schreibtisch lag ein aufgeschlagenes Buch, ein dicker Band, der einen modrigen Geruch verströmte. Lilley schlug das Buch zu, um seinen Titel lesen zu können. Es war eine Ausgabe der *Encyclopedia Britannica*. Er legte das Buch zurück und sah den Jungen fragend an.

»Darin liest du gerade?«

Kobold nickte.

»Verstehst du, was da steht?«

Wieder nickte der Junge.

»Hat Mr Stranger dir das beigebracht?«

Kopfnicken.

»Warum sagst du denn nichts – bist du stumm?« Sein Ton fiel schärfer aus als beabsichtigt. »Wenn es so ist, dann nicke eben weiter mit dem Kopf, wenn nicht, dann mach gefälligst den Mund auf.«

Da er sich nicht sicher war, ob der Junge Chinesisch verstand, wiederholte er seine Frage auf Englisch.

Kobold ging zum Herd und tat die klein geschnittene Kartoffel in den Topf. Dann antwortete er auf Englisch, er sei nicht stumm.

Lilley Junior fragte ihn, ob er Chinesisch verstehe, und der Junge antwortete auf Chinesisch: »Ja.« Lilley musste lachen. »Dein Chinesisch ist ja so schlecht wie mein Englisch. Hast du das von Mr Stranger gelernt?«

Kobold nickte.

»Hör auf zu nicken.«

»Gut.«

Lilley Junior setzte sich in den hohen Lehnstuhl vor dem Schreibtisch, zündete sich eine Zigarette an und fragte: »Wie alt bist du?«

»Zwölf.«

»Hat dir Mr Stranger noch etwas anderes beigebracht, als diese Bücher zu lesen?«

»Nein.«

»Er hat dir nicht etwa beigebracht, wie man Träume deutet? Er war sehr bekannt dafür.«

»Doch, das hat er.«

»Und, bist du gut darin?«

»Ja.«

»Vergangene Nacht hatte ich einen Traum. Wie wär's, wenn du ihn für mich deutest?«

»Das geht nicht.«

»Warum nicht?«

»Weil ich nur meine eigenen Träume deuten kann.«

»Dann erzähle mir doch, wovon du so träumst.«

»Ich träume von allem Möglichen.«

»Hast du schon einmal von mir geträumt?«

»Ja.«

»Weißt du, wer ich bin?«

»Ja.«

»Wer bin ich?«

»Sie gehören der achten Generation meiner Familie an, wurden 1883 geboren und sind der Erstgeborene. Ihr Name ist Rong Xiaolai, Ihr Ehrenname Dongqian und Ihr Rufname Zeshi. Sie werden allgemein Lilley Junior genannt. Ihr Vater war Lilley Senior, der Gründer der Universität N. Sie haben 1906 an der Universität N ihren Abschluss in Mathematik gemacht. 1912 waren sie zum Auslandsstudium in den USA und haben am MIT in Mathematik promoviert. 1926 sind Sie als Dozent an die Universität N zurückgekehrt und dort geblieben. Jetzt sind Sie Vizekanzler der Universität und Professor für Mathematik.«

»Du weißt sehr viel über mich.«

»Ich weiß viel über alle Rongs.«

»Hast du das alles von Mr Stranger?«

»Ja.«

»Was hat er dich sonst noch gelehrt?«

»Nichts.«

»Bist du zur Schule gegangen?«
»Nein.«
»Würdest du gerne?«
»Ich weiß nicht.«

Das Wasser im Topf kochte, der Dampf stieg auf und der Geruch nach Essen erfüllte das Zimmer. Lilley erhob sich und wollte hinausgehen, um sich im Garten die Beine zu vertreten. Der Junge hielt es für ein Zeichen des Aufbruchs und bat ihn, einen Augenblick zu warten, er wolle ihm etwas von Mr Stranger geben. Er zog ein verschnürtes Papierbündel unter dem Bett hervor, reichte es Lilley Junior und sagte:

»Papa hat gesagt, wenn Sie kommen, soll ich Ihnen das geben.«

»Papa?« Lilley stutzte. »Du meinst Mr Stranger?«
»Ja.«
»Was ist das?« Er nahm das Päckchen an sich.
»Öffnen Sie es bitte, dann werden Sie schon sehen.«

Der Inhalt war in mehrere Lagen Papier eingeschlagen und schien nicht gerade klein. Dieser erste Eindruck täuschte jedoch, denn nachdem er das Papier entfernt hatte, kam eine nur handtellergroße Buddhafigur zum Vorschein. Sie war aus weißer Jade geschnitzt, zwischen den Augenbrauen trug sie einen dunkelgrünen Saphir, das dritte Auge Buddhas. Während er sie vorsichtig in der Hand wog und begutachtete, spürte er, wie sich eine frische Kühle von seiner Handfläche aus in seinem ganzen Körper ausbreitete, ein deutliches Zeichen für die exzellente Qualität der Jade. Die Figur war außerdem ausgesprochen fein gearbeitet, ein Zeichen dafür, dass sie eine lange Geschichte und eine besondere Herkunft hatte. Er hätte schwören können, dass dieses ungewöhnliche Objekt eine Menge Geld wert war. Lilley dachte kurz nach, dann fragte er das Kind: »Ich habe Mr Stranger kaum gekannt, warum sollte er mir ein Geschenk hinterlassen?«

»Ich weiß es nicht.«

»Hör mal, diese Figur ist sehr viel wert. Du solltest sie behalten.«

»Nein.«

»Mr Stranger hat dich von klein auf großgezogen und dich wie einen Sohn geliebt. Diese Figur gehört dir.«

»Nein.«

»Du brauchst sie dringender als ich.«

»Nein.«

»Oder dachte er vielleicht, dass du keinen guten Preis dafür bekommen würdest und ich sie für dich verkaufen soll?«

»Nein.«

Während dieser Unterhaltung fiel Lilley Juniors Blick auf das Einschlagpapier. Das Papier war mit langen Zahlenreihen bedeckt, offenbar eine aufwendige mathematische Kalkulation. Er strich die Bögen glatt und sah, dass sie alle gleich waren, einer wie der andere mit Zahlenreihen beschrieben. Er wechselte das Thema: »Hat dir Mr Stranger das Rechnen beigebracht?«

»Nein.«

»Von wem stammt dann das hier?«

»Von mir.«

»Was ist das?«

»Ich habe ausgerechnet, wie viele Tage Papa auf der Welt war …«

3

Mr Strangers Tod hatte in seinem Hals begonnen – vielleicht eine Rache des Schicksals für die vielen Jahre, die er damit zugebracht hatte, die Träume anderer zu deuten. Denn alles Gute in seinem Leben hatte er seiner Wortgewandtheit zu verdanken – und gleichzeitig alles Schlechte dem Zorn der Leute über das, was er ihnen sagte. Noch bevor er den Brief an den jungen Lilley verfasste, hatte er die Fähigkeit zu sprechen schon beinahe vollkommen eingebüßt. Daran hatte er gemerkt, dass sein Ende nahte und es an der Zeit war, für Kobolds Zukunft zu sorgen.

Jeden Morgen in dieser stummen Zeit hatte ihm Kobold einen Aufguss aus Birnenblüten neben das Bett gestellt, und er wurde von dem schwachen Duft geweckt. Es beruhigte ihn, dabei zuzusehen, wie sich die getrockneten Blütenblätter im heißen Wasser aufrollten. Der Anblick erleichterte es ihm, die Schmerzen zu ertragen. Für ihn waren die Blüten der einzige Grund dafür, dass er überhaupt noch am Leben war. Ursprünglich hatte er aus Langeweile angefangen, sie zu sammeln. Nach einer Weile genoss er die herrliche Reinheit ihrer Farbe, ganz zu schweigen von der zarten Textur. Er hatte sie unter den Dachvorsprüngen trocknen lassen und dann, wenn sie vollständig getrocknet waren, sein Kissen damit gefüllt oder ein paar auf den Schreibtisch gelegt. Ihr Duft ließ ihn glauben, die Birnenblüte zu verlängern.

Da er nur noch ein Auge hatte und seine Beine sich nie ganz von den Brüchen erholt hatten, fiel es ihm schwer, sich zu bewegen. Aus diesem Grund verbrachte er die meiste Zeit in seinem Lehnstuhl. Doch das viele Sitzen verursachte Verstopfung.

Manchmal waren die Schmerzen so schlimm, dass er am liebsten gestorben wäre. Er versuchte es zunächst mit allen gängigen Methoden: Morgens gleich nach dem Aufstehen ein Glas kaltes Wasser, danach noch mehr trinken, bis er hoffentlich Bauchschmerzen bekäme. Doch es wollte nicht funktionieren. Einige Tage in Folge schüttete er eine Tasse Wasser nach der anderen in sich hinein, ohne den geringsten Effekt in seinen Eingeweiden zu spüren. Er fühlte sich nur noch schlechter, elend und hoffnungslos. Eines Abends kam er zurück aus der Stadt, wo er sich Medizin geholt hatte. Im Dunkeln tastete er nach der großen Schale kalten Wassers, die vor der Tür auf ihn wartete, und leerte sie sofort bis auf den letzten Tropfen. Er hatte so schnell getrunken, dass er erst später den merkwürdigen Geschmack des Wassers bemerkte. Irgendetwas Weiches war im Wasser gewesen – ihm wurde ganz anders bei dem Gedanken, was es gewesen sein konnte. Beim Anzünden der Öllampe entdeckte er einen Haufen durchweichter Birnenblütenblätter auf dem Grund der Schale. Der Wind musste sie dort hineingeweht haben, oder ein paar Mäuse hatten sie aufgewirbelt. Ihm war nicht bekannt, ob man Birnenblüten trinken konnte. Unruhig wartete er ab, was passieren würde. Ob er daran sterben konnte? Doch noch bevor er seine Medizin nach Vorschrift aufbereitet hatte, spürte er ein Ziehen im Bauch. Es war genau das, worauf er seit Tagen gehofft hatte. Alles würde gut werden. Er ließ einen langen und kräftigen Furz und rannte auf den Abort. Erleichtert und schmerzfrei kehrte er zurück.

Bislang waren auf die extreme Verstopfung immer Magenschmerzen und starker Durchfall gefolgt, ein Teufelskreis. Diesmal war es anders – die Verstopfung verschwand und er erholte sich ganz ohne weitere Beschwerden. Grund genug, um sich fortan etwas eingehender mit der Wirkung des Birnenblütenaufgusses zu beschäftigen. Sein Missgeschick mit dem Wasser schien das Werk einer göttlichen Vorhersehung. Von da an goss er sich täglich eine Tasse Birnenblüten auf wie andere Leute Tee – und je mehr er davon trank, umso besser bekam er ihm. Die jährlich wiederkehrende Birnenblüte machte ihn unbeschreiblich glücklich, allein das Sammeln der zarten, duftenden Blüten gab ihm das Gefühl, allmählich wieder gesund zu werden. Während der langen Zeit seines Leidens hatte er Nacht für Nacht denselben Traum gehabt: unter der Sonne aufbrechende Birnenblüten, die durch Wind und Regen schweben. Der Traum war Ausdruck seiner Hoffnung, dass Gott ihn sterben und mit den Birnenblüten davonfliegen lasse.

Eines Morgens rief der alte Mann Kobold zu sich ans Bett und gab ihm zu verstehen, er solle Papier und Pinsel mitbringen. Er schrieb: »Wenn ich sterbe, möchte ich mit Birnenblüten im Sarg beerdigt werden.« Am selben Abend rief er den Jungen noch einmal zu sich. Diesmal formulierte er seine Anweisungen genauer: »Ich bin jetzt achtundachtzig Jahre alt und möchte mit achtundachtzig Birnenblüten begraben werden.« Am darauffolgenden Morgen rief er ihn wieder zu sich und wurde noch ausführlicher: »Rechne aus, wie viele Tage achtundachtzig Jahre haben. Mit dieser Anzahl von Birnenblüten will ich begraben werden.« Möglicherweise war der alte Mann angesichts seines nahen Todes etwas verwirrt, denn er hatte gar nicht bedacht, dass er Kobold nie das Rechnen beigebracht hatte.

Kobold jedoch erwies sich als sehr geschickt mit diesen einfachen Additionsaufgaben. Jedes halbwegs intelligente Kind sollte, auch ohne dass es ihm eigens beigebracht wird, in der Lage sein, solche Rechnungen hinzubekommen. So betrachtet, hatte Kobold bereits genug gelernt, schließlich musste er die Birnenblüten in jedem Frühjahr, nachdem Mr Stranger sie aufgelesen hatte, in seinem Auftrag zählen. Die entsprechende Zahl schrieb er an die Wand. Nicht selten wies ihn Mr Stranger an, die Blüten ein zweites Mal zu zählen und das Ergebnis wiederum an der Wand zu vermerken. Auf diese Weise übte sich

Kobold bis zum Ende der Birnenblütenzeit gründlich im Addieren und Subtrahieren und nebenbei im Verständnis von Zahlen. Mehr hatte er jedoch nicht gelernt und musste auf Grundlage dieses begrenzten Wissens ausrechnen, wie viele Tage sein »Papa« gelebt hatte. Er hatte nur die Daten, die Mr Stranger für seinen Grabstein vorbereitet hatte, inklusive seines Geburtstags und -orts. Die Berechnung kostete ihn eine Ewigkeit – er verbrachte einen ganzen Tag damit. Es dämmerte schon, als Kobold wieder zu Mr Stranger ans Bett trat, der schon nicht mehr in der Lage war, auch nur zu nicken. Liebevoll berührte er die Hand des Jungen, und dann schloss er die Augen für immer. Kobold erfuhr nie, ob seine Rechnung richtig gewesen war oder nicht. Als er nun sah, wie aufmerksam Lilley Junior seine Aufzeichnungen studierte, begriff er erst, wie wichtig dieser Mensch für ihn sein konnte. Er wurde unruhig.

Kobold hatte drei Blatt Papier gebraucht, um seine Berechnungen anzustellen. Die Blätter waren nicht nummeriert, aber Lilley Junior erkannte sofort, dass das oberste auch Blatt eins war. Dort stand:

Ein Jahr: 365 Tage.
Zwei Jahre: 365 + 365 = 730 Tage.
Drei Jahre: 730 + 365 = 1.095 Tage.
Vier Jahre: 1.095 + 365 = 1.460 Tage.
Fünf Jahre: 1.460 + 365 = 1.825 Tage.

Kobold hatte offensichtlich keine Ahnung von Multiplikation. Ohne dieses Wissen war ihm nichts anderes als dieses mühselige Zusammenzählen übrig geblieben. Nachdem er so Jahr für Jahr zusammenaddiert hatte, war er auf die Zahl von 32.485 Tagen gekommen. Davon hatte er 253 Tage abgezogen, womit er auf 32.232 Tage kam.

»Stimmt es?«, fragte Kobold.

Lilley Junior wusste, dass es schon allein deswegen nicht stimmen konnte, weil nicht alle Jahre 365 Tage hatten. Nach dem Sonnenkalender war jedes vierte Jahr ein Schaltjahr mit 366 Tagen. Und er dachte sich auch, dass es für einen Zwölfjährigen kaum möglich sein sollte, eine so langwierige Berechnung fehlerfrei auszuführen. Doch da er den Kleinen nicht kränken wollte, antwortete er mit Ja und lobte ihn für seine Mühe.

»Eins hast du besonders gut gemacht, nämlich deine Berechnung auf der Basis der Tage eines ganzen Jahres anzustellen, angefangen bei seinem Geburtstag. Hättest du mit dem 1. Januar angefangen, hättest du am Ende zwei unvollständige Jahre gehabt, die du dann extra hättest ausrechnen müssen. So hast du nur die Anzahl der Tage ausrechnen müssen, die er nach seinem Geburtstag gelebt hat, das hat dir viel Aufwand erspart.«

»Aber ich habe inzwischen eine viel einfachere Methode entwickelt«, sagte Kobold.

»Welche?«

»Ich weiß nicht, wie man das nennt.«

Kobold zog mehrere Blatt Papier unter dem Bett hervor und reichte sie ihm.

Diese Blätter waren von kleinerem Format und anderer Qualität als die vorherigen und auch die Handschrift war nicht mehr ganz dieselbe. Der Junge hatte es allem Anschein nach zu einem anderen Zeitpunkt geschrieben.

»Das habe ich nach Papas Beerdigung gemacht.«

Lilley Junior erkannte, dass die linke Spalte des Blattes mit derselben Methode wie zuvor beschrieben war, während der Junge rechts davon die Methode notiert hatte, deren Namen er nicht kannte:

Ein Jahr: 365 Tage.	$365 \cdot 1 = 365.$
Zwei Jahre: 365 + 365 = 730 Tage.	$365 \cdot 2 = 730.$
Drei Jahre: 730 + 365 = 1.095 Tage.	$365 \cdot 3 = 1.095.$

Wie unschwer zu erkennen war, bediente sich Kobold eines Punktes als Zeichen für Multiplikation. Er kannte das richtige Zeichen nicht und musste sich irgendwie behelfen. Mit dieser zweigleisigen Methode hatte er die ersten 20 Jahre berechnet. Ab dem 21. Jahr änderte er sein Vorgehen und tauschte die Reihenfolge:

Einundzwanzig Jahre: 365 · 21 = 7.665 Tage.
7.300 + 365 = 7.665.

Lilley Junior fiel auf, dass die erste Zahl 7.665 korrigiert worden war. Ursprünglich hatte dort etwas wie 6.565 gestanden. Und das setzte sich fort. Er hatte zuerst die Methode mit dem Punkt benutzt, dann die Addition und das Multiplikationsergebnis hin und wieder korrigiert, um es der Addition anzugleichen. Bei seiner Berechnung der ersten zwanzig Lebensjahre von Mr Stranger gab es keine solchen Korrekturen. Lilley Junior zog daraus die folgenden Schlüsse:

Die ersten 20 Jahre hatte Kobold vorrangig per Addition berechnet und die »Punkt«-Methode nur als dekorative Ergänzung benutzt. Doch ab dem 21. Jahr hatte er auf die Multiplikation vertraut und die Addition allein zur Kontrolle hinzugefügt.

Zuerst hatte er sich mit der Multiplikation schwergetan und musste sich mehrfach korrigieren. Allmählich verschwanden die Korrekturen und er hatte das System offenbar vollständig begriffen.

Die Kalkulationstabelle setzte sich fort bis 40, wo sie einen plötzlichen Sprung zu 89 machte. Kobold hatte schließlich einfach 89 mal 365 genommen, war auf die Zahl 32.485 gekommen, hatte 253 Tage abgezogen und war zum exakt gleichen Ergebnis gekommen wie zuvor: 32.232. Stolz hatte er die Zahl eingekreist.

Es gab ein weiteres Blatt Papier, das auf den ersten Blick etwas durcheinander wirkte, auf dem Lilley Junior aber mit geübtem Blick erkannte, dass Kobold versucht hatte, das Prinzip der Multiplikation zu verstehen. Am Ende der Seite standen die Regeln ordentlich aufgelistet. Lilley Junior begann sie unwillkürlich zu rezitieren:

»1 mal 1 ist 1. 1 mal 2 ist 2. 1 mal 3 ist 3 …
2 mal 3 ist 6. 2 mal 4 ist 8 …
3 mal 3 ist 9. 3 mal 4 ist 12. 3 mal 5 ist 15 …«

Ja, das waren die Regeln der Multiplikation.

Als er fertig war, sah Lilley Junior verunsichert den Jungen an. Sein lautes Vorlesen schien in dem stillen kleinen Zimmer wie ein Echo nachzuhallen. Lilley Junior fühlte sich mit einem Mal sehr wohl. Er wusste, dass er das Kind mitnehmen musste. Der Krieg dauerte nun schon vier Jahre und ein Ende war nicht in Sicht. Jeden Moment konnte, selbst versehentlich, ein Unheil über ihn selbst oder diejenigen, die ihm nahestanden, hereinbrechen. Dieses Kind, da war er sich sicher, war ein Genie. Wenn ich ihn jetzt nicht zu mir hole, werde ich es mein Leben lang bereuen, sagte er sich.

Vor dem Ende der Sommerferien erhielt Lilley Junior ein Schreiben aus der Provinzhauptstadt. Es hieß darin, dass der Unterricht an der Universität bereits im Herbst fortgesetzt werden könne und man auf seine baldige Rückkehr auf den Lehrstuhl hoffe. Als er den Brief gelesen hatte, war sein erster Gedanke, dass er lieber nicht zurückkehren, dafür aber gerne einen neuen Studenten an die Universität schicken würde. Er rief den Majordomus, sagte ihm, er wolle verreisen und drückte dem Mann ein paar Banknoten in die Hand. Der Majordomus hielt sie für ein Trinkgeld, bedankte sich und wollte gehen.

»Das ist kein Trinkgeld«, hielt ihn Lilley zurück. »Ich möchte Sie um einen Gefallen bitten.«

»Was wünschen Sie?«

»Gehen Sie mit Kobold ins Dorf und kaufen Sie ihm zwei Garnituren Kleider.«

Der Majordomus dachte, er habe sich verhört, und rührte sich nicht vom Fleck.

»Wenn Sie die Angelegenheit erledigt haben, bekommen Sie Ihr Trinkgeld«, sagte Lilley.

Wenige Tage später erschien der Majordomus, um sich sein Trinkgeld abzuholen.

»Bitte helfen Sie dem Jungen, seine Sachen zu packen, wir werden morgen aufbrechen.«

Abermals dachte der Majordomus, er habe sich verhört und stand wie angewurzelt da.

Lilley Junior wiederholte seine Bitte.

Am nächsten Tag, als gerade der Morgen graute, begannen auf dem Anwesen der Rongs wie auf Kommando alle Hunde zu bellen. Erst einer, dann ein zweiter, bis eine unbeschreibliche, nervenaufreibende Kakophonie entstand. Der ganze Haushalt, Herren wie Dienerschaft, wälzte sich aus dem Bett, um nachzusehen, was sich vor den Türen abspielte. Unter dem Schein der Lampe, die der Majordomus hochhielt, wurden die Rongs Zeuge eines unfassbaren Schauspiels. Draußen ging Kobold in einem neuen Anzug, in der Hand den Büffellederkoffer, mit dem vor vielen Jahren einmal Mr Stranger bei ihnen angekommen war, im Schatten von Lilley Junior und hatte alle Mühe, sich auf den Beinen zu halten. Er sah ängstlich drein und bewegte sich wie ein verwirrtes kleines Gespenst. Man traute seinen Augen nicht. Als der Majordomus vom Hafen zurückkehrte, bestätigte er, dass sie richtig gesehen hatten.

Die Rongs stellten ungläubig Fragen. Wo brachte Lilley ihn hin? Warum? Würde er zurückkommen? Und warum behandelte er das Kind so gut? Der Majordomus hatte darauf nur zwei Antworten:

Zu seinem Herrn sagte er: »Ich weiß es nicht.«

Zur Dienerschaft sagte er: »Woher, verdammt noch mal, soll ich das wissen?«

4

Durch das Pferd wurde die Welt kleiner, durch das Schiff wurde sie größer – durch den Verbrennungsmotor aber war sie magisch geworden. Bei den ersten motorisierten Fahrzeugen, die man je auf dem Weg von der Hauptstadt in die Provinz gesehen hatte, handelte es sich um eine Motorraddivision der japanischen Armee. Die Leute fragten sich angesichts ihrer wundersamen Geschwindigkeit, ob der Himmel wohl Erbarmen mit dem armen alten Yugong gehabt und die ganze Gebirgskette zwischen Dorf und Stadt einfach beiseitegeschoben hatte. (Yugong hatte sich der Legende nach gesagt, wo ein Wille ist, ist auch ein Weg, und einen ganzen Berg abtragen wollen.)

Bis dahin war man zwischen Tongzhen und der Stadt am besten zu Pferde gereist. Mit einem schnellen Ross und der Unterstützung einer guten Reitpeitsche konnte man die Strecke in sieben bis acht Stunden bewältigen. Lilley Junior hatte die Reise einige Jahrzehnte zuvor stets in der Kutsche unternommen. Damit war man zwar länger unterwegs, als wenn man selbst ritt, mit einem guten Kutscher schaffte man es aber, vor der Dunkelheit anzukommen, wenn man bei Sonnenaufgang aufbrach. Doch sein fortgeschrittenes Alter erlaubte es Herrn Lilley nicht mehr, in einer Kutsche durchgeschüttelt zu werden, weshalb er inzwischen per Schiff reiste. Das bedeutete zwei Tage und Nächte an Bord gegen den Strom in Richtung Tongzhen, und auch auf dem Weg zurück waren es immer noch mindestens ein Tag und eine Nacht.

Während der Schiffsfahrt in Richtung Hauptstadt hatte Lilley Junior Zeit, sich Gedanken über den Namen des Jungen zu machen. Doch noch auf dem letzten Streckenabschnitt war er unentschlossen. Je mehr er darüber nachsann, umso schwieriger wurde die Entscheidung. Er sah im Grunde dieselben Probleme vor sich wie Mr Stranger, es war mit der Zeit nicht leichter geworden. Schließlich nahm er sich vor, alle früheren Überlegungen hintan zu stellen und stattdessen nach einem Namen zu suchen, der zu einem Kind passte, das in Tongzhen geboren und aufgewachsen war. Er kam auf zwei, beide fielen zwangsläufig etwas gewollt aus: Jinzhen, »Goldene Aufrichtigkeit«, und Tongzhen, »Kindliche Aufrichtigkeit«. Der Junge sollte selbst aussuchen, welcher davon ihm besser gefalle.

»Mir ist es gleich«, sagte Kobold.

»Wenn das so ist«, sagte Lilley Junior, »dann entscheide ich für dich und wir nehmen Jinzhen, einverstanden?«

»Ist gut, dann heiße ich Jinzhen.«

»Ich will jedoch hoffen, dass du deinem Namen einmal alle Ehre machen wirst.«

»Gut, das werde ich.«

»Ich will damit sagen, dass du in der Zukunft einmal leuchten sollst wie Gold.«

»Gut, das werde ich.«

Lilley zögerte einen Moment, dann fragte er weiter: »Gefällt dir dein Name?«

»Ja.«

»Ich würde gerne ein Schriftzeichen deines Namens durch ein anderes ersetzen. Einverstanden?«

»Ja.«

»Du sagst Ja, obwohl ich dir noch gar nicht verraten habe, welches Zeichen ich ändern möchte?«

»Welches Zeichen ist es?«

»Ich möchte das Zeichen *zhen* wie ›Aufrichtigkeit‹ durch das Zeichen *zhen* wie ›Perle‹ ersetzen. Was meinst du?«
»Gut, *zhen* wie das *zhen* von Perle.«
»Verstehst du, warum ich das Zeichen ändern möchte?«
»Nein.«
»Möchtest du es denn nicht wissen?«
»Nun... Nein, ich weiß nicht...«
Ehrlich gesagt wollte Lilley den Namen allein aus Aberglauben ändern. In Tongzhen und in ganz Südchina pflegten die Leute zu sagen: Ein weiblicher Mann lehrt selbst den Teufel das Fürchten. Das sollte bedeuten, ein Mann mit weiblichen Eigenschaften vereint die Kräfte von Yin und Yang in sich, das Helle und das Dunkle, das Sanfte im Starken, er ist ein Mann wie Drache und Tiger und daher eine außergewöhnliche Persönlichkeit. Das Volk versuchte auf jede erdenkliche Weise, Yin und Yang in der Waage zu halten, auch in den Namen seiner Kinder. Ein Vater, der sich große Dinge von seinem Sohn erhoffte, gab ihm bewusst einen weiblich anmutenden Namen. Lilley Junior hätte das dem Jungen gern erklärt, hielt es dann aber doch für unangemessen, und so schluckte er es wieder hinunter. Zu dem Jungen sagte er schließlich nur der Form halber: »Bestens, bleiben wir dabei. Du heißt jetzt Jinzhen, mit dem *zhen* von ›Perle‹.«

Schon tauchte die Silhouette der Stadt C am Horizont auf.

Am Hafen angekommen, rief Lilley Junior eine Rikscha, mit der sie aber nicht nach Hause, sondern zu einer angesehenen Grundschule am Westtor der Stadt fuhren, um ihren Rektor aufzusuchen, einen Mann namens Cheng, ehemaliger Absolvent der zur Universität N gehörenden Oberschule. Zu Lilleys Studienzeit und auch später noch, als er schon Assistent an der Hochschule war, hatte Lilley Junior öfter an dieser Oberschule unterrichtet. Cheng war ein lebhafter, von seinen Klassenkameraden hoch geachteter Schüler gewesen und hatte bei dem jungen Lilley einen bleibenden Eindruck hinterlassen. Chengs Noten hätten ihn ohne Weiteres zu einem Studium befähigt, doch für ihn war der Reiz der Uniform der Nordfeldzugsarmee größer. Als er sich damals von Lilley Junior verabschiedete, hatte er bereits ein Gewehr geschultert. Zwei Jahre später, mitten im tiefsten Winter, tauchte er noch einmal in Uniform zu Besuch bei seinem alten Lehrer auf, diesmal ohne Gewehr. Bei genauerem Hinsehen fehlte nicht nur das Gewehr; es fehlte auch der Arm, um es zu schultern. Wie eine tote Katze hing an seiner Stelle der leere Ärmel und gab Lilley ein mulmiges Gefühl. Zögernd ergriff er die ihm zum Gruß dargebotene Hand – die Linke – und bemerkte, dass der Händedruck so kräftig war wie ehedem. Er fragte, ob er mit dieser Hand denn schreiben könne, und Cheng bestätigte es. Lilley Junior stellte ihm daraufhin ein Empfehlungsschreiben für eine Anstellung als Lehrer an einer gerade eröffneten Grundschule am Westtor aus und ermöglichte dem Kriegsversehrten ein neues Leben. Schnell hatte Cheng aufgrund seines Handicaps den Spitznamen »der Einarmige« weg. Man nannte ihn auch jetzt als Rektor noch so – nun jedoch, weil er buchstäblich mit Links die Institution zu dem gemacht hatte, was sie war.

Wenige Monate zuvor hatte die Schule Lilley Junior und seiner Frau als Zufluchtsstätte vor den Kriegsgefechten in der Stadt gedient. Cheng hatte die beiden in einer Hütte hinter der Schreinerwerkstatt untergebracht. Ohne große Umschweife fragte Lilley ihn gleich nach seiner Ankunft: »Steht die Schreinerhütte noch leer?«

»Ja, das tut sie«, antwortete der Einarmige. »Wir nutzen sie bloß als Lager für ein paar Fuß- und Basketbälle.«

»Sehr gut. Dann richtet sie bitte für diesen jungen Mann her.« Er zeigte auf Kobold.

»Wer ist das?«

»Sein Name ist Jinzhen«, sagte Lilley. »Dein neuer Schüler.«

Von diesem Tag hieß er nur noch Jinzhen.

Jinzhen!

Jinzhen!

Der neue Name war das einzige, das ihn noch mit Tongzhen verband. Er stand am Anfang seines neuen Lebens in der Stadt. Meine wichtigste Quelle für die folgenden Ereignisse in Jinzhens Leben war Lilley Juniors älteste Tochter Rong Yinyi.

5

An der Universität N wurde Rong Yinyi stets nur mit »Meister« angeredet, Meister Rong, ob in ehrfürchtiger Erinnerung an ihren Vater oder wegen ihrer ungewöhnlichen Persönlichkeit, lässt sich nicht sagen. Sie war unverheiratet geblieben. Nicht etwa, weil sie sich nie verliebt hätte, sondern im Gegenteil: Sie hatte sich viel zu leidenschaftlich und schmerzlich verliebt. Es hieß, dass sie als junges Mädchen mit einem Mann zusammen gewesen war, einem hervorragenden Studenten der Physik, spezialisiert auf Radiotechnik. Angeblich war er in der Lage, aus so gut wie Nichts ein Dreibandradio zu basteln. Als der Widerstandskrieg gegen die Japaner ausbrach, gaben Monat für Monat immer mehr Studenten der Universität N, die ein Zentrum des patriotischen Widerstands war, ihr Studium auf, um an vorderster Front für die Armee zu kämpfen. Meister Rongs Freund war einer von ihnen. In den ersten Jahren blieben sie noch in Kontakt, doch mit der Zeit wurden seine Briefe immer seltener. Sein letztes Schreiben an sie kam im Frühjahr 1941 aus Changsha in Hunan. Darin erklärte er ihr, dass er mittlerweile in einem streng geheimen Forschungsbereich der Armee arbeite und daher vorübergehend jeglichen Kontakt zu seiner Familie und seinen Freunden einstellen müsse. Er wiederholte immer wieder, wie sehr er sie liebe, und dass er hoffe, sie werde auf ihn warten. Sein Brief endete mit feierlichem Pathos: »Warte auf mich, meine Liebste. Der Tag, an dem wir die Japaner besiegt haben, wird unser Hochzeitstag sein!« Und Meister Rong wartete. Zuerst wartete sie, bis Japan kapitulierte, dann wartete sie bis zur Befreiung – aber weder kehrte er zurück, noch erhielt sie eine Nachricht von seinem Tod. Erst 1953 brachte ihr ein Freund bei seiner Rückkehr aus Hongkong Neuigkeiten von ihm: Er sei nach Taiwan gegangen, verheiratet und habe Kinder. Sie solle nicht mehr auf ihn warten.

Das war das Ergebnis ihrer Hingabe. Zweifelsohne stellte die Nachricht einen furchtbaren Schock für sie dar, über den sie nie richtig hinwegkam. Als ich sie vor zehn Jahren an der Universität N aufsuchte, war sie gerade als Dekanin der Fakultät für Mathematik emeritiert. Wir sprachen zunächst über ein Familienfoto, das in ihrem Wohnzimmer hing. Auf dem Foto waren fünf Personen, in der vorderen Reihe saßen Lilley Junior und seine Frau, dahinter stand Meister Rong, Anfang zwanzig, mit einem schulterlangen Pagenkopf. Links von ihr stand ihr jüngerer Bruder, mit Brille, und rechts von ihr die jüngere Schwester, mit einem Pferdeschwanz, sieben oder acht Jahre alt. Es war ein Foto vom Sommer 1936, ein Erinnerungsfoto, kurz bevor Meister Rongs Bruder zum Studium im Ausland aufbrach, von wo er wegen des Kriegsausbruchs erst 1945 wieder zurückkehrte. In der Zwischenzeit hatte die Familie ein Mitglied verloren und ein neues hinzugewonnen. Verloren hatten sie die jüngste Tochter, die 1944 an einer Epidemie gestorben war. Neu hinzugekommen war Jinzhen, den die Familie wenige Wochen später adoptiert hatte. Meister Rong erzählte die Geschichte so:

[Aus dem Interview mit Meister Rong]
Meine kleine Schwester starb im Sommer jenes Jahres, sie war erst siebzehn Jahre alt.

Meine Mutter und ich hatten vor ihrem Tod nichts von Jinzhens Existenz gewusst. Vater hatte ihn bei Herrn Cheng, dem Rektor der Grundschule am Westtor, versteckt gehalten. Wir hatten mit Herrn Cheng wenig zu tun, weshalb Vater ihn auch nicht eigens darum gebeten hatte, kein Wort zu uns über Jinzhen zu sagen. Eines Tages stand Herr Cheng vor unserer Tür. Ich weiß nicht, woher er davon wusste, aber er kam, um uns sein Beileid zum Tod meiner Schwester auszusprechen. Mein Vater und ich waren nicht zu Hause, also sprach er allein mit meiner Mutter, und dabei kam Vaters Geheimnis heraus. Als er heimkam, stellte sie ihn zur Rede, und er erzählte ihr, was der Junge schon alles durchgemacht habe, von seiner auffälligen Intelligenz und der letzten Bitte des alten Mr Stranger. Meine Mutter war wohl vom Tod meiner Schwester emotional noch so mitgenommen, dass sie bei dieser Geschichte in Tränen ausbrach. Sie sagte zu meinem Vater: ›Yinzhi ist von uns gegangen und dieser Junge braucht ein Zuhause. Bring ihn hierher.‹

Und so kam ich zu meinem kleinen Bruder Zhendi – so nannten wir ihn, wissen Sie, jedenfalls Mutter und ich. Allein mein Vater nannte ihn immer nur Jinzhen. Zhendi nannte Mutter Frau Professor, Vater nannte er Herr Professor und mich Schwester, was alles nicht so recht passte. Dem Familienstammbaum nach kam er eine Generation nach mir, sodass er mich korrekterweise hätte ›Tante‹ nennen müssen.

Ehrlich gesagt mochte ich ihn anfangs gar nicht leiden. Nie lächelte er, und nie sagte er ein Wort. Er schlich im Haus herum wie ein Gespenst. Er brachte allerhand widerliche Gewohnheiten mit, zum Beispiel, dass er beim Essen rülpste, und schmutzig war er auch. Vor dem Zubettgehen wusch er sich die Füße nicht und stellte einfach seine Schuhe vor die Tür, sodass der ganze Korridor und das Esszimmer nach Käsefuß stanken. Wir lebten in dem Haus, das mein Vater von meinem Großvater geerbt hatte, eine Art Villa in westlichem Stil. Im Erdgeschoss gab es eine Küche und ein Esszimmer. Sämtliche Schlafzimmer lagen im ersten Stock. Jedes Mal, wenn ich zur Essenszeit die Treppe hinunterging, sah ich seine zerschlissenen, stinkenden Schuhe und musste daran denken, wie er beim Essen rülpste, und mir verging der Appetit. Die Sache mit seinen Schuhen war natürlich schnell gelöst: Meine

Mutter erzog ihn dazu, darauf zu achten, dass er sich täglich die Füße wusch und frische Socken anzog – von da an waren seine Socken sauberer als unsere. Er war ein sehr geschickter Junge, konnte kochen, waschen, mit Kohlebriketts Feuer machen. Er konnte sogar nähen – besser als ich. Das hatte er natürlich den Umständen zu verdanken, in denen er aufgewachsen war, er hatte das alles lernen müssen, um zu überleben. Schwieriger war es, ihm das Rülpsen und Furzen abzugewöhnen. Das war nicht einfach nur eine Frage der Erziehung, sondern auf erhebliche Magenprobleme zurückzuführen. Deshalb war er auch so dünn. Vater erklärte mir, es läge an dem Birnenblütentee, auf den sein Ziehvater Mr Stranger so geschworen hatte. Für einen alten Mann mochte das die beste Medizin gewesen sein, aber wie sollte es das Richtige für einen kleinen Jungen sein? Um die Wahrheit zu sagen: Am Ende nahm er bei uns mehr Medikamente zu sich als Nahrung. Nie aß er mehr als eine kleine Schüssel Reis pro Mahlzeit, weniger als eine Katze, und schon nach zwei Bissen setzte das Rülpsen ein.

Einmal hatte er vergessen, die Klotür abzusperren, und ich ging hinein, ohne zu merken, dass besetzt war. Da hatte ich genug. Es war der Tropfen, der das Fass zum Überlaufen brachte, und ich wollte ihn sofort aus dem Haus haben. Ich sagte meinen Eltern, dass ich es nicht mehr aushielt, und schlug vor, ihn in ein Internat zu schicken. Verwandter hin oder her – es gab schließlich auch andere Jungs, die im Schulinternat lebten. Vater sagte kein Wort und überließ Mutter das Feld. Sie sagte, es sei nicht fair, ihn wieder hinauszuwerfen, nachdem er gerade erst eingezogen sei. Doch sobald das Schuljahr anfange, könne er durchaus Internatsschüler werden. Jetzt pflichtete Vater ihr bei und sagte, gut, wenn das neue Schuljahr beginne, solle er wieder in der Schule wohnen. Mutter sagte: Wir werden ihn jedes Wochenende abholen kommen, damit er weiß, dass das hier immer noch sein Zuhause ist. Vater stimmte ihr zu.

Damit war es beschlossene Sache.
Aber es kam ganz anders…
[Fortsetzung folgt]

Eines Abends am Ende der Sommerferien erwähnte Meister Rong bei Tisch beiläufig einen Zeitungsartikel, den sie am selben Tag gelesen hatte: Im vergangenen Sommer habe das Land eine der schlimmsten Dürren seit Beginn der Aufzeichnungen erlebt, weshalb in einigen Städten inzwischen mehr Bettler als Soldaten unterwegs seien. Die Mutter meinte seufzend, das vergangene Jahr sei ein doppeltes Schaltjahr gewesen, in solchen Jahren ereigneten sich immer die schlimmsten Katastrophen. Und immer seien es die Bauern, die am meisten darunter litten. Da Jinzhen selten den Mund aufmachte, bemühte sich Frau Lilley ständig, ihn in das Gespräch einzubeziehen. Also fragte sie ihn, ob er wisse, was ein doppeltes Schaltjahr sei. Er schüttelte den Kopf, und sie erklärte ihm, das sei ein Jahr, in dem das Schaltjahr des Sonnen- und des Mondkalenders zusammenfielen. Sein fragender Blick verriet, dass er immer noch nicht verstand, wovon sie redete. Sie fragte nach:

»Du weißt doch, was ein Schaltjahr ist?«

Wieder schüttelte er stumm den Kopf. Frau Lilley klärte ihn darüber auf, was ein Schaltjahr war, wie es im Sonnenkalender angewandt wurde, und wie im Mondkalender und so weiter. Als sie fertig war, starrte Jinzhen Lilley Junior an, als warte er darauf, dass dieser die Worte seiner Frau bestätige.

»Genau so ist es«, sagte Lilley Junior.

»Also waren meine Berechnungen falsch?« Jinzhen lief rot an und sah aus, als würde er jeden Moment in Tränen ausbrechen.

»Deine Berechnungen?« Lilley Junior wusste nicht, wovon er redete.

»Papas Alter… Ich dachte, jedes Jahr hat 365 Tage.«

»Das ist nicht ganz korrekt…«

Lilley Junior hatte den Satz noch nicht beendet, da zerfloss Jinzhen bereits vor Tränen. Jeder Versuch, ihn aufzumuntern, war vergebens. Irgendwann wurde es Herrn Lilley zu viel, und er schlug mit der Faust auf den Tisch und herrschte Jinzhen an, er solle sich zusammenreißen. Der Junge hörte sofort auf zu weinen, doch er war fraglos immer noch ganz außer sich. Er krallte seine Nägel in die Oberschenkel, als gelte es das Leben. Lilley Junior befahl ihm, die Hände auf den Tisch zu legen. Er sagte streng: »Warum machst du so ein Theater? Ich habe noch nicht ausgeredet. Hör mir gut zu, und dann sieh zu, ob du weiterheulen möchtest.«

»Als ich gesagt habe, dass das nicht ganz korrekt sei, war das theoretisch gemeint... De facto hast du die Existenz von Schaltjahren nicht beachtet. Rein mathematisch betrachtet, kann man deine Berechnungen aber nicht als falsch bezeichnen, denn jede Rechnung beinhaltet akzeptable Fehler.«

Er fuhr fort: »Soweit ich weiß, braucht die Erde für eine Umkreisung der Sonne 365 Tage, fünf Stunden, 48 Minuten und 46 Sekunden. Wozu also brauchen wir Schaltjahre? Nein, nach dem Sonnenkalender haben wir in jedem Jahr fünf Stunden mehr, weshalb wir alle vier Jahre ein Schaltjahr von 366 Tagen benötigen. Und dennoch wird es dir zweifellos auffallen, dass die Rechnung auf der Grundlage von 365 Tagen für ein gewöhnliches Jahr plus ein Schaltjahr von 366 Tagen alle vier Jahre noch immer nicht wirklich exakt ist. Doch das ist ein akzeptabler Fehler, weil diese Zeitrechnung für unseren täglichen Gebrauch vollkommen ausreicht und der Sonnenkalender ohne diesen lässlichen Fehler gar nicht funktionieren würde. Was ich dir damit sagen möchte, ist, dass deine Berechnung, selbst wenn du mit Schaltjahren gearbeitet hättest, falsch wäre. Du kannst jetzt hingehen und ausrechnen, wie viele Schaltjahre in Mr Strangers 88-jährigem Leben vorkamen, dann diese Anzahl von Tagen zu deiner ursprünglichen Berechnung hinzu addieren und dir ansehen, wie groß der Unterschied zwischen deiner ursprünglichen und der neuen Kalkulation ist. In einer Rechnung mit Zahlen von mehr als drei Dezimalstellen liegt der akzeptable Fehlerquotient in der Regel bei 0,1 Prozent. Liegt er darüber, dann hast du einen Fehler gemacht. Und jetzt verrate mir mal, ob dein Fehler innerhalb des akzeptablen Fehlerquotienten liegt oder nicht?«

Mr Stranger starb mit 88 Jahren in einem Schaltjahr, das heißt, er hat 22 Schaltjahre erlebt. Nicht gerade viele, aber auch nicht unerheblich wenige. 22 Schaltjahre bedeutet, 22 Tage mehr. Addierte man diese Zahl zu den mehr als 30.000 Tagen, die Mr Stranger auf dieser Welt verbracht hatte, hinzu, ergab sich ein durchaus akzeptabler Fehlerquotient. Lilley Junior war diese ausführliche Klarstellung deshalb so wichtig, weil er hoffte, Jinzhen könne sich so seinen Fehler besser verzeihen. Es half: Nach so viel Ermahnung und Trost beruhigte sich der Junge endlich.

[Aus dem Interview mit Meister Rong]

Später klärte uns Vater über den Hintergrund auf, also darüber, wie Mr Stranger den Jungen beauftragt hatte, sein Alter in Tagen auszurechnen. Zhendis Bestürzung zeugte von seiner rührenden Zuneigung für den ausländischen Herrn. Gleichzeitig fiel mir der obsessive Zug in seinem Wesen auf und seine Unfähigkeit, mit den eigenen Fehlern umzugehen. Es fiel uns hinterher immer öfter auf, wie stur und hitzköpfig Zhendi sein konnte, wo er doch üblicherweise so still und introvertiert war. Aus den meisten Dingen schien er sich gar nichts zu machen. Er tolerierte selbst Umstände, die jeder von uns völlig inakzeptabel fand, ignorierte sie einfach. Doch sobald eine gewisse Grenze überschritten war, wenn etwas die empfindliche Seite seiner Psyche berührte, verlor er leicht die Fassung und reagierte ungewöhnlich heftig und übertrieben. Ich erinnere mich an viele solcher Vorkommnisse, zum Beispiel seine extreme Liebe zu meiner Mutter. Einmal schrieb er ihr eine Botschaft mit seinem eigenen Blut: »Papa ist tot. Jetzt gilt mein ganzes Leben dem Wohl von Frau Professor.«

Meine Mutter entdeckte sie zufällig, als Zhendi mit siebzehn furchtbar krank wurde und länger im Krankenhaus war. Sie musste etwas für ihn aus seinem Zimmer holen und fand dabei die Notiz im Ledereinband seines Tagebuchs. Die Schrift war groß, man sah auf einen Blick, dass die Zeichen direkt mit der Fingerspitze geschrieben waren. Es gab kein Datum, aber Papier und Schrift waren schon ziemlich verblichen, es war also offenbar schon länger her, dass er es geschrieben hatte, wohl in seinem ersten Jahr.

Meine Mutter war eine liebenswerte und gutherzige Frau, und das Alter machte sie noch milder. Zhendi und sie kamen von Anfang an erstaunlich gut miteinander aus. Zwischen ihnen schien ein stilles Einverständnis zu herrschen, wie es sonst nur bei engen Familienmitgliedern vorkommt. Sie war auch die Erste, die ihn Zhendi nannte, keine Ahnung warum, vielleicht weil meine kleine Schwester gerade gestorben war und sie Zhendi als den vom Himmel gesandten Ersatz für das Mädchen betrachtete. Nach dem Tod meiner Schwester hatte Mutter lange Zeit keinen Schritt vor die Tür getan, sie saß nur zu Hause und trauerte. Nachts plagten sie oft Albträume und am Tag halluzinierte sie meine Schwester herbei. Erst mit Zhendis Ankunft ließ ihre Trauer allmählich nach. Ich weiß nicht, ob Sie davon gehört haben, aber Zhendi verstand sich auf Traumdeutung. Wie ein Zauberer vermochte er, den tieferen Sinn jedes Traumes zu lesen. Dabei war er gar nicht abergläubisch, er war Christ und las jeden Tag in einer englischen Bibel, die er ohnehin passagenweise auswendig konnte. Ich bin mir sicher, dass meine Mutter ohne Zhendi, der ihre Träume interpretierte und ihr Bibelgeschichten erzählte, niemals so schnell wieder Land gewonnen hätte. Es ist schon seltsam, wie gut die beiden miteinander auskamen. Natürlich liebte meine Mutter ihn wie ihr eigenes Kind, sie schätzte und sorgte sich um ihn. Wir ahnten nur nicht, welch tiefe Dankbarkeit das bei Zhendi auslöste, der entschlossen war, ihr ihre Güte bestmöglich zu vergelten. So kam es zu dieser mit Blut geschriebenen Botschaft. Offenbar hatte es Zhendi als Kleinkind an Liebe gemangelt, insbesondere an Mutterliebe. Alles, was Mutter für ihn tat, war ihm neu: ihm drei Mal täglich Essen zu kochen, seine Wäsche zu waschen, sich zu sorgen, ob ihm zu heiß oder zu kalt war. Er war einfach nicht in der Lage, so viel Zuwendung als selbstverständlich hinzunehmen, und wusste seine Dankbarkeit nicht anders auszudrücken. Dieser Hang zum Melodramatischen, das war typisch für ihn. Im Nachhinein würde ich sagen, dass Zhendi leicht autistisch war.

Ich könnte noch viele Beispiele dafür anführen, vielleicht komme ich später darauf zurück. Aber sprechen wir zunächst noch von dem Abend, als er wegen seines Fehlers so hysterisch wurde, denn die Geschichte ist noch nicht zu Ende…

[Fortsetzung folgt]

Am Abend darauf kam Jinzhen beim Essen noch einmal auf die Sache mit den Schaltjahren zu sprechen. Er sagte, Mr Stranger habe 22 davon erlebt, weshalb seine Berechnung bis auf diese 22 Tage nicht zu stimmen schien, aber tatsächlich habe er sich nur um 21 Tage vertan. Das klang nun reichlich töricht, denn schließlich hatte man einfach pro Schaltjahr einen Tag hinzu zu addieren, also logischerweise 22 Tage. Warum also 21? Selbst Frau Lilley fand, Jinzhen übertreibe es mit seiner Verbissenheit. Doch dann überraschte er alle mit seiner Erklärung.

Wie Lilley Junior erläutert hatte, wurden die Schaltjahre eingeführt, weil jedes Jahr tatsächlich 365 Tage, fünf Stunden, 48 Minuten und 46 Sekunden hat, und man daher dem Kalender alle vier Jahre 24 Stunden mehr hinzufügt. Doch wie man sieht, sind es nicht exakt 24 Stunden, die benötigt werden, denn das wären 365 Tage plus sechs Stunden pro Jahr. Es wird also bewusst ein Fehler einkalkuliert, eine jährliche Abweichung von elf Minuten und 14 Sekunden, in vier Jahren 44 Minuten und 56 Sekunden. Mit jedem Schaltjahr, also alle vier Jahre, entsteht so ein Zeitüberschuss von 44 Minuten und 56 Sekunden, Zeit, die die Menschheit der Erde stiehlt. Wenn Mr Stranger 22 Schaltjahre erlebt hatte, waren seiner Lebenszeit insgesamt 16 Stunden, 28 Minuten und 32 Stunden nicht existenter Zeit hinzugefügt worden.

Abgesehen davon, erläuterte Jinzhen, habe Mr Stranger nach seiner ursprünglichen Berechnung 32.232 Tage gelebt, eine Zahl, die er nicht durch die Multiplikation der Anzahl der Tage pro Jahr mit den Lebensjahren berechnet hatte, sondern durch die Addition von 88 Jahren und 112 Tagen. Auch wenn es absolut richtig war, dass er beim Zusatz der 112 Tage die Existenz von Schaltjahren unberücksichtigt gelassen hatte, war es genauso richtig, dass ein Tag nicht exakt 24 Stunden lang ist. Ein Tag ist tatsächlich 24 Stunden plus eine knappe Minute lang, das macht in 112 Tagen 6.421 Sekunden oder eine Stunde und 47 Minuten. Diese eine Stunde und 47 Minuten musste man nun von der ursprünglichen Zahl von 16 Stunden, 28 Minuten und 32 Sekunden abziehen, das ergab die neue Summe von 14 Stunden, 41 Minuten und 32 Sekunden. Das also war die korrekte Zahl nicht existenter Zeit, die Mr Strangers Leben vom Sonnenkalender hinzugefügt worden war.

Soweit ihm bekannt, fuhr Jinzhen fort, sei Mr Stranger um zwölf Uhr mittags geboren worden und um neun Uhr abends gestorben, sodass am Anfang und am Ende seines Lebens mindestens zehn Stunden zusätzlicher nicht existenter Zeit Eingang in die Berechnung gefunden hatten, neben den in seiner Lebenszeit addierten 14 Stunden, 41 Minuten und 32 Sekunden. Mr Strangers Lebenszeit war ein ganzer Tag nicht existenter Zeit zu viel angerechnet worden. Zweifellos hatte Jinzhen Stunden über der Funktion von Schaltjahren gebrütet. Nachdem er zuerst die Tatsache hatte einstecken müssen, dass seine Berechnung der Lebenszeit von Mr Stranger durch die Existenz von Schaltjahren falsch gewesen war, hatte er nun seine Revanche.

Meister Rong und ihr Vater waren baff. Der messerscharfe Verstand des Jungen beeindruckte und rührte sie gleichermaßen. Doch das war erst der Anfang. Als Meister Rong ein paar Tage darauf nachmittags nach Hause kam, sagte ihre Mutter, die gerade in der Küche beim Kochen war, sie solle schnell zu ihrem Vater in Zhendis Zimmer gehen. Als sie fragte warum, antwortete die Mutter, dass Zhendi irgendeine verblüffende mathematische Theorie entwickelt habe.

Wie bereits erwähnt war die Existenz von Schaltjahren bei den letzten 112 Lebenstagen Mr Strangers nicht berücksichtigt worden. Hielte man daran fest, so fehlten insgesamt 6.421 Sekunden. In einem Schaltjahreszyklus kann man die ungezählte Zeit von der nicht existenten Zeit abziehen, das heißt −6.421 + 2.696 Sekunden (die Zahl der Sekunden in 44 Minuten und 56 Sekunden). Damit addierte sich die Zeit im zweiten Schaltjahreszyklus zu (−6420 + 2 × 2696) Sekunden und so weiter, bis zum letzten Schaltjahr (−6.421 + 22 × 2.696) Sekunden. Auf diese Weise hatte Jinzhen die fehlende Zeit, die in seiner ursprünglichen Kalkulation zur Berechnung von Mr Strangers Lebenszeit nicht eingerechnet war, für die er auf 88 Jahre und 122 Tage beziehungsweise 32.232 Tage gekommen war, in einer perfekten 23 Zeilen langen Rechenaufgabe gelöst:

$$(-6.421)$$
$$(-6.421 + 2.696)$$
$$(-6.421 + 2 \times 2.696)$$
$$(-6.421 + 3 \times 2.696)$$
$$(-6.421 + 4 \times 2.696)$$
$$(-6.421 + 5 \times 2.696)$$
$$\ldots$$
$$(-6.421 + 22 \times 2.696)$$

Auf Grundlage dieser Überlegung hatte er, ohne jede Hilfe von außen, eine mathematische Gleichung aufgestellt:

X = [(erster Zahlenwert + letzter Zahlenwert) × Zahl]/2*

[Aus dem Interview mit Meister Rong]
Die mathematische Gleichung für die Summe der arithmetischen Progression ist nicht so komplex, dass ein gewöhnlicher Sterblicher sie nicht ermitteln könnte. Jeder, der über mathematische Grundkenntnisse verfügt, sollte in der Lage sein, dieses Wissen in einer Formel wiederzugeben – falls er von der Existenz dieser Formel weiß. Das ist so, als würde ich Sie in einen stockfinsteren Raum sperren, dessen Inhalt ich Ihnen zuvor genau beschrieben habe. Wenn ich Sie dann dazu auffordere, einen bestimmten Gegenstand zu finden, wären Sie vermutlich dazu in der Lage, obwohl das Zimmer stockdunkel ist. Sie müssen sich nur Ihres Verstandes bedienen, sich vorsichtig bewegen und Ihrem Tastsinn vertrauen und sollten unter den vorhandenen Gegenständen den richtigen finden können. Wenn ich Ihnen allerdings zuvor nicht verraten hätte, was sich im Raum befindet und Sie dann nach einem bestimmten Gegenstand suchen ließe, wären Sie vermutlich nicht in der Lage, ihn zu finden.

Wir wären wohl nicht halb so beeindruckt gewesen, wenn er einfach angesichts einer bestimmten Zahlenreihe, sagen wir 1, 3, 5, 7, 9, 11 (also nichts Kompliziertes oder Unregelmäßiges) eine mathematische Formel entwickelt hätte. Das wäre, als zimmerten Sie ohne jede Anleitung selbst ein Möbelstück. Selbst wenn andere das gleiche Möbelstück schon einmal gezimmert hätten, wären wir immer noch von Ihrer Intelligenz und Geschicklichkeit überrascht. Wären Ihr Werkzeug und das Ausgangsmaterial von schlechter Qualität, hätten Sie nur eine rostige Säge und gro-

---

* Die Standardformel lautet: $S_n = A_1 + A_2 + \ldots A_n = [(A_1 + A_n) \times n] / 2$

bes Holz, und Sie brächten dennoch ein ordentliches Möbelstück zustande, wären wir doppelt beeindruckt. Und das hatte Zhendi geschafft. Er hatte aus einem Beil und einem Baum ein herrliches Möbelstück gemacht. Es war einfach unglaublich.

Nach diesem Vorfall hielten wir es für unangemessen, ihn auf die Grundschule zu schicken, und unser Vater meldete ihn stattdessen auf der zur Universität N gehörenden Mittelschule an. Die Schule lag nur ein paar Häuser weiter von unserer eigenen entfernt und ihn dort wohnen zu lassen, hätte seiner fragilen Psyche vermutlich mehr Schaden zugefügt, als wenn wir ihn auf die Straße geworfen hätten. Damit war entschieden, dass Zhendi auch weiterhin bei uns leben würde. Tatsächlich blieb Zhendi seit jenem Sommer so lange bei uns wohnen, bis er seine erste Stelle fand ...

[Fortsetzung folgt]

Kinder geben anderen Kindern gerne Spitznamen. Jedes auf irgendeine Weise auffällige Kind wird früher oder später von seinen Mitschülern mit einem Spitznamen bedacht. Beim Anblick von Jinzhens großem Kopf nannten die Kinder auf der Mittelschule ihn zuerst »Riesenschädel«. Später fielen ihnen seine seltsamen Angewohnheiten auf, zum Beispiel, dass er gern stundenlang die Ameisen zählte, die kreuz und quer über den Spielplatz liefen, und dabei alles andere um sich herum vergaß, oder dass er den ganzen Winter mit einem undefinierbaren Hundefellschal herumlief, der offenbar aus dem Nachlass des guten Mr Stranger stammte, oder dass er während des Unterrichts ohne einen Anflug von Peinlichkeit laut und rückhaltlos furzte und rülpste. Man wusste nicht, ob man seinetwegen lachen oder weinen sollte. Und dann schrieb er seine Hausaufgaben immer zwei Mal, ein Mal auf Englisch und ein Mal auf Chinesisch – man dachte, dass etwas mit ihm nicht stimmte, dass er im Kopf nicht ganz richtig und irgendwie ein-

fältig war. Dabei hatte er hervorragende Noten, war besser als jeder andere Schüler und als die ganze Klasse zusammen. Und damit hatte er seinen neuen Spitznamen weg: »Idiotengenie«. Letztlich ein treffender Name, der sein Auftreten innerhalb und außerhalb des Klassenzimmers zusammenfasste. Wie alle Spitznamen sollte er seinen Träger verunglimpfen, und dennoch enthielt er etwas Schmeichelhaftes – gerade wegen dieser Mischung fand jeder, dass er perfekt zu ihm passte. Und so hieß er fortan.
Idiotengenie!
Idiotengenie!
Als ich 50 Jahre später die Universität aufsuchte, wussten viele nicht, von wem ich sprach, als ich Jinzhen erwähnte, doch der Name »Idiotengenie« fachte sofort ihre Erinnerungen an, er musste sich tief in ihr Gedächtnis eingebrannt haben. Ein älterer Herr, einer von Jinzhens ehemaligen Lehrern, erzählte mir:

Da gab es eine kuriose Geschichte, an die erinnere ich mich, als sei es gestern gewesen. Während einer Pause bemerkte einer der Schüler eine Reihe Ameisen, die über den Flur kroch, und rief Jinzhen herbei. Er sagte zu ihm: ›Du zählst doch so gerne Ameisen, dann zähl doch mal, wie viele hier sind.‹ Und dann habe ich mit eigenen Augen gesehen, wie er hinging und innerhalb weniger Sekunden mit Bestimmtheit eine sehr akkurate Angabe über die Anzahl dieser durcheinanderwuselnden Ameisen machte. Ein andermal lieh er sich ein Buch von mir aus, ein Lexikon der Sprichwörter und Aphorismen, und brachte es mir wenige Tage später zurück. Ich sagte ihm, er könne es behalten, doch er erwiderte, das sei nicht nötig, denn er habe es bereits auswendig gelernt. Später stellte ich fest, dass er in der Tat das ganze verdammte Lexikon auswendig hersagen konnte. Ich kann getrost behaupten, dass von den unzähligen Studenten, die ich in meiner Laufbahn unterrichtet habe, keiner eine akademische Begabung oder Intelligenz besaß, die auch nur annähernd an die seine herankam. Seine Fähigkeit, sich Dinge zu merken, seine Kreativität, seine Auffassungsgabe, sein mathematisches Geschick, aus einer Beweisführung eine Regel abzuleiten, zusammenzufassen, eine Lösung zu finden ... Er war in vieler Hinsicht erstaunlich. Es überstieg das Fassungsvermögen vieler gewöhnlicher Sterblicher. Wäre es nach mir gegangen, hätte er seine Zeit gar nicht erst auf der Oberschule vergeuden müssen. Ich hätte ihn gleich auf die Universität geschickt. Aber der Rektor war dagegen. Er sagte, das entspreche nicht dem Wunsch des alten Herrn Rong.

Damit meinte er natürlich Lilley Junior.

Lilley Junior hatte zwei Gründe für seine Ablehnung. Zum einen beunruhigte ihn die Tatsache, dass Jinzhen seine Kindheit vollkommen abgeschottet von anderen Menschen verbracht hatte – der Junge sollte erst einmal lernen, soziale Beziehungen zu pflegen, Zeit mit Kindern seines Alters zu verbringen und normal aufzuwachsen. Es hätte seiner schwierigen und introvertierten Persönlichkeit nur geschadet, ihn einer Umgebung auszusetzen, in der alle viel älter waren als er selbst. Zum anderen hatte er beobachtet, dass Jinzhen häufig alberne Sachen machte, zum Beispiel vor ihm und seinen Lehrern verheimlichte, dass er Dinge zu beweisen suchte, deren Beweisführung andere längst umfassend angetreten hatten. Vielleicht war er auch einfach zu intelligent. Für Lilley Junior sollte jemand, der so große Fähigkeiten besaß und dabei so weltfremd war, besser einen Schritt nach dem anderen tun, um nicht sein Genie daran zu verschwenden, dass er Dinge herausfand, die andere längst wussten.

Später jedoch mussten sie ihn wohl oder übel ganze Jahrgänge überspringen lassen, auch um seine Lehrer nicht zur Verzweiflung zu treiben, die er mit obskuren Fragen bombardierte, die sie ihm einfach nicht beantworten konnten. Da war nichts zu machen – Lilley Junior musste sich dem Urteil der Lehrer beugen und den Jungen ein Jahr überspringen lassen. Daraufhin übersprang er eine Klasse nach der nächsten, mit dem Ergebnis, dass seine ehemaligen Mitschüler eben erst die Oberschule erreicht hatten, als er schon das Eintrittsexamen für die Universität absolvierte. Mit der vollen Punktzahl in Mathematik und als siebtbester Kandidat der ganzen Provinz landete er wie zu erwarten in der mathematischen Fakultät der Universität N.

6

Die mathematische Fakultät der Universität N war berühmt, landesweit galt sie als Wiege hervorragender Wissenschaftler. Vor Jahren hatte einmal eine prominente literarische Persönlichkeit abfällige Bemerkungen über seine Heimatstadt aufgeschnappt. Sofort ließ er das Gespräch mit einer scharfen Bemerkung verstummen: »Und selbst wenn C doppelt so rückständig und heruntergekommen wäre, dann hätte die Stadt immer noch die Universität N. Und ginge es mit der Universität bergab, dann bliebe immer noch ihre mathematische Fakultät, die zu den besten der Welt gehört. Wer sind also Sie, unsere Stadt zu schmähen?«

Und damit hatte er einfach recht.

Zu seinem Eintritt in die Universität schenkte Lilley Junior Jinzhen ein Tagebuch. Auf dem Deckblatt hatte er eine Widmung für ihn verfasst:

Willst du Mathematiker werden, dann bist du am richtigen Ort. Willst du kein Mathematiker werden, dann brauchst du diese Universität nicht, denn deine mathematischen Kenntnisse genügen schon jetzt für den Rest deines Lebens.

Es gab wohl niemanden, der Jinzhens erstaunliches mathematisches Genie hinter seiner verschlossenen Fassade besser erkannt hatte als Lilley Junior. Er war überzeugt, dass aus Jinzhen einmal ein großer Mathematiker werden würde. Jinzhens Talent würde sicher nicht lange unentdeckt bleiben, doch er hoffte, dass ihm bis dahin noch ein wenig Zeit bliebe. Besser, man zögerte den Durchbruch noch ein oder zwei Jahre hinaus, damit der Junge sich in Ruhe auf sein Studium konzentrieren konnte.

Wie sich herausstellte, hatte Lilley die Sache unterschätzt. Es dauerte ganze zwei Wochen, bis sogar der ausländische Professor Jan Lisewicz Jinzhens außergewöhnliches Talent bemerkt hatte. Lisewicz sagte eines Tages zu Lilley: »Sieht ganz so aus, als habe unsere Universität erneut einen großen Mathematiker hervorgebracht, wahrscheinlich einen der größten unserer Zeit. Zumindest der beste, den Sie und ich jemals getroffen haben.«

Natürlich redete er von Jinzhen.

Jan Lisewicz war etwa so alt wie das Jahrhundert. Er war 1901 als Sohn polnischer Aristokraten geboren. Seine Mutter war Jüdin und hatte ihm ein Aussehen vererbt, das damals als »typisch jüdisch« galt: eine hohe Stirn, eine Hakennase und dunkles lockiges Haar. So bemerkenswert wie sein Gesicht war sein Verstand. Er brillierte vor aller Welt mit seinem Gedächtnis, und sein Intelligenzquotient überstieg den gewöhnlicher Menschen um ein Mehrfaches. Schon als Vierjähriger war er verrückt nach Spielen, die die Intelligenz der Wettstreitenden herausforderten, und beherrschte bald sämtliche Brettspiele der Welt. Als er sechs war, wagte schon niemand mehr, sich mit ihm im Schach zu messen. Jeder, der ihn eine Partie spielen sah, war der Überzeugung: noch so ein geheimnisvoller Jude mit einer seltenen Begabung!

Mit vierzehn begleitete Lisewicz seine Eltern zur Hochzeitsfeier einer anderen aristokratischen Familie vor Ort. Dort waren auch Verwandte Michael Steinroders zu Gast, damals einer der berühmtesten Mathematiker der Welt, Dekan der mathematischen Fakultät in Cambridge und ein großer Meister im Schach. Lisewicz Senior erklärte dem Mathematiker, dass er hoffe, sein Sohn würde eines Tages in Cambridge studieren. Nicht ohne

Arroganz entgegnete Steinroder, dass es dafür nur zwei Wege gebe: »Entweder muss er das übliche Eintrittsexamen bestehen oder er muss den Newtonpreis der Royal Society gewinnen.« Dieser Preis wurde in ungeraden Jahren für Mathematik, in geraden Jahren für Physik verliehen. Die fünf Erstplatzierten des Wettbewerbs konnten ohne Aufnahmeprüfung und frei von Studiengebühren in Cambridge studieren.

Der junge Lisewicz mischte sich in das Gespräch ein: »Ich habe gehört, Sie seien einer der besten Amateurschachspieler der Welt. Wie wäre es mit einer Partie? Könnte ich, wenn ich gewinne, nicht ohne Aufnahmeprüfung in Cambridge studieren?«

Der Mathematiker entgegnete herablassend: »Meinetwegen, doch sei gewarnt: Du hast mich im Falle deines Gewinns um einen großen Gefallen gebeten. Den will ich dir gerne tun, im Gegenzug aber erwarte ich auch etwas von dir, falls du verlierst. Wir wollen schließlich unter fairen Bedingungen spielen. Ich spiele nur, wenn du damit einverstanden bist.«

»Sagen Sie mir, was ich tun muss, wenn ich verliere«, sagte der junge Lisewicz.

»Wenn du verlierst«, antwortete der Mathematiker, »wirst du niemals in Cambridge studieren können.«

Er hatte gehofft, den Jungen damit abzuschrecken, der aber ließ sich außer von seinem Vater von niemandem beeindrucken. Nur, weil sein Vater unterdrückten Protest hören ließ, zögerte er zunächst, doch dann sagte er:

»Einverstanden.«

Unter den Augen zahlreicher Zuschauer setzten sich die beiden an den Schachtisch. Nach nur einer halben Stunde erhob sich Steinroder vom Tisch und sagte lachend zu Lisewicz Senior: »Nächstes Jahr können Sie Ihren Sohn nach Cambridge bringen.«

Herr Lisewicz entgegnete: »Sie haben die Partie noch nicht zu Ende gespielt.«

»Glauben Sie, ich wüsste nicht, wann ich geschlagen bin?«, fragte Steinroder. Er drehte sich zu Jan um: »Glaubst du, du kannst gewinnen?«

»Im Augenblick stehen meine Chance etwa drei zu sieben«, sagte der Junge.

»Da hast du recht«, sagte der Mathematiker. »Doch andererseits bist du dir dessen bewusst, und es besteht eine Chance von 60 bis 70 Prozent, dass du mich zu einem Fehler zwingst. Du hast dich prächtig geschlagen und ich freue mich auf die kommenden Partien mit dir in Cambridge.«

Nur zehn Jahre später, Jan Lisewicz war gerade 24 Jahre alt, wurde er von den *Österreichischen Monatsheften für Mathematik* ein »aufstrebender Stern am Himmel der Mathematik« genannt. 1932 gewann er den bedeutendsten internationalen Preis für Mathematik: die Fields-Medaille, die dem Nobelpreis gleichkommt, aber nur alle vier Jahre verliehen wird.

Eine von Lisewiczs Kommilitoninnen war eine Enkeltochter des österreichischen Kaisers. Sie verliebte sich unsterblich in den jungen Medaillengewinner. Lisewicz dagegen interessierte sich kein bisschen für sie. Eines Tages suchte ihn der Vater der jungen Dame auf – nicht etwa in der Hoffnung, ihn mit seiner Tochter zu vermählen, sondern weil er sich von ihm Impulse zur Verbesserung der mathematischen Forschung in Österreich wünschte. Lisewicz zeigte sich interessiert, wollte es aber genauer wissen: »Ich bringe das Geld, Sie bringen mir fähige Leute«, sagte der Adlige. »Damit sollten wir ein anständiges Forschungsinstitut auf die Beine stellen können.«

»An welche Summe haben Sie denn gedacht?«

»Sagen Sie mir, wie viel Sie brauchen.«

Lisewicz beschäftigte sich zwei Wochen lang mit der Ausarbeitung des Konzepts und entwickelte eigens eine mathematische Formel, um die Vorteile für seine eigene Karriere und das

Fach auszurechnen. Nach Österreich zu gehen, erwies sich als wesentlich rentabler.

Also ging er nach Österreich.

Jeder nahm an, dass gleich zwei Personen hinter diesem Entschluss standen: der reiche Vater und die vernarrte Tochter. Anders gesagt: Dieser glückliche junge Mann würde zwei Fliegen mit einer Klappe schlagen – eine prestigeträchtige Stelle bekommen und noch dazu eine nicht minder sehenswerte Ehefrau. Lisewicz interessierte sich jedoch für nichts anderes als seine Karriere. Er bediente sich der unerschöpflichen finanziellen Mittel des Habsburgers, um das beste mathematische Forschungsinstitut Österreichs aufzubauen, und vereinte unter seiner Flagge zahlreiche hervorragende Wissenschaftler – unter denen die junge Frau, die so verliebt in ihn gewesen war, bald ein neues Idol fand. Die Gerüchte mehrten sich, dass er homosexuell sei, und sein Verhalten nährte sie nur. So stellte er zum Beispiel nie eine Frau in seinem Institut ein, nicht einmal in der Verwaltung. Außerdem bemerkten die Zeitungen schnell, dass sie mit einem männlichen Journalisten bessere Chancen auf ein Interview mit ihm hatten. Zwar suchten ihn letztlich mehr weibliche als männliche Reporter auf, doch sie kehrten in der Regel mit leeren Händen zurück. Das konnte aber gleichwohl an seiner zurückhaltenden Art gelegen haben.

[Aus dem Interview mit Meister Rong]

Jan Lisewicz kam 1938 als Gastdozent an die Universität N – ich kann mir vorstellen, dass er auf der Suche nach geeigneten Mitarbeitern war. Er hatte sicher nicht mit den Ereignissen gerechnet, die die Welt in den darauf folgenden Wochen erschütterten. Als er von Hitlers Einmarsch in Österreich hörte, blieb ihm nichts anderes übrig, als an der Universität N zu bleiben, bis die Lage in Europa sich geklärt haben würde. Unterdessen erhielt er einen Brief aus den Vereinigten Staaten, in dem ihm ein Freund die erschreckende Wahrheit über die Situation in Europa erzählte. Die Nazis waren bereits auf dem Vormarsch in Österreich, Polen, in der Tschechoslowakei und Ungarn, und die jüdische Bevölkerung sah sich zur Flucht gezwungen. Diejenigen, die nicht rechtzeitig fliehen konnten, wurden zusammengepfercht und in Lager gesteckt. Erst jetzt begriff er, dass er nirgendwohin gehen konnte und auf absehbare Zeit bei uns bleiben musste. Er wartete auf eine Gelegenheit, in die USA auszuwandern, doch solange musste er sich mit einer Professur für Mathematik an unserer Universität begnügen. In dieser Zeit vollzog Lisewicz eine wundersame Wandlung. Praktisch über Nacht begannen die jungen Frauen an der Universität eine ungeheure Anziehungskraft auf ihn auszuüben. Das war eine vollkommen neue Erfahrung für ihn, er kam sich vor wie ein seltener Baum, dessen Blüten und Früchte davon abhingen, in welche Erde man ihn pflanzte. Selbst sein Wunsch nach einer Stelle in den USA unterlag diesem neu erwachten Interesse am anderen Geschlecht. Zwei Jahre später, er war jetzt 40, heiratete er eine junge Physikdozentin, die gut 14 Jahre jünger war als er. Das verzögerte seinen Plan, in die USA auszuwandern, erneut. Es sollte ein weiteres Jahrzehnt dauern, bis es soweit war.

Jan Lisewicz' enormer Wandel blieb in der Welt der Mathematik nicht unbemerkt. In China wurde aus dem originellen und innovativen Mathematiker von einst ein wunderbarer Ehemann und Vater. Vielleicht war sein Talent untrennbar mit seinem Junggesellenleben verbunden gewesen und sein Genie hatte ihn mit seiner Heirat im Stich gelassen. Selbst, wenn ihn jemand danach gefragt hätte, hätte er nicht sagen können, ob es an seiner Heirat lag, oder ob es ihm einfach von selbst abhandengekommen war. Jeder Mathematiker könnte Ihnen bestätigen, dass Lisewicz vor seiner Zeit in China 27 Abhandlungen verfasst hatte, die alle internationale Anerkennung fanden, doch danach keine einzige mehr geschrieben hatte. In eben dieser Zeit wurden seine Söhne und Töchter geboren, sodass es schien, als habe sich sein Genie in die Arme einer Frau verflüchtigt, um sich dann in Form von süßen Kindern zu manifestieren. Seine auffällige Wandlung goss Öl ins Feuer derjenigen, die gern vom ›geheimnisvollen Orient‹ reden, der in der Lage sei, einen besonderen Menschen auf wundersame Art zu ändern, ohne genauer hinzusehen und festzustellen, wie oberflächlich dieser Wandel war. Niemand verstand wirklich, was vor sich ging. Das Ergebnis schien für sich zu sprechen.

Mag sein, dass ein Teil seines einstmaligen Genies sich in den Armen seiner Frau aufgelöst hatte. Im Vorlesungssaal war Lisewicz jedoch nach wie vor ein hervorragender Lehrer und wurde immer kompetenter und engagierter. Elf Jahre lang unterrichtete der Pole an der Universität N, und man muss sagen, dass es für jeden Studenten ein ungeheures Glück bedeutete, denn von ihm unterrichtet zu werden war zweifellos der erste Schritt zu einer großen mathematischen Karriere. Um nur ein Beispiel zu nennen: Von allen Absolventen der Universität N, die je auf internationalem Parkett Einfluss gewinnen sollten, haben die meisten bei ihm studiert. Letzteres war denn auch kein Zuckerschlecken. Erstens mussten seine Studenten den Unterricht auf Englisch meistern (nach Hitlers Einmarsch in Österreich sprach er selbst nie wieder ein Wort Deutsch), zweitens durfte man in seinen Vorlesungen nicht mitschreiben. Wenn er eine Aufgabe stellte, verriet er oft absichtlich nur die Hälfte der nötigen Informationen, oder er baute bewusst Fehler ein, die er nie selbst korrigierte, zumindest nicht in derselben Stunde. Gegebenenfalls würde er ein paar Tage später darauf zurückkommen und die Aufgabe in korrigierter Form wiederholen, aber oft vergaß er es einfach und kümmerte sich nicht weiter darum. Das war einer der Kniffe, brutal, aber wesentlich, der seine weniger begabten Studenten schnell zum Aufgeben oder zur Wahl eines anderen Studienfachs brachte. Sein Lehrprinzip folgte einem einzigen Motto: Eine fehlerhafte Idee ist besser als eine perfekte Beweisführung. Natürlich war der einzige Zweck *dieser kleinen Tricks, seine Studenten zum selbständigen Denken zu erziehen, ihre Vorstellungskraft und Kreativität hervorzukitzeln.*

Zu Beginn des Studienjahrs hielt er vor den neuen Studenten immer denselben Vortrag in einer Mischung aus Chinesisch und Englisch:

Ich bin ein wild animal, kein Tierbändiger. Meine Absicht ist es, Sie zu jagen, Sie in den Tiefen der Wälder und Berge um Ihr Leben laufen zu lassen. The faster you run, the faster I will chase you. Je langsamer Sie laufen, umso langsamer werde ich Sie verfolgen. Aber rennen müssen Sie, egal, was passiert. Sobald Sie anhalten, ist es mit unserer Beziehung vorbei. Laufen Sie tief in die Wälder, und ich verliere Sie aus den Augen, ist es ebenfalls vorbei. Im ersteren Fall bin ich es, der Sie aufgibt, im letzteren ist es umgekehrt. Und jetzt rennen wir los. Let's see who will get away from whom.

Ihm davonzulaufen war natürlich keine leichte Übung, doch wenn man es sich leicht machen wollte, dann ging das auch. In der ersten Stunde zu Beginn jedes Semesters schrieb Lisewicz in die rechte obere Ecke der Tafel eine gerissen schwierige Aufgabenstellung. Wer in der Lage war, sie zu lösen, bekam automatisch die volle Punktzahl für das Semester und musste nur noch am Unterricht teilnehmen, wenn er wollte. In diesem Fall war er dem Lehrer sozusagen für dieses Semester davongelaufen. Hatte einer der Studenten tatsächlich die Aufgabe gelöst, wischte Lisewicz sie fort und schrieb eine neue an dieselbe Stelle, bis auch dafür ein Student die Lösung fand. Wer drei dieser Aufgaben hintereinander löste, dem stellte er eine ganz persönliche Aufgabe, die einer Abschlussarbeit entsprach. Löste der Student auch diese Aufgabe, egal wann, selbst wenn er nur wenige Tage auf der Universität verbracht hatte, erhielt er sein Universitätsdiplom mit Bestnote und hatte sein Studium abgeschlossen. Dazu muss man sagen, dass in den gut zehn Jahren, die Lisewicz bereits an der Universität gelehrt hatte, kein Student diese Möglichkeit auch nur annähernd zu nutzen gewusst hatte. Es war schon beachtlich, wenn einer eine oder gar zwei der raffinierten Problemstellungen löste.

[Fortsetzung folgt]

Nun saß Jinzhen in Lisewicz' Vorlesung in der ersten Reihe, denn mit seinen 16 Jahren war er noch ziemlich klein gewachsen. Mehr als jeder seiner Kommilitonen bemerkte Jinzhen daher das gefährliche und gewitzte Blitzen in Lisewicz' hellblauen Augen. Lisewicz war ein hochgewachsener Mann, hinter dem Pult stehend wirkte er noch größer. Seine Augen fixierten die hinterste Reihe. Jinzhen bekam hin und wieder einen Tropfen Speichel ab, wenn der Professor sich besonders ereiferte, und spürte seinen Atem, wenn er laut wurde. Der Pole sprach mit unglaublicher Leidenschaft über unglaublich trockene, abstrakte mathematische Formeln. Manchmal ruderte er mit den Armen und schrie. Manchmal ging er langsam auf und ab und rezitierte vor sich hin. Das war Lisewicz: mal Poet und mal Feldmarschall. Am Ende der Stunde verließ er ohne ein Wort den Raum. Diesmal fiel sein Blick dabei zufällig auf die schmächtige Gestalt in der ersten Reihe. Der junge Mann saß dort zusammengesunken, den Kopf dicht über dem Papier wie bei einer Prüfung und schien wie besessen in irgendeine Rechenaufgabe vertieft.

Zwei Tage später war die nächste Stunde. Nachdem Lisewicz sich an sein Pult vor die Studenten gestellt hatte, fragte er: »Wer von Ihnen heißt Jinzhen? Könnten Sie bitte die Hand heben?«

Lisewicz erkannte den Studenten, der die Hand hob, sofort als den Jungen in der ersten Reihe, der ihm am Ende der letzten Stunden aufgefallen war. Er winkte mit einem Stapel Papier und fragte Jinzhen: »Haben Sie das unter meiner Tür durchgeschoben?«

Jinzhen nickte.

»Ich möchte Ihnen mitteilen, dass Sie in diesem Semester nicht mehr am Unterricht teilzunehmen brauchen.«

Ein Raunen ging durch die Klasse.

Lisewicz schien sich zu amüsieren, denn er wartete geduldig und mit einem Lächeln, bis sich der Tumult gelegt hatte. Als wieder Ruhe eingekehrt war, schrieb er die Aufgabe noch einmal an die Tafel, diesmal in die linke obere Ecke. »Lassen Sie uns einen Blick darauf werfen, wie Jinzhen diese Aufgabe gelöst hat. Es handelt sich dabei um nichts, das außerhalb unseres Lehrplans läge. Jinzhens Lösungsweg wird das Thema der heutigen Stunde sein.«

Zuerst schrieb er Jinzhens Antwort vollständig an die Tafel, dann erläuterte er die Vorgehensweise von Anfang bis Ende. Daraufhin zeigte er drei weitere mögliche Lösungswege, sodass die Studenten das Gefühl hatten, durch den Vergleich eine Menge zu lernen. Das Thema der Stunde entwickelte sich Schritt für Schritt aus den Lösungswegen heraus. Am Ende der Vorlesung schrieb er eine neue Aufgabe in die rechte obere Ecke der Tafel und sagte: »Ich würde mich freuen, wenn jemand in der Lage wäre, diese Aufgabe bis zur nächsten Stunde zu lösen. So stelle ich mir das vor: Am Ende der Stunde eine Frage, in der nächsten Stunde die Antwort.«

Doch Lisewicz wusste nur zu gut, dass die Wahrscheinlichkeit dafür verschwindend gering war. Mathematisch ausgedrückt: Sie war nicht höher als der Bruchteil eines Prozents – aufgerundet. Doch wer wollte die Zukunft mathematisch berechnen, die Möglichkeit des Unmöglichen, den Himmel auf Erden? Rein rechnerisch besteht kein allzu großer Unterschied zwischen Himmel und Erde – ein winziger Bruchteil Unterschied, und die Erde wird Himmel und umgekehrt. Lisewicz ahnte nicht, dass dieser stille, schmächtige Junge ihn so weit bringen könnte, dass er nicht mehr wusste, was Erde und was Himmel war. Noch war die Erde für ihn Erde, doch dieser Junge kam und bewies ihm, dass sie in Wahrheit der Himmel war. Ja, Jinzhen löste auch die die zweite Aufgabe an der Tafel sofort. Und so gab es natürlich eine dritte. Beim Anschreiben drehte sich Lisewicz um und sagte, nicht an die ganze Klasse, sondern an Jinzhen gewandt: »Wenn Sie auch diese Aufgabe lösen, werde ich Ihnen Ihre persönliche Examensaufgabe stellen.«

Das war Jinzhens dritte Stunde bei Professor Lisewicz und er war noch keine Woche an der Universität.

Die dritte Aufgabe konnte Jinzhen nicht ganz so schnell lösen wie die beiden anderen, er hatte die Lösung in der nächsten Stunde noch nicht parat. Am Ende dieser dritten Stunde kam Lisewicz zu ihm und sagte: »Ich habe mir schon eine Problemstellung für Ihre Examensarbeit überlegt. Sie können sie sich jederzeit bei mir abholen kommen, sobald Sie die letzte Aufgabe gelöst haben.« Dann ging er hinaus.

Jan Lisewicz hatte nach seiner Heirat ein Haus in der Sanyuangasse unweit der Universität gemietet. Dort war sein offizieller Wohnsitz – tatsächlich verbrachte er aber noch immer viel Zeit in seiner alten Dozentenunterkunft auf dem Campus. Die Wohnung lag im dritten Stock, ein Einzimmerapartment mit Bad, in das er sich zum Lesen und Forschen zurückzog, seine persönliche Studierstube. Dort war er auch an jenem Nachmittag. Er hatte gerade seinen Mittagsschlaf beendet und hörte Radio, als jemand die Treppe heraufkam. Die Schritte machten vor seiner Tür Halt, doch niemand klopfte. Stattdessen vernahm er ein Rascheln, ein Geräusch wie von einer Schlange im trockenen Gras. Jemand schob etwas unter seiner Tür hindurch, einen Stapel Papier, wie sich herausstellte. Lisewicz bückte sich und hob die Blätter auf. Sofort erkannte er die Handschrift: Jinzhen. Schnell überflog er die Seiten, bis er auf die Lösung stieß. Es war die richtige und sie traf ihn wie ein Peitschenhieb. Sein erster Impuls war, die Tür aufzureißen und Jinzhen zurückzurufen, doch er zögerte und ging zurück, setzte sich auf das Sofa und las die erste Seite mit Jinzhens Lösungsweg sorgfältig durch. Als er fertig war, konnte er nicht mehr an sich halten und rannte zum Fenster. Er sah Jinzhen draußen davongehen. Lisewicz riss das Fenster auf und brüllte der sich entfernenden Gestalt hinterher. Jinzhen drehte sich um und sah ihn.

In der Wohnung bat der Professor den Jungen, sich ihm gegenüber zu setzen.

»Wer sind Sie?«

»Ich heiße Jinzhen.«

»Das weiß ich«, lachte Lisewicz. »Ich meine, woher Sie kommen, wer sind Ihre Eltern? Wo sind Sie zur Schule gegangen? Ihr Gesicht kommt mir irgendwie bekannt vor ... Wer ist Ihr Vater?«

Jinzhen zögerte. Er wusste nicht, was er sagen sollte.

Auf einmal kam es Lisewicz in den Sinn: »Moment mal, jetzt weiß ich es. Sie erinnern mich an das Denkmal der Frau vor dem Hauptgebäude – Fräulein Lilley, Rong Abakus Lilley, genau! Sind Sie mit ihr verwandt? Ihr Sohn – nein, ihr Enkelsohn?«

Jinzhen zeigte nur mit dem Finger auf die Blätter auf dem Sofa, als hätte er Lisewicz nicht gehört: »Habe ich es richtig gelöst?«

»Sie haben meine Frage noch nicht beantwortet. Sind Sie ein Enkel von Abakus Lilley?«

Jinzhen verneinte die Frage nicht, er bejahte sie auch nicht, er sagte nur lethargisch: »Das müssen Sie Professor Rong fragen, er ist mein Vormund. Ich habe keine Eltern.«

Jinzhen war es unangenehm, über seinen Bezug zu Abakus Lilley zu sprechen, über den er nichts Genaues wusste und auch nicht wissen wollte. Doch damit provozierte er nur, dass Lisewicz misstrauisch wurde und weiter nachbohrte: »Aha. Also wenn das so ist, würde ich gerne wissen, ob Sie selbstständig auf die Lösung meiner Fragestellung gekommen sind. Oder hat Ihnen jemand geholfen?«

Jetzt antwortete Jinzhen sehr entschieden: »Selbstständig natürlich!«

Am selben Abend stattete Professor Lisewicz Lilley Junior einen Besuch ab. Als Jinzhen ihn sah, glaubte er, der Professor sei gekommen, um nachzuforschen, ob er die Lösung wirklich allein erarbeitet hatte. Lisewicz hatte sich die Frage tatsächlich gestellt, doch hatte er sie gleich wieder verworfen. Hätten Lilley Junior oder seine Tochter bei der Lösung mitgewirkt, wären sie niemals darauf gekommen, sie auf diese Weise zu formulieren. Er hatte den ganzen Nachmittag damit verbracht, sich Jinzhens Vorgehensweise genau anzusehen und war sehr beeindruckt. Jinzhen führte seinen Beweis auf eine äußerst ungewöhnliche und erstaunliche Weise, die etwas Naives hatte, und doch deutlich vom logischen Denkvermögen und der Intelligenz des jungen Studenten zeugte. Lisewicz stand vor einem Rätsel. Erst im Gespräch mit Lilley Junior fand er allmählich die passenden Worte dafür.

»Mir stellt sich das Ganze so dar«, sagte er schließlich, »als ob wir ihn in eine Katakombe geschickt hätten, in der es so dunkel ist, dass man die Hand nicht vor Augen sieht, voller Quergänge, Gabelungen und Fallen, unmöglich, dort ohne Licht auch nur einen Schritt zu tun. Man müsste also zuerst eine Lichtquelle finden. Es gibt viele Möglichkeiten, eine Taschenlampe, eine Petroleumlampe, eine Fackel oder auch einfaches Brennholz. Doch dieser Junge weiß in seiner Einfältigkeit gar nichts von diesen Hilfsmitteln oder nicht, wo er sie findet. Also bedient er sich stattdessen eines Spiegels, den er so hält, dass er das von draußen einfallende Sonnenlicht reflektiert und in den Tunnel lenkt, in den er möchte. Stößt er dort an eine Biegung, stellt er einen weiteren Spiegel auf, um das Licht des ersten abzuleiten. Und so setzt er seinen Weg fort, mit dieser einen schwachen

Lichtquelle, vorbei an allen Fallen und Gefahren. Und was dann noch dazukommt: Sobald er an eine Gabelung gerät, scheint ihm eine Art sechster Sinn zu verraten, wo es weitergeht.«

Zehn Jahre arbeiteten sie nun schon zusammen, aber noch nie hatte Lilley den Polen solche Lobreden auf einen Studenten führen hören. Lisewicz war nicht gerade jemand, der sich leicht damit tat, die mathematischen Fähigkeiten eines anderen anzuerkennen. Doch da saß er und lobte Jinzhen ohne Einschränkung in den Himmel. Lilley Junior befremdete das etwas, auch wenn er sich freute. Immerhin war er der Erste gewesen, der Jinzhens außergewöhnliches Talent entdeckt hatte. Dass Lisewicz nun der Zweite war, gab ihm nur recht. Doch was konnte mehr wert sein als eine Bestätigung durch einen Mann vom Format eines Lisewicz? Je länger sie sich unterhielten, desto besser verstanden sie sich.

Was jedoch Jinzhens akademische Zukunft betraf, gingen ihre Meinungen diametral auseinander, denn Lisewicz war der Meinung, dass der Junge mit seinem jetzigen Wissen und seinen beachtlichen Fähigkeiten keinerlei Grundlagenausbildung mehr nötig habe. Er könne sich gleich an seine Examensarbeit machen.

Lilley Junior war anderer Meinung.

Wie wir wissen, war Jinzhen anderen Menschen gegenüber extrem gleichgültig, er schottete sich ab. Er war ein Kind mit wenig sozialer Kompetenz und wenig Erfahrung im Austausch mit Gleichaltrigen. Das war seine größte Schwachstelle und die, die seine Zukunft am meisten gefährdete. Lilley Junior sah es als seine vornehmste Aufgabe, den Schaden, den Jinzhen in seiner frühen Kindheit genommen hatte, zu reparieren. Man würde ihm viele Schwierigkeiten ersparen, wenn er mehr Zeit mit anderen Kindern verbrächte, etwas gegen seinen instabilen Charakter, seine Abneigung gegen die Gesellschaft täte. Und da er schon unter den Mathematikstudenten der jüngste war, wollte ihn Lilley Junior nicht noch mehr von seiner eigenen Generation entfremdet wissen. Noch mehr Erwachsene um ihn herum hätten nach Lilleys Ansicht katastrophale Auswirkungen auf seine Entwicklung. Lilley Junior sagte nicht alles, was er dachte, der ganze Sachverhalt war wesentlich komplexer, und er wollte Jinzhen nicht bloßstellen. Also beließ er es dabei, nachdrücklich seine Ablehnung von Lisewicz' Vorschlag zu bekunden:

»In China haben wir eine Redewendung: ›Erst 100 Mal härten macht Stahl zu Stahl.‹ Das heißt, nur durch Erfahrung wird man klug. Sicher ist es richtig, dass Jinzhen ungewöhnlich intelligent ist, aber ihm fehlen Allgemeinbildung und Lebenserfahrung. Es gibt, wie Sie gerade selbst gesagt haben, viele Werkzeuge, mit denen man sich den Weg leuchten kann, man braucht sie nur zu ergreifen. Aber er nimmt sie nicht, er sucht sich die kompliziertesten und unorthodoxesten Wege, um etwas ganz Einfaches zu erreichen. Und das macht er nicht überlegt – er hat schlicht keine andere Wahl. Es ist sein Mangel an Allgemeinwissen, der ihn dazu zwingt, innovativ zu werden. Dass er auf einen Spiegel kommt, um sich den Weg zu leuchten, ist fantastisch, und wenn er den Rest seines Lebens damit verbringt, sein Genie auf seltsame Methoden für die einfachsten Dinge zu verschwenden, kann er damit vielleicht seine intellektuelle Neugier befriedigen, doch wozu? Daher halte ich es seiner Entwicklung für zuträglich, wenn er mehr Zeit auf sein Studium verwendet und sich erst einmal bekanntes Wissen aneignet. Wenn er dann die allgemein bekannten Grundlagen verstanden hat, kann er sich Unbekanntem widmen, das es wert ist, erforscht zu werden. Mir ist zu Ohren gekommen, dass Sie von Ihren letzten Reisen mit einer umfangreichen Bibliothek zurückgekehrt sind. Bei meinem letzten Besuch in Ihrem Haus hätte ich mir gerne einige der Bücher ausgeliehen. Doch dann sah ich ein Hinweisschild am Regal, auf dem stand: *Fragen ist zwecklos,* also unterließ ich es. Vielleicht könnten Sie in diesem Fall eine Ausnahme machen. Ich wäre Ihnen mehr als dankbar, wenn Sie Jinzhen gestatten könnten, Ihre Bücher zu lesen. Ich bin sicher, dass ihm das eine große Hilfe wäre.«

Nun war es an Lisewicz, anderer Meinung zu sein.

Es gab in jener Zeit viele Gerüchte um die beiden seltsamen Spinner an der Fakultät für Mathematik. Gemeint waren damit Rong Yinyi (Meister Rong), die sich an einen Berg Briefe klammerte und diesen jedem Verehrer vorzog, der sie heiraten wollte. Der zweite war der ausländische Professor, Lisewicz, dem seine Regale voller Bücher zur Mathematik wichtiger waren als seine Frau – niemandem, absolut niemandem außer ihm selbst war es gestattet, sie anzufassen. Da konnte Lilley Junior noch so lange versuchen, Überzeugungsarbeit zu leisten, die Chancen, dass Lisewicz seine Meinung änderte, waren verschwindend gering. So gering wie der aufgerundete Bruchteil eines Prozents vielleicht. Doch wie sagten wir bereits: Die Zukunft lässt sich nicht berechnen – die Mathematik beweist lediglich die Möglichkeit des Unmöglichen.

Am darauffolgenden Abend erwähnte Jinzhen beim Essen, dass Professor Lisewicz ihm ein paar Bücher geliehen habe, und außerdem habe er gesagt, er könne sich jederzeit jedes Buch, das ihn interessiere, von ihm leihen. Lilleys Herz macht einen Sprung. Er war sich sicher gewesen, dass er mit seiner Einschätzung Jinzhens so viel weiter war als jeder andere, und nun zeigte Lisewicz, dass er noch viel weiter ging. Lilley begriff sofort, wie wichtig der Junge in Lisewicz Augen sein musste, nicht einfach nur wichtig, sondern einzigartig. Lisewicz schien sich von ihm große Dinge zu erwarten. Sehr viel größere, als Lilley Junior sich vorstellen konnte.

7

Sprach man an der Universität von »den beiden Spinnern«, dann war das bezüglich Meister Rong eher mitleidig gemeint, man hatte Respekt vor ihrer tragischen Liebesgeschichte. Über Lisewicz sprach man dagegen ablehnend und vorwurfsvoll, man hielt ihn für einen Pedanten, der gern aus einer Hühnerfeder einen Admiralspfeil machte. Und wie das so ist, kreisten um seine Person bald die wildesten Gerüchte. Praktisch jeder an der Universität hatte etwas über ihn zu erzählen. Da bekannt war, dass er niemals eines seiner Bücher verlieh, wusste bald auch jeder, dass er nun für eine bestimmte Person eine Ausnahme machte. »Bei berühmten Leuten ist jeder Furz berühmt«, wie das Sprichwort sagt. Mathematisch ausgedrückt entspricht das der Äquivalenzgleichung von Masse und Energie.

Das Gerede nahm kein Ende. Zu gerne hätte man gewusst, warum Professor Lisewicz ausgerechnet zu Jinzhen so großzügig war. Da könne er ihm ja gleich seine Frau ausleihen!, tuschelte man hinter vorgehaltener Hand. Die naheliegende Erklärung war, dass er viel von den Fähigkeiten seines Studenten hielt und große Dinge von ihm erwartete, doch naturgemäß ist bei solchem Tratsch die Annahme von menschenfreundlichen Motiven nicht besonders populär. Auf dem Campus unterstellte man dem ausländischen Professor lieber, er wolle Jinzhens Talent zu seinem eigenen Vorteil nutzen.

Auch Meister Rong äußerte sich dazu in unserem Gespräch.

[Aus dem Interview mit Meister Rong]
In den ersten Winterferien nach dem Ende des Zweiten Weltkriegs reiste Jan Lisewicz nach Europa. Es war ein eiskalter Winter, und da er annahm, in Europa sei es noch kälter, ließ er seine Familie zu Hause und fuhr allein. Bei seiner Rückkehr lieh Vater eigens einen Ford von der Universität und bat mich, ihn damit am Hafen abzuholen. Als ich dort ankam, fand ich Lisewicz überraschend auf einer riesigen hölzernen Kiste sitzen, groß wie ein Sarg, auf der in Englisch und Chinesisch seine Adresse stand. Sie war viel zu groß und schwer für das Auto. Mir blieb nichts anderes übrig, als einen großen Handwagen und vier kräftige Männer für den Transport der Kiste zu organisieren. Unterwegs fragte ich ihn, warum in aller Welt er so viele Bücher mitgebracht habe, und er antwortete voller Enthusiasmus: »Ich habe ein neues Forschungsgebiet, für das ich unbedingt diese Bücher brauche.«

Offenbar hatte Lisewicz in Europa sein alter Forschergeist wieder gepackt. Er wirkte inspiriert und wollte mit etwas ganz Neuem anfangen, etwas ganz Großem, dem Thema künstliche Intelligenz. Heutzutage ist das nichts Besonderes mehr, doch damals war soeben der erste Computer konstruiert worden.* Er hatte begriffen, wie wichtig diese Erfindung werden sollte, und das richtige Gespür für ihr Potenzial. Vor dem Hintergrund des groß angelegten Forschungsprojekts stellten die mitgebrachten Bücher nur einen kleinen Anfang dar. Kein Wunder, dass er sie niemandem ausleihen wollte.

Dass er allein für Zhendi eine Ausnahme machte, gab zu den wildesten Gerüchten Anstoß. Es kursierten zu jener Zeit ohnehin schon eine Reihe fantastischer Geschichten um Zhendi in der Fakultät, zum Beispiel, wie er es wohl fertiggebracht habe, ein Studium von vier Jahren in zwei Wochen abzuschließen, wie er Lisewicz damit blamiert habe und so weiter. Und ohne den wah-

---

* Der erste Computer, ENIAC, wurde 1946 erfolgreich fertiggestellt.

ren Sachverhalt zu verstehen, erzählten die Leute bald, der ausländische Professor nutze Zhendis großes Talent für seine eigene Forschung aus. Derlei Gerüchte, wissen Sie, sind an einer Uni gar nicht so selten. Es gibt genug Leute, die gerne über die Schwächen anderer herziehen, und genug, die sich das mit Schadenfreude anhören. Als ich davon hörte, fragte ich Zhendi, was es damit auf sich habe. Er wies es rundweg als Lüge ab. Auch als Vater danach fragte, sagte er, das sei alles Unsinn.

Vater fragte ihn: »Stimmt es, dass du inzwischen jeden Nachmittag bei ihm verbringst?«

»Stimmt«, sagte Zhendi.

»Und was treibst du dort?«, fragte Vater.

»Ich lese Bücher oder wir spielen Schach.«

Auch wenn Zhendis Antworten sehr eindeutig ausfielen, waren wir nicht recht überzeugt. Wo Wellen sind, ist auch Wind. Schließlich war er noch ein Kind und verstand wenig davon, wie komplex die Welt war und es konnte gut sein, dass er sich täuschen ließ. Also ging ich wiederholt unter irgendeinem Vorwand zu Lisewicz, um der Sache nachzugehen. Sie spielten tatsächlich Schach, die europäische Variante. Zhendi spielte auch zu Hause oft mit Vater, chinesisches Schach. Er war ein guter Spieler, die beiden waren in etwa auf demselben Niveau. Mit Mutter spielte er hin und wieder Sternhalma, aber nur so zum Spaß. Als ich ihn gegen Lisewicz spielen sah, war ich mir sicher, dass es für Lisewicz ein bloßer Zeitvertreib war, denn jeder wusste, dass der polnische Professor ein absolutes Ass auf diesem Gebiet war.

Im Grunde war es auch so.

Zhendi erzählte mir, dass er mit Lisewicz verschiedene Arten von Schach spielte, europäisches Schach, Go, chinesisches Schach, Militärschach. Gelegentlich siegte er beim Militärschach, aber nie in den anderen Disziplinen. Er versicherte mir, dass Lisewicz sämtliche Schachvarianten auf einem unglaublich hohen Niveau beherrsche, und dass er ihn im Militärschach allein deshalb besie-

gen könne, weil dort der Sieg zur Hälfte Glückssache sei und nicht allein von der Strategie des Spielers abhänge. Sogar für Sternhalma brauche man mehr spielerisches Geschick. Für Zhendi war Militärschach daher keine ernsthafte Disziplin, zumindest konnte man es kein Schachspiel für Erwachsene nennen.

Doch warum, so fragen Sie sich bestimmt, sollte Lisewicz sich mit Zhendi als Gegner abgeben, wenn er gar kein ebenbürtiger Spieler war?

Nun ja, zunächst einmal ist Schach ja gar nicht so schwer zu lernen. Man braucht keine besonderen Voraussetzungen, es genügt, die Regeln zu kennen und loszulegen. Doch sobald man damit angefangen hat, verhält es sich mit dem Schach eben doch ganz anders als mit verschiedenen Fertigkeiten zum Beispiel, bei denen man durch Training immer besser wird. Da wird aus einem Anfänger bald ein geübter Spieler, dann ein versierter und später ein ausgezeichneter Spieler. Im Schach dagegen wird es immer komplizierter, je öfter man spielt, denn je besser man wird, desto mehr Varianten lernt man kennen, und das eröffnet immer neue Möglichkeiten und Wege. Wie in einem Labyrinth, in das man zunächst leicht hineinfindet, in dem sich indessen die Wege immer mehr verzweigen und man immer neue Entscheidungen treffen muss. Das ist ein Grund für seine Komplexität. Der andere ist, dass die zwei Spieler in diesem Labyrinth gleichzeitig den Weg des anderen abschneiden und selbst vorankommen wollen. Es geht immer um Weiterkommen und Blockieren, wodurch das ohnehin subtile Spiel an zusätzlicher Komplexität gewinnt. Das ist Schach: Standarderöffnungen, attackieren und den Angriff abwehren, Angriff abwehren und selbst attackieren, offensichtliche und versteckte Manöver, kurze Züge und lange Züge, den Gegner möglichst im Ungewissen über deine Strategie lassen. Üblicherweise hat derjenige den besten Spielraum für den nächsten Zug und für die Täuschung des Gegners, der die meisten Varianten kennt. Ist der Gegner erst einmal verwirrt und versteht die Absicht des

Angriffs nicht mehr, ist es ein Leichtes, die Partie für sich zu entscheiden. Ein guter Schachspieler muss daher vor allem möglichst viele Zugvarianten kennen.

Was genau eine Zugvariante ist?

Sie ist wie ein Trampelpfad, den viele Wanderer durch ein Dickicht geschlagen haben – ein sicherer Weg, um von A nach B zu gelangen, aber auch einer, der jedem offen steht. Jeder andere kann diesen Weg genauso nehmen wie man selbst. Zugvarianten sind, mit anderen Worten, konventionelle Waffen. Kämpft man gegen einen unbewaffneten Gegner, ist er sofort k.o. Verfügt der Gegner über die gleichen Waffen, kann man ihm zwar Minen in den Weg legen, aber das ist Zeitverschwendung, wenn der Gegner weiß, Minenräumer einzusetzen. Man kann Flugbomber schicken, doch er sieht sie deutlich auf seinem Radar und schießt sie ab. Das heißt, Geheimwaffen sind der Schlüssel zum Erfolg bei einer Schachpartie. Schach kennt nicht wenige Geheimwaffen.

Und das war der Grund, warum Lisewicz endlos mit Zhendi Schach spielte. Zhendi entdeckte ständig neue Geheimwaffen. Er kam immer wieder auf die absonderlichsten Einfälle, scheinbar sinnlose Attacken, die sich erst dann erklärten, wenn plötzlich jemand aus dem Nichts vor dir auftauchte. Er verwirrte dich, indem er eine tot geglaubte Figur zum entscheidenden Part seines nächsten Zuges machte. Doch er spielte noch nicht besonders lange Schach und kannte wenige konventionelle Zugvarianten. Dadurch war er leicht zu verwirren. Viele Standardzüge waren für ihn völlig undurchsichtig, auch wenn sie schon millionenfach erprobt waren. Aus diesem Grund war es ein Leichtes, ihn trotz seiner ungewöhnlichen und verwirrenden Züge zu schlagen.

Lisewicz selbst erzählte mir, dass Zhendi nicht etwa deshalb verliere, weil er nicht intelligent genug war. Ihm fehle einfach die Erfahrung, die Kenntnis der üblichen Spielvarianten und die Übung. »Ich habe alle möglichen Arten von Schach gespielt, seit ich vier war, im Verlauf der Jahre sind mir sämtliche Zugvarian-

ten für jedes Spiel in Fleisch und Blut übergegangen«, sagte Lisewicz. »Natürlich ist schwer für Jinzhen, mich zu schlagen – was Schach betrifft, kann man mich wohl getrost ein Genie nennen. Und natürlich habe ich meine Fähigkeiten in all der Zeit perfektioniert. Zhendi wird nie in der Lage sein, mich zu schlagen, es sei denn, er macht ab sofort nichts anderes mehr als an seinem Schachspiel zu feilen. Andererseits schafft er es immer wieder, mich zu überraschen, und das gefällt mir. Deshalb spiele ich so gerne mit ihm.«

So war das also.

Schachspielen.

Schachspielen! Wieder und wieder.

Und weil sie miteinander Schach spielten, wurden sie zu Freunden. Ihr Verhältnis glich schon bald nicht mehr dem üblichen Lehrer-Schüler-Verhältnis, sie waren wie echte Kumpel, gingen zusammen spazieren, aßen zusammen; weil sie miteinander Schach spielten, verbrachte Zhendi immer weniger Zeit zu Hause. Bis dahin hatte er während der Ferien kaum jemals den Kopf zur Tür hinausgestreckt, Mutter hatte ihn praktisch hinauswerfen müssen, damit er mal an die frische Luft kam. In jenem Winter aber saß Zhendi tagsüber so gut wie nie zu Hause. Anfangs glaubten wir, dass er und Lisewicz einfach nur miteinander Schach spielten. Sie spielten indessen nicht einfach Schach, sie entwickelten ein neues Schachspiel!

Sie werden mir vermutlich nicht glauben wollen, dass sie tatsächlich ein neue Form von Schach erfanden. Zhendi nannte es mathematisches Schach. Ich habe die beiden später oft gegeneinander spielen sehen. Es war wirklich seltsam – das Brett hatte etwa den Umfang einer Schreibtischplatte, mit zwei Lagern, eines davon hatte die Form des Schriftzeichens für Brunnen 井, das andere die Form des Schriftzeichens für Reis 米. Sie spielten mit Mahjong-Steinen statt mit Schachfiguren. Vier Wege führten von den Lagern aus quer über das Spielfeld, zwei davon gehörten *zu jedem Spieler. Die Spielfiguren im Brunnenlager folgten einer bestimmten Anordnung, ähnlich wie beim chinesischen Schach, wo jede Figur eine festgelegte Ausgangsposition hat, während die Spielfiguren des Reislagers überall ihren Ausgangspunkt nehmen konnten, er wurde vom Gegner bestimmt. Der Gegner stellte also deine Figuren dort auf, wo sie seiner eigenen Strategie zufolge am besten hinpassten. Du warst dafür als Erster am Zug und konntest die Figuren nach Belieben verändern, natürlich so, dass sie möglichst schnell zu deinem Vorteil und zum Nachteil des Gegners standen. Im Spielverlauf wechselten die Figuren zwischen dem Brunnen- und dem Reislager. Je weniger Hindernisse auf dem Vormarsch in das gegnerische Feld, desto größer die Siegeschancen. Die Regeln zum Vorrücken in das gegnerische Feld waren sehr streng. Es galt, jeden Zug gründlich vorzubereiten. Sobald die Figur im gegnerischen Lager operierte, galten andere Regeln. Die Figuren des Brunnenlagers durften sich zum Beispiel nicht in der Diagonalen fortbewegen oder andere Figuren überspringen, im Gegensatz zu denen des Reislagers. Der größte Unterschied zum Standardschachspiel bestand darin, dass die Spieler sich gut überlegen mussten, wie sie die von ihnen kontrollierten Wege vorbereiteten. Das Ziel war, die eigenen Figuren nach Plan bewegen zu können, gleichzeitig aber so früh wie möglich die störenden Figuren so zu verschieben, dass sowohl man selbst als auch der Gegner simultan ins gegnerische Lager vorrücken konnte. Den Feind zum Freund machen und sich gegenseitig hinein- und hinauslassen, so könnte man dieses Prinzip nennen. Man spielte gleichzeitig gegen den Gegner und gegen sich selbst, es waren also drei Partien in einem: Beide Spieler spielten gegen sich selbst und gegen den Gegner.*

Es war wirklich ein seltsames, undurchsichtiges Spiel. Um es sich konkreter vorstellen zu können: So, als ob wir beide uns einen Kampf lieferten und dabei herausfänden, dass Ihre Truppen unter meinem Befehl stehen und meine unter Ihrem. Eine wahrhaft bizarre Situation, aus der sich in diesem Fall ein komplexes Spiel ergab. Daher war es für die meisten Leute auch viel zu schwierig, die Regeln zu begreifen und es nachzuspielen. Lisewicz erklärte, es sei nun einmal für Mathematiker gedacht, weshalb sie es auch Mathematikerschach nannten. Mir gegenüber sagte er einmal: »Dieses Spiel ist das Ergebnis purer mathematischer Forschung. Die ihm zugrunde liegende, exakte mathematische Struktur und abstruse Komplexität in Verbindung mit dem so subtilen wie präzisen, rein subjektiven Mechanismus der Spielvarianten ist allein mit dem menschlichen Gehirn zu vergleichen. Dieses Schach zu erfinden und zu spielen ist eine Herausforderung für die menschliche Intelligenz.«

Mir kam bei diesen Worten sofort das Thema seiner aktuellen Forschung in den Sinn – künstliche Intelligenz. Alarmiert fragte ich mich, ob das Mathematikerschach nicht ein Teil dieses Forschungsprojekts war. Wenn es so war, dann stimmte es, dass er Zhendi ausnutzte, dass er ihm gegenüber einfach so tat, als ginge es einzig um die Entwicklung des Spiels. Ich fragte daher bei Zhendi bewusst nach dem Hintergrund der Erfindung und dem konkreten Ablauf des Spiels.

Zhendi berichtete, dass sie beide gerne miteinander gespielt hatten, aber Lisewicz so gut war, dass er das Gefühl hatte, ihn niemals schlagen zu können, was so frustrierend gewesen sei, dass er die Lust verloren habe. Darum hatten sie sich überlegt, eine Art Schach zu entwickeln, bei dem sie beide dieselbe Ausgangslage hätten, ohne dass einer von ihnen mehr Zugvarianten kannte als der andere. Es sollte so strukturiert sein, dass man allein durch Intelligenz siegen konnte. Zhendi war nach seinen Worten hauptsächlich dafür verantwortlich gewesen, das Brett zu entwickeln, während Lisewicz sich die Regeln für das Vorrücken ausdachte. Sollte dieses Spiel also Teil von Lisewicz' Forschungsprojekt sein, hatte Zhendi keinen unerheblichen Anteil daran – etwa zehn Prozent, wie Zhendi selbst behauptete. Also fragte ich ihn nach

Lisewicz' Forschung zum Thema künstliche Intelligenz, doch er sagte, er wisse nichts davon und habe nicht den Eindruck, dass Lisewicz einem solchen Projekt nachgehe.

»Warum bist du dir da so sicher?«, fragte ich ihn.

»Weil er mir nichts davon erzählt hat«, sagte Zhendi.

Es war wirklich merkwürdig.

Warum sollte Lisewicz, kaum dass er mich traf, enthusiastisch von seinem neuen Forschungsprojekt sprechen, aber Zhendi gegenüber, der täglich so viel Zeit mit ihm verbrachte, kein Wort darüber verlieren? Da war etwas faul. Wenig später, als ich Lisewicz persönlich darauf ansprach, meinte er, die Ausstattung des Instituts sei nicht ausreichend und er habe aufgeben müssen.

Aufgeben?

Hatte er das wirklich oder tat er nur so?

Ehrlich gesagt, gefiel mir die Geschichte gar nicht. Ich muss Ihnen ja nicht verraten, dass wir, falls er nur so tat als ob, ein ernsthaftes Problem gehabt hätten. Denn warum sollte man seine Forschungsaktivitäten verschleiern, wenn nicht deshalb, weil sie aus ethischen oder rechtlichen Gründen nicht vertretbar waren? Und wenn es so war, war der arme Zhendi das ideale Opfer, das sich zu seinen Zwecken missbrauchen ließ. Die Gerüchte, die an der Fakultät um das Verhältnis der beiden kreisten, hatten mich schon länger misstrauisch gemacht. Ich war ehrlich darum besorgt, dass der Junge getäuscht und benutzt wurde. Er war schließlich immer noch ein Kind, naiv und emotional unreif, er wusste nichts von menschlichen Abgründen. Wollte man jemanden übervorteilen, gab es kein besseres Opfer. Er war gutgläubig, einsam, respektvoll und fraß alles in sich hinein, statt sich gegen Ungerechtigkeit zu wehren.

Glücklicherweise tat Lisewicz wenig später etwas völlig Unerwartetes, das meine Sorgen mit einem Schlag zerstreute.

[Fortsetzung folgt]

8

Bis Ende 1949 hatten Jan Lisewicz und Jinzhen endgültig die Regeln für ihr Mathematikerschach ausgearbeitet. Bald darauf, es war kurz vor der Befreiung der Provinzhauptstadt C, erhielt Lisewicz von der amerikanischen Fachzeitschrift *Annals of Mathematics* die Einladung zu einer Konferenz an der University of California in Los Angeles. Um Teilnehmern aus Asien die Reiseformalitäten zu erleichtern, war eine Anlaufstelle in Hongkong eingerichtet worden. Alle asiatischen Teilnehmer sollten sich dort treffen und gemeinsam weiter nach Kalifornien fliegen. Lisewicz blieb nur etwa sechs Wochen in den USA. Er war so schnell wieder da, dass man sich wunderte, wie er die weite Reise in so kurzer Zeit hatte unternehmen können. Doch er brachte ausreichend Beweise mit, Stellenangebote von Forschungsinstituten und Universitäten in Polen, Österreich und den Vereinigten Staaten. Fotos von sich zusammen mit John von Neumann, Lloyd Shapley, Irvin Cohen und anderen berühmten Mathematikern. Außerdem hatte er die aktuelle Ausschreibung für den alljährlichen Putnam-Mathematikwettbewerb dabei.

[Aus dem Interview mit Meister Rong]

William Lowell Putnam war ein amerikanischer Mathematiker. 1882 machte er seinen Abschluss in Harvard und wurde zunächst erfolgreicher Anwalt und Bankier. 1921 äußerte er gegenüber dem Harvard Alumni Magazine *die Absicht, einen interdisziplinären Wissenswettbewerb ins Leben zu rufen. Nach seinem Tod gründete seine Witwe auf der Grundlage seines letzten Willens 1927 die interdisziplinäre William Lowell Putnam Gedenkstiftung. Mit Unterstützung dieser Stiftung rief von 1938 an die* Society of American Mathematicians *in Zusammenarbeit mit mehreren Universitäten den jährlichen Putnam-Mathematikwettbewerb aus, ein Wettbewerb, der bei Universitäten und mathematischen Einrichtungen große Beachtung findet und der Entdeckung neuer Talente in den Universitäten dient. Der Wettbewerb richtet sich zwar an Studierende des Faches, die Fragen entsprechen aber dem Niveau von etablierten Mathematikern. Obwohl sich alljährlich nur die besten Studenten der Universitäten daran beteiligen, erreichen die meisten keine nennenswerte Punktzahl. Die 30 besten jedes Jahres kommen dagegen bei den ranghöchsten Universitäten der Welt unter, in Harvard zum Beispiel erhalten die drei Bestplatzierten des Wettbewerbs das großzügigste Stipendium, das die Universität zu vergeben hat. In jenem Jahr bestand die Ausschreibung aus 15 Aufgaben, bei denen eine Höchstpunktzahl von 150 erreicht werden konnte. Zur Lösung hatten die Teilnehmer 45 Minuten Zeit. Die höchste erreichte Punktzahl war 76,5 und die besten zehn lagen bei über 37,55.*

Lisewicz hatte die Aufgaben mitgebracht, um Zhendi zu testen und sonst niemanden. Allen anderen, einschließlich der anderen Professoren, hätte der Test nur unnötige Arbeit bereitet und sie in Bedrängnis gebracht. Bevor er sie Zhendi gab, schloss er sich 45 Minuten lang in seinem Büro ein und prüfte sich selbst. Er stellte fest, dass er schlechter abgeschnitten hätte als der diesjährige Beste, denn er hatte nur acht Aufgaben gelöst und eine weitere nur teilweise. Ein paar Minuten mehr, und er hätte sie geschafft, aber die Zeitvorgabe war einfach gnadenlos. Zwei Dinge waren es, die dieser Wettbewerb unterstreichen sollte:

Mathematik ist die Wissenschaft der Wissenschaften.
Mathematik ist die Wissenschaft unserer Zeit.

Der sogenannte Vater der Atombombe, Robert Oppenheimer sagte einmal: »Zeit ist das wahre Problem aller Wissenschaften. Mit unbegrenzter Zeit könnte jedermann die Geheimnisse des Universums entdecken.« Es gibt Leute, die sagen, er habe durch den Bau der ersten Atombombe den besten Weg zur Beendigung des zweiten Weltkriegs gefunden. Doch stellen Sie sich einmal die Atombombe in der Hand Hitlers vor. Hätte die Menschheit dann nicht ein noch schwerwiegenderes Problem als vorher gehabt?

Zhendi schaffte es, innerhalb von 45 Minuten sechs der Fragen zu beantworten. Bei einer der Lösungen hatte er nach Lisewicz' Auffassung die Ausgangsfrage verfälscht und bekam keinen Punkt dafür. Bei der letzten Aufgabe ging es um ein logisches Problem, für das ihm nur 1,5 Minuten zur Lösung blieben. Das war nicht genug Zeit, um irgendetwas dazu zu notieren, aber er hatte dennoch in den letzten Sekunden die richtige Antwort hingekritzelt. Sein Ergebnis war bemerkenswert und nur ein weiterer Beweis für seinen scharfsinnigen Verstand. Die Bewertung des Tests hing vom jeweiligen Prüfer ab. Der eine hätte ihm durchaus die volle Punktzahl gegeben, ein anderer hätte ihm etwas abgezogen, je nachdem, wie er die Fähigkeit des Prüflings beurteilte. Selbst im schlechtesten Fall hätte man ihm 2,5 Punkte für die Aufgabe zuerkannt. Lisewicz entschied sich für diese strenge Variante. Zhendi erreichte in einem Jahr, bei dem eine Punktzahl von 37,55 ausgereicht hätte, um zu den besten Zehn zu gehören, eine Punktzahl von 42,5.

Er hätte nur tatsächlich an diesem Wettbewerb teilnehmen müssen, um an einer der Ivy League Universitäten der USA studieren zu können, ein Stipendium und ein ausgezeichneter Ruf in der mathematischen Welt wären ihm sicher gewesen. Dem war aber nicht so, und hätte man seinen Test irgendwem gezeigt, wäre man nur ausgelacht worden. Wie sollte dieser Junge aus der chinesischen Provinz wohl in der Lage sein, ein solches Ergebnis zu erzielen? Jeder hätte es für einen albernen Betrugsversuch gehalten. Sogar Lisewicz fühlte sich beim Anblick von Zhendis Testbögen irgendwie verraten, aber das war irrational. Lisewicz war vollkommen davon überzeugt, dass dieses Ergebnis echt war, und es war Lisewicz, der es in die Hand nahm, aus diesem Spiel Ernst zu machen.

[Fortsetzung folgt]

Zunächst suchte Lisewicz Lilley Junior auf und erklärte ihm, wie er Jinzhen probeweise am Putnam-Wettbewerb hatte teilnehmen lassen. Er hatte sich gut überlegt, was er sagen wollte: »Vertrauen Sie mir – Jinzhen ist heute der beste Student, den diese Universität je hatte, und morgen könnte er einer der besten Studenten in Harvard, Princeton, Stanford, am MIT oder einer anderen Spitzenuniversität sein. Nehmen Sie meinen Rat an, schicken Sie ihn ins Ausland, nach Harvard, wohin Sie wollen.«

Lilley wusste nicht, was er sagen sollte.

Lisewicz drängte weiter: »Sie müssen an ihn glauben, geben Sie ihm eine Chance.«

Lilley schüttelte den Kopf. »Ich fürchte, das geht nicht.«

»Warum nicht?« Lisewicz war fassungslos.

»Wir können es uns nicht leisten«, gab Lilley Junior zu.

»Ein Semester würde reichen«, sagte Lisewicz. »Ich bin mir sicher, dass er schon ab dem zweiten ein Stipendium bekommt.«

»Unser Geld reicht nicht einmal für die Reisekosten«, sagte Lilley. »Von einem Semester ganz zu schweigen.«

Lisewicz ließ ihn tief enttäuscht stehen.

Sicher war er frustriert, weil sein Traum für seinen Studenten nicht zu verwirklichen schien, doch ihm war die Sache nicht ganz geheuer. Lilley Junior und er waren sich von vornherein nicht über Jinzhens Zukunft einig gewesen. Er konnte sich nicht sicher sein, ob Lilley ihm die Wahrheit sagte, oder ob die Geldfrage eine Ausrede war, weil ihm die Idee nicht zusagte.

Eine so wohlhabende Familie wie die Rongs sollte doch über ausreichend finanzielle Ressourcen verfügen.

Lilley Junior aber hatte die reine Wahrheit gesagt. Lisewicz konnte nicht wissen, dass erst vor wenigen Monaten der verbliebene Grundbesitz der Familie in Tongzhen der kommunistischen Landreform zum Opfer gefallen war und sie ihnen nichts mehr als ein paar verfallende Gebäude auf dem alten Anwesen gelassen hatten. Das letzte noch in der Provinzhauptstadt existierende Ladengeschäft hatte Lilley – das glaubte er dem patriotischen Ruf seiner Familie schuldig zu sein – bei der Amtseinführung des neuen Bürgermeisters der Volksregierung von C übereignet. Dass er einen solchen Anlass für die Übergabe des Geschenks gewählt hatte, erweckte den Anschein, als buhle Lilley arg um die Gunst der neuen Machthaber, doch die Volksregierung hatte den Zeitpunkt selbst ausgesucht. Er hatte sich davon überzeugen lassen, damit ein gutes Beispiel für andere wohlhabende und bekannte Familien zur Unterstützung der neu gegründeten Volksrepublik zu geben. Die Rongs, das kann ich mit Sicherheit sagen, waren wirklich große Patrioten, Lilley Junior bildete keine Ausnahme. Gerne leerte er seine Geldbörse für den Aufbau des Landes, denn er war jemand, der einerseits das Gemeinwohl im Auge hatte und auch ganz persönlich unter der schlechten Erfahrung mit der Kuomintang zu leiden gehabt hatte. Jedenfalls hatte sich das Erbe des alten Lilley und seines Sohnes allmählich in Luft aufgelöst, es war ruiniert worden, geteilt, ausgegeben, verschenkt – es existierte nicht mehr. Lilleys persönliche Ersparnisse waren für die Rettung seiner Tochter draufgegangen. Sein Gehalt war nicht im gleichen Maße wie die Lebenshaltungskosten gestiegen und alle anderen Einkommensquellen waren verloren. Liebend gerne hätte Lilley Junior den Plan unterstützt, Jinzhen ein Auslandsstudium zu ermöglichen, doch er konnte in dieser Situation nichts für ihn tun.

Das begriff schließlich auch Lisewicz, wenn auch erst ein paar Monate später, als ihn ein Schreiben von Dr. Gábor Szegő, dem Leiter der mathematischen Fakultät der Universität Stanford, erreichte, das neben der Zusage eines Stipendiums der Universität für Jinzhen auch eine Geldanweisung über 110 US-Dollar für die Reisekosten enthielt. Dieser Erfolg war allein Lisewicz' Einsatz zu verdanken, der Szegő einen ausführlichen Brief in der Sache geschrieben hatte – 3.000 Zeichen, die sich in ein hundertprozentiges Stipendium und eine Schiffspassage verwandelt hatten. Als er Professor Lilley die guten Nachrichten überbrachte, durfte er erleichtert feststellen, wie freudig gerührt der alte Mann war.

Doch ausgerechnet in Jinzhens letzten Sommerferien vor dem geplanten Wechsel nach Stanford sorgte eine plötzliche, schwere Erkrankung dafür, dass er für immer in China bleiben sollte.

[Aus dem Interview mit Meister Rong]
Eine Nierenentzündung!
Beinahe wäre Zhendi daran gestorben.
Als die Krankheit ausbrach, stellte ihm der Arzt sehr schnell einen mündlichen Totenschein aus – er habe noch höchstens ein halbes Jahr zu leben. Der Tod wurde in den kommenden Monaten zu seinem ständigen Begleiter, während wir mit ansehen mussten, wie sein magerer Körper Tag für Tag anschwoll wie ein Ballon, während sein tatsächliches Körpergewicht immer geringer wurde.
Diese Schwellungen! Die Nierenentzündung ließ den armen Zhendi aufgehen, dass er aussah wie ein löchriger, gärender Hefeteig, er fühlte sich an wie ein leichter, weicher Wattebausch, als würde er platzen, wenn man mit dem Finger hineinstach. Dass er überlebte, war dem Arzt zufolge ein Wunder, wie eine Wiederauferstehung von den Toten. Beinahe zwei Jahre lang behandelten sie ihn im Krankenhaus, es wurde sein Zuhause, Salz war Gift

für ihn, der Tod stets in greifbarer Nähe. Das Geld aus Stanford ging am Ende für seine Behandlung drauf und sein Stipendium, sein Examen, seine Zukunft verblassten im Kampf gegen den Tod. Lisewicz' Anstrengungen waren vergebens gewesen. Er hatte alles getan, um seinem Studenten eine glorreiche Zukunft zu ermöglichen, und jetzt musste er sich nicht nur damit abfinden, dass Leute wie ich selbst, auf die er seine Zukunft baute, seinen Bemühungen die böswilligsten Motive unterstellten, sondern auch mit der traurigen Tatsache, dass das Geld futsch war und es uns Rongs niemals möglich sein würde, die 110 Dollar aus eigener Kraft aufzubringen.

Lisewicz hatte mit seinem Einsatz keinen Zweifel mehr an seinen guten Absichten gelassen, seine Zuneigung für Zhendi war aufrichtig. Denn hätte er ihn für seine eigenen Forschungszwecke missbraucht, hätte er sich nie für seinen Wechsel nach Stanford eingesetzt. Auch Geheimnisse haben eine beschränkte Lebensdauer, früher oder später kommen sie an den Tag. Lisewicz' Geheimnis bestand einzig darin, dass er mehr als jeder andere von Zhendis mathematischem Genie überzeugt war. Mag sein, dass Zhendi ihn an sich selbst als jungen Mann erinnerte. Er liebte ihn so, wie er die Erinnerung an seine Kindheit liebte, genauso selbstlos, unschuldig und ehrlich.

Bleibt hinzuzufügen, dass Lisewicz sich später dennoch unfair gegenüber Zhendi verhielt, aber da ging es um etwas anderes, um die Sache mit dem Mathematikerschach. Das Spiel zeigte bald große Wirkung in den mathematischen Zirkeln Europas und der USA, es wurde zu einem beliebten Spiel unter Mathematikern, aber nicht mehr unter dem Titel Mathematikerschach, es hieß jetzt Lisewicz-Schach. Ich habe im Lauf der Zeit zahlreiche Artikel voller Lob und Anerkennung darüber gelesen. Es wurde sogar mit John von Neumanns Spieltheorie verglichen. So wie Neumanns Nullsummentheorie für die Wirtschaftstheorie sei Lisewicz-Schach von entscheidender Bedeutung für Militärstra-

tegie, hieß es. In der Praxis hatte sich bislang weder die eine noch die andere Theorie bewiesen, ihre wissenschaftliche Bedeutung war jedoch nicht zu leugnen. Lisewicz, so betonten einige, könne mit seinem mathematischen Talent getrost entweder als Rivale oder als Bruder Neumanns gelten, wenn er sich auch seit seinem Fortgang nach China keinen größeren Verdienst auf dem Feld der Mathematik erworben habe als dieses Schachspiel. Es blieb die letzte große Errungenschaft seiner Karriere.

Wie gesagt, Lisewicz-Schach war nicht allein seine Erfindung gewesen, Zhendi hatte keinen geringen Anteil daran. Indem er dem Spiel seinen eigenen Namen gab, eliminierte Lisewicz Zhendis Verdienst daran, und beanspruchte ihn für sich allein. Ob Lisewicz damit einfach nur unfair gegenüber Zhendi war, oder ob er ihm damit in gewisser Weise den ungewollten Verrat an seiner Unterstützung heimzahlte, ist schwer zu sagen.

[Fortsetzung folgt]

9

Eines Morgens im Frühsommer 1950 begann es zu regnen und hörte die ganze Nacht hindurch nicht auf. Der Regen klatschte in schweren Tropfen auf die Dachziegel, mal hämmernd, mal pochend, als würde ein riesiger Tausendfüßler über die Dächer rennen. Der Klang der Tropfen änderte sich mit dem Wind – je heftiger er blies, desto donnernder das Geräusch. Der Wind riss an den Fenstern und ließ die Läden klappern. Lilley Junior konnte wegen dieses Radaus kein Auge zutun. Er hatte Kopfschmerzen und geschwollene Augen vor lauter Schlafmangel. Beim Lauschen auf den Klang des Windes und des Regens wurde ihm bewusst, dass das Haus und er alt geworden waren. Kurz vor der Morgendämmerung schlief er endlich ein. Doch schon wenig später schreckte er wieder aus dem Schlaf. Seine Frau beruhigte ihn. »Klingt, als habe gerade ein Wagen vor unserer Tür gehalten«, sagte sie. »Er ist bestimmt gleich wieder weg.«

Ihm war klar, dass er nicht wieder würde einschlafen können, dennoch blieb Lilley im Bett. Bei Sonnenaufgang stand er schließlich auf, so, wie alte Männer aufstehen, mit vorsichtigen Bewegungen, wie ein Schatten, beinahe lautlos. Er ging gar nicht erst ins Bad, sondern direkt nach unten. Als seine Frau ihn fragte, was mit ihm los sei, wusste er keine Antwort. Er ging weiter, tastete sich durch das dunkle Treppenhaus bis zur Eingangstür, einer typischen Doppeltür. Er öffnete die innere Tür, die nach innen aufging, doch die Außentür, die sich zum Hof hin öffnete, ließ sich nur ein kleines Stück, etwa 30 Grad weit aufstoßen, als sei sie blockiert. Lilley wollte den Grund dafür herausfinden, also zwängte er sich seitwärts durch den engen Spalt, um nach draußen zu gelangen. Zwei riesige Kisten nahmen den kleinen Hof in Beschlag, eine davon stand so dicht am Haus, dass sie die Tür blockierte. Die andere war bereits völlig durchweicht. Der alte Mann versuchte, die zweite Kiste vor dem Regen zu schützen, doch er konnte sie nicht bewegen, der Inhalt schien aus schweren Steinplatten zu bestehen. Er zwängte sich wieder ins Haus und fand ein paar Lagen Ölpapier, mit denen er die Kiste abdeckte. Erst jetzt bemerkte er den Brief, der auf einer von ihnen lag, beschwert mit dem Stein, den sie zum Aufhalten der Tür benutzten.

Der Brief war von Jan Lisewicz.

Er lautete wie folgt:

Lieber Herr Professor,

Ich gehe. Da ich niemanden stören möchte, hinterlasse ich zum Abschied diese Nachricht. Bitte verzeihen Sie mir.

Es ist mir wichtig, über Jinzhen zu sprechen, ich muss es einfach loswerden. Zuallererst hoffe ich, dass er bald wieder gesund wird. Dann hoffe ich, dass Sie die richtigen Weichen für seine Zukunft stellen werden, damit wir (die ganze Menschheit) von seinem großen Talent profitieren können.

Um ehrlich zu sein, scheint mir die beste Verwendung für sein Genie darin zu liegen, dass er sich in einem anspruchsvollen Forschungsprojekt der theoretischen Mathematik engagiert. Doch das bringt auch Probleme mit sich. Die Zeiten ändern sich, und die Menschen werden immer kurzsichtiger und profitgieriger. Sie erwarten schnellen und konkreten Nutzen und interessieren sich immer weniger für rein theoretische Anwendungen. Das ist idiotisch, mindestens so idiotisch, wie körperliche Freuden über die Freuden der Seele zu stellen. Daran lässt sich jedoch so wenig ändern, wie wir garantieren könnten, dass wir die Geißel des

Krieges für immer loswerden. Aus diesem Grund habe ich mich gefragt, ob es nicht besser wäre, wenn er sich mit einem eher technischen Projekt von konkretem praktischen Nutzen befassen würde. Der Vorteil an dieser Art von Forschung ist die enorme Motivation, die man aus ihr bezieht. Schnelle Ergebnisse provozieren weitere Ergebnisse, was sehr befriedigend sein kann. Der Nachteil ist, dass man die Kontrolle über sein eigenes Projekt verliert und persönliches Interesse an der Sache nicht zählt. Die Ergebnisse können der Welt großen Nutzen bringen oder großen Schaden zufügen, doch es bleibt einem nichts anderes übrig, als sich damit zu arrangieren. Man sagt, dass Oppenheimer inzwischen aufrichtig bedauert, die Atombombe geschaffen zu haben, und dass er seine Erfindung am liebsten zurücknehmen würde. Und das würde er vielleicht auch tun, wenn sie sich einfach wie eine Skulptur mit einem Hammer zerschlagen ließe. Doch das wird unmöglich sein. Ist der Geist erst einmal aus der Flasche, lässt er sich nicht wieder einfangen.

Sollten Sie sich entschließen können, ihn an einem wissenschaftlichen Forschungsprojekt arbeiten zu lassen, würde ich für das Thema künstliche Intelligenz plädieren. Ist die Frage nach der künstlichen Intelligenz einmal gelöst, wären wir in der Lage, eine Maschine zu konstruieren, die das menschliche Gehirn imitiert; wir könnten Roboter schaffen, künstliche Menschen. Die Wissenschaft ist längst so weit, dass sie die Geheimnisse vieler Organe entschlüsselt hat, der Augen, Ohren, der Nase, wir können inzwischen sogar künstliche Flugmaschinen bauen. Warum also keine künstliche Intelligenz? Künstliche Rechner haben wir schon, also kann es bis zum künstlichen Gehirn nicht mehr weit sein. Überlegen Sie nur, was wir mit Robotern alles anfangen könnten! Unsere Generation hat schon so viele Kriege erlebt, gleich zwei Weltkriege in einem halben Jahrhundert haben wir durchgemacht. Und vermutlich (ich habe eindeutige Hinweise darauf) stehen wir bereits vor dem nächsten. Eine grauenhafte

Vorstellung. So wie ich es sehe, kann die Menschheit heutzutage den Krieg zu einer noch furchtbareren, schrecklicheren Erfahrung machen als je in der Geschichte. Man kann heute eine wahrhaft riesige Menge von Menschen auf einmal töten, gleichzeitig und sofort, in dem Moment, in dem die Bombe hochgeht. Wir werden wohl niemals ohne Krieg auskommen, und dennoch ersehnt sich die Menschheit seit Generationen nichts anderes, als von dieser Plage befreit zu werden. Die Welt sieht sich einer Unmenge von Problemen dieser Art ausgesetzt, und je mehr sie versucht, sie loszuwerden, desto mehr werden sie, es führt zu Zwangsarbeit, gefährlichen Entdeckungsreisen... Wir scheinen unfähig, uns aus dem Teufelskreis zu befreien, in den wir uns verstrickt haben.

Wenn es der Wissenschaft gelänge, einen künstlichen Menschen zu erschaffen, ein denkendes Wesen ohne Fleisch und Blut, dann könnten wir von diesen Wesen solche Arten unmenschlicher Arbeit verrichten lassen (in Erfüllung unserer perversen Wünsche), und sicherlich würde niemand etwas dagegen einzuwenden haben. Diesem Forschungszweig wäre demnach, sobald er an die Öffentlichkeit träte, eine große Zukunft beschert, und er wäre von unschätzbarem praktischen Wert. Als Erstes muss man dazu in das Geheimnis des menschlichen Gehirns vordringen. Nur durch die Schaffung künstlicher Intelligenz gelangt man einen Schritt weiter zur Schaffung eines Roboters, der Aufgaben übernehmen kann, die derzeit vom Menschen selbst erledigt werden müssen. Ich hatte mich bereits entschieden, mein Leben fortan diesem Forschungsthema zu widmen, doch sah ich mich, noch bevor ich richtig angefangen hatte, gezwungen, von der Idee abzulassen. Warum ich aufgegeben habe, ist mein Geheimnis. Ich kann nur so viel sagen – es geschah nicht aufgrund bestimmter Schwierigkeiten oder Ängste, sondern allein auf Wunsch meines Volks, der Juden. Ich habe mich in den vergangenen Jahren einer für mein Volk entscheidenden und geheimen Aufgabe gewidmet. Sein Leid und seine Hoffnungen haben mich tief bewegt und mich meine einstigen Ideale aufgeben lassen. Wenn ich damit Ihr Interesse auch nur ansatzweise wecken kann, liegt eben darin der Sinn meiner ausführlichen Erläuterungen.

Ich muss Sie warnen: Ohne Jinzhen werden Sie dazu nicht in der Lage sein. Was ich sagen will, ist: sollte Jinzhen dieser tödlichen Krankheit nicht entkommen können, werden auch Sie die Idee aufgeben müssen, denn Sie sind schon zu alt dafür. Wenn er jedoch durchkommt, werden Sie es vielleicht noch erleben, wie eines der größten Mysterien der Menschheit durch die Erschaffung künstlicher Intelligenz gelöst wird. Glauben Sie mir, niemand ist besser geeignet als Jinzhen, um den Schlüssel dazu zu finden, es ist seine Bestimmung. Er ist von Gott dafür auserwählt. Sie selbst haben einmal zu mir gesagt, dass Träume die rätselhaftesten Erscheinungen des menschlichen Geistes sind. Schon seit seiner frühesten Kindheit hat Jinzhen damit zu tun gehabt, er hat sich im Lauf der Zeit ein bemerkenswertes Geschick in der Traumdeutung zugelegt. Ohne es selbst zu verstehen, hat er sich, seit er denken kann, darauf vorbereitet, das Rätsel der menschlichen Intelligenz zu entschlüsseln. Das ist seine Bestimmung.

Lassen Sie mich in der Hoffnung schließen, dass dieser Brief seinen Zweck erfüllt haben wird, sollten Sie und Gott mit mir darin übereinstimmen, dass Jinzhens Dasein auf dieser Welt für die Erforschung der künstlichen Intelligenz prädestiniert ist. Sollten Sie oder Gott sich dagegen entschließen, ihn von dieser Forschung abzuhalten, dann übergeben Sie diesen Brief bitte der Universitätsbibliothek, wo er als Zeuge der zwölf glücklichen Jahre, die ich hier verbringen durfte, dienen mag.

Ich hoffe, dass Jinzhen bald gesund wird!

Jan Lisewicz, am Vorabend seines endgültigen Abschieds.

Lilley Junior hatte sich auf die Kiste gesetzt und den Brief in einem Zug durchgelesen, der Wind raschelte durch die Seiten. Immer wieder trieb eine Bö Regentropfen auf das Papier, als wollten die Elemente einen heimlichen Blick in den Brief erhaschen. Vielleicht, weil er in der Nacht nicht genug geschlafen oder auch, weil der Inhalt des Briefes einen wunden Punkt in seiner Seele berührt hatte – der alte Mann saß mit dem Brief in der Hand da und starrte ins Leere. Erst nach einer ganzen Weile kam er wieder zu sich. »Mach's gut Lisewicz«, sagte er in den Wind und den Regen. »Pass auf dich auf.«

[Aus dem Interview mit Meister Rong]
Jan Lisewicz' Entschluss, China den Rücken zu kehren, hatte viel damit zu tun, dass man seinen Schwiegervater beinahe als Kriegsverbrecher hingerichtet hatte.

Jeder weiß, dass Lisewicz viele Angebote aus dem Ausland erhalten hatte, besonders nach dem Ende des Zweiten Weltkriegs. Zahlreiche Universitäten und Forschungseinrichtungen im Westen hätten ihn gerne aufgenommen, sein Schreibtisch war voller Einladungsschreiben. Doch hatte er offensichtlich nie die Absicht gehabt, zu gehen, er hatte ja im Gegenteil diese riesige Bücherkiste mitgebracht und wenig später das Haus in der Sanyuangasse gekauft, in dem er schon lange gelebt hatte, und den ganzen Wohnhof dazu. Er hatte viel Zeit investiert, um Chinesisch zu lernen, und sprach es besser denn je. Er hatte sogar verkündet, dass er sich um die chinesische Staatsbürgerschaft bewerben wolle (die er nie bekommen sollte). Das Verhältnis zu seinem Schwiegervater war meinem Eindruck nach sehr eng gewesen. Er war der Nachfahre eines Absolventen der höchsten Beamtenprüfungen der Kaiserzeit, stammte aus einer reichen Familie, bedeutende Großgrundbesitzer in der Gegend. Dass seine Tochter einen Ausländer heiraten wollte, hatte ihm ursprünglich gar nicht gefallen. Da er sie nicht davon abbringen konnte, machte er seine Zustimmung von strikten Bedingungen abhängig. Lisewicz durfte mit seiner Frau weder ins Ausland gehen, noch durfte er sich je von ihr scheiden lassen. Er musste Chinesisch lernen und ihre gemeinsamen Kinder mussten den Nachnamen der Mutter tragen. Der Mann war, wie man sieht, alles andere als tolerant, er gehörte zu dieser typischen Generation engstirniger Reicher, die es gewohnt waren, andere herumzukommandieren. Das war die Art von Leuten, die durch ihr negatives Verhalten großen Widerstand in der Bevölkerung geerntet hatten. Zudem hatte er zur Zeit des Marionettenregimes ein wichtiges Amt in der Kreisverwaltung bekleidet und war in zweifelhafte Händel mit den Japanern verstrickt gewesen. Nach der Befreiung knöpfte die neue Volksregierung ihn sich vor. Ihm wurde der Prozess gemacht, er wurde zum Tode verurteilt und wartete im Gefängnis auf seine Exekution.

Lisewicz rannte von einem Professor und Studenten zum anderen, um sie dazu zu bewegen, eine Petition für seine Begnadigung zu unterschreiben. Zu uns kam er auch. Keiner unterschrieb, und ich bin sicher, dass Lisewicz das persönlich nahm, aber wir hatten keine andere Wahl. Wir hätten ihm wirklich gern geholfen, aber uns waren die Hände gebunden. Es waren nicht die Zeiten, in denen das Aufbegehren einer Handvoll Leute etwas bezweckt hätte. Vater ging dennoch zum Bürgermeister, um sich für den Mann einzusetzen. Doch die Antwort fiel erwartungsgemäß aus: Niemand außer dem Großen Vorsitzenden Mao kann ihn retten. Damit war alles gesagt.

Es waren Zeiten, in denen die Volksregierung mit Männern wie Lisewicz' Schwiegervater kurzen Prozess machte, kleinen Tyrannen, die das Volk schikaniert und sich zum Feind gemacht hatten. Das war das politische Klima, doch Lisewicz begriff das nicht, er betrachtete die Sache viel zu naiv. Und unser Verhalten verletzte ihn zutiefst.

Doch völlig unerwartet rettete Lisewicz selbst am Ende mithilfe der Regierung eines ausländischen Staats seinen Schwieger-

vater vor den Kugeln des Exekutionskommandos. Wir wollten es nicht glauben, vor allem, weil es sich um einen mit China offen verfeindeten Staat handelte. Doch Lisewicz schaffte das Unmögliche. Ein Sonderbeauftragter des feindlichen Staates brachte die Angelegenheit bis auf den Tisch des Vorsitzenden Mao, vielleicht auch den von Zhou Enlai, jedenfalls wurde die Sache ganz oben im Politbüro entschieden. Einfach unglaublich!

Die Absprache bestand darin, dass der verfeindete Staat im Austausch für das Leben von Lisewicz' Schwiegervater zwei chinesische Wissenschaftler frei ließ. Als sei dieser widerliche alte Mann, der seine Strafe mehr als verdiente, plötzlich zu einem wichtigen Mann für den anderen Staat geworden. Natürlich bedeutete er selbst ihnen gar nichts; Lisewicz war es, den sie wollten, und zwar um jeden Preis, wie es schien. Bleibt die Frage, warum sie so hinter Lisewicz her waren. Konnte ein berühmter Mathematiker so viel wert sein? Es musste mehr dahinter stecken, doch ich hatte nicht die geringste Ahnung, worum es sich dabei handeln konnte.

Kaum also, dass sein Schwiegervater aus der Haft entlassen worden war, packte Lisewicz seine Sachen und übersiedelte mit seiner Familie ins Feindesland.

[Fortsetzung folgt]

Jinzhen war noch immer im Krankenhaus, als Lisewicz China verließ, aber er schien außer Gefahr zu sein. Da das Krankenhaus sich wegen der hohen Kosten für seine Medikamente sorgte, war man dort schnell einverstanden, den Patienten auf eigenen Wunsch nach Hause gehen zu lassen. Meister Rong und ihre Mutter holten ihn ab. Der Arzt nahm natürlich an, dass eine von beiden seine Mutter sein musste, doch die eine Frau schien ein bisschen zu alt und die andere ein wenig zu jung dafür, also fragte er ganz direkt: »Wer von ihnen ist die Mutter?«

Noch bevor Meister Rong zu einer Erklärung ansetzen konnte, hatte Frau Rong geantwortet: »Ich.«

Der Arzt erklärte ihr, dass Jinzhens Zustand inzwischen stabil und die Krankheit unter Kontrolle sei, es aber noch gut ein weiteres Jahr brauche, um ihn gesund zu pflegen. »In den kommenden zwölf Monaten müssen Sie sich um ihn kümmern wie um ein Kleinkind, sonst besteht die Gefahr eines Rückfalls.«

Beim Anblick der Liste, die der Arzt anschließend mit ihr durchging, fand sie seinen Vergleich nicht unangemessen. Es galt vor allem drei Punkte zu beachten:

Er durfte nur ganz bestimmte Lebensmittel zu sich nehmen.

Man musste ihn nachts zu festen Zeiten wecken, damit er seine Blase entleerte.

Täglich musste man ihm zu bestimmten Zeiten seine Medizin verabreichen, manchmal mit Spritzen.

Frau Rong setzte ihre Brille auf und notierte sich alles, was der Arzt sagte. Dann klärte sie noch einmal Punkt für Punkt, ob sie alles richtig verstanden hatte. Zu Hause bat sie ihre Tochter, ihr eine Tafel von der Universität zu besorgen, auf die sie mit Kreide alle Vorschriften des Arztes schrieb. Die Tafel brachte sie im Treppenhaus an, damit sie sie immer im Blick hatte, wenn sie nach oben oder unten ging. Da sie nun nachts regelmäßig aufstehen musste, um Jinzhen zu wecken, schliefen sie und ihr Mann in getrennten Schlafzimmern. Zwei Wecker standen am Kopfende ihres Bettes, einer war auf kurz nach Mitternacht, einer auf vier Uhr morgens gestellt. Jinzhen legte sich immer noch einmal schlafen, nachdem er am frühen Morgen geweckt worden war, um seine Blase zu leeren. Frau Rong blieb wach, um ihm die erste der fünf Mahlzeiten zuzubereiten, die er im Tagesverlauf essen musste. Sie kochte gerne, aber das war wirklich das Schwierigste und Aufwendigste, das sie sich antun musste. Spritzen zu geben war dagegen für jemanden, der sich auf den Umgang mit Nadel und Faden verstand, gar nicht so schwer, nur in den ersten Tagen verursachte es ihr Unbehagen.

Das Essen zuzubereiten war viel trickreicher. Jinzhen durfte auf keinen Fall zu viel Salz zu sich nehmen, aber ein bisschen Salz brauchte er dennoch, damit seine Heilung nicht noch länger dauerte. Sie hatte in diesem Punkt sehr genaue Anweisungen vom Arzt erhalten. Anfangs durfte der Patient in seiner Rekonvaleszenz nur wenige Mikrogramm Salz zu sich nehmen, danach musste die Menge allmählich erhöht werden.

Im Grunde war das nicht allzu schwer, man brauchte nur eine anständige Waage, um die richtige Dosis abzuwiegen. Das war aber gerade das Problem, denn Frau Rong konnte keine Waage auftreiben, die genau genug war, sodass sie auf ihr eigenes vorsichtiges Urteil vertrauen musste. Sie tauchte mit einer Reihe von verschiedenen Gerichten im Krankenhaus auf, damit die Ärzte ihr sagten, ob sie angemessen seien. Jedes einzelne Salzkorn zählte sie ab, und nachdem die Ärzte ihr gesagt hatten, welches Gericht die richtige Menge Salz enthielt, machte sie ein Ritual daraus, fünf Mal am Tag ihre Brille aufzusetzen und die passende Anzahl Salzkörner abzuzählen, um sie für Jinzhens Überleben einzusetzen.

Sie dosierte vorsichtig, sehr vorsichtig.

Sie dosierte wie bei einem wissenschaftlichen Experiment.

Ihre Geduld und ihr Durchhaltevermögen wurden Tag für Tag, Nacht für Nacht auf eine harte Probe gestellt. Zuweilen zog sie in einer Pause mehr oder weniger unbewusst Jinzhens in Blut geschriebene Botschaft aus der Tasche und las sie noch einmal. Er hatte sie heimlich geschrieben und sie war nicht für andere bestimmt, doch sie hatte nicht umhin gekonnt, sie zu behalten. Wenn sie sie jetzt durchlas, gab sie ihr die Zuversicht, dass alles, was sie tat, die Mühe wert war. Es half ihr, ihre Arbeit mit doppelter Energie fortzuführen. Jinzhens Rettung war in gewisser Weise dieser Botschaft zu verdanken.

Nach dem darauffolgenden Frühlingsfest saß Jinzhen wieder in seinem alten Vorlesungssaal.

10

Lisewicz war fort, doch etwas von ihm war zurückgeblieben. Noch während Jinzhen wie ein Baby aufgepäppelt wurde trat Lisewicz drei Mal mit Lilley Junior in Kontakt. Die erste Kontaktaufnahme fand nicht lange nach seiner Ankunft im Staat X statt, er schickte ihm schlicht eine Postkarte mit einem Gruß und seiner neuen Adresse. Es war seine Privatanschrift – wo er arbeitete, konnte man daraus nicht ersehen. Es dauerte nicht lange bis zu seinem zweiten Lebenszeichen, einer Replik auf Lilleys Antwort. Er äußerte sich sehr erfreut über Jinzhens langsame Genesung. Was seinen Arbeitsplatz anging, hielt er sich dagegen bedeckt. Er gab an, in einem Forschungsinstitut zu arbeiten; wo es war und was er dort tat, verriet er nicht. Es klang, als dürfe er nicht darüber reden. Sein dritter Brief kam kurz vor dem Frühlingsfest an, geschrieben hatte er ihn an Heiligabend, auf der Briefmarke war ein Weihnachtsbaum. Lisewicz schrieb, er habe gute Neuigkeiten von einem Freund erhalten: In Princeton habe man jetzt mehrere Forschungseinrichtungen zusammengeschlossen, um ein Institut zur Erforschung der künstlichen Intelligenz zu gründen. Das Ganze stehe unter der Direktion des bekannten Mathematikers Paul Samuelson.

Er schrieb:

Damit zeigt sich, dass nicht allein ich den Wert und die Faszination dieses Forschungsgebiets erkannt habe... Soweit ich weiß, ist das die erste Gruppe auf der Welt, die sich ausschließlich mit diesem Thema befasst.

In der Annahme, dass es Jinzhen mittlerweile besser ging (was in der Tat der Fall war), hoffte er, der Junge würde an einer Forschungseinrichtung mit diesem Gebiet unterkommen. Sollte es in China keinen passenden Ort dafür geben, dann müsse er eben ins Ausland gehen, Lilley solle sich von kurzfristigen Problemen und Vorurteilen nicht beeindrucken lassen, Jinzhen dürfe seiner Möglichkeiten nicht beraubt werden. Vielleicht befürchtete er, dass Lilley Junior selbst sich der Erforschung der künstlichen Intelligenz widmen und daher Jinzhen bei sich behalten wollte, und fügte deshalb seiner Argumentation ein chinesisches Sprichwort an: Mit einem feinen Schwert sollte man nicht Holz hacken.

So endete sein Brief:

Jedenfalls denke ich nach wie vor, dass Jinzhen unbedingt in den USA weiterstudieren muss. Dort ist die Hochburg der Naturwissenschaften, er kann doppelt so viel aus sich machen. Wie ich schon früher gesagt habe: Jinzhen wurde uns von Gott gesandt, um sich diesem Forschungsthema zu widmen. Ich hatte immer befürchtet, dass wir nicht in der Lage sein würden, ihm die passenden Bedingungen und die entsprechende moralische Unterstützung zu bieten, doch jetzt denke ich, dass wir ihn in die richtige Umgebung entlassen können, die ihm Raum zum Forschen und zum Atmen lässt, und damit meine ich Princeton. Bei euch in China gibt es doch diesen Witz von dem, der den Wein kauft, damit ein anderer ihn trinkt – wer weiß, ob nicht die Forschungsgruppe um Paul Samuelson eines Tages herausfindet, dass ihr Wein erst durch einen kleinen Chinesen Geschmack bekommt...

Lilley Junior las den Brief in einer Pause zwischen den Vorlesungen. Während er las, dröhnte aus den Lautsprechern das zu dieser Zeit populäre Lied *Stolz und mutig überqueren wir den Yalu-Fluss*. Vor ihm auf dem Tisch lag die Tageszeitung ausgebreitet, auf der in großen Lettern die Überschrift prangte: *Der amerikanische Imperialismus ist ein Papiertiger.* Mit dem Lied im Ohr und dieser Propaganda vor Augen fühlte er sich auf einmal sehr hilflos. Er wusste nicht, wie er dem fernen Absender antworten sollte. Er spürte eine unerklärliche Angst, als gäbe es eine dritte Person, die insgeheim auf seine Antwort wartete. Er war nicht nur Vizekanzler der Universität, er war auch Vizebürgermeister der Stadt C, eine Geste der Anerkennung durch die Volksrepublik China für die Verdienste der Rongs auf dem Gebiet der Wissenschaften und ihren jahrzehntelang ungebrochenen Patriotismus. Er, Rong Xiaolai, stand als würdiger Nachfahre seiner großen Familie im Zenit seines Erfolgs. Lilley war nicht der Mann, der um jeden Preis nach Ruhm strebte, und er wusste nur zu gut um den Preis, den seine Familie dafür zahlen musste. Doch wie hätte er sich nicht darüber freuen können, dass für die Rongs nach Jahren des Verfalls endlich wieder gute Zeiten angebrochen waren. Er wusste das sehr wohl zu genießen, auch wenn er für die Leute nach außen hin wie ein abgeklärter Intellektueller wirkte, den dergleichen nicht tangierte.

Am Ende blieb er Lisewicz die Antwort schuldig. Er übergab den Brief Jinzhen, zusammen mit einem Stapel Zeitungen, die von nichts anderem als den blutigen Schlachten zwischen den US-Truppen und der chinesischen Freiwilligenarmee in Korea berichteten.

»Schreib ihm, wie dankbar du ihm bist«, sagte Lilley zu ihm, »aber dass der Krieg und die ganze politische Situation dir den Weg abgeschnitten hätten.« Er sagte: »Er wird sicher enttäuscht sein, aber du bist derjenige, der am meisten enttäuscht sein muss.« Er sagte: »Ich glaube, dass Gott in dieser Sache einfach nicht auf deiner Seite stand.«

Als Jinzhen ihm wenig später seinen Entwurf für einen Brief zeigte, schien er seine Ratschläge schon vergessen zu haben. Er strich gut die Hälfe des Geschriebenen, in dem Jinzhen sein Bedauern und seine Enttäuschung ausdrückte, ganz aus, und die andere Hälfte stellte er inhaltlich auf den Kopf. Dann erst gab Lilley dem Jungen das Schreiben mit den Worten zurück:

»Am besten schneidest du ein paar Zeitungsartikel aus und schickst sie mit.«

Das war kurz vor dem chinesischen Neujahrsfest 1951.

Nach dem Neujahrsfest ging Jinzhen wieder an die Uni, nicht nach Stanford und nicht nach Princeton, sondern einfach an die Universität N. Mit dem Brief, den Jinzhen nach sorgfältiger Revision zusammen mit den Zeitungsausschnitten in die Post gegeben hatte, hatte er seine glorreiche Zukunft den Annalen der Geschichte anheimgegeben. Meister Rong drückte es so aus: Es gibt Briefe, die die Geschichte dokumentieren, und solche, die Geschichte schreiben. Dieser Brief schrieb die Geschichte eines Menschen neu.

[Aus dem Interview mit Meister Rong]

Bevor Zhendi sein Studium fortsetzte, sprach Vater mit mir darüber, ob wir ihn in seinen alten Jahrgang zurückschicken sollten, oder ob er noch einmal im ersten Semester anfangen sollte. Ich kannte Zhendis hervorragende Noten, aber er hatte schließlich nicht mehr als drei Wochen lang studiert und sich eben erst von einer lebensgefährlichen Krankheit erholt. Ich nahm an, dass das dritte Studienjahr ihm zu viel Arbeit aufbürden und ihn zu sehr unter Druck setzen würde. Also plädierte ich dafür, ihn wieder im ersten Semester einzuschreiben. Am Ende gestattete die Universität ihm dennoch, in seinem alten Jahrgang einzusteigen, was auch seinem eigenen Wunsch entsprach. Ich erinnere mich noch heute, wie er zu mir sagte: »Gott hat mich krank werden lassen, damit ich nicht zu ihrem Gefangenen werde, meinen Forscherdrang einbüße und es am Ende nie zu etwas bringe.«

Das mochte Sinn ergeben, aber es klang auch verrückt, nicht wahr?

Die Krankheit hatte ihn verändert. Zhendi, der zuvor ein viel zu geringes Selbstbewusstsein hatte, schien jetzt wie verwandelt. Eine große Rolle hatten dabei die vielen Bücher gespielt, die er während seiner Rekonvaleszenz las, Bücher, die nichts mit Mathematik zu tun hatten. Er las alles, was ihm in die Finger kam, meine Bücher und Vaters, hauptsächlich Romane. Seine Art zu lesen war etwas seltsam, er las sehr schnell, in manche Bücher steckte er nur kurz seine Nase hinein und stellte sie wieder zurück. Das brachte ihm neue Spitznamen ein, manche riefen ihn den »Bücherschnüffler«. Das war natürlich eine Übertreibung. Seine schnelle Lektüre war gewissermaßen Übungssache, die vielen Bücher machten ihn zu einem so versierten Leser, dass er einfach immer schneller lesen konnte. Da er nun so viele Werke las, die nichts mit seinem Studium zu tun hatten, verlor er das Interesse an den Studieninhalten und schwänzte oft die Vorlesungen, sogar meine. Umso erstaunlicher war es, als er am Ende des Semesters Jahrgangsbester wurde, und zwar mit Abstand. Abgesehen davon übertraf er seine Kommilitonen auch in der Anzahl der Bände, die er von der Universitätsbibliothek auslieh, bei Weitem. In einem einzigen Semester hatte er über 200 Bücher ausgeliehen, über Philosophie, Kunst, Literatur, Wirtschaft, Kriegsführung – alles, was es gab. In den Sommerferien nahm ihn Vater deshalb mit hinauf auf den Dachboden und zeigte auf die beiden großen Bücherkisten, die Lisewicz hinterlassen hatte:

»Das hier sind keine gewöhnlichen Lehrbücher. Sie gehören Lisewicz. Wenn du nichts anderes zu tun hast, kannst du einmal einen Blick hineinwerfen, obwohl ich fürchte, dass du sie nicht verstehen wirst.«

Ein weiteres Semester verging, und im März, April des folgenden Studienjahrs begannen Zhendis Kommilitonen mit ihren Examensarbeiten. Ich bekam unverhofften Besuch von einigen anderen Professoren der Fakultät, die Zhendis Thema für seine Examensarbeit etwas befremdlich fanden. Sie baten mich, mit dem Jungen zu sprechen und ihn zu einer anderen Aufgabenstellung zu überreden. Denn niemand von ihnen sah sich in der Lage, eine Arbeit zu diesem Thema zu betreuen. Ich fragte nach, warum, und sie sagten, es ginge um eine politische Frage.

Ursprünglich hatte Zhendi vor, sich in seiner Abschlussarbeit mit der Theorie der Mehrdeutigkeit von Zahlen zu befassen, die ein damals berühmter Mathematiker namens Georg Weinacht aufgestellt hatte. Es ging ihm darum, einen mathematischen Beweis für diese Theorie zu erbringen. Weinacht galt jedoch in dieser Zeit als erklärter Antikommunist – angeblich hing an der Tür seines Büros der Hinweis »Freunde des Kommunismus müssen leider draußen bleiben«. Inmitten der schlimmsten Blutbäder des Koreakriegs feuerte er die amerikanischen Truppen im Radio an, den Yalu zu überqueren. Wissenschaft mag international sein und keine ideologischen Grenzen kennen, doch Weinachts öffentlich demonstrierter Antikommunismus machte seine mathematischen Theorien zu einem Politikum. Es gab damals kommunistische Staaten, allen voran die Sowjetunion, in denen seine Theorien nicht anerkannt und seine Arbeiten gar nicht erst erwähnt wurden – und wenn doch, dann allein als Gegenstand allgemeiner Kritik. Wenn Zhendi sich nun ausgerechnet den Beweis einer seiner Theorien vornahm, würde er damit gegen Wände anrennen. Es war ein äußerst sensibles, politisch gefährliches Sujet.

Ich weiß nicht, was für eine seltsame intellektuelle Verwirrung Vater ritt, oder ob es Zhendis Beweisführung war, die ihn so sehr überzeugte – entgegen allen anderen, die Zhendi von seiner Idee abbringen wollten, ließ er ihn nicht nur gewähren, sondern ergriff für ihn Partei und übernahm persönlich die Rolle seines Betreuers. Er ließ nicht nach darin, Zhendi in seinem Vorhaben zu bestärken.

Schließlich lautete das Thema von Zhendis Abschlussarbeit: Die Grenzen der Eindeutigkeit und der Mehrdeutigkeit der

Konstante Ω. *Ein Thema, das rein gar nichts mit dem zu tun hatte, was er je im Unterricht gelernt hatte – es entsprach eher einer Doktor- als einer Bachelorarbeit. Zweifellos war seine Wahl stark von den Büchern auf dem Dachboden beeinflusst worden…*
[Fortsetzung folgt]

Jinzhens erster Entwurf steigerte Lilley Juniors Begeisterung für das Thema nur noch. Fasziniert nahm er Jinzhens prägnante und logische Denkweise zur Kenntnis, allein ein paar der mathematischen Beweise schienen ihm zu umständlich und verbesserungswürdig. Es galt, die Darstellung etwas zu vereinfachen und die Beweisführung von unnötigen Elementen zu befreien, was sich als gar nicht so leicht erwies. Denn um zu den grundlegenden, aber nicht weniger ausgeklügelten Formeln zu gelangen, musste man ziemlich anspruchsvolle Berechnungen anstellen. Dazu allein bedurfte es einem weit mehr als grundlegenden Verständnis höherer Mathematik. Zhendis erster Entwurf hatte einen Umfang von 20.000 Schriftzeichen, die mehrfach überarbeitete, endgültige Version nur noch 10.000. Die Arbeit wurde später in der Zeitschrift *Volksmathematik* veröffentlicht und sorgte für nicht geringe Furore in den mathematischen Kreisen Chinas. Niemand wollte glauben, dass die Arbeit allein das Verdienst Jinzhens war, denn sie war durch die Überarbeitung so elaboriert, dass sie unmöglich die erste Abschlussarbeit eines Studenten sein konnte. Dergleichen erwartete man höchstens von einem gestandenen Wissenschaftler.

Die positiven und die negativen Aspekte von Jinzhens Arbeit waren offensichtlich. Positiv war vor allem, dass er aus der Analyse einer einzigen mathematischen Konstante heraus Weinachts Theorie der Mehrdeutigkeit zu einer rein mathematischen Lösung der wesentlichen Probleme zur Erforschung der künstlichen Intelligenz weiterentwickelt hatte. Als könne man auf wundersame Weise einen unsichtbaren Wind mit den Händen greifen. Der Nachteil seiner These war, dass sie auf der Annahme von Ω als einer Konstanten beruhte. Seine Beweise beinhalteten daher die Gefahr, eine Burg auf Sand zu errichten. Um dem Ganzen eine festere Grundlage zu geben, müsste man erst den akademischen Nachweis führen, dass Ω eine echte Konstante war. Unzählige Mathematiker sind dieser Frage nachgegangen, doch der endgültige Beweis wurde bis heute nicht erbracht. Die moderne Mathematik betrachtet Ω als Konstante, doch solange der endgültige Beweis fehlt, bleibt die Behauptung ein Gegenstand der Diskussion. Bevor Newton entdeckte, dass ein Apfel ohne zusätzliche Energie von außen immer senkrecht zu Boden fällt und dies theoretisch als Gravitationsprinzip zu formulieren in der Lage war, konnte jedermann an der Existenz der Erdanziehungskraft zweifeln.

Solange man Ω also nicht für eine Konstante hielt, war Jinzhens Forschungsergebnis völlig wertlos. Akzeptierte man aber umgekehrt Ω als Konstante, konnte man nicht anders, als von seinen Ergebnissen beeindruckt zu sein. Als hätte er eine Eisenstange zu einer schönen Blume zurechtgebogen. Jinzhen ging von der These aus, die menschliche Intelligenz als mathematische Konstante Ω zu betrachten, als irrationale und infinite Zahl. Davon ausgehend hatte er mittels Weinachts Theorie der Mehrdeutigkeit von Zahlen einen Lösungsvorschlag für die Entwicklung der künstlichen Intelligenz erarbeitet. Menschliche Intelligenz beinhaltet ein diffuses Element. Diffus weil undefinierbar – es steht für etwas, das wir nicht vollständig erfassen und daher nicht reproduzieren können. Also müsste man daraus schließen, dass es unter gegenwärtigen Bedingungen unmöglich sei, das menschliche Gehirn in naher Zukunft künstlich ersetzen zu können, allenfalls könnte man sich diesem Ziel bestmöglich annähern.

Ich darf nicht unerwähnt lassen, dass zahlreiche Mathematiker auch heute noch vollkommen mit Jinzhens These übereinstimmen. Selbst wenn an seiner Schlussfolgerung nichts Neues war, hatte er immerhin auf Grundlage der gewagten These von der mehrdeutigen Natur der Konstanten Ω einen rein mathematischen Beweis dafür angetreten. Zumindest versuchte er, diesen Beweis zu entwickeln, wobei seine Ausgangsthese auf wackeligen Grundlagen stand, solange sie nicht selbst bewiesen worden war.

Sollte also, anders gesagt, jemand eines Tages in der Lage sein, zu beweisen, dass Ω eine Konstante ist, wäre Jinzhens These von eindeutigem Wert. Da dieser Tag noch nicht gekommen ist, bleibt es dabei, dass das Ergebnis seiner Arbeit witzlos war, nicht mehr als ein Beweis seiner Intelligenz und seines Muts. Daran wiederum zweifelten viele, vor allem, da sie seine Beziehung zu Lilley Junior kannten. Seine Theorie, so nahm man an, sei nicht auf seinem eigenen Mist gewachsen und sein Genie daher fragwürdig. Am Ende brachte diese Arbeit Jinzhen keinen Schritt weiter. Einfluss hatte sie allein auf die letzten Lebensjahre Rong Xiaolais, alias Lilley Junior.

[Aus dem Interview mit Meister Rong]

Die Arbeit war, das muss ich klar sagen, Zhendis alleiniger Verdienst. Abgesehen vom Vorwort und von einigen Korrektur- und Lektürevorschlägen hatte mein Vater – so versicherte er es mir – nichts mit dem Inhalt der Arbeit zu tun. An das Vorwort kann ich mich noch gut erinnern. Es lautete wie folgt:

Die beste Art, mit unseren Dämonen umzugehen, ist, sie herauszufordern, ihnen unsere Stärke zu demonstrieren. Georg Weinacht ist ein Dämon, der auf dem geheiligten Gebiet der Wissenschaft sein Unwesen treibt. Er hat dort schon genug Unheil angerichtet, nun ist es an der Zeit, dass wir ihn uns vorknöpfen und vernichten. Die vorliegende Arbeit ist eine Kampfansage an Weinachts absurde Theorien. Einiges davon bleibt im Vagen, doch das Übrige genügt vollauf, um eine fruchtbare Diskussion anzuregen.

Dieses Vorwort verlieh der Arbeit einen Anspruch, die jede politische Gefahr von ihr abwenden sollte; es war wie ein Passierschein.

Nicht lange nach ihrer Veröffentlichung reiste Vater nach Peking. Niemand wusste, was er dort vorhatte. Er verließ von einem Tag auf den anderen das Haus, ohne uns zu sagen, worum es ging. Erst als gut einen Monat später ein von höheren Stellen Beauftragter an die Universität N kam, um uns unerwartete Anweisungen zu erteilen, mutmaßten wir sofort, dass sie in unmittelbarem Zusammenhang mit Vaters mysteriöser Reise standen. Es handelte sich um folgende Anordnungen:

1. *Vater durfte als Kanzler der Universität vorzeitig zurücktreten.*
2. *Die Einrichtung eines Sonderforschungsetats zur Bildung eines Forschungsteams zum Thema Computer an der Universität N wurde genehmigt.*
3. *Vater besaß alleinige Verantwortung für die Bildung dieses Forschungsteams.*

Eine ganze Reihe von Wissenschaftlern wäre damals gerne Teil dieses Forschungsteams geworden, doch Vater konstatierte nach jedem Gespräch mit einem Kandidaten, dass keiner davon Zhendi das Wasser reichen konnte. Zhendi war natürlich das erste Mitglied des Teams, und er war, wie sich schnell herausstellte, auch der Einzige, der wirklich zu dieser Forschungsaufgabe in der Lage war. Die übrigen Mitglieder dienten mehr oder weniger lediglich als seine Assistenten. Einen guten Eindruck machte das nicht, und es wurde hinter vorgehaltener Hand gelästert, die Einrichtung zur Forschung auf internationalem Niveau liege ganz in der Hand der Rongs.

Solange Vater ein offizielles Amt bekleidet hatte, war er zur Neutralität verpflichtet gewesen, besonders bei der Einstellung neuer Mitarbeiter. Stets versuchte er zu vermeiden, jemandem, der auch nur im Entferntesten mit den Rongs verwandt war, eine

Stelle zu geben. Nicht selten bedeutete das gnadenlose Ungerechtigkeit. Unsere Familie hatte immerhin die Universität gegründet, und man könnte mehrere große Tafelrunden mit Familienmitgliedern füllen, die sich in der ein oder anderen Form für die Universität engagiert hatten. Als Großvater (Lilley Senior) noch am Leben war, kümmerte er sich um seine Angehörigen, verschaffte ihnen Stellen in Regierungspositionen und unterstützte den akademischen Nachwuchs der Familie, indem er ihre Talente am passenden Ort unterbrachte, sie zum Lernen an andere Forschungseinrichtungen schickte und dergleichen. Vater dagegen bekleidete zwar ein offizielles Amt, hatte aber zunächst keine Macht. Selbst wenn er gewollt hätte, hätte er wenig tun können. Später verfügte er zwar über beides, Amt und Macht, aber er entschied sich, sie nicht für persönliche Interessen zu missbrauchen. Während seiner Jahre als Kanzler der Universität stellte er nicht ein einziges Mitglied der Familie Rong dort ein, so qualifiziert sie auch sein mochten. Ich selbst wurde mehrfach von der Fakultät für eine Beförderung vorgeschlagen, ich hätte Vizedekanin werden können, aber Vater lehnte es ab. Er kreuzte meinen Namen aus, als handele es sich um einen Fehler in einer Testaufgabe. Noch ärgerlicher war die Geschichte mit meinem Bruder. Er kehrte mit einem Doktortitel in Physik aus dem Ausland zurück nach China und hätte wirklich eine Stelle an unserer Universität verdient gehabt – doch Vater schickte ihn weg, er solle sich woanders umschauen. Wo sollte er denn hin in einer kleinen Stadt wie C? Er landete schließlich an der Pädagogischen Hochschule, wo die Arbeitsbedingungen und das Niveau der Studenten wesentlich schlechter waren. Ein Jahr später suchte er sich eine Stelle an einer Schanghaier Universität. Mutter war empört und warf Vater vor, er treibe absichtlich unsere Familie auseinander.

Doch als es darum ging, Zhendi die Stelle in dem neu gegründeten Forschungsteam zu geben, schien Vater alle früheren

Bedenken in den Wind geschlagen zu haben. Er kümmerte sich nicht um das Gerede, tat, was er für richtig hielt, und ließ sich von niemandem ins Handwerk pfuschen. Nur ich verstand, was mit ihm los war. Eines Tages gab er mir den Brief zu lesen, den Lisewicz vor seiner Abreise hinterlassen hatte. Er sagte:

»*Weißt du, schon Lisewicz' Brief hatte mich angestachelt, doch was mich, ehrlich gesagt, endgültig überzeugt hat, war Jinzhens Examensarbeit. Bis dahin hielt ich die Sache für nicht machbar, doch Jinzhen zeigte mir, dass es den Versuch wert war. Als junger Mann habe ich einmal gehofft, einen wertvollen Beitrag zur Wissenschaft zu leisten. Nun ist es möglicherweise zu spät, doch dank Jinzhen habe ich neues Selbstvertrauen gewonnen. In einem Punkt hat Lisewicz vollkommen recht: Ohne Jinzhen brauchte ich mir erst gar keine Hoffnungen zu machen, aber mit ihm könnten wir es weit bringen. In der Vergangenheit habe ich den Jungen häufig unterschätzt. Jetzt gebe ich einem Genie die Chance, zu zeigen, was in ihm steckt.*«

[Fortsetzung folgt]

So sah es aus. Ganz, wie Meister Rong erzählt: Ihr Vater war entschlossen gewesen, mit Jinzhen an diesem Projekt zu arbeiten. Es war unmöglich, die Stelle anderweitig zu besetzen. Sie sagte mir außerdem, dass Jinzhen nicht nur die letzten Lebensjahre ihres Vaters beeinflusst habe, er habe ihn auch dazu gebracht, eines seiner eisernen Prinzipien aufzugeben. Man konnte fast sagen, er war sein Schicksal. Kurz vor seinem Tod lebte der alte Mann die Träume seiner Jugend neu und entschloss sich, einen wirklichen Beitrag zur Forschung zu leisten und sogar alles, was er in seinem Leben errungen hatte, als wertlos abzutun, sowohl in seinem Arbeitsleben als auch in seinem politischen Leben. Eine akademische Karriere nicht mit einer politischen Karriere vereinbaren zu können, war ein typisches Problem vieler chinesischer Intellektueller. Und nun war der alte Herr mit neuem Schwung zurück im Arbeitsleben. Es würde sich noch herausstellen, ob daraus eine Tragödie oder ein Lustspiel werden sollte.

In den Folgejahren gingen die beiden vollkommen in ihrer gemeinsamen Forschungstätigkeit auf und interessierten sich wenig für das, was sonst noch in der Welt geschah. Hin und wieder nahmen sie an mathematischen Konferenzen teil und veröffentlichen Artikel in Fachzeitschriften. Das war alles. Die sechs Artikel, die sie in dieser Zeit gemeinsam publizierten, zeugten von den Fortschritten ihrer Arbeit, die in China sicherlich zur Avantgarde gehörte und auch international nicht hinterherhinkte. Ihre ersten beiden Artikel wurden nach der Veröffentlichung in China in drei verschiedenen internationalen Fachzeitschriften nachpubliziert, so beeindruckend waren sie. Schon warnte der Chefredakteur des *Time Magazine* in den Vereinigten Staaten die amerikanische Regierung: Die nächste Generation von Computern wird von einem Chinesen gebaut werden! Jinzhens Name machte Schlagzeilen.

Nun gut, das war die typische Panikmache der Medien. Sah man von diesem Rummel ab und widmete sich stattdessen dem Inhalt der Artikel, konnte man schnell feststellen, dass sie auf dem Weg zur nächsten Generation von Computern auf nicht gerade geringfügige Schwierigkeiten stießen. Das war absehbar. Es ist schließlich etwas anderes, ein künstliches Gehirn hervorzubringen als ein menschliches. Bei Menschen braucht es nichts als einen Mann und eine Frau, und alles geht seinen Gang... Doch natürlich kann selbst dabei etwas schiefgehen – eine geistige Behinderung zum Beispiel oder einfach ein nicht besonders gut funktionierendes Gehirn. In vieler Hinsicht ist die Schaffung künstlicher Intelligenz nicht viel anders als der Versuch, aus einem Idioten ein kluges Kerlchen zu machen – nicht gerade einfach, wie man weiß. Bei einer so schwierigen Aufgabe sind Rückschläge und Frustrationen unumgänglich, sie müssen also nicht überraschen. Es wäre eher überraschend, wenn jemand aufgrund solcher Rückschläge aufgäbe. Daher wollte auch niemand Lilley Junior glauben, als er wenig später verkündete, er würde Jinzhen aus dem Projekt entlassen:

»Wir sind bei unserem Forschungsprojekt auf enorme Schwierigkeiten gestoßen. Wenn wir so weitermachen wie bisher, sind die Erfolgsaussichten zweifelhaft. Ich kann es nicht verantworten, einen so talentierten jungen Mann weiter in diese fragwürdige Sache eingebunden zu halten und sich damit möglicherweise die eigene Zukunft zu ruinieren. Es wäre mir lieber, wenn er seine Ressourcen für etwas Sinnvolles einsetzt.«

Das war im Sommer 1956.

In diesem Sommer gab es auf dem Campus der Universität N kein anderes Gesprächsthema als den Mann, der Jinzhen mit sich fortnahm. Die ganze Angelegenheit war äußerst mysteriös, und noch obskurer wurde sie dadurch, dass Lilley Junior Jinzhen gehen ließ, ohne dafür eine plausible Erklärung abzugeben.

Der Mann hinkte.

Auch das war mysteriös.

III
DIE WENDE

1

Der Mann hieß mit Nachnamen Zheng. Da er hinkte, schien er keines Vornamens zu bedürfen, als sei das ein überflüssiger Luxus wie ein Orden oder ein Kopfschmuck, den man nur bei besonderen Gelegenheiten hervorholt. Wir werden ihn ungenutzt in der Schublade lassen und ansonsten durch Zheng der Lahme ersetzen.

Zheng der Lahme!

Zheng der Lahme!

Dass man ihn laut und offen so nannte, sagte viel über ihn aus – Zheng der Lahme war mehr als sein Hinken. Zum einen konnte er sein lahmes Bein mit Stolz herzeigen, es war der Beweis dafür, dass er einmal eine Waffe getragen und an der Seite seiner Kameraden gekämpft hatte. Zum anderen hinkte er gar nicht so schlimm, sein linkes Bein war einfach etwas kürzer als das rechte. In jüngeren Jahren hatte er das durch Schuhe mit höheren Sohlen für den entsprechenden Fuß ausgeglichen, später blieb ihm nur der Gehstock. Sein Gehstock aus feinem Jujubeholz gehörte zu den Dingen, die mir bei unserer ersten Begegnung verrieten, dass es sich bei ihm um einen außergewöhnlichen Mann handelte. Das war in den 1990er-Jahren.

In jenem Sommer 1956 aber war Zheng der Lahme noch in den Dreißigern, ein kräftiger und gesunder junger Mann. Dank der höheren Sohle in seinem linken Schuh bemerkte man sein körperliches Gebrechen kaum. Er hinkte nicht und hätte auf einen Außenstehenden ganz normal gewirkt, wäre man an der

Universität nicht durch Zufall auf sein Handicap aufmerksam geworden.

Das geschah so: An jenem Nachmittag, als Zheng der Lahme Universität N einen Besuch abstattete, waren gerade alle Studenten im Auditorium versammelt, wo sie sich eine Rede über die Tapferkeit der Helden der Freiwilligenarmee anhörten. Der Campus lag still da. Es herrschte wunderbares Wetter, nicht zu heiß, mit einer leichten Brise, die die Blätter auf der von französischen Platanen gesäumten Allee über die Gehsteige trieb. Das Blätterrascheln ließ den Campus noch stiller wirken. Die friedliche Ruhe faszinierte ihn so sehr, dass er seinem Fahrer befahl, den Jeep kurz vor dem Universitätsgelände anzuhalten, und ihn in drei Tagen wieder am Gästehaus abzuholen. Dann stieg er aus und ging zu Fuß über den Campus. 15 Jahre zuvor war er selbst einmal Schüler an der mit der Universität assoziierten Oberschule gewesen und hatte anschließend sein erstes Studienjahr hier verbracht. Nach so langer Abwesenheit fielen ihm die Veränderungen an seiner Alma Mater ins Auge. Ihm war seltsam nostalgisch zumute, jeder Schritt schien eine Erinnerung wachzurufen. Als er das Auditorium erreichte, war die Versammlung eben zu Ende, und die Studenten ergossen sich wie eine Flutwelle über den Campus. Sofort war er von allen Seiten umzingelt. Nervös manövrierte er sich durch die Menge, besorgt, von jemandem angerempelt zu werden und hinzufallen. Mit seinem verkrüppelten Bein konnte er nur schwer von alleine wieder aufstehen. Allmählich wurde er an das Ende des Pulks abgedrängt, wo ihn die Nachzügler in ihre Reihen aufnahmen und er Seite an Seite mit ihnen weiterzog. Doch die jungen Leute waren überraschend umsichtig, niemand rempelte ihn an, und selbst wenn sie ihm gefährlich nah kamen, vermieden sie im letzten Moment die Kollision. Niemand schien sonderlich Notiz von ihm zu nehmen. Mit seinem präparierten Schuh fiel er auch nicht besonders auf. Er ging mit zunehmendem Selbstvertrauen weiter und fühlte sich wohl unter diesen jungen Menschen, strahlenden und lebhaften Frauen und Männern, die aufgeregt miteinander plapperten, ein reißender Strom, der ihn mit sich forttrug. Er fühlte sich wieder jung, wie zurückversetzt in die Zeit vor 15 Jahren.

Am Sportplatz drifteten die Studenten auseinander wie eine Welle, die sich am Strand bricht. Endlich bestand keine Gefahr mehr für ihn. Da spürte er etwas hart auf seinem Nacken fallen. Er hatte noch nicht begriffen, was, schon ertönten laute Rufe: »Es regnet!« Alle blieben wie auf Kommando stehen und starrten in den Himmel. Auf die ersten schweren Tropfen folgte ein greller Blitz und dann stürzte auf einmal ein sintflutartiger Regen nieder. Sofort stob die Menge auseinander wie ein aufgescheuchter Hühnerhaufen, vorwärts, zurück zum Auditorium, Unterschlupf bei den Fahrradständern oder unter den Vordächern der Verwaltungsgebäude suchend. Auf dem Sportplatz herrschte ein großes Durcheinander und Gerenne, die jungen Leute schrien sich unverständliche Dinge zu. Er stand wie angewurzelt da. Sein Problem war, dass er nicht rennen konnte. Jeder würde sofort merken, dass er ein Krüppel war. Aber vom Regen durchweicht werden wollte er auch nicht. Andererseits – warum die Panik? Er hatte schon im Geschützfeuer des Feindes gestanden, was sollte ihm das bisschen Regen ausmachen? Trotzdem gab irgendeine Ecke seines Gehirns seinen Füßen den Befehl zu laufen. Und er lief, hüpfte vorwärts, zuerst das eine Bein, dann das andere nachziehend. Anders ging es nicht, er rannte, wie ein Lahmer eben rennt, von einem Bein auf das andere wechselnd, als habe er einen Glassplitter im Schuh.

Als er loslief, bemerkte ihn erst niemand, denn alle waren mit sich selbst beschäftigt. Doch als die anderen längst ringsum Unterschlupf gefunden hatten, war er immer noch auf dem Sportplatz. Kein Wunder, schließlich war er nicht sofort losgelaufen, hatte Mühe mit seinem lahmen Bein und schleppte noch dazu einen Koffer. Und jetzt fand er sich plötzlich allein auf dem weiten Platz, für alle sichtbar wie ein verbundener Daumen. Kaum war er sich dessen bewusst geworden, hüpfte er umso schneller, ein tapferer und lächerlicher Krüppel, der für die Umstehenden eins mit dem Naturschauspiel zu werden schien. Einige fingen auch noch an, ihn anzufeuern:

»Schneller!«

»Schneller!«

Durch die Rufe richteten sich erst recht sämtliche Augen auf ihn. Er fühlte sich geradezu von ihren Blicken festgenagelt. Also blieb er stehen, hob die Hand und winkte wie zum dankbaren Gruß an die Anfeuernden und setzte dann seinen Weg langsam fort, ein strahlendes Lächeln auf dem Gesicht, wie ein Schauspieler, der von der Bühne abgeht. Wenn man ihn normal gehen sah, musste man den Eindruck haben, sein Hüpfen zuvor sei nur eine kleine Show für das Publikum gewesen. Seine Schwäche, die so eklatant entblößt worden war, hatte ihn im Regen dazu gezwungen, eine Rolle zu spielen, die Rolle eines Krüppels, der mit seinem lahmen Bein kokettierte. Sicher war ihm das unangenehm, doch nun konnte er gewiss sein, dass jedermann ihn kannte – der Lahme! Ein kurioser, freundlicher Krüppel. Als er vor 15 Jahren von hier fortgegangen war, hatte niemand Notiz davon genommen. Und jetzt war er innerhalb weniger Minuten an der ganzen Universität bekannt geworden. Als er ein paar Tage später Jinzhen in geheimer Mission mit sich fortnahm, sagten alle: »Der Krüppel hat ihn mitgenommen, der Krüppel, der im Regen getanzt hat.«

2

Er war gekommen, um jemanden mitzunehmen.

Jeden Sommer passierte es, dass ein Talentsucher auf dem Campus der Universität N erschien, aber einer wie Zheng war dort in der Tat noch nie aufgekreuzt. Seine Motive schienen sehr dringlich, sehr wichtig und sehr mysteriös. Sie führten ihn direkt ins Zimmer des Kanzlers. Als er das Zimmer leer vorfand, versuchte er sein Glück im Büro nebenan, dem des Verwaltungsdirektors. Dort befand sich auch der Gesuchte, der gerade etwas mit dem Verwaltungsdirektor zu besprechen hatte. Ohne Umschweife sagte Zheng, dass er den Kanzler sprechen wolle. Der Verwaltungsdirektor fragte, wer er sei. Ein wenig spöttisch sagte er: »Ich bin ein Pferdehändler auf der Suche nach einem Gaul.«

»Dann gehen Sie am besten zum Studentensekretariat im ersten Stock«, sagte der Verwaltungsdirektor.

»Ich muss zuerst mit dem Kanzler sprechen.«

»Warum?«

»Ich muss ihm etwas zeigen«, sagte er.

»Worum handelt es sich? Lassen Sie mal sehen.«

»Sind Sie der Kanzler?« Sein Ton wurde resoluter. »Das ist allein für die Augen des Kanzlers bestimmt.«

Der Verwaltungsdirektor sah seinen Vorgesetzten an. Der sagte: »Zeigen Sie es mir, was auch immer es ist.«

Nachdem er sich vergewissert hatte, dass er es mit der richtigen Person zu tun hatte, öffnete Zheng seine Aktentasche und nahm ein Dossier heraus. Es handelte sich um einen ganz gewöhnlichen Ordner aus Pappe, wie ihn Lehrer gerne verwenden. Er zog ein Dokument heraus und reichte es dem Kanzler. Der Kanzler nahm das Blatt und trat zwei Schritte zurück, um es in Ruhe zu studieren. Der Verwaltungsdirektor konnte es nur von hinten sehen, doch sein geübtes Auge erfasste rasch, dass es sich um kein besonderes Format oder Papier handelte – eines der üblichen Empfehlungsschreiben vermutlich. Der Veränderung im Gesicht des Kanzlers las er jedoch sofort ab, dass es sich um etwas Besonderes handelte. Dem Kanzler hatte ein Blick genügt, vermutlich auf das Siegel des Absenders in der rechten unteren Ecke, um sofort eine ernste und bedachte Miene aufzusetzen.

»Und Sie sind Bereichsleiter Zheng?«

»Ja, das bin ich.«

»Verzeihen Sie meine Unhöflichkeit.« Ausgesprochen freundlich geleitete er Zheng in sein eigenes Büro.

Welcher ominöse Absender es vermocht hatte, den Kanzler binnen Sekunden so unterwürfig werden zu lassen, war ein Rätsel. Der Verwaltungsdirektor nahm an, dass er es bald erfahren würde, schließlich landeten gemäß der internen Verwaltungsordnung Schreiben dieser Art am Ende immer auf seinem Schreibtisch. Nicht so dieses Dokument. Als er nach einer Weile formell darum bat, es archivieren zu dürfen, erfuhr er erstaunt, dass es sofort verbrannt worden war. Der Kanzler erklärte, der erste Satz des Schreibens habe gelautet, dass der Brief sofort nach dem Lesen zu vernichten sei.

»Hoppla, streng geheim also!«, entfuhr es dem Verwaltungsdirektor.

Der Kanzler sagte nur: »Vergessen Sie die Sache. Kein Wort zu niemandem.«

Tatsache war, dass der Kanzler das Streichholz schon in der Hand gehalten hatte, als er den Fremden in sein Büro führte.

»Soll ich das Papier verbrennen?«

»Nur zu.«

Also wurde es verbrannt.

Beide standen schweigend da und sahen zu, wie der Brief in Flammen aufging.

Dann fragte der Kanzler: »Wie viele wollen Sie?«

Er hielt einen Finger hoch. »Einen.«

»Welches Fach?«

Zheng zog ein weiteres Blatt Papier aus seinem Dossier. Dann sagte er: »Hier finden Sie eine Liste mit den Anforderungen an die entsprechende Person. Sie ist womöglich nicht ganz vollständig, sollte aber genügen, um Ihnen eine Vorstellung zu geben.«

Das Dokument hatte dasselbe Format wie das erste, allerdings war es handgeschrieben, nicht getippt und trug keinen Stempel. Der Kanzler überflog das Blatt und fragte dann: »Soll das hier ebenfalls sofort verbrannt werden?«

»Nein«, lachte er. »Sieht es so aus, als sei das streng geheim?«

»Ich habe es noch nicht gründlich genug gelesen«, sagte der Kanzler, »um das sagen zu können.«

»Keine Sorge«, sagte er. »Das können Sie zeigen, wem Sie wollen, selbst den Studenten. Wer glaubt, diese Kriterien zu erfüllen, soll sich unverzüglich bei mir melden. Ich wohne in Zimmer 302 des Gästehauses Ihrer Universität, bitte suchen Sie mich auf, wann immer Sie möchten.«

Am selben Abend brachte der Kanzler zwei Studenten aus dem Examensjahrgang, beide mit ausgezeichneten Noten, zu Zheng. Danach wurden es immer mehr. Bis zum Nachmittag des dritten Tages hatten 22 Studenten den geheimnisvollen Krüppel in Zimmer 302 aufgesucht. Manche kamen in Begleitung ihres Professors, andere aus eigenem Antrieb. Die überwiegende Zahl waren Studenten der Mathematik, davon neun kurz vor dem Abschluss und sieben, die gerade ihren Bachelor gemacht hatten. Auch die übrigen Studenten hatten einen mathematischen Studienschwerpunkt. Das war die wichtigste Anforderung, die der Lahme an die gesuchte Person stellte. Im Grunde war es sogar die einzige formale Bedingung. Doch jeder, der aus dem Zimmer herauskam, fühlte sich irgendwie für dumm verkauft und bezweifelte stark, dass es sich wirklich um eine seriöse Angelegenheit handelte. Ein Irrer sei das, empörten sie sich, wenn die Rede auf den Lahmen kam, ein geistesgestörter Krüppel! Einige erzählten hinterher, er habe sie gar nicht weiter beachtet, nachdem sie das Zimmer betreten hatten. Sie hätten wie die Idioten dagestanden oder -gesessen, bis der Lahme sie mit einer ungeduldigen Handbewegung wieder hinauskomplimentiert habe. Ihre Berichte brachten einige der Professoren so auf, dass sie persönlich in Zimmer 302 vorstellig wurden und den Lahmen zur Rede stellten. Wie er dazu komme, die Studenten wegzuschicken, ohne ihnen auch nur eine einzige Frage zu stellen? Er antwortete lapidar, das sei eben so seine Art.

Er sagte: »Jedem Tierchen sein Pläsierchen, nicht wahr? Ein Sportlehrer stellt sich seine Mannschaft nach ihren physischen Qualitäten zusammen, mir dagegen geht es hier um mentale Qualitäten. Sie haben mir Leute geschickt, die nicht damit umgehen konnten, dass ich ihnen keine Beachtung geschenkt habe, sie waren nervös und konnten weder still sitzen noch gerade stehen. So etwas kann ich nicht gebrauchen.«

Das hörte sich plausibel an, doch wer wusste schon, ob er die Wahrheit sagte.

Am Nachmittag des dritten Tages bat der Lahme den Kanzler zu sich, um mit ihm über den Fortgang seiner Suche zu sprechen. Sehr zufrieden war er nicht, aber doch immerhin einen Schritt weiter. Er nannte dem Kanzler fünf von den 22 Studenten, die ihn aufgesucht hatten, und bat um Erlaubnis, ihre Akten einsehen zu dürfen. Er vermutete, dass es unter diesen fünf einen gab, den er gebrauchen konnte. Da der Lahme offenbar zum Abschluss seiner Mission kommen und die Universität am nächsten Tag verlassen wollte, leistete der Kanzler ihm bei einem einfachen Abendessen Gesellschaft. Am Tisch schien dem Lahmen plötzlich etwas einzufallen. Was denn eigentlich aus Lilley Junior geworden sei, fragte er, und der Kanzler erzählte von seinem Rücktritt.

»Falls Sie meinen Vorgänger zu sehen wünschen, kann ich ihn gerne herbitten«, sagte er.

Der Lahme lächelte: »Wenn, dann sollte ich ihm einen Besuch abstatten.«

Noch am selben Abend suchte Zheng der Lahme Lilley Junior auf.

[Aus dem Interview mit Meister Rong]

Ich war es, die ihm an jenem Abend die Tür öffnete. Mir war nicht klar, dass es sich bei ihm um den mysteriösen Krüppel handelte, über den in den vergangenen Tagen in der Fakultät so viel getuschelt worden war. Vater wusste anfangs natürlich gar nichts davon, doch nachdem einige unserer Professoren einen Studenten nach dem anderen zu dem seltsamen Fremden geschleppt hatten, hatte ich ihm gegenüber eine Bemerkung darüber fallen lassen. Im Gespräch mit Zheng begriff Vater, dass es sich bei seinem Besucher um den Gegenstand dieses Geredes handeln musste, und er rief mich zu sich, um uns einander vorzustellen. Ich konnte meine Neugier nicht zügeln und fragte ihn, für welche Zwecke er jemanden suche. Er wich der Frage aus und sagte nur, es handele sich um eine bedeutende Aufgabe. Ich wollte wissen, in welchem Sinne er das meinte: bedeutend für die Menschheit oder für die Entwicklung der Nation oder dergleichen? Er sagte, es ginge um die staatliche Sicherheit. Als ich nach dem Auswahlverfahren fragte, schien er nicht sehr zufrieden zu sein und murmelte etwas von ›unter den Blinden den Einäugigen wählen‹.

Er musste sich in der Vergangenheit schon einmal mit Vater darüber unterhalten haben, denn der schien sehr genau zu wissen, wonach der Lahme suchte. Als er ihn so unzufrieden sah, sagte er in einem scherzhaften Ton: »*Ich wüsste da jemanden, auf den Ihre Kriterien zutreffen könnten.*«

»*Wen?*« *Zheng spitzte mit einem Mal die Ohren.*

Vater sagte, noch immer mit leichtem Spott in der Stimme: »*Warum denn in die Ferne schweifen, sieh, das Gute liegt so nah.*«

Zheng nahm an, dass Vater mich meinte und fragte mich sofort nach meiner Arbeit. Vater schmunzelte und zeigte auf das Foto von Jinzhen im Rahmen des Wandspiegels: »*Er.*«

»*Wer ist das?*«

Vater deutete auf das Bild meiner Tante, ›*Abakus*‹ *Rong, und sagte:* »*Sehen Sie die Ähnlichkeit?*«

Er näherte sich Zhendis Porträt. »*Stimmt.*«

»*Das ist ihr Enkel*«, *sagte Vater.*

Es kam nur selten nur vor, dass Vater Zhendi jemandem auf diese Weise präsentierte, es war vielleicht sogar das erste Mal. Ich wunderte mich, warum er ausgerechnet mit diesem Mann so redete. Vielleicht, weil er nicht aus unserer Gegend stammte – er wusste nichts von den näheren Umständen der Geschichte. Da er aber ein Absolvent unserer Universität war, kannte er zweifellos die Geschichte meiner Tante. Der Mann fing sofort aufgeregt an, uns über Zhendi auszufragen. Bereitwillig erzählte ihm Vater alles über Zhendi, für den er ausschließlich lobende Worte hatte. Doch am Ende warnte er ihn, er solle sich aus dem Kopf schlagen, Zhendi mit sich fortzunehmen. Er fragte, warum, und Vater antwortete kategorisch: »*Unser Forschungsinstitut braucht ihn.*« *Zheng lächelte und fragte nicht weiter. Da er bis zum Abschied das Gespräch nicht wieder auf das Thema brachte, nahmen wir an, er habe Zhendi schon abgehakt.*

Am nächsten Morgen kam Zhendi zum Frühstück zu uns und erzählte, jemand habe ihn gestern spätabends aufgesucht. Die Räumlichkeiten des Forschungsinstituts waren damals sehr komfortabel, und Zhendi, der oft bis in die Nacht hinein arbei-

tete, blieb manchmal gleich über Nacht dort und kam erst zum Frühstück nach Hause. Vater wusste natürlich sofort, um wen es sich handelte. Er lachte laut auf und sagte: »Er hat also doch noch nicht aufgegeben.«

»Wer ist er?«, fragte Zhendi.

»Niemand«, sagte Vater.

»Er möchte, dass ich in seinem Institut arbeite«, sagte Zhendi.

»Möchtest du das?«, fragte Vater.

»Das liegt an Ihnen«, sagte Zhendi.

»Dann vergiss es«, sagte Vater.

Es klopfte an der Tür. Es war Zheng. Vater bot ihm sofort höflich an, mit uns zu frühstücken, doch er lehnte dankend ab. Er habe im Gästehaus gegessen. Darauf bat Vater ihn, oben auf ihn zu warten, er käme gleich nach. Als er fertig war, wies er Zhendi an, zu gehen. Er mahnte noch einmal: »Vergiss es. Kümmere dich nicht um ihn.«

Ich begleitete Vater nach oben, wo Zheng im Wohnzimmer auf uns wartete. Er hatte sich eine Zigarette angezündet. Vater gab sich den Anschein perfekter Höflichkeit, doch sein Ton war sehr bestimmt. Er fragte Zheng, ob er gekommen sei, um sich zu verabschieden oder um jemanden mitzunehmen. »Wenn Sie hier sind, um jemanden mitzunehmen, kann ich Ihnen nicht dienen. Wie ich bereits gestern Abend gesagt habe, können Sie nicht mit ihm rechnen. Es ist zwecklos.«

»Wenn das so ist, dann bin ich hier, um mich zu verabschieden«, sagte Zheng.

Vater bat ihn in sein Arbeitszimmer.

Ich musste zum Unterricht und ging daher nach einem kurzen Austausch von Höflichkeiten in mein Zimmer, um meine Unterlagen zu holen. Beim Gehen dachte ich, ich sollte besser Auf Wiedersehen sagen, doch die Tür zu Vaters Arbeitszimmer war geschlossen. Das war ungewöhnlich. Ich wollte lieber nicht stören und verließ das Haus. Als ich von der Universität zurückkehrte,

teilte mir meine Mutter betrübt mit, dass Zhendi uns verlassen werde. Ich fragte, wohin er gehe, und Mutter wischte sich die Tränen aus den Augen, bevor sie sagte: »*Dieser Mann nimmt ihn mit. Dein Vater hat zugestimmt* ...«
[Fortsetzung folgt]

Niemand wusste, was der Lahme dort im Arbeitszimmer – hinter verschlossenen Türen – zu Vater gesagt hatte. Meister Rong berichtete mir, ihr Vater habe sich bis zu seinem Tod geweigert, darüber zu sprechen. Wenn ihn jemand darauf ansprach, reagierte er äußerst ungehalten. Er war entschlossen, dieses Geheimnis mit ins Grab zu nehmen. Doch eines war klar: Der Lahme hatte es geschafft, ihn in kürzester Zeit umzustimmen. Das Gespräch hatte keine halbe Stunde gedauert, als Lilley Junior aus dem Zimmer kam und seine Frau anwies, Jinzhens Sachen zu packen.

Unnötig zu sagen, dass diese Geschichte den Lahmen nur noch mysteriöser erscheinen ließ. Schon bald sollte sich diese geheimnisvolle Aura auch auf Jinzhen ausdehnen.

3

An jenem Nachmittag, dem Nachmittag, an dem der Lahme und Lilley Junior hinter verschlossenen Türen miteinander sprachen, wurde Jinzhen vom Mysterium zum Mythos. Noch am selben Nachmittag holte der Lahme ihn mit dem Jeep ab und er wurde erst abends wieder zurück gebracht. Als er nach Hause kam, waren seine Augen voller Geheimnis. Alle sahen ihn erwartungsvoll an, doch es dauerte lange, bis er den Mund aufmachte. Seine ganze Art zu reden hatte mit einem Mal etwas Unergründliches. Die wenigen Stunden, die er mit dem Lahmen fort gewesen war, schienen bereits einen Keil zwischen ihn und seine Familie getrieben zu haben. Nach einer ganzen Weile, erst nachdem Lilley Junior ihm nachdrücklich zugeredet hatte, stieß er einen Seufzer aus und sagte zögernd: »Herr Professor, ich glaube, Sie haben mich an einen Ort geschickt, der nichts für mich ist.«

Er versuchte, unbeschwert zu klingen, doch in seiner Stimme lag ein sonderbares Pathos, das den Anwesenden die Sprache verschlug.

Lilley Junior sprach zuerst: »Was meinst du damit?«

»Ich weiß auch nicht, wie ich das ausdrücken soll. Alles, was ich jetzt gerne sagen würde, darf ich nicht sagen.«

Die ohnehin schon ernsten Mienen der Rongs verfinsterten sich.

Frau Lilley sagte: »Wenn du dich damit nicht wohlfühlst, dann solltest du nicht gehen. Es zwingt dich doch niemand.«

»Doch, ich muss«, sagte Jinzhen.

»Unsinn«, sagte sie. »Er« – sie zeigte auf ihren Mann – »ist er und du bist du. Wenn er zugestimmt hat, bedeutet das nicht, dass du ebenfalls zustimmen musst. Hör auf mich. Du selbst musst das entscheiden. Wenn du gehen willst, dann geh. Wenn nicht, dann lass es bleiben. Ich rede mit ihnen.«

»Das geht nicht«, sagte Jinzhen.

»Warum nicht?«

»Wenn sie dich wollen, dann kann man sich nicht widersetzen.«

»Was für eine Einheit ist das, das sie über solche Macht verfügt?«

»Das darf ich nicht sagen.«

»Nicht einmal mir darfst du das sagen?«

»Niemandem darf ich das sagen. Ich musste es schwören ...«

In diesem Augenblick schlug Lilley Junior mit der flachen Hand auf den Tisch, erhob sich und sagte in ehrfurchtsgebietendem Ton: »Gut, kein Wort mehr. Aber sag uns, wann du gehen musst. Ist das bereits entschieden? Wir müssen deine Sachen packen.«

»Morgen vor Sonnenaufgang breche ich auf«, sagte Jinzhen.

In dieser Nacht tat keiner von ihnen ein Auge zu, jeder bemühte sich, Jinzhen beim Packen zu helfen. Gegen vier Uhr morgens war alles soweit erledigt – es waren vor allem Bücher und Wintersachen, die sie in zwei großen Pappkartons verstauten. Danach ging es nur noch um Kleinigkeiten für den täglichen Gebrauch. Obwohl Lilley Junior und Jinzhen mehrfach betonten, dass er doch alles Nötige auch vor Ort besorgen könne, hörten die beiden Frauen einfach nicht auf, die Treppen hinauf und hinunter zu laufen und sich den Kopf darüber zu zerbrechen, was er noch alles gebrauchen könnte. Mal war es ein Radio, mal Zigaretten, dann Tee und Medizin. Ziemlich schnell hatten sie mit viel Umsicht einen großen Lederkoffer gefüllt. Kurz vor fünf waren sie alle im Erdgeschoss versammelten. Frau Lilley war schon nicht mehr Herrin ihrer Gefühle und musste ihre Tochter bitten, Jinzhens Frühstück zu machen. Sie setzte sich daneben und gab genaue Anweisungen, was zu tun sei. Nicht, dass Meister Rong nicht kochen konnte. Aber es sollte ein besonderes Essen werden, Jinzhens Abschiedsessen. Ein solches Essen musste ihrer Meinung nach mindestens vier Kriterien erfüllen:

Das Hauptgericht bestand aus einer Schüssel Nudeln, das bedeutete Glück und ein langes Leben.

Es mussten Buchweizennudeln sein, denn sie waren anders als gewöhnliche Nudeln biegsam und fest zugleich, das bedeutete, sich äußeren Umständen anpassen zu können.

Die Nudelsuppe musste mit Essig, Chilischoten und Walnüssen gewürzt werden. Das hieß, dass alles Saure, Scharfe und Bittere bei der Familie blieb, während er alles Süße mit sich nehmen konnte.

Es durfte nicht zu viel Suppe sein, denn Jinzhen musste vor der Abreise alles bis auf den letzten Tropfen vertilgt haben, das verhieß rundum Erfolg.

Es ging nicht einfach um eine Schale Nudeln. Das Essen war ein Symbol für ihre Mütterlichkeit, in das sie alle ihre guten Wünsche und Hoffnungen legte.

Die vielsagende Schüssel dampfender Nudeln wurde aufgetragen, und Frau Lilley rief Jinzhen zum Essen. Sie nahm ein Jadeamulett in Form eines kauernden Tigers aus ihrer Tasche und legte es in Jinzhens Hand. Er solle es nach dem Essen an seinem Gürtel festmachen, damit es ihm Glück bringe. In diesem Augenblick hörten sie einen Wagen vorfahren. Kurz darauf stand der Lahme mit seinem Chauffeur in der Tür. Er grüßte in die Runde und wies den Chauffeur an, die Kisten in das Auto zu tragen.

Jinzhen saß unterdessen da und aß schweigend seine Nudeln. Er hatte kein Wort gesagt, seit er sich an den Tisch gesetzt hatte, aber es war ein beredtes Schweigen. Als er seine

Nudeln restlos aufgegessen hatte, saß er immer noch still da. Er machte keine Anstalten, aufzustehen.

Der Lahme ging zu ihm hin, klopfte ihm auf die Schulter, als gehöre er bereits ihm, und sagte: »Zeit, auf Wiedersehen zu sagen. Ich warte im Wagen auf dich.« Dann verabschiedete er sich von den Rongs und ging hinaus.

Im Raum herrschte angespannte Stille. Sie blickten sich schweigend an, steif und nachdenklich. Jinzhen befühlte das kühle Stück Jade in seiner Hand. Das war die einzige Regung im Raum.

Frau Lilley brach das Schweigen: »Mach es an deinem Gürtel fest, das bringt Glück.«

Jinzhen führte den Talisman an seine Lippen, küsste ihn und wollte ihn am Gürtel befestigen. Doch der alte Lilley nahm ihn ihm aus der Hand: »Das ist etwas für Bauerntrampel. Ein Genie wie du braucht keinen Glücksbringer. Glaub an dich selbst, darin liegt dein Glück.«

Er zog den Waterman-Füllhalter aus der Tasche, der ihn ein halbes Jahrhundert begleitet hatte, drückte ihn Jinzhen in die Hand und sagte: »Den wirst du besser gebrauchen können. Schreibe deine Ideen auf, damit sie dir nicht entgleiten. Du wirst bald feststellen, dass niemand es mit dir aufnehmen kann.«

Genau wie zuvor den Talisman führte Jinzhen auch den Stift an seine Lippen, küsste ihn still und steckte ihn in seine Brusttasche. Von draußen ertönte einen kurzes Hupen. Jinzhen ignorierte es und saß wie angewachsen da.

»Sie werden ungeduldig. Geh!«, sagte Lilley Junior.

Jinzhen regte sich nicht.

»Du gehst, um unserer Nation zu dienen. Freu dich und geh!«, sagte Lilley Junior.

Schweigen.

»Hier drinnen ist dein Zuhause. Draußen ist dein Land. Ohne Vaterland kein Zuhause. Geh, Jinzhen, sie warten auf dich«, sagte Herr Lilley.

Jinzhen rührte sich nicht. Unbeweglich saß er da, als habe ihn die Wehmut des Abschieds auf seinem Stuhl festgenagelt. Wieder ertönte draußen die Hupe, länger als zuvor. Lilley Junior war mit seinem Latein am Ende und sah hilfesuchend seine Frau an.

Die alte Dame erhob sich und legte Jinzhen zärtlich die Hände auf die Schultern. »Komm, Zhendi, du musst los. Es geht nicht anders. Versprich, dass du mir schreibst«, sagte sie.

Die zarte Berührung seiner Ziehmutter schreckte Jinzhen aus seiner Lethargie auf. Wie benommen stand er auf und machte ein paar kraftlose Schritte Richtung Tür. Er bewegte sich wie ein Schlafwandler, und sein Gang färbte auf die Familienmitglieder ab, die ihn betreten dreinblickend begleiteten. Kurz vor der Tür wandte Jinzhen sich um und fiel auf die Knie. Er machte einen Kotau vor den beiden alten Herrschaften und sagte schluchzend: »Mutter ... Ich gehe, weit weg in eine andere Welt. Aber ich bleibe für immer euer Sohn.«

Es war der 11. Juni 1956, fünf Uhr morgens, als das Mathematikgenie Jinzhen, das zehn Jahre still wie ein Baum und doch unüberhörbar wie eine Legende an der Universität N verbracht hatte, sich auf eine geheimnisvolle Reise ohne Wiederkehr machte. Vor seiner Abreise hatte er seine Zieheltern noch gebeten, ihren Namen annehmen zu dürfen, um fortan Rong Jinzhen zu heißen. Sein neues Leben sollte mit einem neuen Namen beginnen, dem Namen der Menschen, die ihm nahestanden. Das ohnehin schon tränenreiche Lebewohl wurde zu einem Trauerspiel – alle ahnten, dass dies kein gewöhnlicher Abschied war. Es war nicht übertrieben zu sagen, dass keiner wusste, wo Jinzhen hingebracht wurde. Er stieg in der Morgendämmerung in den Jeep und verschwand, als trage ihn ein großer Vogel in seinem Schnabel in eine fremde Welt. Wie ein Axthieb hatte seine neue Identität ihn von allem, was hinter ihm lag, getrennt. Sie war ein Paravent zwischen seiner Vergangenheit und seiner Zukunft. Er war jetzt irgendwo außerhalb der realen Welt, niemand wusste, wo das war, aber es hatte eine Adresse:

Stadt C, Postfach Nummer 36.

Als wäre er sehr nah, gleich nebenan.

Nebenan und doch nur irgendwo.

[Aus dem Interview mit Meister Rong]

Ich fragte damals einige meiner ehemaligen Studenten, die jetzt bei der Post arbeiteten, zu welcher Institution Postfach 36 gehöre und wo das sei? Sie konnten mir nicht weiterhelfen, es schien praktisch jenseits aller menschlichen Wirkstätten zu liegen. Anfangs dachten wir, das Postfach müsse zu einer Adresse in unserer Stadt gehören, doch nach Zhendis erstem Brief war klar, dass die lokale Adresse nur Tarnung war, denn sein Brief war viel zu lange unterwegs, um vor Ort abgeschickt worden zu sein. Wahrscheinlich war er sehr weit weg von uns, weiter als wir denken konnten.

Seinen ersten Brief schrieb er uns drei Tage nach dem Abschied. Zwölf Tage später kam er bei uns an, ohne Absender. Stattdessen prangte auf dem Umschlag eine Kalligrafie des Großen Vorsitzenden Mao, in Rot gedruckt: Wer den Wind der Veränderung spürt, sollte keinen Windschutz, sondern eine Windmühle bauen. Merkwürdig war vor allem, dass es keine Briefmarke gab, nur den Eingangsstempel des lokalen Postamts. Alle weiteren Briefe waren genauso: der gleiche Umschlag, kein Absender, keine Briefmarke und alle etwa gleich lang unterwegs, acht bis neun Tage. Einzig das Mao-Zitat wurde mit Beginn der Kulturrevolution durch eine damals populäre Liedzeile ersetzt: Beim Segeln über den Ozean, vertrau'n wir auf den Steuermann.

Was bedeutet es, für die nationale Sicherheit zu arbeiten? Zhendis Briefe ließen mich zumindest ein bisschen mehr davon verstehen.

Im Winter des Jahres, als Zhendi fortging, es war Dezember, stürmte es eines Abends fürchterlich, und es gab einen drastischen Temperatursturz. Beim Abendessen sagte Vater, er habe Kopfschmerzen. Er nahm ein paar Aspirin und ging früh zu Bett. Wenige Stunden später, als Mutter ebenfalls nach oben ging, um sich schlafen zu legen, hatte er aufgehört, zu atmen – sein Körper war noch warm. Ein so plötzlicher Tod... Vielleicht war es nicht Aspirin gewesen, das er geschluckt hatte, sondern Arsen; möglicherweise war ihm klar, dass sein Forschungsinstitut nach Zhendis Weggang nur noch eine Farce war, und das war für ihn ein sauberer Ausweg aus der Misere.

Aber meine spontane Vermutung erwies sich als falsch. Vater starb an einer Hirnblutung.

Wir sprachen darüber, ob wir Zhendi bitten sollten, nach Hause zu kommen – er war schließlich noch nicht lange fort und arbeitete in einer streng geheimen und mächtigen Einheit weit weg von uns. Damals war uns bereits klar, dass er sich nicht mehr in der Provinzhauptstadt befand. Mutter entschied, ihn zu bitten, nach Hause zu kommen. Sie sagte: ›Immerhin heißt er Rong und nennt mich Mutter. Er ist unser Sohn, sein Vater ist gestorben und wir müssen es ihn wissen lassen.‹ Also schickten wir Zhendi ein Telegramm mit der Bitte, an der Beerdigung teilzunehmen.

Doch an seiner Stelle erschien ein Fremder. Der Mann brachte einen riesigen Blumenkranz im Namen von Rong Jinzhen mit. Er war unter allen Trauerkränzen der größte, was aber auch kein Trost war. Es verletzte uns sehr. Sehen Sie, so, wie wir Zhendi kannten, hätte er alles getan, um dabei sein zu können. Zhendi hatte Prinzipien. Wenn er etwas für richtig hielt, fand er einen Weg, danach zu handeln und ließ sich nicht durch äußere Umstände davon abbringen. Wir zerbrachen uns die Köpfe darüber, warum er nicht zur Beerdigung gekommen war. Ich weiß nicht, wieso – wahrscheinlich weil der Fremde unseren Fragen so auswich –, aber ich war mir auf einmal sicher, dass Zhendi niemals zurück-

kommen würde, ganz gleich, was uns widerfahren sollte. Der Mann sprach davon, ein sehr guter Freund Zhendis und in seinem Namen gekommen zu sein. Dann aber hieß es von ihm ständig nur: Diese Frage kann ich nicht beantworten, über dieses Thema kann ich nicht reden und so fort. Es war unheimlich. Ich fragte mich sogar, ob Zhendi etwas passiert sein könnte. Was, wenn er tot war? Diesen Schluss legten auch die Briefe nahe, die uns danach erreichten, sie waren wesentlich kürzer und kamen in viel größeren Abständen als zuvor. Jahrelang ging das so. Wir erhielten Briefe, aber Zhendi selbst bekamen wir nicht zu Gesicht. Ich war allmählich überzeugt davon, dass er tot war. Es war zweifellos eine große Ehre, eine Auszeichnung, für eine Organisation zur Wahrung der nationalen Sicherheit zu arbeiten, und es sollte eine solche Organisation keine Mühe kosten, der Familie vorzutäuschen, dass ein Toter noch am Leben war. Das wäre nur ein Beweis mehr für ihre Wichtigkeit, ihre Allmacht. Jedenfalls kam er nicht, die Jahre vergingen und wir sahen ihn nicht wieder, hörten nie mehr seine Stimme, waren zunehmend davon überzeugt, dass er niemals wiederkommen sollte. Die Briefe änderten an dieser Überzeugung gar nichts.

1966 brach die Große Proletarische Kulturrevolution aus, und eine Tretmine, die das Schicksal Jahrzehnte früher unter meine Füße platziert hatte, explodierte. Ein riesiges Poster mit Kritik an meiner Person wurde über Nacht an der Fakultät aufgehängt, das mich beschuldigte, noch immer an diesem Menschen [Meister Rongs Exfreund] *zu hängen, worauf eine Flut absurder Behauptungen und monströser Anklagen einsetzte, Dinge wie, dass ich seinetwegen nie geheiratet hätte, dass ihn zu lieben bedeute, die Kuomintang zu lieben, dass ich eine Kuomintanghure sei, eine Spionin. Und das alles wurde präsentiert, als handelte es sich um unumstößliche Fakten, die keinen Zweifel zuließen.*

Am Nachmittag desselben Tages, an dem das Poster auftauchte, versuchten ein paar Studenten, etwas desorganisiert, unser Haus zu umstellen. Vaters guter Ruf sorgte vermutlich dafür, dass sie es beim lauten Skandieren von Parolen beließen und nicht in das Haus eindrangen, um mich fortzuzerren. Gerade noch rechtzeitig erschien der Kanzler und bewegte sie dazu, wegzugehen. Noch nie im Leben hatte man mir so übel mitgespielt. Ich hoffte, der Spuk wäre damit vorbei. Es war ja nichts wirklich Schlimmes geschehen.

Etwa einen Monat später kamen sie wieder, zu Hunderten. Die Studenten hatten etliche wichtige Funktionäre der Universität, darunter auch den Kanzler, unter Arrest gestellt. Sie drangen in unser Haus ein, zerrten mich vor die Tür, setzten mir einen hohen Papierhut auf, auf dem die Zeichen für ›Kuominganghure‹ prangten, stießen mich in eine Gruppe weiterer ›kritikwürdiger Personen‹ und zwangen uns, wie Verbrecher durch die Straßen zu paradieren. Danach sperrten sie mich in eine Damentoilette ein, zusammen mit einer Professorin der Fakultät für Chemie, die ›unmoralischer Handlungen‹ und ›bourgoiser Korruption‹ beschuldigt war. Tagsüber holten sie uns heraus und schlugen uns, nachts sperrten sie uns wieder ein und ließen uns Selbstkritiken schreiben. Später schoren sie uns öffentlich die Köpfe halb kahl, sodass wir nicht mehr wie Menschen aussahen. Als meine Mutter mit ansehen musste, wie man mich öffentlich fertigmachte, brach es ihr das Herz. Sie fiel vor lauter Horror an Ort und Stelle in Ohnmacht.

Meine Mutter war im Krankenhaus, und ich wusste nicht einmal, wie es ihr ging. Mich selbst schien nur noch ein Hauch vom Tod zu trennen. An jenem Abend verfasste ich heimlich eine Botschaft an Zhendi. Es war nur eine Zeile: Wenn du noch am Leben bist, komm zurück und rette mich! Ich unterschrieb mit dem Namen meiner Mutter. Ein Student, der noch Mitleid mit mir hatte, half mir, das Telegramm zu verschicken. Ich grübelte und hoffte auf ein Wunder. Höchstwahrscheinlich aber würde gar nichts geschehen. Oder es würde, wie beim Tod meines Vaters, ein Fremder auftauchen. Ich konnte mir nicht vorstellen, dass Zhendi

in der Lage wäre, persönlich zu kommen, und schon gar nicht, dass es so schnell gehen würde...
[Fortsetzung folgt]

An jenem Tag wurden Meister Rong und ihre Kollegin vor der Fakultät für Chemie öffentlich ›kritisiert‹. Man stellte sie auf ein Podest vor das Hauptgebäude, mit hohen Papierhüten auf den Köpfen und großen Plakaten um den Hals. Ringsum wehten rote Fahnen und Propagandaposter, und vor ihnen hatte sich eine große Menschenmenge versammelt, Studenten der Chemie und anderer Fächer, Professoren, vielleicht 200 Personen. Sie saßen auf Matten auf dem Boden und nur die jeweiligen Sprecher standen. Alles wirkte sehr sorgfältig vorbereitet.

Von zehn Uhr an verlasen sie abwechselnd die üblen Vergehen der beiden Frauen und forderten sie auf, sich zu verteidigen. Mittags gab es eine Essenspause (das Essen wurde gebracht), während Meister Rong und die andere Professorin Worte des Vorsitzenden Mao rezitieren mussten. Um vier Uhr nachmittags versagten den beiden Frauen die Beine vom langen Stehen, und es blieb ihnen gar nichts anderes übrig, als niederzuknien. In diesem Augenblick hielt ein Jeep mit Militärkennzeichen vor dem Hauptgebäude. Aller Augen richteten sich auf den Wagen. Drei Männer stiegen aus, zwei davon waren groß gewachsen und nahmen den kleineren Mann zwischen sich. Sie gingen mitten in die ›Verhandlung‹ hinein. Als sie sich dem Podest näherten, wurden sie von Roten Garden gestoppt, die fragten, wer sie seien. Der kleine Mann herrschte sie an: »Wir sind hier, um Rong Yinyi mitzunehmen!«

»Wer sind Sie?«

»Ich bin der, der Rong Yinyi mitnimmt!«

Der eine Rotgardist ließ sich nicht so schnell einschüchtern und zischte grob zurück: »Sie ist eine Kuomintanghure! Wenn jemand mit ihr abrechnet, dann wir!«

Der kleine Mann starrte ihn an wie ein wilder Tiger. Dann spuckte er ihm ins Gesicht und sagte: »Du Stück Dreck! Wenn sie zur Kuomintang gehört, dann gilt das wohl auch für mich, was? Ich sag dir, sie kommt mit uns. Aus dem Weg!«

Er stieß die Leute, die sich ihm in den Weg gestellt hatten, beiseite, und ging die Stufen hinauf.

Da brüllte jemand von hinten: »Was fällt dem ein, die Rote Garde zu beschimpfen, packt ihn!«

Mit einem Schlag waren alle auf den Beinen und drängten nach vorn, umringten ihn und droschen auf ihn ein. Ohne Hilfe wäre er ein toter Mann gewesen. Zum Glück hatte er seine beiden Begleiter dabei, die sofort zur Stelle waren und ihm Schutz boten. Die beiden waren nicht nur groß, sie waren offensichtlich auch sehr gut durchtrainiert und teilten nach allen Seiten hin Schläge aus wie Trommelwirbel. Mühelos hielten sie die Menge um ihn herum auf Abstand und schirmten ihn ab wie Bodyguards. Immer wieder riefen sie: »Wir stehen im Dienst des Großen Vorsitzenden Mao, wer es wagt, sich gegen uns zu erheben, erhebt sich gegen den Vorsitzenden und ist kein Rotgardist! Keiner steht dem Vorsitzenden Mao näher als wir! Zieht Leine!«

Nur dank ihrer Zähigkeit gelang es den beiden Männern, den kleinen Mann aus der Menge herauszuholen. Einer schirmte ihn ab, während sie gemeinsam davonrannten. Der zweite hielt plötzlich mitten im Lauf inne und zog eine Pistole. Er feuerte einen Schuss in die Luft und schrie: »Alles stehen bleiben! Wir sind im Namen des Großen Vorsitzenden hier!«

Beim Klang des Schusses waren alle plötzlich wie gelähmt. Wie benommen starrten sie den Mann an. Von hinten kamen noch immer Rufe: *Ein Rotgardist hat keine Angst vor dem Tod, wir fürchten uns vor niemandem …* Beinahe wäre die Situation wieder in Tumult umgeschlagen, hätte er nicht seinen Ausweis hervorgezogen. Deutlich prangte das Staatssiegel auf dem leuchtend roten Einband. Er hielt den aufgeschlagenen Ausweis für jedermann gut sichtbar in die Höhe. »Schaut her! Wir kommen im Auftrag Mao Zedongs! Der Große Vorsitzende persönlich schickt uns! Sollte einer es wagen, uns weiter Schwierigkeiten zu machen, wird der Große Vorsitzende ihn einsperren lassen. Handeln wir nicht alle im Auftrag des Großen Vorsitzenden? Also, lasst uns vernünftig miteinander reden. Wer sind eure Anführer? Der Große Vorsitzende hat ihnen etwas zu sagen.«

Zwei Personen traten aus der Menge heraus. Der Mann steckte seine Waffe weg, nahm sie zur Seite und redete leise auf sie ein. Die beiden Rädelsführer waren allem Anschein nach schnell überzeugt, denn es dauerte nicht lange, bis sie sich zu den anderen umdrehten und sagten, der Mann arbeite wirklich für den Großen Vorsitzenden und alle sollten sich wieder hinsetzen. Nachdem die Ordnung hergestellt war, kamen die beiden anderen Männer wieder zurück, die das Geschehen aus sicherem Abstand verfolgt hatten. Einer der Rädelsführer ging sogar zu dem kleinen Mann hin, um ihm die Hand zu schütteln. Der andere stellte ihn unterdessen als Helden der Revolution vor und bat um einen Applaus. Der Applaus fiel eher spärlich aus, niemand schien von diesem Helden sonderlich beeindruckt. Wohl, um weitere Vorfälle zu vermeiden, fing der Mann, der den Schuss abgefeuert hatte, den Helden vorzeitig ab. Er flüsterte ihm etwas ins Ohr und riet ihm, im Wagen zu warten. Dann rief er dem Fahrer zu, er solle losfahren. Er selbst blieb zurück.

Als der Wagen anfuhr, steckte der Held der Revolution den Kopf auf dem Fenster und schrie: »Hab keine Angst, Schwester! Ich hole Hilfe für dich!«

Es war Jinzhen!

Rong Jinzhen!

Der Klang seiner Stimme echote durch die Luft, und er hing noch über der Menschenmenge, als ein weiterer Jeep mit Militärkennzeichen vorfuhr und mit quietschenden Reifen Rong Jinzhens Jeep zum Anhalten zwang.

Drei Männer stiegen aus. Zwei von ihnen trugen die Uniform der Volksbefreiungsarmee. Sie wandten sich direkt an den Mann mit der Pistole und flüsterten ihm etwas ins Ohr, dann stellten sie ihm den dritten vor. Es war der Anführer der Roten Garde der Universität, genannt Kommandeur Yang.

Sie beratschlagten sich untereinander. Dann ging Kommandeur Yang mit ernster Miene hinüber zu den Rotgardisten. Ohne das Wort an sie zu richten, reckte er die geballte Faust gen Himmel und rief: »Lang lebe der Große Vorsitzende Mao!« Sofort fiel die Menge ein und die donnernden Rufe ließen die Erde beben. Anschließend drehte er sich um, lief die Stufen hinauf zu Meister Rong, nahm ihr Mütze und Plakat ab und verkündete: »Ich schwöre beim Großen Vorsitzenden, dass diese Frau keine Kuomintanghure ist. Sie ist die Schwester eines nationalen Helden, einem Genossen der Revolution!«

Wieder reckte er die geballte Faust hoch und rief ein ums andere Mal:

»Lang lebe Mao Zedong!«

»Lang lebe die Rote Garde!«

»Lang leben die Genossen!«

Dann nahm er unter den fortgesetzten Hurrarufen der Menge seine rote Armbinde ab und legte sie Meister Rong an. Es klang nach einem ehrenvollen Abschiedsjubel für sie, doch vermutlich war es eher eine geschickte Inszenierung zu ihrem Schutz. Die andauernden Hurrarufe lenkten die Aufmerksamkeit der Menge ab, die sich langsam zerstreute. Jedenfalls beendete Meister Rong ihre Karriere als Konterrevolutionärin unter nur langsam abebbenden Wellen von Hurrarufen …

[Aus dem Interview mit Meister Rong]
Ehrlich gesagt, habe ich Jinzhen damals nicht wiedererkannt. Wir hatten uns seit zehn Jahren nicht gesehen, er war viel dünner als zuvor und trug eine dieser altmodischen Nickelbrillen mit flaschendicken Gläsern. Er sah aus wie ein kleiner alter Mann, ich kam gar nicht auf die Idee, dass er es sein konnte. Erst als er mich »Schwester« nannte, erwachte ich auf einmal wie aus einem Traum, besser gesagt, ich wusste nicht mehr, ob ich wachte oder träumte. Bis heute kommt mir das alles seltsam unwirklich vor.

Er tauchte genau einen Tag, nachdem ich das Telegramm abgeschickt hatte, auf. Also musste er doch vor Ort leben, wie hätte er sonst so schnell hier sein können? Sein autoritäres Auftreten wies in vielerlei Hinsicht darauf hin, dass er zu einer wichtigen Person geworden war. Als er zu uns nach Hause kam, wich ihm der Mann mit der Pistole keinen Augenblick von der Seite, wie ein Bodyguard oder eher eine Art Aufsicht, denn Zhendi schien nichts ohne seine Erlaubnis tun zu dürfen. Ständig mischte er sich in unsere Unterhaltung ein, darüber dürften wir nicht sprechen, dieses Thema sei tabu und so weiter und so fort. Abends wurde mit dem Jeep Essen für uns gebracht – angeblich, damit wir nicht eigens zu kochen brauchten, aber vermutlich hatten sie Angst, wir könnten etwas ins Essen tun oder so. Nach der Mahlzeit drängte er Jinzhen, sich zu verabschieden, und nur nachdem Zhendi und Mutter einen regelrechten Aufstand veranstaltet hatten, willigte er ein, dass Zhendi über Nacht bleiben durfte. In seinen Augen schien das eine hochgefährliche Angelegenheit zu sein, zumindest orderte er zwei Jeeps mit sieben oder acht Mann, die vor dem Haus Stellung bezogen, einige von ihnen in Militäruniform, andere in Zivil. Er schlief mit Zhendi im selben Zimmer. Vor dem Schlafengehen stellte er das ganze Haus auf den Kopf. Als Zhendi ihn am nächsten Tag bat, Vaters Grab besuchen zu dürfen, sagte er schlicht und einfach Nein.

Zhendi kam, blieb eine Nacht und ging wieder, es war beinahe surreal, wie im Traum.

Auch wenn wir ihn nun wiedergesehen hatten, blieb Zhendis neues Leben für uns ein Rätsel, sogar ein noch größeres als zuvor. Wir wussten jetzt, dass er am Leben war; er war sogar verheiratet, wenn auch offenbar noch nicht lange. Seine Frau arbeitete in derselben Abteilung wie er. Wir wussten natürlich weder, wo sie lebten, noch was seine Frau arbeitete, aber immerhin erfuhren wir, das ihr Nachname Zhai war und sie aus Nordchina stammte. Von den Fotos her zu schließen, die Zhendi uns zeigte, war sie ein gutes Stück größer als er, eine hübsche Frau mit traurigen Augen; jemand, dem es, ähnlich wie Zhendi, schwerfiel, seine Gefühle zu zeigen. Bevor er sich verabschiedete, drückte Zhendi Mutter einen ziemlich dicken Briefumschlag in die Hand, ein Geschenk seiner Frau, wie er sagte. Er bat uns, ihn erst nach seiner Abreise zu öffnen. Der Umschlag enthielt 200 Yuan und einen Brief. Seine Frau erklärte darin, dass die Partei ihr nicht erlaubt hatte, Zhendi auf diesem Besuch zu begleiten, was sie sehr bedaure. Anders als Zhendi nannte sie unsere Mutter »Mama«, »liebe Mama«.

Drei Tage nach seiner Abreise tauchte ein Mann von seiner Einheit auf, es war derselbe, der an Zhendis Stelle zu Vaters Beerdigung gekommen war. Er hatte ein Dokument mit dem roten Briefkopf des Bezirksstabs der VBA und dem Revolutionskomitee der Provinz dabei, in dem es hieß: Rong Jinzhen ist vom Zentralkomitee der KP Chinas, dem Staatsrat und der Zentralen Militärkommission als Held der Revolution ausgezeichnet worden, seine Angehörigen sind Angehörige der Revolution, eine ehrenvolle Familie. Niemandem, keiner Einheit, keiner Privatperson und keinem Parteimitglied, ist es erlaubt, in ihr Haus einzudringen, niemand darf die revolutionären Verdienste dieser Familie durch falsche Beschuldigungen in Zweifel ziehen *und so weiter. Oben gab es außerdem einen handschriftlichen Vermerk,* »Wer diese Anordnung missachtet, wird als Konterrevolutionär *behandelt!«, der vom Kommandeur des Militärbezirks der Provinz stammte. Dieses Schreiben war nicht weniger wert als ein vom Kaiser persönlich verliehenes Schwert! Uns blieb damit fortan jeder Ärger erspart, und sogar mein Bruder durfte aus Schanghai an die Universität N zurückkehren. Als er sich wenig später entschloss, ins Ausland zu gehen, war auch das dank dieses Dokuments problemlos möglich. Mein Bruder arbeitete damals in der Supraleiterforschung. In China hätte er zu diesem Zeitpunkt dafür nie die passenden Arbeitsbedingungen gefunden. Also besser ins Ausland gehen. Nun überlegen Sie mal, wie viele Chinesen damals gerne ins Ausland gegangen wären und wie schwierig das war. Es waren in jeder Hinsicht besondere Zeiten, in denen wir allein dank Zhendi normal und vernünftig leben und arbeiten konnten.*

Welchen wertvollen Verdienst Zhendi genau für unser Land geleistet hatte, um mit so großer Macht ausgestattet zu werden, dass er unser Leben mit einem Fingerschnippen verändern konnte, blieb uns allerdings verborgen. Es dauerte nicht lange, bis in der Fakultät für Chemie Gerüchte die Runde machten, Zhendi habe eine zentrale Rolle in unserem Atomwaffenprogramm gespielt. Diese Geschichte wurde sehr überzeugend ausgemalt. Auch mir erschien das plötzlich alles sehr plausibel, zum einen passte es zeitlich – das Atomwaffenprogramm war 1954 gestartet worden, kurz bevor Zhendi uns verließ – und zum anderen auch fachlich, denn schließlich brauchte man für die Atomwaffenentwicklung Mathematiker. Außerdem schien es in meinen Augen nichts anderes zu geben, das so viel Geheimhaltung bedeuten und so viel Ruhm mit sich bringen konnte. Doch als der Staat in den 1980er-Jahren eine Liste der Wissenschaftler veröffentlichte, die an der Entwicklung der ersten und zweiten Generation chinesischer Atomwaffen mitgearbeitet hatten, suchte man Zhendis Namen vergeblich. Entweder hatte er unter anderem Namen gearbeitet oder das Ganze war nichts weiter als ein Gerücht gewesen ...

[Fortsetzung folgt]

4

Zheng der Lahme spielte beim Verfassen dieses Romans, genau wie Meister Rong, eine wichtige Rolle für mich. Ich führte meine Gespräche mit ihm lange vor denen mit Meister Rong, und wir entwickelten schnell ein freundschaftliches Verhältnis. Er war zu dieser Zeit bereits über 70, und unter seiner faltigen Haut traten deutlich die Knochen hervor. Auch sein Hinken war schlimmer geworden. Eine erhöhte Schuhsohle half nicht mehr, er musste wohl oder übel am Stock gehen. Die Leute fanden, dass er sehr imposant wirkte, wenn er so auf den Stock gestützt ging, doch ich würde sagen, das lag eher an seiner beeindruckenden Persönlichkeit und hatte mit der Gehhilfe wenig zu tun. Als ich ihn kennenlernte, war er der wichtigste Mann in Einheit 701, ihr Direktor nämlich. Einen Mann von solchem Rang wagte natürlich niemand »der Lahme« zu nennen, auch wenn er es selbst so gewollt hätte. In einer solchen Position hat man eine Funktion, man hat ein gewisses Alter und kann auf viele Arten angeredet werden.

Direktor Zheng.
Abteilungsleiter Zheng.
Chef.
Herr Zheng.

Das waren die vielfältigen Anreden, die die Leute ihm gegenüber gebrauchten, alle angemessen und respektvoll. Er selbst nannte sich dagegen gern »Direktor Krüppel«. Ehrlich gesagt, kenne ich seinen vollen Namen bis heute nicht, er hatte einfach zu viele andere Namen, Titel, Decknamen, Spitznamen, Ehrennamen... Sein richtiger Name spielte keine Rolle mehr, und er hatte ihn augenscheinlich seit Jahrzehnten nicht gebraucht, hatte ihn abgeworfen wie überflüssigen Ballast. Was mich betraf, kam selbstverständlich nur eine höfliche Anrede infrage. Ich nannte ihn »Direktor Zheng«.

Direktor Zheng.

Direktor Zheng...

Lassen Sie mich Ihnen eins von Direktor Zhengs Geheimnissen verraten: Er hatte sieben verschiedene Telefonnummern, ungefähr so viele Telefonnummern wie Namen! Er gab mir nur zwei – mehr als genug, muss ich sagen, denn eine davon war die seines Sekretariats, wo immer jemand abnahm. Anders gesagt, ich hatte immer eine Möglichkeit, ihm eine Nachricht zu hinterlassen. Ihn persönlich zu sprechen, war Glückssache.

Nachdem ich die Interviews mit Meister Rong abgeschlossen hatte, versuchte ich, Direktor Zheng zu erreichen. Unter der ersten Nummer antwortete niemand. Ich wählte die zweite, und man sagte mir, ich solle kurz warten, ich hatte also Glück. Tatsächlich war kurz darauf Direktor Zheng in der Leitung. Ich erzählte ihm, dass man an der Universität N bis heute davon spreche, dass Rong Jinzhen einen entscheidenden Beitrag zur Entwicklung der chinesischen Atombombe geleistet habe. Er fragte, wovon zum Teufel ich rede. Ich erklärte, dass es mir um den Umstand ginge, dass Jinzhen trotz seiner großen Verdienste um den Staat für immer dazu verurteilt schien, ein unbekannter Held zu sein, weil seine Arbeit geheim war. Doch gleichzeitig gestand man ihm aus demselben Grund viel größere Errungenschaften zu, als es tatsächlich der Fall war, nämlich die Entwicklung der Atombombe. In diesem Augenblick unterbrach er mich wütend: »Wissen Sie eigentlich, was für einen Unsinn Sie reden?«, bellte er. »Glauben Sie, man könnte einen Krieg allein mit Atombomben gewinnen? Mit Rong Jinzhen hätten wir jeden, jeden verdammten Krieg gewinnen können! Das Atomwaffenprogramm war dazu da, unsere Stärke zu demonstrieren, eine Blume, die man sich ins Haar steckt, damit jeder hinsieht. Rong Jinzhen dagegen war in der Lage, im Wind den Herzschlag eines anderen zu hören, die wohlgehüteten Geheimnisse eines Menschen zu sehen. Wenn man den Feind kennt und sich selbst, kann man jede Schlacht gewinnen. Und darum sage ich Ihnen: Aus militärischer Sicht war Rong Jinzhens Arbeit von weitaus höherem Wert als jede Atombombe.«

Rong Jinzhen war Kryptoanalytiker.

[Aus dem Interview mit Direktor Zheng]

Kryptoanalyse heißt, dass ein Genie herauszufinden versucht, was ein anderes Genie ausgeheckt hat. Es ist das entsetzlichste Gemetzel, das sich ein Mann antun kann. Für dieses geheimnisumwitterte und gefährliche Geschäft sammelt man die besten Köpfe um sich, derer man habhaft werden kann. Und macht nichts weiter, als zu raten, was hinter einer Reihe arabischer Ziffern steckt. Klingt, als ob es Spaß machen müsste, wie ein Spiel, nicht wahr? Doch dieses Spiel hat bereits das Leben zahlreicher bemerkenswert intelligenter Vertreter der Gattung Menschheit ruiniert.

Darin liegt das Faszinierende an Geheimcodes.

Und darin liegt ihre Tragödie. In der Geschichte der Menschheit sind die meisten Genies in der Welt der Geheimcodes begraben worden. Anders gesagt: Was ein Genie nach dem anderen, was ganze Generationen von Hochbegabten unter die Erde bringt, ist nichts anderes als diese verdammten Ziffern. Da bringen sie so viele großartige Köpfe zusammen, nicht etwa, um das Beste aus ihren Talenten herauszuholen, sondern um sie bei lebendigem Leib zu rösten und sie loszuwerden. Kein Wunder, dass es heißt, Kryptoanalyse sei das grausamste Geschäft der Welt.

[Fortsetzung folgt]

An jenem Morgen im Sommer 1956, als Rong Jinzhen im trüben Dämmerlicht die Universität N verließ, wusste er noch nicht, dass der arrogant wirkende Mann neben ihm ihn unwiderruflich dazu bestimmt hatte, den Rest seines Lebens mit dem geheimnisvollen und grausamen Geschäft der Entschlüsselung von Geheimcodes zu verbringen. Auch wusste er nicht, dass sein Begleiter, den seine Kommilitonen nur als »den Krüppel, der im Regen getanzt hat«, bezeichneten, tatsächlich einen mehr als geheimnisvollen Titel trug: Bereichsleiter der Abteilung für Kryptoanalyse der Einheit 701. Anders ausgedrückt: Dieser Mann war von jetzt an sein Vorgesetzter. Nach einer Weile fand es der Vorgesetzte an der Zeit, mit seinem Untergebenen zu reden, aber dem Untergebenen lastete vermutlich der Abschied noch zu sehr auf der Seele, als dass ihm ein Wort zu entlocken war. Still glitt der Jeep durch die Dämmerung, das Licht der Scheinwerfer ließ den Schnee leuchten. Die Atmosphäre war beklemmend und unheilvoll.

Bei Tagesanbruch hatte der Wagen die Grenzen der Stadt verlassen, sie fuhren auf die Autobahn XX und der Fahrer beschleunigte. Rong Jinzhen sah sich alarmiert um und fragte sich, warum sie die Stadt verließen. Hatte er nicht hier eine Briefadresse, Postfach 36, Stadt C? Was machten sie auf der Autobahn? Als ihn der Lahme gestern zur Unterzeichnung der Papiere mitgenommen hatte, hatte er spüren können, wie der Fahrer ständig abbog und die Fahrtrichtung änderte. Gesehen hatte er nichts, denn man hatte darauf bestanden, ihm eine dunkle Brille aufzusetzen, aber er hätte schwören können, dass sie die Stadt nicht verlassen hatten. Und jetzt, als der Jeep die Autobahn entlangschoss, sah es aus, als ob sie ein weit entferntes Ziel ansteuerten. Verwirrt fragte er: »Wohin fahren wir?«

»Zu deiner Einheit.«

»Wo ist das?«

»Ich weiß es nicht.«

»Weit weg?«

»Ich weiß es nicht.«

»Fahren wir nicht an denselben Ort wie gestern?«

»Weißt du, wo wir gestern waren?«

»Ich bin mir sicher, dass es irgendwo in der Stadt war.«

»Hör mir zu: Du hast den Eid, den du geschworen hast, bereits gebrochen.«

»Aber ...«

»Kein aber. Wiederhole den ersten Teil des Eides.«

»Jeder Ort, an den ich gehe, alles, was ich sehe und höre, ist Verschlusssache, und ich darf mit niemandem darüber reden.«

»Merk dir das. Von jetzt an unterliegt alles, was du siehst und hörst, strengster Geheimhaltung.«

Es wurde schon dunkel und der Wagen war immer noch unterwegs. In der Ferne sah man vereinzelt Lichter, die zu einer mittelgroßen Stadt gehören mussten. Rong Jinzhen hielt die Augen offen, er wollte wissen, wo er war, doch der Lahme befahl ihm, für den Rest der Reise die dunkle Brille aufzusetzen. Als er sie wieder absetzen durfte, fuhren sie eine gewundene Gebirgsstraße hinauf. Rechts und links davon waren Wälder und Steilhänge zu sehen, wie sie überall im Gebirge vorkommen, es gab keinerlei Schilder oder Hinweise darauf, wo sie sich befanden. Die Straße war eng und kurvenreich und stockfinster, erhellt nur durch die Scheinwerfer, deren Licht seltsam gebündelt und intensiv die Straße abtasteten, wie eine große grelle Taschenlampe. Es sah so aus, als ob das Licht den Jeep hinter sich herzöge. Eine gute Stunde lang blieben sie auf dieser Straße, bis in der Ferne, am Rande des Berges, Lichter auftauchten. Dort lag ihr Ziel.

Kein Schild am Tor. Ein einarmiger Alter öffnete ihnen. Der Alte hatte eine lange violette Narbe im Gesicht, die vom linken Ohr über den Nasenrücken bis zur rechten Wange reichte.

Unwillkürlich musste Rong Jinzhen bei seinem Anblick an die Piratengeschichten denken, die er als Kind gelesen hatte, und die absolute Stille im Hof, die Art, wie die Gebäude finster und wie verlassen dalagen, ließ ihn an die mittelalterlichen Burgen in europäischen Märchen denken. Zwei Personen kamen aus der Schwärze der Nacht heraus auf sie zu wie Gespenster. Beim Näherkommen erkannte er, dass eine von ihnen eine Frau war. Sie gab dem Lahmen die Hand, während der Mann Rong Jinzhens Gepäck aus dem Jeep hievte.

Der Lahme stellte ihn der Frau vor. Jinzhen war zu sehr mit seinem Kummer beschäftigt, um sich ihren Namen zu merken, Abteilungsleiterin Soundso. Sie war die Chefin hier. Der Lahme erklärte ihm, dass er im Trainingslager von Einheit 701 sei. Alle neuen Genossen der Einheit erhielten hier ihre politische Schulung und eine professionelle Ausbildung.

Der Lahme sagte: »Sobald deine Ausbildung beendet ist, wirst du abgeholt. Ich hoffe, dass das bald der Fall sein wird und du ein qualifiziertes Mitglied unserer Einheit wirst.«

Dann stieg er in den Jeep und fuhr davon. Als habe er seine Ware aufgegabelt und beim Einkäufer abgeliefert. Wie ein Menschenhändler, der seine Mission beendet hat und nun seine Hände in Unschuld wäscht.

Drei Monate später, Rong Jinzhen war gerade aufgestanden, hörte er, wie draußen ein Motorrad vorfuhr. Kurz darauf klopfte jemand an seine Tür. Er öffnete einem jungen Mann, der ohne Umschweife zu ihm sagte: »Ich komme im Namen von Bereichsleiter Zheng. Machen Sie sich fertig zum Aufbruch.«

Anstatt zum Tor hinauszufahren, rasten die beiden mit dem Motorrad tiefer in die Anlage hinein, die sich bis in eine Gebirgshöhle erstreckte, einen riesigen Höhlenkomplex genauer gesagt, der sich labyrinthartig in alle Richtungen fortzusetzen schien. Sie fuhren etwa zehn Minuten lang, bis sie vor einer bogenförmigen Stahltür Halt machten. Der Fahrer stieg ab, ging hinein, kam kurz danach wieder heraus, und sie setzten die Fahrt fort, bis sie am anderen Ende des Höhlenkomplexes herauskamen. Eine um ein Vielfaches größere Anlage als das Trainingslager tat sich vor Rong Jinzhens Augen auf. Hier lag die Spezialeinheit 701. Hier würde Rong Jinzhen den Rest seines Lebens verbringen. Sein Arbeitsplatz lag hinter der bogenförmigen Stahltür, vor der sie kurz gestoppt hatten. Diese Anlage pflegten sie den »Nordkomplex« zu nennen, das Trainingslager war der »Südkomplex«. Der Südkomplex war das Tor zum Nordkomplex – und sein Kontrollpunkt. Die Anlage hatte etwas von einer Festung, die mit einem Graben umgeben und nur über eine Zugbrücke erreichbar war. Ohne die Eingangskontrolle am Südkomplex zu passieren, war es unmöglich, auch nur eine Ahnung von dem dahinterliegenden Nordkomplex zu bekommen.

Nach wenigen Minuten Weiterfahrt erreichten sie ein gänzlich von Kletterpflanzen überwuchertes Backsteingebäude. Der herausdringende Essensduft sagte Rong Jinzhen, dass es sich um die Kantine handeln musste. Der Lahme, der drinnen beim Essen saß, hatte ihn kommen sehen. Er kam heraus, in der Hand einen halb gegessenen Mantou, und bat ihn herein.

Jinzhen hatte noch nichts gegessen.

In der Kantine saß ein bunt gemischter Haufen Leute. Männer und Frauen, Alte und Junge, in Militäruniform und in Zivil, manche trugen sogar Polizeiuniformen. Während seiner Ausbildung hatte Jinzhen permanent gerätselt, um was für eine Einheit es sich hier handelte, was für eine Organisation? Eine militärische oder eine behördliche? Die Szene vor ihm brachte ihn nur noch mehr durcheinander. Er sagte sich, dass das wohl die Natur einer Sondereinheit sei. Eine Sonderheit oder jede geheime Organisation muss zwangsläufig ein ungewöhnliches Gesicht haben und ein geheimnisvolles Herz. Das Geheimnis durchdringt sie wie außerirdische Musik.

Der Lahme schleppte ihn durch den Saal in einen separaten Raum. Dort war der Tisch bereits mit einem reichhaltigen Frühstück gedeckt, es gab Milch, Eier, Baozi, Mantous und viele kleine Beilagen.

»Nimm Platz«, sagte der Lahme.

Er setzte sich und langte zu.

»Weißt du, die anderen dort bekommen kein so gutes Essen wie du. Die schlürfen nur Reissuppe.«

Jinzhen hob den Kopf und sah durch die Glastrennwand nach draußen. Die Leute in der Kantine hatten Schüsseln in der Hand, er selbst eine Tasse, mit Milch gefüllt.

»Weißt du, warum?«, fragte der Lahme.

»Ist das zur Begrüßung?«

»Nein. Weil deine Arbeit viel wichtiger ist als ihre.«

Nach diesem Frühstück nahm Rong Jinzhen die Arbeit auf, der er den Rest seines Lebens nachgehen würde. Zu diesem Zeitpunkt wusste er jedoch noch nicht, dass es diese geheimnisvolle und bittere Tätigkeit war, die auf ihn wartete. Auch wenn er im Trainingslager in unterschiedlichen Dingen instruiert worden war – zum Beispiel musste er alle Daten zur Geschichte, Geografie, zu diplomatischen Beziehungen, die Namen der wichtigsten Regierungsmitglieder, Streitkräfte, Militärstützpunkte oder der Verteidigungsbündnisse von Staat X auswendig lernen, und außerdem die wichtigsten Hintergrundinformationen zu militärischen und politischen Machthabern weltweit. Er wurde immer neugieriger auf seine zukünftige Aufgabe. Zuerst nahm er an, dass er an der Forschung für irgendeine Geheimwaffe für eine spezielle militärische Operation gegen den Staat X beteiligt werden sollte, dann dachte er, er solle vielleicht in einer Art militärischem Thinktank die Funktion eines leitenden Offiziers übernehmen. Oder einfach eines militärischen Beobachters. Es fielen ihm noch eine Reihe von Tätigkeiten ein, die er wieder verwarf, weil er dafür nicht im geringsten qualifiziert war, wie

Dozent für militärische Angelegenheiten im Ausland, Militärattaché im diplomatischen Dienst, Geheimagent... Immer mehr wichtige und unnütze Tätigkeiten kamen ihm in den Sinn – an Kryptoanalytiker dachte er nicht.

Das war ja auch kein Beruf. Es war eine Verschwörung. Eine Verschwörung innerhalb einer Verschwörung.

5

Offen gesagt hatten die im Gebirge außerhalb der Stadt A verschanzten Leute von Einheit 701 anfangs keine Vorstellung davon, welch große Zukunft Rong Jinzhen erwartete. Für die einsame, sehr graue Tätigkeit des Entschlüsselns von Geheimcodes braucht man, außer einer gewissen Ausbildung, Erfahrung und Talent, vor allem ein Quäntchen Glück, ein Glück, das jenseits des Horizonts liegt. In Einheit 701 ging man davon aus, dass dieses Glück existierte, oh ja, und zwar standen die Chancen dafür so gut wie für die Wahrscheinlichkeit, dass man gerade dann zufällig die Hände in den Himmel reckte, wenn schwarzer Rauch aus dem Grab deiner Ahnen aufstieg. Als Neuling hatte Rong Jinzhen das noch nicht verstanden, oder es kümmerte ihn einfach nicht. Er verbrachte jedenfalls den ganzen Tag damit, seltsame Bücher zu lesen; besonders gern schien er seine Nase in eine englische Ausgabe von *Das große Buch der mathematischen Rätsel* zu stecken oder in einen Stapel alter fadengebundener Werke, deren Titel man nicht entziffern konnte. Der Neue vertrödelte so seinen Tag, ohne ein Wort zu reden. Er war offenbar gern allein und gab (auch wenn er nicht überheblich oder arrogant war) nie etwas Interessantes oder auffällig Intelligentes von sich (er sagte überhaupt sehr wenig). Irgendwelche Anzeichen großer Kreativität oder außergewöhnlichen Talents waren auch nicht zu sehen. Man zweifelte an seinen Fähigkeiten, und an seinem Glück sowieso. Schlimmer noch, er schien sich überhaupt nicht für seine Arbeit zu interessieren – denn, wie gesagt, er las ja immerzu in fachlich vollkommen irrelevanten Büchern.

Und das war erst der Anfang. Als ob er damit noch nicht genug demonstriert hätte, wie wenig ernst er seine Arbeit nahm, lieferte er bald weitere Beweise. Eines Nachmittags ging der Neue wie üblich mit einem seiner Bücher unter dem Arm zu einem Spaziergang in den Wald. Er hielt nicht gerne Mittagsschlaf, aber er machte auch keine Überstunden. Er verbrachte einfach seine gesamte freie Zeit damit, an einem abgeschiedenen Ort in aller Stille zu lesen. Der Nordkomplex lag direkt am Fuß des Gebirges, überall auf dem Gelände waren kleine Waldstücke. Besonders gern suchte er ein kleines Kiefernwäldchen auf, das praktischerweise gleich neben dem Eingang zu dem Höhlenbereich lag, in dem er arbeitete. Der herbe Kiefernduft, der an medizinische Seife erinnerte, zog ihn an. Es gibt Leute, die diesen harzigen Geruch nicht mögen. Er schon. Seine Vorliebe für diesen Duft wies eine gewisse Korrelation mit seiner Tabaksucht auf – seit er dort spazieren ging, rauchte er weniger.

An jenem Tag hörte er im Wald Schritte. Sie gehörten einem Mann von etwa 50 Jahren. Der Unbekannte wirkte eher zurückhaltend und fragte ihn mit einem schüchternen Lächeln, ob er chinesisches Schach spiele. Rong Jinzhen nickte, und der Mann zog sofort aufgeregt ein Brett hervor und fragte, ob er eine Partie mit ihm spielen würde. Eigentlich hatte Jinzhen keine Lust dazu, er hätte lieber sein Buch gelesen, aber er konnte die Bitte nicht abschlagen, also nickte er noch einmal. Obwohl es schon eine ganze Weile her war, dass er zuletzt gespielt hatte, hatte er in den Partien gegen Lisewicz viel Erfahrung gewonnen, und es war für die meisten Leute nicht leicht, ihn zu schlagen. Dieser Fremde war offensichtlich nicht wie die meisten Leute – beide merkten schnell, dass sie es mit einem ebenbürtigen Gegner zu tun hatten. Von diesem Tag an suchte der Mann ihn ständig auf, um eine Partie Schach zu spielen, mal nachmittags, mal abends, manchmal passte er ihn sogar mit dem Schachspiel unter dem Arm direkt vor dem Eingangstor zu seiner Einheit oder vor der Kantine ab. Er stellte ihm regelrecht nach. Jeder wusste bald, dass Rong Jinzhen sich mit dem Schachidioten abgab.

Jeder in Einheit 701 kannte den Schachidioten. Er hatte in den 1930er-Jahren an der Nationaluniversität sein Examen in Mathematik mit Auszeichnung gemacht, war gleich danach vom Militärkader der Kuomintang angeheuert und als Kryptoanalytiker ins damalige Indochina geschickt worden. Seit es ihm dort gelungen war, einen wichtigen militärischen Code der Japaner zu knacken, war sein Name in der Welt der Kryptoanalyse berühmt. Unzufrieden mit Tschiang Kai-sheks Politik, die das Land in einen zweiten Bürgerkrieg führte, fand er einen Weg heraus aus dem militärischen Geheimdienst und arbeitete fortan unter anderem Namen als Vorarbeiter in einer Schanghaier Elektronikfirma. Nach der Befreiung hatte Einheit 701 keine Mühen gescheut, um ihn ausfindig zu machen und als Kryptoanalytiker für das Team zu gewinnen. Dort gelang ihm die Entschlüsselung mehrerer militärischer Codes mittleren Grades des Staates X, was ihn zum erfolgreichsten Codebrecher der Einheit machte. Vor zwei Jahren jedoch hatten die Ärzte bei ihm Schizophrenie diagnostiziert. Über Nacht war aus dem gefeierten Helden ein gefürchteter Irrer geworden, der wahllos Leute beschimpfte, anbrüllte, sogar verdrosch. Diese Art von akuter Schizophrenie, bei der der Patient zu Gewaltausbrüchen tendiert (auch paranoide Schizophrenie genannt) gilt in der Regel als erfolgreich therapierbar. Doch da er Träger vieler wichtiger Geheimnisse war, wollte niemand die Verantwortung für die Einweisung in eine Spezialklinik übernehmen. Stattdessen wurde er im Krankenhaus der Einheit 701 behandelt, wo allerdings nur gewöhnliche Chirurgen und keine Psychiater arbeiteten. Sie erhielten zwar fachmännische Unterstützung von außerhalb, doch die Sache ging nicht gut. Es gelang ihnen schon, ihn ruhig zu stellen, aber damit schalteten sie anscheinend auch seine Gehirnfunktionen aus – er schien nichts anderes mehr im Kopf zu haben als Schach. Er war völlig davon besessen. Aus einem paranoiden Schizophrenen war ein katatonischer Schizophrener geworden.

Bevor er krank wurde, hatte er sich nicht einmal aufs Schachspielen verstanden. Einer der Ärzte im Krankenhaus hatte ihm chinesisches Schach beigebracht – zu einem viel zu frühen Zeitpunkt der Behandlung, wie Experten später anmerkten. Wenn jemand am Verhungern ist, darf man ihm keine großen Mahlzeiten verabreichen, sagt man. Leidet ein Patient an Schizophrenie, sollte er seinen Verstand zu Beginn der Genesung auf keinen Fall auf eine bestimmte Sache konzentrieren, weil er sich sonst in einem späteren Stadium nicht mehr davon lösen kann. Doch der Chirurg kannte sich mit der Therapie solcher Fälle nicht aus. Er war ein leidenschaftlicher Schachspieler, der häufig mit Patienten spielte. Für ihn schien das Interesse des Schizophrenen für das Spiel ein Zeichen der Besserung. Er versprach sich von ihren Partien eine positive Wirkung auf den Patienten. Nun, das Resultat war eine regelrechte Katastrophe, denn er hatte aus einem großen Kryptoanalytiker, der gut und gerne hätte geheilt werden können, den Schachidioten gemacht.

Das war natürlich ein klassischer Behandlungsfehler, aber wen wollte man dafür verantwortlich machen? Wenn man jemanden zu einer Arbeit zwingt, die nicht sein Fach ist, kann das leicht schiefgehen. Nun, es ging schief, und Schuld daran trug in erster Linie kein Arzt, sondern die Arbeit des Unglücklichen. Nur weil er zu viele Geheimnisse kannte, war der Mann dazu verurteilt, den Rest seines Lebens als geistiger Krüppel in diesem abgeschlossenen Tal zu verbringen. Beim Schachspielen, so hieß es, erkenne man deutlich, wie intelligent der Mann einmal gewesen sein musste. Außerhalb der Welt des Spiels zeigte er keinen höheren IQ als ein Hund. Er lief weg, wenn man ihn anschrie, und tat brav alles, was man wollte, wenn man nett zu ihm war. Da er nichts zu tun hatte, geisterte er den lieben langen Tag in Einheit 701 herum wie eine verlorene Seele. Nun klammerte sich diese verlorene Seele an Rong Jinzhen.

Rong Jinzhen schickte ihn nicht fort wie die anderen, obwohl es nicht schwer war, den Schachidioten loszuwerden. Man musste ihn nur laut anschreien.

Doch das tat Jinzhen nicht. Er mied ihn nicht, er brüllte ihn nicht an, er zeigte ihm nie die kalte Schulter. Er behandelte ihn wie er jeden behandelte, weder herzlich noch kühl, weder unterwürfig noch überheblich, er war ihm einfach gleichgültig. Deshalb hängte sich der Schachidiot ständig an ihn und nötigte ihn zu einer weiteren Partie.

Noch eine Partie.

Noch eine Partie!

Man war sich nicht sicher, ob Rong Jinzhen nicht doch Mitleid mit dem Mann hatte. Vielleicht bewunderte er auch einfach die Gabe des anderen. Es war den Leuten egal – sie waren sich schlicht einig, dass ein Kryptoanalytiker seine Zeit nicht mit Schach zu verschwenden habe. Schließlich war es mit dem Schachidioten nur deshalb so weit gekommen, weil er besessen von seinen Chiffren gewesen war. Wenn man einen Ballon zu weit aufbläst, platzt er eben. Dass Rong Jinzhen seine Zeit mit Schach vertrödelte, anstatt sich seiner Arbeit zu widmen, hieß für seine Kollegen, dass er keine Lust auf seinen Job hatte, oder dass er nur ein weiterer Irrer war. Ein Verrückter, der glaubte, er könne sich einen Namen machen, indem er stundenlang herumspielte.

Wollte er nicht oder konnte er nicht? Es dauerte nicht lange, bis seine Kollegen den endgültigen Beweis für das Erstere in der Hand zu halten glaubten. Er kam in Form eines Briefs von Jan Lisewicz.

6

Als Jan Lisewicz sieben Jahre zuvor mit seiner gesamten angeheirateten Familie China verlassen und sich im Staat X niedergelassen hatte, hatte er nicht geglaubt, dass ihn irgendetwas je zur Rückkehr würde bewegen können. Aber er hatte nicht mit der Hartnäckigkeit seiner Sippe gerechnet. Der Schwiegermutter, die immer eine robuste Natur gehabt hatte, bekam der Wechsel in das fremde Land gar nicht. Sie kränkelte ständig und kam fast um vor Heimweh. Die Vorstellung, fern von ihrer Heimat begraben zu werden, war ihr ein Graus, und so störrisch, wie nur alte Chinesinnen sein können, forderte sie, in der Heimat sterben zu können.

In welcher Heimat?

In China!

Die Hälfte aller Gewehrmündungen des Staates X war auf China gerichtet!

Es bedarf keiner Erklärung, um zu erkennen, dass der Wunsch seiner Schwiegermutter nicht ganz leicht zu erfüllen war. Er war in Lisewicz' Augen sogar völlig indiskutabel. Doch sein Schwiegervater, der stets ein gesetzter und vernünftiger alter Herr gewesen war, war auf einmal nicht wiederzuerkennen. Das verdammte Schlitzohr legte sich ein Messer an die Kehle und drohte, sich auf der Stelle umzubringen, wenn seine Frau nicht reisen dürfe. Lisewicz saß in der Falle, und er wusste, dass er aus der Sache nicht herauskommen würde, ohne sich dem sturen Willen der Alten zu beugen. Sein Schwiegervater, das war ganz klar, hielt allein deswegen so solidarisch zu seiner

Frau, weil er denselben Wunsch hegte. Wenn er schon dazu verurteilt war, im Ausland zu sterben, dann lieber sofort und mit der Aussicht, seiner Frau dieses Schicksal zu ersparen.

Für Lisewicz war der Alte ein sturer Idiot, aber darauf kam es nicht an. Angesichts der Klinge am Hals und der drohenden Tragödie war es völlig egal, ob er verstand. Er musste nachgeben, ob er ihm vor der Idee grauste oder nicht. Und er musste selbst dafür Sorge tragen. Vor dem Hintergrund der ringsum tobenden ideologischen Propaganda schien es nicht einmal sicher, ob er lebend wieder zu seiner Familie zurückkehren würde. Trotzdem machte sich Jan Lisewicz auf, um seine kränkelnde Schwiegermutter im Flugzeug und anschließend im Auto in ihre Heimat zu begleiten. Es heißt, dass seine Schwiegermutter, kaum, dass man sie in den Mietwagen gehoben hatte, plötzlich weit die Augen aufriss, als sie den Fahrer in dem ihr vertrauten Dialekt sprechen hörte, um sie gleich darauf für immer friedlich zu schließen. Wie heißt es doch gleich: Das Leben hängt an einem seidenen Faden. Die Stimme des Fahrers, die den Dialekt ihrer Heimat sprach, war das Messer, das diesen Faden zerschnitt. Und der Wind trug ihr Leben fort.

Die Stadt C lag auf Jan Lisewicz' Weg, was aber noch lange nicht hieß, dass er der Universität N einen Besuch abstatten konnte – seine Reise unterlag strengen Bestimmungen. Ich weiß nicht, welcher der beiden Staaten ihm diese Bestimmungen auferlegt hatte, jedenfalls folgten ihm auf Schritt und Tritt zwei Aufpasser, ein chinesischer und einer aus X. Sie bildeten sozusagen ein unzertrennliches Trio. Die beiden nahmen ihn in die Mitte und zogen ihn mit. Es lag an ihnen, wohin er gehen durfte und wie schnell, als sei er ein Roboter. Oder vielleicht ein Nationalschatz. Dabei war er einfach Mathematiker, zumindest stand es so in seinem Pass. Meister Rong erklärte mir, das seien eben besondere Zeiten gewesen …

[Aus dem Interview mit Meister Rong]

Sie wissen ja, wie die Beziehung zwischen China und dem Staat X damals aussah. Keiner traute dem anderen, wir waren Feinde. Jeder unterstellte dem anderen bei der geringsten Regung böse Absichten. Ich hätte nie erwartet, dass Lisewicz jemals zurückkehren würde, und schon gar nicht nach C, ohne dass man ihn an die Universität N ließ. Ich musste mich in seinem Hotel mit ihm treffen. Unser Treffen glich einem Besuch im Gefängnis – neben jedem von uns saßen rechts und links zwei Personen, die alles, was wir sagten, auf Band aufnahmen und aufschrieben. Wir mussten jeden Satz laut und vernehmlich sagen, damit ihnen der korrekte Wortlaut nicht entging. Zum Glück waren alle vier zweisprachig, sonst hätten wir praktisch gar nichts sagen können, ohne sofort als Spione verdächtigt zu werden. Jeder Satz hätte als Geheimbotschaft gegolten. So war das damals. Wenn man sich mit jemandem aus X traf, war der andere kein Mensch mehr, sondern ein Dämon, ein Feind, ein Unkraut, dem Böses innewohnte, das jederzeit Gift versprühen konnte, eine tödliche Falle für sein Gegenüber.

Nun ja, Lisewicz wollte im Grunde gar nicht mich treffen, sondern Zhendi. Sie wissen ja, dass Zhendi zu diesem Zeitpunkt längst nicht mehr an der Universität N, sondern sonstwo war, wo ich ihn nicht besuchen konnte, und schon gar nicht Lisewicz. Als Lisewicz davon erfuhr, bat er, stattdessen mich treffen zu dürfen. Er hoffte wohl, von mir Näheres zu erfahren. Erst als ich die Erlaubnis meiner Wächter eingeholt hatte, durfte ich überhaupt etwas darüber sagen. Viel war es ohnehin nicht. Er hatte aufgehört, am Forschungsinstitut für künstliche Intelligenz zu arbeiten, und war fortgegangen. Lisewicz' Reaktion erstaunte mich: Er sah mich völlig entgeistert an. Es schien ihm die Sprache zu verschlagen, jedenfalls sagte er eine ganze Weile nichts und wirkte abwesend. Dann stieß er nur ein Wort hervor: Unfassbar! Sein Gesicht lief rot an vor Wut, er konnte kaum mehr stillsitzen. Er begann, im Raum auf und ab zu gehen und schimpfte vor sich hin, wie hervorragend Zhendis Forschungsergebnisse gewesen seien, was für eine Verschwendung, welchen Durchbruch man mit seiner Hilfe hätte erzielen können und so fort.

Er sagte: »Ich habe einige der Artikel gelesen, die er und Lilley zusammen veröffentlicht haben. Ich muss wirklich sagen, dass sie in diesem Bereich zur Avantgarde der internationalen Forschung gehörten. Es kann einfach nicht wahr sein, dass er auf halbem Weg aufgeben musste!«

Ich sagte: »Es läuft nicht immer alles so, wie man es sich erhofft.«

»War es eine Institution eurer Regierung, die ihn mitgenommen hat?«

»Das kann man so sagen.«

»Zu welchem Zweck?«

»Das weiß ich nicht.«

Er fragte weiter, und ich antwortete nur, dass ich nichts wüsste. Schließlich sagte er: »Lass mich raten – er arbeitet jetzt für eine Einheit, die streng geheim ist?«

»Ich weiß es nicht.«

So war es ja auch, ich wusste es nicht.

Ich weiß ja bis heute nicht, in welcher Einheit Zhendi arbeitete, wo er war und was er tat. Vielleicht wissen Sie es, aber ich erwarte nicht, dass Sie es mir verraten. Für mich ist es Zhendis Geheimnis, und, mehr als das, ein Staatsgeheimnis. Jeder Staat, jede Armee hat Geheimnisse: Geheimorganisationen, Geheimwaffen, Geheimagenten ... Was es eben so gibt. Ohne Geheimnisse könnte ein Staat gar nicht überleben, oder? Er ist wie ein Eisberg – sein größter Teil liegt unter der Wasseroberfläche.

Manchmal denke ich schon, dass es nicht fair ist, wenn jemand ein Geheimnis jahrzehntelang, vielleicht sogar ein Leben lang, selbst vor seinen engsten Verwandten wahren muss. Doch wäre es anders, könnte unser Land wahrscheinlich nicht weiterexistieren, zumindest wäre es in Gefahr. Das wäre auch nicht

fair und vermutlich gravierender als das andere. So denke ich schon seit Langem. Es hat mir geholfen, zu verstehen, warum Zhendi sich dafür entschieden hatte. Sonst wäre er nur noch ein Traum gewesen, ein Tagtraum, ein Wachtraum, ein Traum im Traum, ein Traum, so lang und so bizarr, dass es selbst einem so versierten Traumdeuter wie Zhendi schwergefallen wäre, ihn zu verstehen ...
[Ende des Interviews mit Meister Rong]

Während ihres Treffens redete Lisewicz wieder und wieder auf Meister Rong ein, sie müsse Jinzhen unbedingt ausrichten, dass er, wenn es nur irgendwie möglich sei, allen Versuchungen zum Trotz, zurückkommen und weiter an der künstlichen Intelligenz forschen müsse. Doch als sie sich verabschiedet hatten und Meister Rong schon im Gehen begriffen war, kam ihm in den Sinn, Jinzhen lieber persönlich zu schreiben. Er rief Meister Rong zurück und bat sie um Jinzhens Adresse. Meister Rong fragte ihren Begleiter, ob sie die Adresse weitergeben dürfe, und er willigte ein. Noch am selben Abend setzte sich Lisewicz hin und schrieb Jinzhen einen kurzen Brief. Er zeigte den Brief zuerst seiner eigenen Aufsichtsperson und dann der chinesischen und gab ihn erst nach ihrer Zustimmung in die Post.

Er erreichte Einheit 701 auf dem üblichen Weg, doch ob Rong Jinzhen ihn zu Gesicht bekommen würde, war damit noch nicht gesagt, es hing von seinem Inhalt ab. Da es sich um eine streng geheime Abteilung handelte, wurde jeder persönliche Brief von der Partei kontrolliert, was für eine Spezialeinheit ganz normal war. Als die Leute des Überwachungsteams den Brief öffneten und sahen, dass er auf Englisch verfasst war, schlugen sie sofort Alarm. Der zuständige Bereichsleiter wurde informiert. Der wiederum bestellte bei der Stabsstelle eine Übersetzung.

Der Brief umfasste im Original eine ganze Seite, auf Chinesisch waren es nur wenige Zeilen. Das war sein Inhalt:

Lieber Jinzhen,

ich bin aufgrund der Bitte meiner Schwiegermutter vorübergehend in China und halte mich in der Provinzhauptstadt auf. Ich habe gehört, dass Du nicht mehr an der Universität bist und Dich einer neuen Tätigkeit widmest. Ich weiß nicht, worum es sich dabei handelt, aber wegen der großen Geheimhaltung und der Adresse, die ich bekommen habe, nehme ich an, dass Du eine Aufgabe in einer streng geheimen Einheit übernommen hast – genau wie ich selbst vor etwa zwanzig Jahren. Aus Solidarität und Liebe zu meinem Volk machte ich damals einen furchtbaren Fehler und übernahm eine Aufgabe für einen bestimmten Staat. Diese Arbeit hat mein Leben ruiniert. Ich kenne Dich, und gerade deshalb bin ich angesichts Deiner jetzigen Situation sehr besorgt. Du hast einen scharfen Verstand, aber Du bist auch sensibel, Du passt nicht in ein Umfeld, in dem Kontrolle und Restriktion herrschen. Du hast in der Forschung zur künstlichen Intelligenz bereits bemerkenswerte Erfolge erzielt. Mach damit weiter, und es erwartet Dich eine glorreiche Zukunft! Lass Dich nicht auf den falschen Weg bringen. Ich hoffe sehr, dass Du meinem Rat folgen und zu Deiner alten Arbeit zurückkehren wirst.

Jan Lisewicz
3. März 1957, Freundschaftshotel der Stadt C

Damit war die Sache klar. Der Inhalt dieses Briefs passte vollkommen zu dem Verhalten, das Rong Jinzhen an den Tag legte. Es fiel den Leuten (zumindest den leitenden Funktionären der Einheit) nicht mehr schwer, zu verstehen, warum Rong Jinzhen sich als eine solche Enttäuschung erwies: Hinter ihm stand ein Ausländer, dieser Jan Lisewicz, der ihn überreden wollte, zu seiner alten Stelle zurückzukehren!

7

Selbstverständlich wurde der Brief aufgrund seines »ungesunden Inhalts« nie an Rong Jinzhen weitergegeben. Fragen, die nicht gestellt werden dürfen, stellt man nicht, Aussagen, die nicht gemacht werden dürfen, macht man nicht, was man nicht wissen darf, weiß man nicht. Das war ein ungeschriebenes Gesetz in Einheit 701. Briefe dieser Art waren der Organisation ein Dorn im Auge, sie machten nichts als Ärger. Es gab schon genug Dinge, um deren Geheimhaltung man sich kümmern musste.

Doch im Fall von Rong Jinzhen wurde die Geheimhaltung auf eine harte Probe gestellt. Einen Monat später fiel dem Überwachungsteam ein weiterer an ihn adressierter Brief in die Hände. Diesmal kam der Brief aus dem Staat X, ausgerechnet aus X! Der Brief war wiederum auf Englisch verfasst, wieder kam er von Jan Lisewicz. Er war wesentlich länger als der erste Brief. Und wieder versuchte Lisewicz, Rong Jinzhen zur Rückkehr an seine alte Forschungsstelle zu bewegen und äußerte Bedauern über seinen Weggang. Zu Beginn des Schreibens erwähnte er diverse Artikel in mathematischen Zeitschriften, die von den jüngsten Fortschritten im Bereich der Forschung zur künstlichen Intelligenz berichteten. Doch dann kam er auf den eigentlichen Grund seines Briefs zu sprechen:

Offen gesagt, habe ich in letzter Zeit ständig daran gedacht, was Du jetzt wohl tust, welches Versprechen oder welcher Druck Dich dazu gebracht haben mögen, diese Entscheidung zu treffen. Vergangene Nacht habe ich von Dir geträumt, im Traum hast Du mir erzählt, dass Du jetzt für den Geheimdienst Deines Landes als Kryptoanalytiker arbeitest. Ich weiß nicht, warum ich das geträumt habe. Anders als Du bin ich nicht gut darin, Träume zu interpretieren oder in Bezug zur Wirklichkeit zu setzen. Vielleicht bedeutet er gar nichts. Und, glaube mir, das hoffe ich! Wie dem auch sei – dieser Traum ist wahrscheinlich nur ein Ausdruck meiner Sorge um Dich. Ich fürchte, dass Dein Talent Dich für bestimmte Personen interessant gemacht hat, die Dich zu dieser Arbeit genötigt haben. Du darfst auf keinen Fall dabei bleiben. Warum nicht? Lass es mich Dir erklären:

1. Des Wesens der Kryptoanalyse wegen:
Viele Mathematiker beschäftigen sich heutzutage mit der Kryptoanalyse, weshalb man fordert, dieses Gebiet als selbstständige Wissenschaft anzuerkennen. Das Fach hat viele angezogen, die ihm am Ende ihr Leben geopfert haben. Keines ihrer Ergebnisse hat mich davon überzeugen können, meine Meinung zum Thema Geheimcodes zu ändern. Für mich ist dieses Fach, egal, ob es um die Entwicklung von Codes oder um ihre Entschlüsselung geht, absolut unwissenschaftlich. Es ist ein Gift, das die Menschheit entwickelt hat, um die Wissenschaft zu zerstören und eine Verschwörung gegen die Leute, die sich damit beschäftigen. Um in der Kryptoanalyse zu arbeiten, braucht man Intelligenz, aber was für eine Intelligenz ist das? Es ist eine teuflische Intelligenz, die dazu führt, dass jeder Erfolg, den Du erzielst, andere noch durchtriebener, noch einfallsreicher und gerissener macht. Codes sind versteckte Waffen für eine Schlacht, die zu gewinnen sinnlos ist. Sie bringt keinerlei Fortschritt für die Menschheit.

2. Deines Charakters wegen:
Wie gesagt, Du bist ein Mensch von scharfem Verstand und sensibler Seele, und Du bist begeisterungsfähig und stur. Das

sind ideale Charakterzüge für einen Wissenschaftler, aber völlig unpassende für einen Kryptoanalytiker. Für den Geheimdienst zu arbeiten, bedeutet enormen Druck, das heißt, Du musst Deine Persönlichkeit und Deine Wünsche völlig Deiner Arbeit unterordnen. Kannst Du das? Ich bin mir ziemlich sicher, dass Du das nicht kannst, dafür bis Du viel zu empfindsam und stur zugleich, Du bist nicht elastisch genug und wirst daran zerbrechen, wenn Du Deine Sache nicht gut machst. Du solltest selbst gut genug wissen, wie man auf die besten Ideen kommt; nämlich dann, wenn man entspannt ist, frei, seine Gedanken schweifen zu lassen, wenn niemand einen unter Druck setzt. Doch kaum fängst Du mit der Kryptoanalyse an, bist Du ein Gefangener. Alles, was Du tust, wird im Namen der nationalen Sicherheit kontrolliert, und Du stehst unter Druck. Der entscheidende Punkt ist: Was ist Deine Heimat? Ich habe mich das selbst oft genug gefragt. Was ist meine Heimat? Polen? Israel? England? Schweden? China? X?
Heute weiß ich, dass das, was man seine Heimat nennt, seine Familie meint, seine Freunde, Sprache, die Brücke, die man auf dem Weg zur Arbeit passiert, den kleinen Fluss, der an deinem Haus vorbeifließt, die Wälder, die sanfte Brise von Westen, das Zirpen der Grillen, die nächtlichen Glühwürmchen, all das. Es meint kein bestimmtes Land innerhalb fester Grenzen und schon gar nicht die Vorstellung einer nationalistischen Partei oder eines Demagogen. Ich kann ehrlich sagen, dass ich große Bewunderung für das Land hege, in dem Du lebst, denn in diesem Land habe ich die glücklichste Zeit meines Lebens verbracht. Ich spreche Chinesisch, ich habe Familie und Freunde dort, von denen einige leider schon tot sind. Ihnen gebührt Dank dafür, dass viele meiner schönsten Erinnerungen mit diesem Land verbunden sind. Man kann in vieler Hinsicht sagen, dass Dein Land, China, auch mein Land ist, aber deshalb würde ich mir noch lange nichts vor-

machen wollen, und Dir schon gar nicht. Ich würde lügen, wenn ich Dich nicht auf die Zwänge Deiner jetzigen Situation und die Gefahren, die Dich erwarten, aufmerksam machen würde...

Lisewicz musste sich darüber im Klaren gewesen sein, dass er mit diesem Brief alles auf eine Karte setzte. Doch einmal angefangen, ließ er sich nicht so schnell beirren. Einen Monat später kam der nächste Brief. Diesmal war sein Ton aufgebracht, und er beschwerte sich über Jinzhens ausbleibende Antwort. Und er wusste auch, warum sie ausblieb...

Du antwortest nicht, das bedeutet, dass ich recht hatte – Du bist Kryptoanalytiker!
Es war eine simple Schlussfolgerung: Schweigen = kein Widerspruch = Zustimmung.
Danach fuhr er fort, ernst, nachdenklich und mit offensichtlicher Mühe, seine Gefühle zu beherrschen:

Ich weiß auch nicht, warum, aber immer, wenn ich an Dich denke, ist mir, als wolle mir eine kalte Hand das Herz ausreißen, und ich fühle mich so hilflos. Jeder hat Dinge im Leben, die er bereut. Du bist vielleicht das, was ich am meisten bereue. Jinzhen, mein lieber Jinzhen, warum sorge ich mich nur so sehr um Dich? Bitte schreib mir doch, dass Du nichts mit Kryptoanalyse zu tun hast. Ich habe Albträume, wenn ich nur daran denke. Dein Talent, Dein Forschungsgebiet, und dann dieses Schweigen – ich fürchte mehr und mehr, dass mein Traum die Wahrheit gesagt hat. Codes sind ein Fluch! Sie machen süchtig, jeden, der sie berührt, schließen sie in die Arme und lassen ihn nicht mehr los. Es ist ein Gefängnis. Sie sind in der Lage, Dich in ein dunkles Loch zu werfen und Dich dort verhungern zu lassen! Lieber Jinzhen, wenn es wahr es: Hör auf mich. Wenn Du die Möglichkeit hast, zurückzugehen, tu es.

Zögere nicht, die geringste Chance dazu zu ergreifen. Ist Dir diese Möglichkeit verwehrt, dann halte Dich wenigstens an diesen einen Rat: Arbeite meinetwegen an allen Codes, die Ihr zu entschlüsseln versucht, aber niemals, jemals an PURPUR!

PURPUR war der schwierigste Code, an dem Einheit 701 je gearbeitet hatte. Angeblich hatte eine religiöse Organisation eine Menge Geld und mafiöse Methoden angewandt, um einen Mathematiker zu zwingen, diesen Geheimcode für sie zu entwickeln. Doch als er so weit war, beinhaltete der Code so viele verfahrenstechnische Schritte, war so schwierig und steckte voller weiterer Chiffren innerhalb der wesentlichen Verschlüsselungsmethode, kurz gesagt, er erwies sich als so gottverdammt kompliziert, dass seine Auftraggeber nichts damit anzufangen wussten und ihn am Ende an den Staat X verkauften. PURPUR war gegenwärtig das komplexeste militärische Verschlüsselungssystem des Staates X – und natürlich der Code, den Einheit 701 am meisten zu entschlüsseln trachtete. Seit Jahren zerbrachen sich die genialsten Denker in Einheit 701 die Köpfe darüber. Sie ackerten wie verrückt, litten, dachten Tag und Nacht an nichts anderes mehr, stießen an ihre Grenzen. Mit dem einzigen Ergebnis, dass kaum jemand mehr sich an den Code heranwagte. Es war Code PURPUR, der den Schachidioten krankgemacht hatte, oder, besser gesagt, der unbekannte Mathematiker, der das Verschlüsselungssystem entwickelt hatte. Dass die anderen nicht dasselbe Schicksal ereilte, lag nicht an ihrer mentalen Stärke, sondern daran, dass sie zu feige – vielleicht auch zu klug – waren, um sich mit PURPUR zu befassen. Die Finger davon zu lassen, war nicht mehr als ein Zeichen ihres guten Gespürs. PURPUR war eine Falle, ein tiefes dunkles Loch, das ein vernünftiger Mensch meiden sollte wie die Pest. Der Einzige, der so dumm gewesen war, nicht lockerzulassen, war darüber wahnsinnig geworden. Ein Grund mehr für die anderen, einen weiten Bogen um diese Aufgabe zu machen. In Einheit 701 war man also ebenso wild entschlossen, diesen Code zu knacken, wie man unfähig dazu war.

Und nun kam dieser Jan Lisewicz und riet Rong Jinzhen dringend davon ab, sich mit PURPUR zu befassen. Das zeugte zum einen davon, wie schwer dieser Code zu entschlüsseln war und dass jeder Versuch zwecklos schien. Zum anderen bedeutete es, dass Lisewicz etwas über PURPUR wissen musste. Seine Briefe waren Hinweis genug darauf, wie nahe sich die beiden Mathematiker standen. Sie müssten sich Lisewicz' Zuneigung zunutze machen, um nützliche Informationen aus ihm herauszutricksen. Also schrieben sie ihm eine Antwort und unterzeichneten mit Rong Jinzhens Namen.

Der Brief war getippt und von Hand mit einer gefälschten Unterschrift versehen. Einfach gesagt: Die Partei benutzte Jinzhen. Es ging darum, aus Lisewicz etwas herauszubekommen, das der Einheit beim Entschlüsseln von PURPUR nützen konnte. Anders als Jinzhen, der ohnehin den ganzen Tag nur Bücher las und mit einem Irren Schach spielte. Und vor allem hätte seine eigene Antwort sicher nicht halb so viel Sinn ergeben wie ihre, das Resultat der Arbeit von fünf Spezialisten und überprüft von drei der Direktoren. Der wesentliche Punkt des Briefs, eingebettet in respektvolle und höfliche Floskeln, war: Warum kann ich PURPUR nicht entschlüsseln?

Der Brief erfüllte seinen Zweck. Lisewicz antwortete umgehend und schickte einen Brief voller gut gemeinter Ratschläge. Zuerst bedauerte er die Tatsache, dass sein Traum die Wahrheit gesagt hatte, und er machte ihm Vorwürfe deswegen. Eine Tücke des Schicksals sei das. Dann schrieb er:

Ich kann dem Drang nicht widerstehen, Dir mein Geheimnis zu verraten. Ich weiß wirklich nicht, was mich dazu treibt. Wahrscheinlich werde ich es bereuen, sobald ich diesen Brief abschickt habe. Ich habe geschworen, es niemals jemandem zu verraten. Doch weil es um Dich geht, muss ich heraus damit...

Was war sein Geheimnis?

Lisewicz erzählte in dem Brief davon, wie er in dem Winter, als er mit den beiden Bücherkisten zurück an die Universität N gekommen war, entschlossen gewesen war, sich der Erforschung der künstlichen Intelligenz zu widmen. Doch im darauffolgenden Frühjahr hatte er unerwarteten Besuch von einem wichtigen Repräsentanten des neu gegründeten Staates Israel bekommen. Der Mann sagte: »Schon immer ist es der Traum aller Juden gewesen, einen eigenen Staat zu haben. Doch jetzt sehen wir uns mit enormen Problemen konfrontiert. Können Sie den Gedanken ertragen, Ihr eigenes Volk noch mehr leiden zu sehen, als es schon gelitten hat?« Lisewicz antwortete: »Natürlich nicht.« »Es gibt da etwas, das Sie für uns tun könnten«, sagte sein Besucher.

Lisewicz schrieb in seinem Brief: *Sie wollten, dass ich im Auftrag der israelischen Regierung militärische Geheimcodes der Nachbarstaaten Israels entschlüsselte. Mehrere Jahre lang ging ich dieser Arbeit nach.* Das musste es gewesen sein, von dem Lisewicz in dem Brief sprach, den er Lilley Junior hinterlassen hatte, bevor er nach X ging. Er schrieb weiter: *Ich hatte Glück. Nach Aufnahme dieser Arbeit gelang es mir tatsächlich, ohne Weiteres einige mittel- bis hochkomplexe Codes der Nachbarstaaten zu entschlüsseln. Über Nacht war ich in der Welt der Kryptoanalyse so bekannt geworden wie zuvor in der Welt der Mathematik.*

Das erklärte vieles. Zum Beispiel, warum der Staat X ihn unter allen Umständen hatte unterstützen wollen, warum er ihn und seine Familie bereitwillig aufgenommen hatte – einzig weil er sich viel von seinen Fähigkeiten als Kryptoanalytiker versprach. Doch nach seiner Ankunft in X nahm die Sache eine gänzlich unerwartete Entwicklung:

Nicht in meinen wildesten Träumen hatte ich mir ausgemalt, dass es nicht ein feindlicher Code war, den ich für sie entschlüsseln sollte, sondern einer ihrer eigenen, nämlich PURPUR. Ich brauche Dir nicht zu sagen, dass der Code, sobald ich ihn dechiffrieren oder nahezu dechiffrieren werde, jeden Sinn verliert. Anders ausgedrückt, meine Arbeit entscheidet über den Fortbestand von PURPUR. Ich bin für X sozusagen das Warnsignal dafür, wann der Feind der Entschlüsselung von PURPUR nahegekommen ist. Ich könnte stolz darauf sein, denn sie gehen davon aus, dass niemand den Code knacken kann, wenn nicht ich. Ich kann nicht genau sagen, warum – vielleicht weil mir die Rolle, in die ich genötigt worden bin, nicht behagt, oder weil es mich reizt, dass es heißt, PURPUR sei nicht entschlüsselbar. Wie dem auch sei, ich bin inzwischen entschlossen, diesen Code zu knacken. Doch bis heute habe ich noch nicht den Hauch von einer Ahnung, wie ich es angehen soll. Und deshalb rate ich Dir dringend dazu, jeden Gedanken an die Decodierung von PURPUR aufzugeben...

Einiges an diesem Brief war bemerkenswert. Zuallererst waren die Handschrift und die Adresse des Absenders nicht mit den vorangegangenen Briefen identisch, was hieß, dass Lisewicz sehr wohl wusste, wie gefährlich der Inhalt war. Was er tat, war Landesverrat. Dadurch zeigte er, wie sehr er Jinzhen zugetan war. Man musste sich diese Zuneigung unbedingt zunutze machen. Lisewicz erhielt einen weiteren Brief, der vorgab, von Rong Jinzhen zu stammen. In diesem Brief versuchte der falsche Jinzhen, die enge Beziehung zu seinem ehemaligen Professor zu nutzen, um ihm Interna zu entlocken:

Ich habe meine Freiheit verloren. Der einzige Weg, sie wiederzugewinnen, ist PURPUR zu entschlüsseln... Ich bin mir sicher, dass Du mir nach all den Jahren der Beschäftigung mit PURPUR einen Weg heraus aus dem Labyrinth zeigen kannst... Mir fehlt die

Erfahrung, und ich brauche Instruktionen, jeder Hinweis wäre etwas wert... Verehrter Freund, schlag mich, wenn Du willst, beschimpfe, verfluche mich, ich fühle mich wie ein Judas...

Einen solchen Brief konnte man natürlich unmöglich direkt an Lisewicz' Adresse schicken. Man entschied sich dafür, ihn einem Genossen im Staat X zukommen zu lassen, der für die persönliche Zustellung zu sorgen hatte. Es war zwar davon auszugehen, dass der Brief Lisewicz erreichen würde, ob er antworten würde, war eine andere Sache. Schließlich war Rong Jinzhen – der falsche Rong Jinzhen – wirklich ein Judas. Welcher Professor würde auf einen solchen Studenten eingehen? Der falsche Jinzhen war irgendetwas zwischen bedauernswert und verabscheuungswürdig. Lisewicz so weit zu kriegen, dass er die verabscheuungswürdige Seite ignorierte, schien beinahe so schwer, wie PURPUR zu entschlüsseln. Sie ließ es darauf ankommen, woran man erkennen kann, wie verzweifelt die Abteilung für Kryptoanalyse in Einheit 701 war. Sie griffen nach dem letzten Strohhalm.

Doch das Wunder geschah – Lisewicz antwortete.

In den kommenden sechs Monaten riskierte Lisewicz sein Leben, um über jenen Genossen seinen lieben Jinzhen mit einer Unmenge an Material zu PURPUR zu füttern und Vorschläge zur Methodik seiner Entschlüsselung zu machen. Das Ergebnis war die Bildung eines neuen Teams »Codename PURPUR«, in dem fast alle Kryptoanalytiker engagiert waren. Die Anweisung war klar: diese Nuss knacken, und zwar so schnell wie möglich. Niemand kam auf die Idee, Rong Jinzhen selbst damit zu betrauen. Wie es aussah, hatte Lisewicz bald ein Jahr lang geduldig Briefe an Rong Jinzhen geschickt, die dieser nie zu Gesicht bekommen hatte, geschweige denn, dass er eine Ahnung hatte, was vor sich ging. Für Rong Jinzhen hatten diese Briefe anders gesagt keinerlei Bedeutung – sein Name war Mittel zum Zweck.

Angesichts der Tatsache, dass Rong Jinzhen keinerlei Fortschritte machte, sich im Gegenteil immer weniger für seine Arbeit zu interessieren schien, hätte man sich seiner genauso gut entledigen können. Doch man beschloss, ihn in Ruhe zu lassen, denn er war jetzt auf ganz andere Weise nützlich. Sie brauchten Rong Jinzhen nicht als Kryptoanalytiker, sondern als Köder, um PURPUR zu entschlüsseln.

Dass es hieß, Rong Jinzhen würde sich immer weniger für seine Arbeit interessieren, lag nicht nur an seiner offensichtlichen Vorliebe für Bücher und Schach – inzwischen interpretierte er auch noch jedermanns Träume. Kaum hatte sich das herumgesprochen, kamen die Leute scharenweise zu ihm. Sie passten ihn bei jeder Gelegenheit ab und erzählten ihm von den merkwürdigen Dingen, die ihnen der Schlaf vorgaukelte, und wollten wissen, was dahintersteckte. Es ging ihm wie mit dem Schachidioten: Er fühlte sich nicht wirklich kompetent, aber er konnte nicht Nein sagen. Vielleicht mangelte es ihm an Geschick, um ihre Bitten höflich abzulehnen. Er nahm sich des Gewirrs ihrer Träume an und löste es so auf, dass es Sinn ergab.

Jeden Donnerstagnachmittag stand für den gesamten Stab politische Bildung auf dem Programm. Diese Sitzungen verliefen immer unterschiedlich, mal ging es um neue politische Leitlinien oder bestimmte Zeitungsartikel, manchmal gab es offene Diskussionen. Letzteres nutzte eine Gruppe von Leuten gerne aus, um Rong Jinzhen in eine Ecke zu zerren, damit er ihre Träume deutete. Einmal war er gerade dabei, einen Traum zu analysieren, als der Stellvertretende Gruppenleiter (einer der Kader, die für die ideologische Bildung zuständig waren und die Sitzungen beaufsichtigten) dazukam. Es war einer von der besonders parteitreuen Sorte, der gerne aus einer Mücke einen Elefanten machte. Er bezichtigte Rong Jinzhen ohne Umschweife der Praxis feudalistischen Aberglaubens. Lautstark stauchte er Jinzhen vor allen zusammen und verlangte eine schriftliche Selbstkritik.

Der Stellvertretende Gruppenleiter genoss nicht gerade den besten Ruf unter den Mitarbeitern. Die Kollegen von der Kryptoanalyse konnten ihn nicht ausstehen und rieten Jinzhen, sich nicht weiter um ihn zu kümmern, er solle ein paar Zeilen zusammenschreiben und fertig. Rong Jinzhen folgte diesem Ratschlag. Es stellte sich heraus, dass er unter »ein paar Zeilen zusammenschreiben« etwas anderes verstand. Er schrieb nur einen einzigen Satz: *Alle Geheimnisse der Welt sind in unseren Träumen verborgen, Geheimcodes inklusive.*

Damit war er nun alles andere als aus dem Schneider. Faule Ausreden, sagte sich der Stellvertretende Gruppenleiter. Als ob diese Traumdeuterei etwas mit unserer Arbeit zu tun hätte. Und dann noch dieser überhebliche Unterton. Na warte. Der Stellvertretende Gruppenleiter verstand nicht viel von Kryptoanalyse, aber etwas so Individualistisches wie Träume, das sich völlig dem Zugriff seiner Zensur entzog, ging ihm gründlich gegen den Strich. Er starrte auf den Satz und hatte das Gefühl, dass jedes Wort ihm eine Fratze schnitt, sich über ihn lustig machte, ihn beleidigte, übergeschnappt und rotzfrech war das... Das sollte er sich bieten lassen? Von wegen. Er sprang auf, knäulte die Selbstkritik in der geballten Faust zusammen und stürmte wutschnaubend aus seinem Büro, sprang auf sein Motorrad und fuhr in das Höhlenlabyrinth bis zur Einheit 701. Mit einem Fußtritt öffnete er die schwere Eisentür. Vor versammelter Belegschaft zeigte er auf Rong Jinzhen. Seine Stimme überschlug sich vor Wut, man konnte ihn kaum verstehen. Er herrschte Jinzhen an: »Du hast mir einen Satz geschickt – hier bekommst du einen zurück: Jede hässliche Kröte glaubt, eines Tages einen schönen Schwan zu fressen!«

Der Stellvertretende Gruppenleiter konnte nicht ahnen, dass er diesen Satz einmal teuer bezahlen und Einheit 701 am

Ende schmachvoll würde verlassen müssen. Dabei stand er, auch wenn er sehr impulsiv gehandelt hatte, mit seiner Meinung nicht allein da. Jeder in der Abteilung für Kryptoanalyse hätte seine Anklage unterschrieben. Denn – das sagte ich bereits – diese so einsame wie grausame und gefährliche Arbeit der Kryptologie erfordert nicht nur einen klugen, erfahrenen und talentierten Geist, sondern, viel mehr als das: das richtige Quentchen Glück, ein Glück, das jenseits des Horizonts liegt. Rong Jinzhen gab den Leuten in Worten und Taten das Gefühl, dass er geistig nicht besonders aufgeweckt war und offenbar überhaupt keine verborgenen Ambitionen hatte. Der Stellvertretende Gruppenleiter hatte wohl einfach recht.

Nun gibt es in China ein Sprichwort, an das sich die Leute in diesem Fall besser erinnert hätten: Man kann den Menschen so wenig nach dem Äußeren beurteilen, wie man das Meer mit einem Löffel messen kann.

Ein Jahr später entschlüsselte Rong Jinzhen PURPUR.

Nur ein Jahr später.

PURPUR!

Während alle anderen PURPUR wie einem Dämon aus dem Weg gingen, hatte ausgerechnet die hässliche Kröte ihm direkt ins Auge geblickt. Wer hätte das gedacht. Und hätte man es gewusst, hätte man ihn doch nur ausgelacht. Oder gesagt: Ignoranz macht mutig. Wie dem auch sei – die Tatsachen sprachen für sich. Die großköpfige Kröte hatte nicht nur die Fähigkeiten eines Genies, sie hatte auch das Glück eines Genies. Das Glück, das jenseits des Horizonts wohnt. Wie, wenn der Rauch aus dem Grab deiner Ahnen im selben Augenblick aufsteigt, in dem du die Hände nach oben reckst. Dieses Glück.

Rong Jinzhen hatte fraglos unglaubliches Glück. Man sagte, er habe PURPUR im Traum entschlüsselt, in seinem eigenen oder vielleicht auch in dem eines anderen. Oder dass er beim Spiel gegen den Schachidioten Inspiration auf dem Schachbrett gefunden oder beim Lesen seiner Romane die Mysterien der Schöpfung durchschaut habe. Jedenfalls schien er den Code ohne jede Mühe entschlüsselt zu haben – das war einfach verblüffend, beneidenswert, begeisternd! Begeistert waren alle, neidisch vermutlich nur die Experten im Hauptquartier, die gehofft hatten, dass sie, dank der Hinweise von Jan Lisewicz, das Glück haben würden, PURPUR selbst zu entschlüsseln.

Das war im Winter 1957. Rong Jinzhen war seit einem Jahr in Einheit 701.

8

35 Jahre später saß Direktor Zheng mit dem Gehstock in seinem schlichten Wohnzimmer und erzählte mir, dass er damals einer der wenigen gewesen sei, die große Hoffnungen in Rong Jinzhen setzten, während die anderen den tiefen Ozean seines Geistes mit dem Löffel messen wollten. Es klang ein bisschen so, als sei er der einzige Nüchterne unter lauter Betrunkenen gewesen. Aber ob sich die Geschichte wirklich so zugetragen hat, wie er sie schilderte, weiß ich nicht. Ich gebe nur seine Worte wieder.

[Aus dem Interview mit Direktor Zheng]
Ich kann wahrhaftig sagen, dass ich mein ganzes Leben mit der Kryptoanalyse verbracht habe. Doch niemals habe ich jemanden mit einem so bemerkenswerten sechsten Sinn für Codes kennengelernt. Jinzhen schien eine tiefere Verbindung zu den Codes zu haben, ein unsichtbares Band wie das zwischen Mutter und Kind, durch das viele Dinge auf natürliche Weise übertragen werden. Und dann hatte er diese imponierende Konzentrationsfähigkeit, gepaart mit seinem rationalen und kühlen Verstand. Je aussichtsloser eine Sache, desto weniger kümmerte ihn diese Aussichtslosigkeit und desto enthusiastischer widmete er sich ihr. Er war so kreativ wie intelligent, und beides mindestens doppelt so sehr wie gewöhnliche Menschen. Ein so grandioser wie stiller Geist vermag dich zu inspirieren und dir deine eigene Unzulänglichkeit vor Augen zu führen.

Ich weiß noch genau, wie ich, kurz nachdem er zu unserer Einheit gekommen war, nach Y reiste, um dort an einer dreimonatigen

Konferenz teilzunehmen, bei der es ebenfalls um PURPUR ging. In Y versuchten sie sich damals auch an der Decodierung von PURPUR und waren schon ein ganzes Stück weiter als wir, deshalb hatte uns das Hauptquartier eigens dorthin entsandt. Wir waren zu dritt – außer mir noch ein Kryptoanalytiker unserer Abteilung und einer der Stellvertretenden Abteilungsleiter des Hauptquartiers, der für die Überwachung unseres Bereichs zuständig war.

Als ich zurückkam, hörte ich eine Menge Beschwerden über Rong Jinzhen, sowohl vom Direktorium als auch von meinen Mitarbeitern. Er konzentriere sich nicht auf seine Arbeit, er sei nicht bereit, richtig in die Sache einzusteigen, würde nie Fragen stellen und so weiter. Ich war nicht gerade begeistert, das zu hören, schließlich war ich derjenige gewesen, der ihn rekrutiert hatte – wir brauchten Fachleute und keine Clowns. Noch am nächsten Abend suchte ich ihn auf. Die Tür zu seiner Wohnung war angelehnt. Ich klopfte. Als keine Antwort kam, ging ich hinein. Im vorderen Zimmer war niemand, also ging ich durch ins Schlafzimmer. Dort lag er zusammengekauert auf dem Bett und schlief. Ich räusperte mich vernehmlich und schaltete das Licht an. Die Wände hingen voller Diagrammzeichnungen. Einige sahen aus wie Logarithmenrechnungen, übersät mit Zickzacklinien. Andere erinnerten eher an trigonometrische Funktionstabellen, auf denen Zahlen in allen Regenbogenfarben aufleuchteten wie Seifenblasen im Sonnenlicht. Ich hatte das Gefühl, ein magisches Luftschloss betreten zu haben.

Dann sah ich die Anmerkungen zu den Diagrammen und verstand, dass er die Geschichte der Kryptoanalyse in Kurzform dargestellt hatte. Ohne diese Anmerkungen hätte ich das gar nicht begriffen. Die Geschichte der Kryptoanalyse war einer dieser dicken Wälzer, drei Millionen chinesische Schriftzeichen lang, und er hatte seinen gesamten Inhalt in wenigen Anmerkungen auf den Punkt gebracht – wirklich beeindruckend. Einen Körper zu betrachten und die Knochen unter der Haut zu sehen und *exakt auf Papier abbilden zu können, das vermag nur ein Genie. Er brauchte dazu nicht einmal ein ganzes Skelett, ihm genügte der Knochen des kleinen Fingers. Überlegen Sie mal, was es heißt, am Beispiel eines einzigen Knochens einen ganzen Körper darstellen zu können!*

Man kann es nicht anders sagen: Rong Jinzhen war ein Genie, er hatte etwas an sich, das anderen einfach unbegreiflich war. Er konnte Monate, ein Jahr verbringen, ohne ein Wort mit jemandem zu wechseln. Es schien ihm nichts auszumachen. Doch wenn er einmal den Mund auftat, konnte man sicher sein, dass etwas Substanzielleres herauskam, als alles zusammengenommen, was du in deinem ganzen Leben gesagt hast. Was immer er tat – nicht der Prozess schien ihn zu interessieren, sondern allein das Resultat. Seine Ergebnisse waren immer über jeden Zweifel erhaben, einfach unglaublich! Als verfüge er über die frappierende Gabe, immer genau zum Kern einer Sache zu gelangen, und das auf völlig unorthodoxen, ungewöhnlichen Wegen, die dir selbst in 100 Jahren nicht in den Sinn gekommen wären. Da hing also die ganze Geschichte der Kryptoanalyse an seiner Wand – wer hätte das gedacht? Niemand sonst tat so etwas. Lassen Sie mich einen Vergleich ziehen: Nehmen wir an, ein Code ist wie ein Berg, und den Code zu entschlüsseln hieße, das Geheimnis im Inneren des Berges zu lüften. Die meisten Leute würden zusehen, einen Weg auf den Berg hinauf zu finden, und dort anfangen, nach dem Geheimnis zu suchen. Nicht so Rong Jinzhen. Er würde einen benachbarten Berg besteigen und vom Gipfel aus mit einem Suchscheinwerfer den eigentlichen Berg anstrahlen und ihn dann sorgfältig mittels eines Teleskops nach seinem Rätsel absuchen. So seltsam war er. Und so genial.

Da er die Geschichte der Kryptoanalyse auf so mysteriöse Weise in sein Zimmer transportiert hatte, bestand kein Zweifel mehr, dass alles, was er tat, stets mit Decodierung zu tun hatte – jeden der in diesem Buch beschriebenen Codes hatte er wie Sauer-

stoff in seine Lungen eingesogen, sie waren über seine Blutbahnen bis in sein Herz und seinen Verstand vorgedrungen ...

Die erste Überraschung, von der ich eben sprach, war das, was ich sah. Eine zweite Überraschung war das, was er sagte. Ich fragte ihn, warum er seine Zeit mit Geschichte verschwende. Ein Kryptoanalytiker ist schließlich kein Historiker, es ist absurd und gefährlich für ihn, sich mit der Geschichte seines Fachs zu befassen. Wissen Sie, was er gesagt hat?

»Ich glaube, dass alle Codes lebende Organismen sind, sie sind lebendig, es gibt eine unsichtbare Verbindung zwischen denen der Vergangenheit und denen der Gegenwart. Außerdem stehen alle Codes einer bestimmten Epoche in einem engen Verhältnis zueinander. Der Schlüssel zu dem Code, den wir heute entziffern wollen, liegt vermutlich in einem früheren Code verborgen.«

»Wenn man einen Code kreiert«, erwiderte ich, »muss man jeden Hinweis auf seine Geschichte auslöschen. Sonst würde man mit einem Code Hunderte knacken.«

»Gerade dann, wenn man versucht, die Geschichte eines Codes auszulöschen, stellt man einen Bezug dazu her.«

Dieser eine Satz öffnete mir die Augen!

Er fuhr fort: »Einen Code zu verändern ist, wie ein Gesicht zu verändern, es geht immer um Evolution. Der Unterschied ist, dass die Veränderungen in einem Gesicht immer dieselbe Basis haben – egal, wie es sich verändert, es bleibt ein Gesicht, es wird vielleicht sogar nur noch gesichtsartiger, noch perfekter. Mit den Veränderungen an einem Code verhält es sich ganz anders. Heute ist er ein menschliches Gesicht, morgen das eines Hundes, eines Pferdes oder etwas ganz anderes. Er hat keine festen Parameter. Doch ganz gleich, wie viele Änderungen man vornimmt, seine wesentlichen Merkmale werden immer nur verbessert, verdeutlicht, erweitert, perfektioniert – eine unaufhaltsame Evolution. Sein Gesicht zu verändern ist eine Notwendigkeit und seine strukturelle Perfektionierung ist eine andere. Diese beiden Notwendigkeiten bilden zwei Parallelstraßen, die direkt ins Herz des neuen Codes führen. Findet man diese beiden Wege im Wald der Geschichte der Kryptoanalyse, können sie uns heute eine große Hilfe sein.«

Während er redete, zeigte er auf die Zahlenkolonnen, die wie Ameisen den ganzen Raum überzogen. Sein Zeigefinger hüpfte dabei rhythmisch auf und ab wie ein Herzschlag.

Die Idee von den beiden Wegen verblüffte mich etwas. Für mich war klar, dass die beiden Wege theoretisch existierten, aber praktisch? Nähme man die beiden Wege wie zwei Stränge und zöge daran, könnte man leicht von ihnen gefesselt und stranguliert werden...

Was ich damit sagen will? Ich will es Ihnen erklären: Wenn Sie sich einem Feuer nähern, was spüren Sie dann? Richtig, Ihnen wird warm, heiß, Sie werden sich hüten, näher heranzugehen. Sie wahren eine gewisse Distanz, damit Sie sich nicht verbrennen. Das gleiche Prinzip gilt bei der Annäherung an eine Person – welchen Einfluss sie auf Sie ausübt, hängt von ihrer Attraktivität ab, ihrem Charakter und ihren Fähigkeiten. Kryptologen, egal ob sie Codes entwickeln oder entschlüsseln, sind, das muss ich Ihnen sagen, absolut bemerkenswerte Persönlichkeiten mit ungewöhnlichen Begabungen. Ihr Verstand ist ein schwarzes Loch, jeder von ihnen kann großen Einfluss auf seine Mitstreiter ausüben. Sich in den Wald eines Codes zu begeben heißt, sich in einen Dschungel voller Fallen zu begeben. Jeden Moment kann man in eine Falle tappen, aus der man nicht mehr herausfindet. Deshalb sollte sich jemand, der Codes kreiert oder entschlüsselt, lieber nicht zu sehr mit der Geschichte des Fachs befassen, denn jedes Konzept, jede Theorie in seiner Geschichte könnte dich wie ein Magnet anziehen und vernichten. In dem Augenblick, in dem deine Aufmerksamkeit dadurch abgelenkt wird, bist du als Codebrecher nichts mehr wert, denn es gehört nicht zum Wesen eines Codes, einem anderen zu ähneln, denn sonst wären sie ja zu leicht zu entschlüsseln. Jedwede Ähnlichkeit hieße, dass gleich zwei Codes nicht mehr zu gebrauchen wären. Codes sind ganz einfach gnadenlose, undurchsichtige Wesen.

Nun sollten Sie verstehen können, warum ich so verblüfft war. Rong Jinzhens Theorie von den zwei Wegen bedeutete, dass er eine der eisernen Regeln der Kryptoanalyse brach. Mir ist nicht klar, ob er nichts davon wusste oder ob er weitermachte, obwohl er es wusste. Seine Antwort legt nahe, dass er wahrscheinlich Bescheid wusste und trotzdem weitermachte, also absichtlich gegen das ungeschriebene Gesetz verstieß. Die Diagramme an seinen Wänden waren ein klarer Indikator für seine bemerkenswerte Intelligenz, er brach die Regeln gewiss nicht aus Dummheit und Ignoranz, sondern weil er wusste, was er tat, und den Mut hatte, dazu zu stehen.

Als er mir davon erzählte, verzichtete ich darauf, ihn zurechtzuweisen – eine Art stille Bewunderung lähmte mich, gemischt mit einem Funken Neid, denn er war uns anderen eindeutig überlegen.

Zu dem Zeitpunkt war er noch nicht einmal ein halbes Jahr bei uns.

Ich machte mir Sorgen um ihn. Mir war klar, dass er einen riskanten Weg eingeschlagen hatte. Denn er hatte, wie Sie begriffen haben werden, jene beiden Stränge entdeckt, und war dabei, an ihnen zu ziehen. Das heißt, er ließ sich darauf ein, sich durch jedes Konzept und jede Theorie in der Geschichte der Kryptoanalyse zu wühlen, sich seinen Weg durch jede der zahllosen Entwicklungsschichten zu bahnen, um an das ihnen zugrunde liegende Prinzip zu kommen. Jede Schicht stand für eine endlose Reihe von Theorien, von der jede einzelne in der Lage war, ihre kalte Hand an seinen Hals zu legen und zuzudrücken, um alles, was sein Verstand geschaffen hatte, in Müll zu verwandeln. Deshalb gibt es in der Kryptoanalyse dieses eiserne Prinzip: Finger weg von der Geschichte! Jeder war sich bewusst, dass es dort viele Mög-

lichkeiten und Hinweise auf die Decodierungen moderner Codes geben konnte. Aber die Angst, sich hineinzubegeben und nie mehr herauszufinden, überwog. Das war eine Vernunftentscheidung.

Es besteht kein Zweifel daran, dass es im Wald der Geschichte der Kryptoanalyse sehr still und sehr einsam ist. Es gibt dort niemanden, den man nach dem Weg fragen kann, es würde sich auch niemand zu fragen wagen! Das gehört zu den Tragödien der Kryptoanalyse – das Fach hat seine Spiegelung in der Geschichte verloren, den Gemeinschaftssinn, dem gemeinsamen Säen und Ernten. Die Arbeit dieser Leute ist dermaßen schwierig und undurchsichtig, ihre Seelen sind derart einsam und weltfremd, sie können nicht auf den Stufen, die ihre Vorgänger errichtet haben, nach oben klettern, sondern finden auf jeder Stufe nur verschlossene Türen, menschenfressende Fallen, die sie auf Nebenpfade zwingen. Wie traurig das ist, wenn die eigene Geschichte einem Fach zur Last wird! Aus diesem Grund sind so viele Genies innerhalb der Grenzen der Kryptoanalyse begraben worden, eine entsetzlich hohe Zahl...

Gut, ich will versuchen, es einfacher zu erklären. Normalerweise beginnt die Arbeit eines Kryptoanalytikers mit einer Bestandsaufnahme. Zuerst sammelt ein Geheimagent jede Menge Informationen, und dann versuchst du, anhand dieses Materials eine Hypothese aufzustellen. Als ob man mit einer endlosen Reihe von Schlüsseln eine endlose Reihe von Türen öffnen wollte. Die Schlüssel und die Türen muss man wiederum selbst gestalten und herstellen. Wie lange das dauern wird, bestimmt die Menge des Materials, mit dem du es zu tun hast, und auch, wie sensibel du für diesen Code bist. Ich sollte anfügen, dass das eine ziemlich vorsintflutliche und unbeholfene Methode ist – und dennoch ist sie die sicherste und effektivste. Vor allem dann, wenn man es mit dem Knacken eines besonders komplexen Codes zu tun hat. In Anbetracht der verhältnismäßig hohen Erfolgsrate wird diese Methode bis heute gerne angewandt.

Rong Jinzhen aber hatte sich, wie Sie wissen, von dieser traditionellen Methode längst verabschiedet. Er hatte sich kühn auf verbotenes Terrain gewagt und war, obwohl er Kryptoanalytiker war, in die Geschichte des Fachs eingetaucht, hatte sich auf die Schulter der Giganten vergangener Generationen gestellt. Das Ergebnis konnte nicht anders als furchteinflößend sein. Sollte es funktionieren und er in der Lage sein, sämtliche Fallen in der Geschichte der Kryptoanalyse zu umgehen, wäre das eine unglaublich beeindruckende Leistung. Es würde zumindest den Umfang seines Suchbereichs erheblich einschränken. Sagen wir zum Beispiel, es gebe 10.000 kleiner Seitenstraßen, dann könnte er dadurch etwa die Hälfte aussortieren, vielleicht auch weniger. Je mehr, desto besser die Erfolgsaussichten für seine Suche. Daran ließe sich messen, wie plausibel seine Theorie der zwei Wege wäre. Ganz ehrlich: Die Erfolgsrate war so gering, dass nur sehr wenige sich daran versucht haben, und diejenigen, die damit Erfolg hatten, kann man an einer Hand abzählen. Nur zwei Typen unter den Kryptoanalytikern würden ein solches Wagnis eingehen. Entweder ein Genie, ein wahres Genie, oder ein Verrückter. Ein Verrückter kennt keine Angst, denn er versteht nicht, was an einer Sache furchteinflößend ist. Ein Genie kennt keine Angst, weil es weiß, dass es mit außergewöhnlichen Waffen kämpft. Wenn ein solcher Mensch einmal entschlossen ist, wird er jedes noch so schwierige Hindernis überwinden.

Wenn ich ehrlich bin, war ich mir zu jener Zeit nicht sicher, ob es sich bei Rong Jinzhen um ein Genie oder um einen Irren handelte, aber einer Sache war ich mir sicher – er würde entweder Unglaubliches leisten oder gar nichts, zu einem Helden oder einer tragischen Gestalt werden. Als er dann tatsächlich ohne Vorwarnung PURPUR entschlüsselte, war ich keineswegs überrascht – ich war vor allem erleichtert, froh für ihn. Und dabei so überwältigt, dass ich am liebsten in die Knie gegangen und Kotaus vor ihm gemacht hätte.

Was noch zu sagen wäre, ist, dass sämtliche Hinweise, die Jan Lisewicz geschickt hatte, vollkommen ins Leere führten. Zum Glück hatte das Team im Hauptquartier von Anfang an entschieden, Jinzhen nichts von der Sache wissen zu lassen. Sonst hätte ihn das noch auf den falschen Pfad geführt. Es fällt nicht leicht, zu sagen, was richtig und was falsch war. Zunächst wirkte es ausgesprochen unfair, ihm Jan Lisewicz' Briefe vorzuenthalten, doch wie sich herausstellte, war das die beste Entscheidung gewesen. Als würde man ein Sesamkorn fallen lassen und eine Perle aufheben. Warum Lisewicz' Vorschläge so in die Irre führten, konnte zwei Gründe haben: Entweder war es Absicht und er versuchte, unsere Arbeit zunichte zu machen; oder es war keine Absicht und er machte dieselben Fehler wie wir bei dem Versuch, den Code zu entschlüsseln. Wir tendierten unter den gegebenen Umständen zur zweiten Möglichkeit, denn er hatte uns wiederholt versichert, dass PURPUR nicht zu knacken sei...
[Fortsetzung folgt]

PURPUR war entschlüsselt!

Von Rong Jinzhen!

Es muss nicht gesagt werden, dass der mysteriöse junge Mann in den darauffolgenden Wochen und Monaten für seine Verdienste einen Preis nach dem anderen einheimste. Dabei blieb er so einsam wie zuvor. Er lebte allein, arbeitete allein, las weiter fleißig seine Bücher, spielte Schach, deutete Träume, sprach wenig und zeigte wenig Interesse an seinem Gegenüber oder an seinem neuen Ruhm – er blieb derselbe. Vollkommen revolutioniert dagegen war die Meinung anderer über ihn. Jeder glaubte jetzt an sein Genie, seine Fähigkeiten und sein Glück. Es gab niemanden in Einheit 701 mehr, der ihn nicht kannte und bewunderte. Jeder Hund schien ihn jetzt zu kennen, wenn er wie gewohnt allein spazieren ging oder herumsaß. Jeder wusste: Selbst wenn alle Sterne auf einmal vom Himmel fielen – sein Stern würde weiter leuchten. Sein Ruhm, so viel war sicher, würde ihn überdauern. Mit jedem Jahr wurde er weiter befördert, zum Teamleiter, zum Stellvertretenden Gruppenleiter, zum Gruppenleiter, Stellvertretenden Bereichsleiter ... Still nahm er es hin; ohne Arroganz und ohne Demut. Eher so wie Wasser, das sich in Wasser auflöst ...

Den Leuten ging es genauso. Sie bewunderten ihn neidlos. Man akzeptierte jetzt, dass er etwas Besonderes war, dass man gar nicht erst versuchen sollte, es mit ihm aufnehmen zu wollen. Ungefähr zehn Jahre später, 1966, wurde er zum Leiter der Abteilung für Kryptoanalyse befördert – jeder andere hätte mindestens doppelt so lange dafür gebraucht. Niemand schien etwas anderes erwartet zu haben, eher dachte man, dass es nicht mehr lange dauern würde, bis ihm die komplette Einheit 701 unterstand, der Titel des Direktors wartete nur auf den richtigen Moment, um das Haupt des stillen jungen Mannes zu schmücken.

Das hätte vermutlich auch leicht Wirklichkeit werden können, denn wie in jeder Geheimorganisation war es in Einheit 701 nicht gerade leicht, unter den ranghohen Funktionären die geeignete Person für eine so verantwortungsvolle Aufgabe zu finden. Jinzhen dagegen war mit seinem stoischen Gleichmut und seiner Schweigsamkeit geradezu prädestiniert für die Rolle des Leiters einer Geheimdienstabteilung.

Jedoch – Ende 1969 ereigneten sich innerhalb nur weniger Tage Dinge, an die sich bis heute noch jede der beteiligten Personen erinnert. Doch nur wenige wissen, was damals wirklich geschah.

IV
DIE ZWEITE WENDE

1

Es begann mit einer Forschungskonferenz zu Code SCHWARZ. SCHWARZ war ein Schwesterncode von PURPUR, doch noch wesentlich avantgardistischer, ausgeklügelter und undurchsichtiger. *Nomen est Omen.* Drei Jahre war es her, am 1. September 1966 – Rong Jinzhen würde diesen furchtbaren Tag nie vergessen, es war kurz nach seiner Rettungsaktion für Meister Rong –, dass die ersten Hinweise auf SCHWARZ in der bisherigen Domäne von PURPUR aufflackerten. So wie ein Vogel beim ersten Windhauch den herannahenden Eissturm spürt, der den Gebirgspass versperrt, ahnte Rong Jinzhen beim ersten Auftauchen von SCHWARZ, dass der Gipfel, den er bezwungen hatte, kurz davor stand, vom Feind besetzt zu werden.

Es kam, wie es kommen musste. Die Fußspuren von SCHWARZ verteilten sich auf dem Gipfel von PURPUR, dunkle Schatten legten sich vor das Sonnenlicht, bis es düster wurde auf dem Berg. Schon hieß es in Einheit 701, die dunklen Zeiten seien zurück. Nicht nötig, auszusprechen, dass ein jeder hoffte, Rong Jinzhens leuchtender Stern könnte wieder Licht in die Dunkelheit bringen. Doch Rong Jinzhen suchte drei Jahre lang vergeblich und fand nicht den Hauch von einem Lichtstrahl. Die Dunkelheit war überwältigend. Das war der Status Quo, als Einheit 701 zusammen mit dem Hauptquartier des Geheimdienstes diese so unauffällige wie schwerwiegende Konferenz organisierte.

Veranstaltungsort war das Hauptquartier.

Wie die meisten Regierungsbehörden lag auch das Hauptquartier des Geheimdienstes im Peking. Die Reise von der

Stadt A aus dauerte mit dem Zug drei Tage und zwei Nächte. Es gab auch Flugverbindungen zwischen A und der Hauptstadt, aber bei Flugzeugen dachte man sofort an Flugzeugentführung und mied sie lieber. Die Wahrscheinlich war faktisch ausgesprochen gering, aber allein die Möglichkeit, dass ein Agent von Einheit 701 an Bord einer Maschine war, erhöhte sie um ein Vielfaches. Handelte es sich dabei um Rong Jinzhen, den Mann, der PURPUR dechiffriert hatte und gerade an SCHWARZ arbeitete, stieg die Wahrscheinlichkeit ins Unermessliche. Niemand wollte jemanden wie Rong Jinzhen an Bord haben, denn sollten die Agenten des Staats X davon Wind bekommen, würden sie sich im Handumdrehen Zugang zum Flugzeug verschaffen und unruhig auf den Start warten, damit sie zuschlagen konnten. Das war kein Witz, sondern beruhte auf schmerzhafter Erfahrung. Man erinnerte sich noch allzu gut daran, wie im Frühjahr 1958, kurz nachdem PURPUR entschlüsselt worden war, ein nicht besonders hochrangiger Kryptoanalytiker aus dem Staat Y auf diese Weise von Agenten des Staats X entführt worden war. Direktor Zheng wurde sofort informiert, er kannte den ausländischen Kryptoanalytiker sogar persönlich. Niemand erfuhr je von seinem Verbleib, man wusste nicht einmal, ob er noch lebte. Das war nur ein weiterer Aspekt der Grausamkeiten dieses Berufs.

Mit dem Zug oder dem Auto unterwegs zu sein war dagegen um einiges zuverlässiger. Natürlich konnte auch dann etwas passieren, doch es gab eine Reihe effektiver Notmaßnahmen und Fluchtwege. In einem Auto saß man eben nicht wie in einem Flugzeug fest. Dennoch war die Fahrt mit dem Auto viel zu anstrengend. Rong Jinzhens einzige Alternative war der Zug. Aufgrund seiner besonderen Stellung und der Tatsache, dass er wichtige Geheimdokumente bei sich trug, reiste er im Schlafwagen erster Klasse. Dazu musste nur kurz vor der Abfahrt ein Sicherheitsbeamter dafür sorgen, dass ein Bett für ihn freigegeben wurde. So etwas kam selten genug vor, und wirkte natürlich verdächtig, weshalb Rong Jinzhen leicht beunruhigt in den Zug stieg.

Sein Begleiter war ein Mann von auffälligem Äußeren, groß gewachsen und von eher dunkler Hautfarbe, mit fleischigen Lippen und dreieckigen Augen. Am Kinn spross ihm ein kleiner Bart, dessen Haare widerspenstig abstanden wie Igelborsten. Der Mann hatte die Ausstrahlung von Stacheldraht, jeder seiner Gesten haftete Entschlossenheit an. In anderen Worten: Er verströmte eine todbringende Aura. In Einheit 701 wurde dieser Mann mit großer Ehrfurcht behandelt, er gehörte dort zu den mächtigsten Größen, auch wenn sein Prestige von anderer Art war als das Rong Jinzhens. Dieser auffällige Mann spielte eine besondere Rolle: Wann immer einer der höhergestellten Mitarbeiter der Einheit auf Reisen ging, wünschten sie sich ihn zur Seite, was ihm den Spitznamen Vasili eintrug in Anspielung auf Lenins Bodyguard in dem russischen Film *Lenin 1918* von 1939. Er war der Vasili von Einheit 701.

Niemand hatte Vasili je in etwas anderem gesehen als in seinem schicken Trenchcoat. Die Hände in den Taschen vergraben, ging er mit großen, energetischen Schritten – so ehrfurchtgebietend eben, wie man es von einem Bodyguard erwartet. Die jüngeren Mitglieder von Einheit 701 blickten mit einer Mischung aus Neid und Bewunderung auf ihn. Sein Elan und sein Mut machten ihn zu einem beliebten Gesprächsgegenstand. Es gab viele Spekulationen darüber, was wohl in seinen Manteltaschen verborgen war. Es hieß, in der rechten stecke eine B 7 deutschen Fabrikats, stets entsichert und einsatzbereit. In der linken eine vom Geheimdienstchef persönlich ausgestellte Sondergenehmigung, die einem Freibrief gleichkam. Er musste sie nur vorzeigen, und alle Türen öffneten sich, selbst der liebe Gott würde sich ihm nicht in den Weg stellen.

Andere schworen, dass er auch in der linken Tasche eine Pistole trug. Gesehen hatte sie jedoch noch nie jemand. Man konnte es ja auch schlecht überprüfen. Und selbst wenn einer nachgesehen und herausgefunden hätte, dass dort keine Pistole war, hätten die Gerüchte nicht aufgehört. Vielleicht trug er sie ja nur im Dienst.

Was sogar sehr wahrscheinlich war.

Die meisten professionellen Bodyguards tragen mehr als eine Waffe mit sich herum, so wie einer wie Rong Jinzhen mehr als einen Stift mit sich herumträgt. Es war so selbstverständlich wie das Mittagessen.

Doch obwohl Rong Jinzhen diesen außergewöhnlichen Mann dabei hatte, fühlte er sich weder sicher noch entspannt. Seit dem Aufbruch vom Nordkomplex begleiteten ihn ungute Vorahnungen. Er hatte das Gefühl, dass jeder im Zug ihn anstarrte wie den Kaiser ohne Kleider. Er schwitzte. Es fiel ihm schwer, sich zusammenzureißen, und er konnte an nichts denken, was er zu seiner Beruhigung hätte tun können. Seine Verfassung war ein Spiegel seiner übertriebenen Sorge um das eigene Wohlergehen und wegen der besonderen Bedeutung dieser Reise ...

[Aus dem Interview mit Direktor Zheng]
Ich habe bereits erwähnt, dass es sich bei dem Kryptoanalytikers aus Y, der von Agenten aus X entführt worden war, um eine kleine Nummer gehandelt hatte, gar kein Vergleich zu jemandem wie Rong Jinzhen. Man kann nicht sagen, dass wir übertrieben vorsichtig waren. Jinzhen befand sich auf einer durchaus riskanten Mission. Von Anfang an hatten wir ein merkwürdiges Gefühl. Obwohl wir absolutes Stillschweigen über die Tatsache wahrten, dass er PURPUR entschlüsselt hatte, bewegte sich nichts aufseiten von X. Sie wussten es. Es war keine Frage gewesen, dass sie früher oder später herausfinden würden, dass der Code

geknackt worden war. Eine Sache von solchen Ausmaßen kann man nicht lange geheim halten, auch wenn wir uns den Zugang zu ihren Geheimakten noch nicht zunutze gemacht hatten. Aber sie wussten es einfach, von Anfang an. Sie wussten nicht nur, dass Rong Jinzhen der verantwortliche Dechiffrierer war, sie waren auch erstaunlich vertraut mit seiner Arbeit. Alle entsprechenden Abteilungen und Spezialisten waren alarmiert. Wir untersuchten sämtliche Hinweise und Verdachtsmomente bezüglich der Geheimhaltungslücke. Alle Stränge endeten bei Jan Lisewicz. Damit begannen unsere Zweifel an Lisewicz' wahrer Identität, doch es blieb beim bloßen Verdacht, beweisen konnten wir zu diesem Zeitpunkt nichts.

Es dauerte ein Jahr, bis wir eine Spezialakte zugespielt bekamen, aus der detailliert hervorging, dass Lisewicz und dieser notorische Antikommunist Georg Weinacht ein und dieselbe Person waren. Lisewicz' verzerrte Fratze war entblößt. Wir fragten uns nur, wie aus Lisewicz, dem renommierten Naturwissenschaftler, ein aktiver Antikommunist hatte werden können, der unter falschem Namen agierte. Dieses Geheimnis wird er, fürchte ich, mit ins Grab nehmen. Doch nachdem wir den Schleier einmal gelüftet hatten, fiel es uns nicht schwer, die Verschwörung gegen uns zu durchschauen. Wer kannte Rong Jinzhens außerordentliche Gabe besser als Jan Lisewicz? Lisewicz hatte selbst Versuche vorgetäuscht, PURPUR zu entschlüsseln. Es fiel ihm nicht schwer, zu erraten, dass Rong Jinzhen bei der Kryptoanalyse gelandet war und zweifellos eine Größe auf diesem Gebiet werden würde. Die Dechiffrierung von PURPUR war in gewisser Weise unvermeidlich. Da er das wusste, hatte Lisewicz zunächst versucht, seinen ehemaligen Studenten von diesem Weg abzubringen, doch als er herausfand, dass es zu spät war, tat er alles, um Rong Jinzhen in die Irre zu leiten und die Decodierung von PURPUR zu verhindern. Als er mitbekam, dass Jinzhen den Code geknackt hatte, unternahm er wiederum alles, um ihn in eine Falle zu locken.

Es ging hauptsächlich um politische Interessen, aber auch um persönliche – stellen Sie sich vor, wie Lisewicz dagestanden hätte, wenn Rong Jinzhen PURPUR schon früher entschlüsselt hätte, er hätte ja sein Gesicht verloren. Er hatte die Funktion eines Frühwarnsystems. Wie hätte der Feind denn so schnell herausfinden können, dass es Rong Jinzhen war, der den Code geknackt hatte? Niemand außer Lisewicz konnte das erraten. Und er hatte richtig gelegen! Geirrt hatte er sich einzig darin, dass Rong Jinzhen seinem bewussten Täuschungsmanöver aufsitzen würde. In diesem Fall, muss man sagen, hatte Rong Jinzhen Gott auf seiner Seite.

Und dann berichtete die feindliche JOG-Radiostation über das Thema, verklausuliert natürlich. Man offerierte hohe Summen für unsere Kryptoanalytiker, so und so viel Geld für diese und jene Person. Den Preis für Rong Jinzhen setzten sie zehn Mal höher an als den für einen Piloten: eine Million.

Eine Million! Stellen Sie sich das vor!

Ein solches Kopfgeld hob Rong Jinzhen in den Himmel und warf ihn zugleich vor das Tor der Hölle. Ein so hoher Preis, das war ihm klar, war für alle, die hinter ihm her waren, Motivation genug. Er fühlte sich hilflos. Ohne Grund, denn unsere Sicherheitsvorkehrungen für ihn waren wesentlicher größer als die Gefahr, in der er sich befand. Neben dem loyalen Vasili gab es eine Reihe von zivilen Schutzmännern, die ihn auf Schritt und Tritt umgaben, die, genau wie die Soldaten entlang der Route, bestens in Verteidigungstechniken ausgebildet waren. Er wusste nichts davon, daher machte ihn das übliche Kommen und Gehen in diesem öffentlichen Zug extrem nervös.

Rong Jinzhen schien ein besonderes Talent dafür zu haben, seine Zeit mit unwichtigen Dingen zu vergeuden. Aber seine bemerkenswerte Intelligenz und sein Glück hatten letztlich auch mit seinem unnachgiebigen Geist zu tun, der ihn dazu brachte, Dinge umso nachdrücklicher zu verfolgen, je aussichtsloser sie schienen. Derselbe Geist schien jetzt seine Ressentiments zu ver-

stärken. Das passte zu ihm. Er war jemand, der eine Unmenge von Büchern besaß und über ein breit gestreutes Wissen verfügte, aber in alltäglichen Dingen war er wie ein kleines Kind. Er verstand nicht, was um ihn herum vor sich ging, und das machte ihn gelegentlich unfassbar dumm und übervorsichtig. In all den Jahren hatte er den Komplex nur ein Mal verlassen, nämlich um seine Schwester zu retten. Die Reise nach Peking war seine zweite überhaupt. Ganz ehrlich: Er hätte in den Jahren nach der Dechiffrierung von PURPUR wirklich genug Zeit und Freiheit gehabt, um seine Familie zu besuchen. Wir hätten auf seinen Wunsch hin sofort die entsprechenden Vorkehrungen getroffen. Aber er lehnte unser Angebot kategorisch ab. Er benahm sich wie ein Verbrecher, der von einem Gefängniswächter beaufsichtigt wird, redete bedacht, bewegte sich umsichtig. Einfach zu tun und zu lassen, was ihm beliebte, schien ihm ein völliger fremder Gedanke zu sein. Vor allen Dingen hatte er wohl Angst, dass ihm außerhalb unserer Mauern etwas zustoßen könnte, selbst wenn er nur für kurze Zeit wegging. Wie jemand, der Angst hat, zu Hause ohne jeden menschlichen Kontakt eingesperrt zu werden, hatte er Angst, auch nur vor die Tür zu gehen, um Leute zu treffen. Sein Ruf und seine Arbeit machten ihn so fragil und transparent wie Glas, da war nichts zu machen. Er selbst kultivierte diese Entwicklung geradezu...

[Fortsetzung folgt]

Aufgrund seiner Arbeit und seiner wachsenden Paranoia saß Rong Jinzhen in einem Tal von Geheimnissen gefangen. Wie ein Tier in einem Käfig verbrachte er seine Tage und Nächte. In Einheit 701 kannte man ihn inzwischen und akzeptierte seine Steifheit, seine beinahe erstickende Schweigsamkeit. Für ihn bedeutete Glück, Zeit in seiner persönlichen Fantasiewelt zu verbringen. Aber jetzt war er in der wirklichen Welt, auf dem Weg nach Peking. Seine zweite und letzte Reise.

Vasili trug wie üblich seinen Trenchcoat, beigefarben und elegant. Den Kragen hatte er hochgeschlagen, was ihn noch geheimnisvoller aussehen ließ. Heute war seine linke Hand ausnahmsweise nicht in seiner Jackentasche vergraben, sondern trug einen braunen mittelgroßen Koffer. Es war ein Lederkoffer mit harter Schale, ein typischer Aktenkoffer. Er enthielt Dokumente zu SCHWARZ – und einen Sprengsatz, der bei unbefugtem Öffnen hochgehen würde. Vasilis rechte Hand zuckte ständig in seiner Tasche wie ein nervöser Tick. Rong Jinzhen wusste es besser: In dieser Tasche war Vasilis Pistole. Er hatte die Leute darüber reden gehört und sie ein Mal sogar kurz zu Gesicht bekommen. Für ihn war es ein entsetzlicher Gedanke, dass es Vasili so selbstverständlich geradezu ein Bedürfnis war, diese Waffe stets bei sich zu tragen. Rong Jinzhen fühlte sich unwillkürlich bedroht. Ein Zitat kam ihm in den Sinn:

Eine Waffe ist wie Kleingeld in der Jackentasche: jederzeit zum Einsatz bereit.

Der Gedanke, dass direkt neben ihm eine solche Waffe war, vielleicht sogar zwei, machte ihm Angst. Er dachte bei sich: Sobald die Waffe gezogen wird, heißt das, dass wir in Schwierigkeiten sind, man nutzt sie wie Wasser gegen das Feuer. Aber manche Feuer löscht auch Wasser nicht. Was dann? Nicht auszudenken.

Er hatte schon den Klang eines Feuergefechts im Ohr.

Eines war klar: Wenn sie in einem solchen Kampf unterlegen wären, würde Vasili ohne Zögern auch ihn erschießen:

Ein Toter kann keine Geheimnisse verraten.

Innerlich hörte er schon Pistolenschüsse krachen. Die gesamte Reise nach Peking verbrachte er mit düsteren Vorahnungen. Er versuchte, die Gedanken zu verscheuchen, aber sie wollten ihn die ganze lange, langsame Zugfahrt über nicht verlassen. Erst, als er wohlbehalten im Hauptquartier des Geheimdienstes angekommen war, änderte sich seine Stimmung, und die innere Anspannung wich einer wohligen Erleichterung. In Zukunft sollte er sich wirklich weniger Sorgen machen, sagte er sich.

»Was sollte auch passieren? Nichts kann passieren, keiner kennt dich, keiner weiß, dass du geheime Dokumente mit dir herumträgst.« Immer wieder sagte er sich diese Sätze vor, wie um sich selbst wegen seiner törichten Furcht zu schelten.

2

Einen Tag nach seiner Ankunft begann die Konferenz.
Sie wurde mit großem Pomp eröffnet. Gleich vier der Stellvertretenden Leiter des Geheimdienstes waren zugegen. Ein weißhaariger älterer Herr, der als Leiter des zentralen Forschungsstabs vorgestellt wurde, hielt die Eröffnungsrede. Intern wusste jeder, dass es sich um den Staatssekretär und Militärberater des Genossen XY handelte. Rong Jinzhen war sein Titel naturgemäß gleichgültig. Ihn interessierte allein, was der Mann gesagt hatte: »Wir müssen SCHWARZ um jeden Preis entschlüsseln. Die Sicherheit unseres Staates hängt davon ab.«

»Worum es hier geht«, hatte er gesagt, »ist Dechiffrierung. Aber nicht alle Versuche der Dechiffrierung sind ebenbürtig. Manche Codes entschlüsselt man, um eine Schlacht zu gewinnen. Andere, um militärische Überlegenheit zu demonstrieren. Wiederum andere, um die Sicherheit eines Staatsmanns zu garantieren oder aus diplomatischen Gründen. Und einige werden nur aus fachlicher Eitelkeit entschlüsselt. Es gibt noch viele weitere Gründe, aber keiner von ihnen betrifft die Sicherheit eines Staats im Ganzen. Um es ganz klar zu sagen: Dieser extrem raffinierte Code, den der Staat X hier einsetzt, bedroht die Integrität unserer Nation. Wir sind in einer äußerst prekären Lage, aus der wir nur herauskommen, wenn wir SCHWARZ so schnell wie möglich dechiffrieren. Sie kennen vielleicht das Zitat: *Gebt mir einen Punkt, wo ich hintreten kann, und ich hebe die Erde aus den Angeln.* SCHWARZ ist der Halt, den wir brauchen. Wenn wir davon ausgehen, dass gegenwärtig die Sicherheit unseres Staates auf dem Spiel steht und wir enorm unter Druck sind, dann ist die Dechiffrierung von SCHWARZ der Schlüssel, um dagegen anzugehen.«

Die mit großem Pathos vorgetragene Rede erntete lauten Beifall. Seine schneeweiße Mähne wippte mit jeder seiner ausholenden Gesten wie zur Bekräftigung des Gesagten.

Am Nachmittag begannen die Vorträge der Experten. Rong Jinzhen sollte den Anfang machen und eine Stunde lang seine bisherigen Forschungsergebnisse zu SCHWARZ vorstellen. Nur gab es leider keine Ergebnisse, die er hätte vorstellen können. Auf der Rückreise bereute er, öffentlich seine eigene Ratlosigkeit eingestanden zu haben. In den kommenden Tagen hatte er sich stundenlang die Meinung anderer Kryptoanalytiker zu diesem Thema anhören müssen, plus die beiden abschließenden Reden, nur um festzustellen, dass die ganze Tagung kaum als ernsthaftes Forschungssymposium zu bewerten war. Die Vorträge strotzten vor blumigen Floskeln und Klischees und hatten wenig Substanzielles. Es gab weder hitzige Debatten noch kühle, abgeklärte Betrachtungen zum Thema. Die Konferenz schien von Anfang bis Ende in ruhigen Gewässern zu segeln und höchstens Rong Jinzhen hatte für kleine Wellen gesorgt. Der Rest war erstickende Monotonie.

Tief in seinem Inneren verachtete er diese Tagung und all ihre Teilnehmer. Doch im Nachhinein kam ihm selbst seine Verachtung sinnlos vor. SCHWARZ, das wurde ihm jetzt bewusst, war wie ein Krebsgeschwür, das ihn von innen zerfraß. Seit Jahren wollte er es vernichten und er war kein Stück vorangekommen. Der Tod überschattete ihn wie eine finstere Drohung. Jeder einzelne, der ihm seine Hilfe angeboten hatte, war bloß ein Schwätzer gewesen. Es war absurd, auch nur zu hoffen, dass jemand anders eine Heilung für dieses Krebsleiden finden würde. Es war ein Traum, vollkommener Unsinn.

[Aus dem Interview mit Direktor Zheng]

Rong Jinzhen war einsam, und er war erschöpft. Er verbrachte seine Tage mit Nachdenken, oder besser, in Tagträumen. So, wie ich es sehe, forcierte er seine nächtlichen Träume aus mehreren Gründen. Zum einen hatte er bemerkt, dass er dort bestimmte Dinge klarer sah (es hieß ja, er habe den Weg zur Dechiffrierung von PURPUR im Traum entdeckt). Zum anderen argwöhnte er, dass der Schöpfer von SCHWARZ ein böser Dämon sein müsse, der über eine Art übermenschlicher Intelligenz verfüge, und da er selbst ein Mensch war, konnte er sich ihm nur in seinen Träumen annähern.

Anfangs beflügelte ihn dieser Gedanke, weil er ihm einen vermeintlichen Ausweg wies. Mir kam zu Ohren, dass er sich darauf trainierte, jede Nacht intensiv zu träumen, das Träumen gehörte zu seinen vordringlichsten Aufgaben. Seine Maßlosigkeit brachte ihn aber lediglich an den Rand eines Nervenzusammenbruchs. Man sah auf einen Blick, wie die Träume ihn übermannten, schnell und heftig und endlos. Es waren wirre Träume, die keinen Sinn ergaben, sie belasteten seinen Schlaf. Um seinen Nächten eine gewisse Normalität zurückzugeben, musste er die Muster dieser Träume aufbrechen. Er versuchte es mit Lesen und langen Spaziergängen vor dem Schlafengehen. Ersteres, um seine Gedanken zu beruhigen, und Letzteres, um müde zu werden. Es tat ihm gut. Beides wirkte auf ihn wie Schlaftabletten.

Und dennoch träumte Rong Jinzhen viel. Alles, was die Welt ihm sagte, erlebte er noch einmal in seinen Träumen. In gewissem Sinn lebte er in zwei Welten, einer realen und einer Traumwelt. Man sagt, dass alles, was auf dem Land ist, auch im Meer ist, aber nicht alles, was im Meer ist, ist auf dem Land. Das entsprach der Befindlichkeit Rong Jinzhens: Was in seinen Träumen vorkam, musste nicht unbedingt in der Realität vorkommen, aber alle Dinge der realen Welt tauchten auch in seinen Träumen auf.

Man könnte sagen, dass für ihn alles dualer Natur war – auf der einen Seite war die Realität, die existierende Welt, die materielle Wirklichkeit der Dinge; auf der anderen Seite die Traumwelt, virtuelle Erscheinungen, Chaos. Für uns existiert die reale Welt auf der Grundlage der nachgewiesenen Existenz von Dingen und Sachverhalten. Für Rong Jinzhen gab es nachweislich zwei Welten, eine davon existierte nur für ihn …
[Fortsetzung folgt]

Der etwas ruhiger gewordene Rong Jinzhen hatte aufgehört zu hoffen, dass jemand anders ihm helfen konnte, SCHWARZ zu entschlüsseln, ihn auf den richtigen Weg zu bringen. Das war Unsinn aus seinen Träumen und daher doppelt unsinnig. Er tröstete sich mit den Worten: Verlasse dich auf niemanden als dich selbst. Andere können dir nicht sagen, wo du suchen sollst, sie können es einfach nicht … Wieder und wieder betete er sich das vor wie ein Mantra in der Hoffnung, dadurch die Enttäuschung der Tagung zu überwinden.

Und sein Mantra tat ihm tatsächlich gut. Er fand eine Gewissheit darin, genau genommen vier Gewissheiten:

Die Konferenz hatte ihn gelehrt, dass der Geheimdienstchef der Dechiffrierung von SCHWARZ größte Wichtigkeit beimaß. Das setzte Rong Jinzhen zwar unter Druck, ermutigte ihn aber auch, nicht nachzulassen.

Auf der Tagung hatte er zu spüren bekommen, wie jedermann ihn in Wort und Tat hofierte – durch einen besonders herzlichen Händedruck, durch eine Verbeugung statt eines bloßen Kopfnickens, durch freundliche Zustimmung. Rong Jinzhen wusste jetzt, dass er in der Welt der Kryptoanalyse ein Star war. Er war sich dessen auch schon vorher bewusst gewesen, doch hier hatte er es zum ersten Mal deutlich erfahren. Und das munterte ihn unwillkürlich auf.

Gleich beim ersten Empfang hatte ihm ein älterer Herr einen ungeheuer fortschrittlichen Rechner versprochen, der in der Lage war, 40.000 Anweisungen pro Sekunde zu verarbeiten. Damit hatte Rong Jinzhen künftig einen Assistenten zur Seite, der weltweit erstklassig war.

Vor der Abreise hatte er in einem Buchladen namens »Bücher von gestern« zwei Bücher gekauft, eins davon war *Unlesbare Handschriften* (so die chinesische Übersetzung von *Die Schriften der Götter*) des bekannten Kryptoanalytikers Karl Johannes.

Hatte die Reise sich also gelohnt?

Dank dieser vier Gewissheiten: ja. So bewehrt, konnte Rong Jinzhen gut gelaunt zu seiner Einheit zurückkehren. Die Zugfahrt würde friedlich verlaufen, ohne seltsame Schattengestalten, Vasili würde für sie ein Erste-Klasse-Ticket besorgen. An Bord des Zuges fühlte sich Rong Jinzhen völlig entspannt, ganz anders als auf der Hinreise sechs Tage zuvor.

Er war froh, der Hauptstadt den Rücken zu kehren. Auch deshalb, weil in der Nacht vor seiner Abreise der erste Schnee gefallen war, wie um den Mann aus dem Süden hinauszukomplimentieren. Friedvoll wartete Rong Jinzhen inmitten der still vor sich hin wirbelnden Flocken und dem feuchten Geruch der Luft auf die Abfahrt des Zuges. Es war wie ein wunderschöner Traum.

Er war sich sicher, dass er eine gemütliche Reise vor sich hatte.

3

Anders als auf der Hinfahrt waren sie auf dem Rückweg drei Nächte und zwei Tage unterwegs. Zwei Nächte hatten sie bereits hinter sich, und auch der letzte Tag neigte sich bereits seinem Ende zu. Rong Jinzhen verbrachte seine Zeit mit Schlafen und der Lektüre seiner neu erworbenen Bücher. Man merkte ihm an, dass die furchtbare Nervosität der Hinreise völlig von ihm gewichen war, davon zeugte allein schon die Tatsache, dass er gut schlafen und entspannt lesen konnte. Eine Heimreise hat immer gewisse Vorteile. In diesem Fall sogar den, dass ihr Schlafwagenabteil ein separates Heizgerät hatte, das ihren Bereich von dem der anderen Fahrgäste abteilte und damit noch sicherer machte. Rong Jinzhen freute sich über dieses unerwartete Glück.

Man kann sich denken, dass es für jemanden, der von Natur aus eher ängstlich, hypersensibel und sehr zurückhaltend ist, ein dringliches Bedürfnis ist, anderen Menschen nicht zu nahe zu kommen. In Einheit 701 war Rong Jinzhen immerzu wortkarg und isolierte sich von der Welt um ihn herum, das war seine Art, andere auf Distanz zu halten. Seine seltsame Freundschaft mit dem Schachidioten hatte viel mit diesem Abgrenzungsbedürfnis zu tun. Auf diese Weise ließen ihn die anderen wenigstens in Ruhe. Er hatte keine Freunde, und niemand versuchte, mit ihm Freundschaft zu schließen. Man respektierte ihn, bewunderte ihn, aber niemand schenkte ihm besondere Zuneigung. Er lebte ein einsames Leben. Sogar der Schachidiot war irgendwann verschwunden, nachdem eine fortschreitende

Demenz ihn ungefährlich gemacht hatte und er aus Einheit 701 entlassen wurde. Die Leute pflegten zu sagen, dass die Welt um ihn herum Rong Jinzhen nicht tangierte. Einsamkeit und Depression schienen ihm nichts auszumachen, ihn störten lediglich die Eigenheiten seiner Mitmenschen. Von daher war er von seiner Beförderung zum Abteilungsleiter nicht gerade begeistert. Vom Heiraten noch weniger…

[Aus dem Interview mit Direktor Zheng]
Rong Jinzhen heiratete am 1. August 1966. Der Nachname seiner Frau war Zhai. Sie war eine Waise und hatte schon früh bei uns als Telefonistin angefangen. 1964 war sie als Sicherheitsoffizier in die Abteilung für Kryptologie versetzt worden. Sie war eine Nordchinesin, hochgewachsen – einen halben Kopf größer als Rong Jinzhen –, mit großen Augen. Sie sprach lupenreines Hochchinesisch. Sie redete allerdings nicht gern, und wenn, dann sehr leise. Andererseits – sie arbeitete ja schließlich beim Geheimdienst.

Nun, was Rong Jinzhens Hochzeit betrifft… Ich fand das ausgesprochen bizarr, eine Ironie des Schicksals. Warum? Weil von Anfang an eine Menge Leute gab, die es gern gesehen hätten, dass er heiratete; so manche Frau schlug ihm sogar eine Ehe vor, vermutlich weil sie von seinem Ruhm profitieren wollte. Aber was weiß ich. Er selbst war alles andere als zur Ehe entschlossen. Wann immer die Rede darauf kam, machte er die Tür zu. Er schien überhaupt kein Interesse an Frauen zu haben und am Heiraten noch weniger. Und dann auf einmal, ich weiß gar nicht, wie es dazu kam, heiratete er ohne großes Aufheben Fräulein Zhai. Er war damals 34, im Grunde ein bisschen zu alt für sie. Aber wenn sie ihn heiraten wollte, warum nicht? Die Probleme kamen erst später, und sie hatten einen Namen: SCHWARZ stahl ihn von ihr fort. Wäre er nicht schon verheiratet gewesen, hätte er es nach SCHWARZ sicher nie getan. Wir waren uns nicht einig, ob wir in seiner Hochzeit ein gutes oder ein schlechtes Omen sehen sollten.

Sie passierte einfach wie ein Vogel, der genau in dem Moment ins Zimmer geflogen kommt, als man das Fenster schließen will.
　Jinzhen war, das kann man nicht anders sagen, ein grauenhafter Ehemann. Oft kam er tage- und wochenlang nicht nach Hause. Und wenn er dann zu Hause war, sprach er kaum ein Wort mit seiner Frau. Er kam zum Essen und ging wieder, oder er aß, schlief, und ging dann nach dem Aufstehen. Das war ihr ganzes Eheleben. Auch seine Verantwortung als Abteilungsleiter nahm Rong Jinzhen kaum wahr. Er kreuzte eine Stunde vor dem Ende der Arbeitszeit in seinem Büro auf, den Rest des Tages verbrachte er irgendwo zusammengekauert in einer Ecke der Kryptologie. Er zog sogar das Telefon aus der Steckdose, um ungestört zu bleiben. Das war seine Art, sowohl seine ehelichen als auch seine beruflichen Pflichten zu umgehen. Nie gab er seine alten Gewohnheiten und den Lebensstil eines Eigenbrötlers auf: allein leben, allein arbeiten, keine Hilfe von anderen, aber auch keinen Ärger. Und als SCHWARZ auf der Bildfläche erschien, war es endgültig vorbei. Er zog sich noch mehr von allem und allen zurück, als ob er in der Verborgenheit besser das verborgene Geheimnis dieses Codes aufspüren könnte...
　[Fortsetzung folgt]

　Rong Jinzhen machte es sich auf seiner Schlafwagenpritsche bequem. Endlich hatte er einen sicheren Rückzugsort gefunden. Er und Vasili belegten die Hälfte eines Vierbett-Schlafwagenabteils. Ihre Mitreisenden waren ein pensionierter Professor und seine neunjährige Tochter. Der Mann musste etwas über 60 sein. Vor der Pensionierung war er Vizekanzler der Universität G gewesen, hatte seinen Posten aber vorzeitig wegen eines Augenleidens räumen müssen. Sein Auftreten war weltmännisch und respekteinflößend. Er rauchte Zigaretten der Marke *Pegasus* und vertrieb sich damit einen guten Teil der Reise. Seine Enkelin, die, wie sie erzählte, einmal Sängerin werden wollte, nutzte das Abteil als Probebühne und trällerte ständig ein Lied. Der alte Mann und das junge Mädchen hatten eine beruhigende Wirkung auf Rong Jinzhen. In der einfachen, abgeschiedenen Welt des Abteils fühlte er sich frei von bösen Vorahnungen, er legte sogar seine Schüchternheit ab und freute sich, unbehelligt seinen bevorzugten Tätigkeiten nachgehen zu können, Lesen und Schlafen. Der Schlaf ließ die langen Reisenächte zu einem Traum werden und das Lesen die Langeweile des Tages vergessen. Manchmal lag er im Dunkeln, unfähig einzuschlafen oder zu lesen und ließ seiner Fantasie freien Lauf. So verrannen die Stunden und sie näherten sich ihrem Ziel, Einheit 701.

Der zweite Reisetag war, wie gesagt, fast vorüber. Der Zug ratterte durch offene Felder, und am Horizont stand die rote Sonne, ihre letzten Strahlen verliehen der Welt eine warme, wohlige Färbung. Das Innere des Zuges sah in diesem Licht aus wie ein Traumbild.

Während des Abendessens begannen Vasili und der Professor eine Unterhaltung, die Jinzhen nur mit halbem Ohr verfolgte. Erst als der Professor sagte: »Ah, jetzt sind wir schon in der Provinz G. Morgen früh sind Sie beide schon zu Hause«, horchte er auf. Das war Musik in seinen Ohren. »Und wann werden Sie ankommen?«, fragte er den Professor.

»Morgen Nachmittag um drei.«

Das musste die Endstation des Zuges sein. »Sie beide sind wirklich treue Passagiere, sie machen die ganze Zugfahrt von Anfang bis Ende mit«, scherzte Rong Jinzhen.

»Und Sie sind ein Dissident, was?«, lachte der Professor. Er schien froh, sich unterhalten zu können. Aber seine Freude währte nicht lange. Rong Jinzhen wandte sich gleich wieder seinem Buch zu und kümmerte sich nicht weiter um den Professor. Der starrte ihn verwundert an und fragte sich, was wohl mit ihm los sei.

Rong Jinzhen war natürlich nur er selbst. Er hatte gesagt, was er dachte, und damit war das Gespräch für ihn beendet. Smalltalk war nichts für ihn. Kein Vorwort, kein Nachwort. Er sprach mit seinem Gegenüber, als führte er Selbstgespräche. Vielleicht fragten sie sich, ob sie seine Worte nur geträumt hatten.

Karl Johannes' Buch *Unleserliche Handschriften* war vor der Befreiung bei der Chinesischen Verlagsanstalt erschienen und von dem eurasischen Autor Han Suyin übersetzt worden. Es war ein dünner Band, eher eine Abhandlung als ein Buch. Auf dem Frontispiz prangte eine Widmung:

Genies sind die Seele der Welt, wenige sind sie und ausgezeichnet, ausgezeichnet und nobel, nobel und wertvoll. So wie alles Wertvolle dieser Welt sind sie zerbrechlich, fragil wie ein zarter Spross – ein Hieb und sie zerbrechen, zerbrechen und vergehen.

Diese Worte trafen Rong Jinzhen wie eine Gewehrkugel.

[Aus dem Interview mit Direktor Zheng]
Ein Genie ist zerbrechlich. Das war nichts Neues für Rong Jinzhen und auch kein Thema, das ihm großes Kopfzerbrechen bereitete. Wir hatten uns schon häufiger darüber unterhalten. Er sagte dann: »Die Fragilität gehört zum Wesen des Genies. Sie erlaubt es ihm, sich unendlich lang zu ziehen, feiner und feiner zu werden, wie ein hauchdünner Seidenfaden, bis er ganz durchsichtig ist. Doch in diesem Zustand hält man keinem Angriff stand.« In gewissem Sinne kann Intelligenz jede Grenze überschreiten und Wissen unendlich sein. Wirkliche Gelehrsamkeit, so muss man andererseits sagen, rührt oft daher, dass man zugunsten eines spezifischen Wissens auf ein breites Wissen verzichtet. Daher ist die Mehrheit der Genies zwar unglaublich sensibel und versiert, aber auch dumm und ungeschickt und unverbesserlich stur. Zu dieser Spezies gehörte auch Professor Karl Johannes, eine Legende

auf dem Gebiet der Kryptologie und ein Held in den Augen Rong Jinzhens.

Niemand in der Welt der Geheimcodes hält Johannes nicht für einen Gott; er war unerreichbar, unantastbar. Er kannte die Codes hinter den Codes. Aber im Alltag war er ein Trottel, er fand nicht einmal allein den Weg nach Hause, so hilflos war er. Er war wie ein Schoßhündchen, das man besser nicht ohne Leine vor die Tür lässt. Es heißt, dass seine Mutter so große Angst hatte, ihn zu verlieren, dass sie ihn nie aus den Augen ließ.

Er muss ein sehr anstrengendes Kind gewesen sein.

Doch vor einem halben Jahrhundert wurde dieses Kind zum Todesengel der deutschen Faschisten. Hitler machte sich in die Hosen, wenn man seinen Namen nur erwähnte. Dabei war Johannes sogar ein Deutscher, er wurde auf Helgoland geboren. Jeder Mensch hat ein Heimatland und seines war Deutschland. Er hätte im Grunde dem Deutschen Reich dienen müssen. Aber er operierte gegen Hitler (nicht von Anfang an, aber die meiste Zeit). Nicht, weil er zu einem Landesfeind geworden war – seine einzigen Feinde waren Codes. In diesem Sinne hätte er jederzeit einer beliebigen Nation oder Person die Feindschaft erklären können: Es kam darauf an, wer über den komplexesten Geheimcode verfügte. Wer ihn besaß, war sein Gegner.

Als in den 1940er-Jahren Dokumente über Hitlers Schreibtisch gingen, die mit dem Code ADLER verschlüsselt waren, desertierte Johannes und wechselte auf die Seite der Alliierten. Dieser Verrat hatte weder politische noch finanzielle Motive. Sein einziges Motiv war ADLER, ein Code, der jeden Kryptoanalytiker zur Verzweiflung trieb.

Angeblich war der Code von einem genialen irischen Mathematiker entwickelt worden, der einmal in Berlin gelebt hatte. Während des Besuchs einer Kirche, so heißt es, habe Gott selbst ihm geholfen, ihn zu kreieren, einen Code, so ausgeklügelt, das er auf 30 Jahre als sicher galt. ADLER war angeblich mindestens zehnfach sicherer als alle anderen Codes seiner Zeit. Es war also nur normal, sich an ihm die Zähne auszubeißen. Alles andere wäre sensationell gewesen.

Das Schicksal aller Kryptoanalytiker ist, so könnte man sagen, dass ihr größtes Ziel außerhalb ihrer Reichweite bleibt, hinter einer Wand aus Glas. Die Chancen, das Ziel zu erreichen, stehen ungefähr so gut wie die, dass ein bestimmtes Sandkorn aus dem Meer auf ein bestimmtes Sandkorn am Strand fällt, mehrere Millionen zu eins. Und dennoch jagen Kryptoanalytiker nach der Möglichkeit des absolut Unmöglichen. Beim Entwickeln eines Codes unterlaufen dem Kryptografen unvermeidlich Fehler. Es ist ungefähr so wie mit dem Niesen: Es ist wahrscheinlich, dass es irgendwann passiert, vorherzusagen aber, wann genau es passieren wird, ist ausgeschlossen. Allein, seine Hoffnung darauf zu setzen, dass jemand anders einen Fehler macht, ist in etwa so absurd wie es traurig ist. Doch darin besteht das Leben vieler Kryptoanalytiker: Absurdität und Verzweiflung. Viele von ihnen – die besten ihres Fachs – haben so ihr Leben verbracht, unbekannt im Schatten, tragische Figuren.

Karl Johannes hatte entweder unglaubliches Talent oder unglaubliches Glück. Er brauchte ganze sieben Monate, bis er ADLER entschlüsselt hatte. Eine außerordentliche Errungenschaft in der Geschichte der Kryptologie. Sie war unwiederholbar und so undenkbar wie ein Regentropfen, der nach oben fällt...

[Fortsetzung folgt]

Wenn er an sein Schicksal dachte, fühlte sich Rong Jinzhen seltsam beschämt und unwohl, es hatte etwas schrecklich Irreales. Ständig führte er mit Johannes' Foto in der Hand Selbstgespräche: »Jeder hat einen Helden, und Sie sind meiner. Mein ganzes Wissen und meine Macht streben nach Ihrem Vorbild. Sie sind meine Sonne – meine Leuchtkraft wird immer von Ihrer abhängen und sie niemals übertreffen...«

Er machte sich selbst nicht deshalb so klein, weil er so unzufrieden mit sich war, sondern weil er Johannes so über die Maßen bewunderte.

Ehrlich gesagt, bewunderte er außer Karl Johannes niemanden so sehr wie sich selbst. Er ging davon aus, dass keiner außer ihm in Einheit 701 SCHWARZ entschlüsseln könnte. Er hatte kein Vertrauen zu seinen Kollegen und einen einfachen Grund dafür: Keiner seiner Kollegen bewunderte Karl Johannes so wie er. Während der Zug vor sich hin ratterte, hörte er sich selbst im Zwiegespräch mit seinem Helden. »Sie sehen einfach nicht, wie großartig Sie sind, und wenn, dann würde ihnen das bloß Angst machen. Um etwas wirklich Wunderbares schätzen zu können, braucht man Mut und Talent, sonst lässt man sich von der Schönheit abschrecken.«

Rong Jonzhen war sich sicher, dass die eigene Begabung nur in den Augen anderer Genies wirklich geschätzt werden konnte. Gewöhnliche Leute sahen in Genies meist nur Irre oder Volltrottel. Wer von überlegener Intelligenz war, ließ die anderen hinter sich, marschierte stracks über alle Grenzen und den Horizont gewöhnlicher Menschen hinaus, die dann gerne annahmen, das Genie sei hinter ihnen zurück geblieben. So dachten eben mittelmäßige Naturen. Die Schweigsamkeit des Genies genügte schon, um sich vor ihm zu fürchten, es auszuschließen. Es käme gewöhnlichen Menschen nicht in den Sinn, dass die Ursache seiner Schweigsamkeit seine Furcht war.

Rong Jinzhen sah darin den Unterschied zwischen sich und seinen Kollegen. Er war in der Lage, Johannes zu schätzen und zu respektieren. Deshalb konnte er sich im Licht des bewunderten Giganten baden, es strahlte von ihm ab und durchleuchtete ihn wie Glas, ihn allein und niemanden sonst. Die anderen waren nur stumpfe Steine.

Das schien ihm ein sehr passender Vergleich. Genies verfügten für ihn über die Qualitäten von Glas: fein, zerbrechlich, fragil, ganz anders als ein Stein, der, selbst wenn er bräche, nicht wie Glas in Tausend Stücke zerspringen würde. Ein Stein bleibt immer ein Stein. Glas war alles andere als widerstandsfähig, Verletzlichkeit gehörte zu seinen untrennbaren Eigenschaften. Zerbrochen zu werden, hieß zerschmettert werden, in unzählige nutzlose Splitter. So verhielt es sich mit Genies. Man musste ihm eines seiner Organe ausreißen und es war nichts mehr. Wieder dachte Rong Jinzhen an seinen Helden: Was wäre er ohne Codes, die es zu entschlüsseln galt? Niemand!

Vor dem Fenster senkte sich der Abend allmählich zur tiefen Nacht.

4

Alles, was danach geschah, war geradezu surreal, so real war es.

Was nur allzu wirklich ist, erscheint oft als unglaubwürdig – wer würde zum Beispiel glauben, dass man in mancher entlegenen Bergregion in Guangxi eine Nähnadel für ein Rind eintauschen kann, oder sogar für ein silbernes Schwert? Es war nicht zu leugnen, dass Rong Jinzhen zwölf Jahre zuvor in einem mendelejewschen Traum (Dmitri Iwanowitsch Mendelejew, der Erfinder des Periodensystems der Elemente, behauptete, das System sei ihm im Traum erschienen) das Geheimnis zur Decodierung von PURPUR entdeckt hatte. Das war sicherlich eine unglaubliche Geschichte, doch was jetzt geschehen sollte, war noch viel unglaublicher.

Mitten in der Nacht wurde Rong Jinzhen vom Bremsgeräusch des Zuges bei der Einfahrt in einen Bahnhof geweckt. Wie immer streckte er als Erstes instinktiv die Hand nach dem Lederkoffer mit den Unterlagen zu SCHWARZ aus, der sich unter seiner Pritsche befand, mit einem Schloss an den Teetisch gekettet.

Er war da.

Erleichtert streckte er sich wieder auf dem Rücken aus und versuchte, aus dem Klang des Fußgetrappels vor dem Fenster die Ansagen auf dem Bahnsteig herauszuhören.

Die Ansage verkündete, sie seien jetzt in B.

Das hieß, der nächste Halt war bereits A.

»Noch drei Stunden... Dann sind wir zu Hause... Zu Hause... In nur 180 Minuten... Noch ein Mal schlafen, dann sind wir da...«

Mit diesen Gedanken döste er wieder ein.

Gleich darauf jedoch weckte ihn das schrille Pfeifen zur Abfahrt des Zuges noch einmal. Die Räder ratterten immer schneller über die Gleise. Das Geräusch fesselte ihn wie eine an Fahrt gewinnende Sinfonie, und er konnte nicht wieder einschlafen. Er litt ohnehin unter Schlafstörungen, und bei einem solchen Lärm konnte er beim besten Willen nicht schlafen. Das Rattern des Zuges schien über ihn hinwegzurollen, Mondlicht fiel in das Abteil, direkt auf seine Pritsche. Vor seinen benommenen Augen flackerten Schatten hin und her. Etwas stimmte nicht. Was war es? Es fiel ihm schwer, im Halbschlaf seine Gedanken zu sortieren. Sein träger Versuch, zu begreifen, was nicht stimmte, brachte ihn schließlich darauf: Seine Aktenmappe, eine dieser typischen Umhängetaschen, wie sie Lehrer gern tragen, die an einem Haken an der Wand gehangen hatte, war verschwunden. Er sprang auf und suchte seine Pritsche ab. Sie war nicht da. Dann sah er auf dem Boden nach, unter dem Teetisch, unter seinem Kissen. Nichts.

Schreiend weckte er Vasili und den Professor. Der Professor berichtete, er sei vor etwa einer Stunde (vor einer Stunde!) aufgestanden, um zur Toilette zu gehen, wobei ihm ein junger Mann in Militärkleidung aufgefallen sei, der im Türrahmen zur Verbindungsplattform des nächsten Waggons gestanden und eine Zigarette geraucht habe. Als er von der Toilette zurückkam, habe er den jungen Kerl von hinten weggehen sehen. »In der Hand trug er genau so eine Tasche, wie Sie sie eben beschrieben haben.«

»Ich habe mir in diesem Moment nichts dabei gedacht«, sagte der Professor. »Ich bin davon ausgegangen, dass es seine eigene Tasche war und habe auch nicht weiter darauf geachtet. Er schien nicht in Eile zu sein, sondern ganz in Ruhe seine Zigarette zu rauchen. Hätte ich bloß besser aufgepasst!«

Der Professor schien ernstlich betroffen.

Rong Jinzhen war sich ziemlich sicher, dass dieser junge Kerl in Armeekleidung seine Tasche mitgenommen hatte. Er hatte den Eindruck erweckt, einfach gelassen dazustehen, dabei hatte er nur die richtige Gelegenheit abgepasst und blitzschnell zugeschlagen, als der Professor auf seinem Gang zur Toilette die Tür offen ließ.

»Die Gelegenheit beim Schopf packen, nennt man das«, murmelte Rong Jinzhen. Er lachte bitter.

[Aus dem Interview mit Direktor Zheng]

Die Gelegenheit beim Schopfe packen – so könnte man das Wesen der Kryptoanalyse beschreiben.

Codes haben etwas von einem aus Luft gewebten Netz, und sie sind genauso irreal. Wenn sie zum Einsatz kommen, kann es jedoch passieren, dass ihnen, wie einem ganz gewöhnlichen Mund, versehentlich ein falsches Wort entschlüpft. Dieses Wort ist wie hervorquellendes Blut, das auf eine Wunde hinweist, einen Riss; es ist ein Hoffnungsschimmer. Der Kryptoanalytiker kann durch diesen Riss in das Labyrinth des Codes eindringen und auf einen Weg gelangen, der mitunter bis in den Himmel führt. Rong Jinzhen hatte in den Jahren zuvor mit unermesslicher Geduld auf einen solchen Riss gehofft, zahllose Tage und Nächte hindurch, und hatte doch nicht einmal einen Blutstropfen entdeckt.

Das war ungewöhnlich. Sehr ungewöhnlich.

Zwei wesentliche Punkte schienen die Ursache dafür:

1. *Die Dechiffrierung von PURPUR hatte unseren Gegner dazu gebracht, die Zähne zusammenzubeißen und vorsichtig damit zu sein, den Mund zu öffnen, und noch vorsichtiger mit dem, was dabei herauskam. Das machte ihn unangreifbar.*
2. *Vielleicht gab es Lücken, aber Rong Jinzhen hatte sie nicht entdecken können. Das Wasser rann ihm einfach durch die Finger auf den Boden. Die Chancen dafür standen außer-*

dem nicht schlecht, schließlich kannte Lisewicz Rong Jinzhen wie kein anderer. Er hatte die Schöpfer von SCHWARZ vor ihm warnen und ihnen mit Ratschlägen dienen können. Die beiden, das muss man in aller Deutlichkeit sagen, hatten einmal wie Vater und Sohn zueinander gestanden, und jetzt war durch ihre politische Funktion der ideologische Graben zwischen ihnen weiter als jede geografische Distanz. Ich weiß noch, wie wir herausfanden, dass Lisewicz und Weinacht ein und dieselbe Person waren. Jeder von uns wollte Rong Jinzhen darüber aufklären, ihn warnen. Raten Sie mal, was er gesagt hat, als er davon erfuhr: ›Zur Hölle mit ihm, diesem Dämon in den heiligen Hallen der Wissenschaft!‹

Ich muss es noch einmal betonen: Unser Gegner war zunehmend vorsichtig geworden und machte seltener Fehler, und je mehr wir übersahen, desto enger wurden die Lücken. Wir waren wie die beiden Enden eines Zapfens aufeinander abgestimmt, wir echoten einander, waren aber nie miteinander verbunden. Es gab eine nie dagewesene Perfektion in dem Geflecht von Lügen, das wir spannen, doch es war eine seltsame und beängstigende Perfektion. Rong Jinzhen verlebte seine Tage und Nächte in andauerndem Schrecken. Allein seine Frau wusste, was er durchmachte, denn ihr hatte er erzählt, was ihm nachts in seinen Träumen widerfuhr. Er sah sich selbst, zu müde, um auf dem Weg zur Entschlüsselung eines Codes genügend Sorgfalt zu wahren. Sein Vertrauen und seine innere Ruhe waren permanent von Verzweiflung bedroht. Er wurde müde und krank davon, mit jedem Zug einen Gegenzug abzuwehren…

[Fortsetzung folgt]

Und jetzt, wo er sich vorstellte, wie aufmerksam der Dieb sie beobachtet haben musste, wie er seiner Ledermappe habhaft werden konnte, fiel ihm auf, wie unaufmerksam er selbst gewesen war. Unablässig hatte er an die Kryptografen gedacht, die SCHWARZ entwickelt hatten, und die, die ihn nutzten, und daran, dass er nicht an sie herankam, dem Code nicht näherkam.« Und dann habe ich es ihnen so verdammt leicht gemacht, meine Tasche zu stehlen, eine halbe Zigarette hat gereicht dafür. Verdammt.«

Rong Jinzhen musste sich erst einmal darüber klar werden, was der Diebstahl bedeutete. Zunächst versuchte er sich zu erinnern, was in der Mappe gewesen war. Die Zugfahrkarte, die Hotelrechnung, Essensmarken im Wert von etwa 200 Yuan und diverse Zeugnisse und Beglaubigungsschreiben. Seine Ausgabe von Johannes' *Unleserliche Handschriften* war auch darin, er hatte sie gestern vor dem Schlafengehen noch hineingesteckt. Es versetzte ihm einen Stich. Dennoch – keine allzu tragischen Verluste im Vergleich zu den wichtigen Unterlagen, die im Sicherheitskoffer steckten. Sie hatten Glück im Unglück.

Nicht nötig zu sagen, dass der Dieb es auf die Dokumente abgesehen hatte. Das wäre wirklich eine Katastrophe gewesen. Nun schienen sie noch einmal mit einem blauen Auge davon gekommen zu sein. Es war zwar bedauerlich, dass so etwas geschehen konnte, aber nicht beängstigend.

Zehn Minute später war wieder Stille in ihr Abteil eingekehrt. Unter den beschwichtigenden Worten Vasilis und des Professors hatte sich Rong Jinzhen langsam beruhigt. Doch kaum hatte er sich in der Dunkelheit wieder auf seiner Pritsche ausgestreckt, wurde sein Seelenfrieden von der Nacht verschluckt, vom Rattern des Zuges aufgerüttelt. Das Bedauern über den Verlust und die Erinnerung an das Geschehene hielten ihn wach.

Bedauern ist nur ein Zustand. Erinnern ist eine Tätigkeit. Sein Gehirn kam wieder in Gang.

War da noch etwas anderes in der Aktentasche gewesen? Er grübelte.

Er stellte sich die Aktentasche vor und zog ihren imaginären Reißverschluss auf. Er wollte sich auf den Inhalt konzentrieren, aber immer wieder lähmte ein Gefühl von Reue und Bedauern seine Gedanken. Er sah nur ein weites dunkles Nichts vor sich. Seine Konzentrationsfähigkeit war wie schmelzender Schnee, kaum gepackt, floss er wieder auseinander, wieder sammelte er ihn, wieder floss er auseinander. Schließlich öffnete er den imaginären Reißverschluss. Sofort blendete ein unwirkliches blaues Licht seine Augen, die Hand eines Attentäters streckte sich nach ihm aus … »Vasili!« Rong Jinzhen hatte sich erschrocken aufgesetzt.

»Was ist los?« Vasili war aus dem Bett gesprungen. Er sah, wie Rong Jinzhen zitterte.

»Mein Notizbuch! Mein Notizbuch …!« Rong Jinzhen versagte die Stimme.

Sein Notizbuch war in der Ledermappe.

[Aus dem Interview mit Direktor Zheng]
Überlegen Sie mal, ein Einzelgänger wie er, jemand, der ständig seinen Gedanken nachhing – Rong Jinzhen vernahm ständig mysteriöse Stimmen, die ihm etwas zuflüsterten. Stimmen, die von weit her zu kommen schienen und doch aus der Tiefe seines Inneren. Aber immer blieben sie undeutlich, flüchtig, sie warteten nicht auf ihn, waren nie das, was er sich erhoffte. Doch dann wieder erwischte er sie am Rande seiner Wahrnehmung. Sie kamen uneingeladen, in seinen Träumen, in den Träumen innerhalb seiner Träume, tauchten hinter den Worten der Bücher auf, die er gerade las, kryptische Botschaften in immer neuen Formen und von mysteriöser Natur. Ich möchte damit sagen, dass diese Stimmen, man könnte sie Inspirationen nennen, aus einem Zwischenreich stammten; sie kamen aus Rong Jinzhen selbst, sie entströmten seiner Seele, seinem Dasein. Ein kurzes Aufflackern, und sie waren verschwunden. Er musste sie rasch mit dem Stift

festhalten. Sie kamen so schnell wie sie gingen, und selbst ihr Schatten war flüchtig. Deshalb hatte Rong Jinzhen, egal, wo er war und wohin er ging, immer ein Notizbuch bei sich. Das Notizbuch war sein Schatten, sein steter Begleiter.

Es war ein in blauen Kunststoff gebundenes Büchlein mit 99 Seiten. Auf dem Einband stand »Verschlusssache« und Rong Jinzhens Codename. Das Buch war voller Einträge zum Thema SCHWARZ aus den vergangenen Jahren. Er steckte es normalerweise in seine Hemdtasche, doch weil er diesmal so viele andere Dokumente mit sich herumtragen musste, hatte er die Aktenmappe mitgenommen und das Notizbuch dazugelegt. Die Mappe hatte ihm einer der Direktoren als Geschenk von einer Auslandsreise mitgebracht. Sie war aus feinstem Kalbsleder und sehr leicht, und man konnte sie mit einem elastischen Band entweder an der Hand oder am Gürtel tragen. Es war Rong Jinzhen sicher nicht in den Sinn gekommen, dass es gefährlich sein konnte, das Notizbuch dort hineinzutun. Er hatte einfach nicht bedacht, dass es verloren gehen könnte...

[Fortsetzung folgt]

Während der gesamten Reise hatte Rong Jinzhen sein Notizbuch zwei Mal benutzt.

Das erste Mal war vor vier Tagen gewesen. Er hatte die Konferenz früher verlassen, weil ein besonders dämlicher und langweiliger Vortrag ihn genervt hatte. Wutschnaubend hatte er sich auf sein Bett gelegt und aus dem Fenster gestarrt. Draußen senkte sich die Nacht über die Stadt. Zuerst war ihm aufgefallen, dass der Himmel irgendwie schief hing. Er blinzelte, der Himmel drehte sich immer noch. Er hatte den Eindruck, seine Sicht wäre getrübt; das Fenster, die Stadt, die untergehende Sonne – alles entglitt ihm, es gab nur noch den sich drehenden Himmel und ein Geräusch, als ob die Sonne den Himmel versengte. Das Firmament war eine formlose, herumwirbelnde

Masse, in züngelnden Flammen streckte es sich über den Horizont hinaus. Der tobende Himmel und das Geräusch der alles versengenden Sonne umfingen ihn wie Dunkelheit, breiteten sich aus, bis sie ihn ganz umschlungen hatten. Da spürte er plötzlich wie ihn eine vertraute elektrische Strömung durchzog. Er leuchtete, sein Körper begann zu schweben, er war Energie. Sein Körper verwandelte sich, er begann zu brennen, herumzuwirbeln, zu verdampfen, zum fernen Wolkendunst aufzusteigen. Im selben Moment hörte er ein Geräusch, filigran und elegant wie der Flügelschlag eines Schmetterlings. Es war die Stimme seines Schicksals, es war die Stimme der Natur, des Lichts, der Flammen, der Kobolde. Er musste seine Gedanken sofort aufschreiben.

Das war das erste Mal, dass er seit der Abreise das Notizbuch benutzt hatte. Hinterher dachte er nicht ohne Stolz daran, dass sein Zorn ihn so hatte aufflammen lassen, dass seine Wut ihn inspiriert hatte. Den zweiten Eintrag hatte er letzte Nacht getätigt, als schon der Morgen graute und er im Geschaukel des fahrenden Zuges glücklich von einem Gespräch mit dem großen Karl Johannes geträumt hatte. Sie unterhielten sich im Traum lange und ausführlich. Beim Aufwachen hatte er sofort zu seinem Notizbuch gegriffen und sich im Dunkeln den Inhalt des Gesprächs notiert.

Man muss sagen, dass Rong Jinzhen auf seinem Weg zur Entschlüsselung von Geheimcodes über die schmalen Pfade seines Genies, niemals jammerte oder inständig um Hilfe flehte. Er stützte sich auf nichts anderes als seine zwei Gehstöcke: Entschlossenheit und Einsamkeit. Die Einsamkeit härtete seinen Verstand und seine Seele ab, während die Entschlossenheit ihn nach dem Glück greifen ließ, das weit hinter dem Horizont lag. Glück ist etwas Dämonisches, man kann es weder sehen noch fühlen, noch sagen, was es ist. Man kann es nicht verstehen. Und es wartet auch nicht auf dich. Es kommt nicht, wenn du dafür betest. Glück ist erhaben und geheimnisvoll, vielleicht die geheimnisvollste Sache der Welt. Rong Jinzhens Glück aber war gar nicht geheimnisvoll, es war vielmehr sehr real, es lag zwischen den Zeilen seines Notizbuchs verborgen ...

Doch das Notizbuch war nun verschwunden!

Als klar wurde, was geschehen war, war Vasili sofort hellwach und schritt aufgeregt zur Tat. Zuerst informierte er den Sicherheitschef des Zuges, damit seine Leute dafür sorgten, dass niemand den Zug verließ. Dann informierte er über den Zugfunk Einheit 701 und erstattete Bericht. Alle Passagiere, die in Stadt A umstiegen, waren zu kontrollieren. Einheit 701 informierte die Vorgesetzten, die informierten die Leitung des Geheimdienstes, es ging hinauf bis zu den obersten Funktionären. Der oberste Kader gab sofort folgende Weisung aus:

Die verschwundenen Gegenstände betreffen die nationale Sicherheit. Sämtliche Behörden sind zur Kooperation verpflichtet, um ihrer schnellstmöglich wieder habhaft zu werden.

Wie konnte ausgerechnet Rong Jinzhens Notizbuch verschwinden? Es beinhaltete geheimste Interna von Einheit 701 und außerdem kritische Informationen zu den Problemen bei der Entschlüsselung von SCHWARZ. Es waren Rong Jinzhens Gedanken zu SCHWARZ, die einzigen, die wichtigsten und wertvollsten Aufzeichnungen, die sie dazu hatten.

So etwas durfte nicht verschwinden.

Es musste um jeden Preis gefunden werden.

Der Zug hatte inzwischen ordentlich Fahrt aufgenommen, sie würden bald an der nächsten Station ankommen.

Der nächste Halt war die Stadt A. Die Katastrophe hatte Rong Jinzhen sozusagen kurz vor der Haustür ereilt, wie eine unausweichliche, in Stein gemeißelte Bestimmung. So viele Tage waren ohne jeden Vorfall vergangen, und dann das. Eine kleine Aktenmappe ging verloren. Vermutlich war der Schuldige noch nicht einmal ein feindlicher Agent, sondern bloß ein gemeiner, gottverdammter Dieb. Ein Albtraum. Rong Jinzhen bekam weiche Knie. Er war völlig durcheinander, fühlte sich gefangen und gemartert im imaginären Labyrinth des Schicksals. Je näher der Zug seinem Ziel kam, umso schlechter ging es ihm, als rase der Zug nicht nach A, sondern geradewegs in die Hölle.

Am Zielbahnhof wurden alle Türen blockiert. Jedem war klar, dass es sich vermutlich um eine sinnlose Aktion handelte, und der Dieb den Zug längst verlassen hatte. Er hatte sich die Tasche geschnappt und war noch in B ausgestiegen.

Das beste Versteck für ein Blatt ist bekanntlich im Wald. Das beste Versteck für eine Person ist eine Menschenmenge in der Stadt. Wo also suchen? Es würde eine schwere Probe werden, die richtige Vorgehensweise festzulegen. Man musste sich erst einmal sämtliche relevanten Daten vor Augen führen, die die Lösung des Falls betrafen.

Das Sonderinvestigationsteam stellte eine Liste mit sämtlichen direkt und indirekt betroffenen Institutionen auf:
Einheit 701
Polizeieinsatzkräfte der Stadt A
VBA und Armee in Stadt A
Bahnbehörden der Stadt A
Alle Zweigstellen staatlicher Ministerien in Stadt A
Polizeieinsatzkräfte der Stadt B
VBA und Armee in Stadt B
Bahnbehörden der Stadt B
Gesundheitsbehörden der Stadt B
Verwaltungsbehörden der Stadt B
Baubehörden der Stadt B
Büro für Öffentlichkeit der Stadt B
Presse der Stadt B
Postbehörde der Stadt B
Verschiedene Teams in Lokalbehörden der Stadt B, weitere kleinere Einheiten.

Gesucht werden musste:
1. Im Bahnhof der Stadt A
2. Im Bahnhof der Stadt B
3. Auf der gesamten 220 km langen Bahnstrecke von B nach A
4. In sämtlichen 72 Gasthäusern der Stadt B
5. In allen 637 öffentlichen Mülleimern der Stadt B
6. In allen 56 öffentlichen Toiletten der Stadt B
7. In allen 43 km Kanälen der Stadt B
8. In allen 9 Müllsammelstellen der Stadt B
9. In sämtlichen Wohnhäusern der Stadt B

3.700 Personen wurden direkt für die Untersuchung des Falls abgestellt, inklusive Rong Jinzhen und Vasili.

Sämtliche 2.141 Passagiere des Zuges wurden kontrolliert, außerdem das Zugpersonal (43 Personen) und die einfachen Soldaten der Stadt B (600 Personen). Der Zug wurde 5,5 Stunden lang aufgehalten.

Der Geheimdienst verbrachte 484 Stunden mit diesem Fall in B, rund 20 Tage.

Es hieß, dass es in der Geschichte der Provinz G nie einen vergleichbar großen Fall für den Geheimdienst gegeben habe, Zehntausende waren betroffen, ganze Städte wurden auf den Kopf gestellt, es war eine Aktion nie dagewesenen Ausmaßes.

5

Wir sollten zu unserer eigentlichen Geschichte zurückkehren – der Geschichte Rong Jinzhens, denn das hier ist seine Geschichte, und sie ist noch nicht zu Ende. Im Grunde fängt sie gerade erst an.

Als Rong Jinzhen aus dem Zug stieg, entdeckte er auf dem Bahnsteig sofort die Abordnung von Einheit 701, die, angeführt von der damals wichtigsten Person der Einheit, einem pferdegesichtigen Mann, der mit furchterregender Miene auf ihn zueilte (dem Vor-Vorgänger von Direktor Zheng). Rong Jinzhen spürte sofort, dass der Mann allen vorherigen Respekt für ihn abgelegt hatte. Ihn traf ein kalter, verächtlicher Blick.

Es gelang ihm zwar, dem Blick des Direktors auszuweichen, der Stimme jedoch nicht: »Wie kann es sein, dass Sie ein so wichtiges Dokument nicht im Sicherheitskoffer verwahrt haben?«

In diesem Moment wurden die Umstehenden Zeuge, wie in Rong Jinzhens Augen ein seltsamer Funke aufflackerte und sofort wieder erlosch wie ein verglühender Wolframsfaden. Dann versteifte sich sein ganzer Körper und er fiel der Länge nach zu Boden.

Das erste Sonnenlicht des frühen Morgens fiel durch das Fenster, als Rong Jinzhen wieder zu Bewusstsein kam. Vor ihm sah er wie durch einen Schleier das Gesicht seiner Frau. Einen Augenblick lang schien er alles glücklich vergessen zu haben. Er wähnte sich zu Hause in seinem eigenen Bett, soeben von seiner Frau aus einem unruhigen Traum geweckt. Sie machte ein

besorgtes Gesicht (wahrscheinlich war er das gewohnt). Doch sehr bald brachten ihn die weißen Wände und der medizinische Geruch vollständig zur Besinnung. Die Erinnerung stellte sich ein wie ein Schock und er hatte wieder die donnernde Stimme des Direktors im Ohr: »Wie kann es sein, dass Sie ein so wichtiges Dokument nicht im Sicherheitskoffer verwahrt haben?«
  Warum?
  Warum?
  Warum…

[Aus dem Interview mit Direktor Zheng]
Sie können sich sicher sein, dass Rong Jinzhen auf jener Reise größte Vorsicht hatte walten lassen und ständig auf der Hut vor dem Gegner gewesen war. Es wäre wahnsinnig ungerecht, ihm vorzuwerfen, er sei schuld an dem ganzen Schlamassel, er habe die Sache auf die leichte Schulter genommen und seine Pflichten vernachlässigt. Sein Notizbuch jedoch nicht in den Sicherheitskoffer zu legen, war unachtsam gewesen. Er hatte einfach nicht genug nachgedacht.
  Ich weiß noch, wie Vasili und ich ihn vor der Abreise mehrfach ermahnt hatten, alle, ausnahmslos alle Geheimdokumente im Sicherheitskoffer zu verwahren (auch solche, die seine Identität als Geheimdienstmitarbeiter verraten konnten). Und er hatte versichert, sich daran zu halten. Laut Vasili war Rong Jinzhen auf der Rückreise äußerst vorsichtig gewesen. Er hatte alle Unterlagen prekären Inhalts in den Koffer getan, einschließlich eines Buches mit Gedichten und Aphorismen des Direktors persönlich, damit alles, was einen Hinweis auf seine Identität und besonders auf seine Position geben könnte, sicher verwahrt wäre. Alles war im Koffer – außer seinem Notizbuch. Warum er es nicht hineingetan hatte? Nun, das war eines dieser klassischen unlösbaren Rätsel. Ich bin mir absolut sicher, dass er es nicht deshalb draußen gelassen hatte, weil er es stets zur Hand haben wollte. Das ist ausge-

schlossen, niemals wäre er ein solches Risiko eingegangen, dafür fehlte ihm der Mut. Es gab keinen Grund, es nicht hineinzutun, und er selbst zerbrach sich hinterher den Kopf darüber, ohne dass ihm ein vernünftiger Grund einfiel. Seltsam war nur, dass er sich vor dem Diebstahl gar nicht bewusst gewesen zu sein schien, dass er das Notizbuch dabei hatte (und auch, nachdem es verschwunden war, hatte er nicht sofort daran gedacht). Wie eine Stecknadel, die eine Frau aus Versehen in ihrem Rocksaum vergessen hat und sich erst erinnert, wenn die Nadel sie piekst.

Aber für Rong Jinzhen war dieses Büchlein weitaus mehr als eine Stecknadel, nie im Leben hätte er die Existenz des Notizbuchs vergessen können. Im Gegenteil – es war sein wertvollster Besitz! Um seine eigenen Worte zu gebrauchen: In diesen Seiten ist meine Seele verwahrt.

Doch wenn das so war, warum sollte er mit seinen größten Schatz so nachlässig umgehen?

Das war wirklich ein vollkommenes Rätsel…

[Fortsetzung folgt]

Rong Jinzhen war voller Reue über das Geschehene. Auf der Suche nach einer Antwort auf sein unerklärliches Verhalten stolperte er durch ein undurchdringliches Labyrinth. Die Dunkelheit in seinem Kopf ließ ihn schwindeln, doch langsam gewöhnte er sich daran und nutzte sie für seine Suche nach Licht. Er gelangte zu einer wichtigen Erkenntnis. Er dachte: »Vielleicht war es mir einfach zu wertvoll, hatte ich es zu sehr ins Herz geschlossen, dass ich es einfach nicht sah… Vielleicht war es in meinem Unterbewusstsein schon lange kein eigenständiges Wesen mehr, ohne konkrete Gestalt wie meine Brille… Etwas, was ich so sehr brauche, kann doch nicht einfach verschwinden! Es war wie ein Teil meines Lebens, meines Körpers… Ich habe es nicht bewusst wahrgenommen, so wie man seinen eigenen Körper nicht mehr bewusst wahrnimmt…

Erst dann, wenn man krank wird, spürt man seinen Körper, erst wenn man die Brille verlegt, merkt man, dass man sie braucht, erst wenn man sein Notizbuch verliert ...«

Er sprang aus dem Bett, als habe man ihm einen elektrischen Schlag versetzt. Rasch zog er sich an und stürmte aus dem Krankenhaus, als sei er auf der Flucht. Seine Frau Xiao Zhai, die junge Frau, die einen halben Kopf größer war als er, hatte ihren Mann noch nie so erlebt. Ihr blieb nichts anderes übrig, als ihm hinterherzulaufen.

Seine Augen gewöhnten sich nicht schnell genug an die Dunkelheit im Treppenhaus, und in seiner Hast stolperte er und verlor seine Brille. Die Brille blieb zum Glück heil, aber die Verzögerung erlaubte seiner Frau, ihn einzuholen. Sie war gerade erst zum Krankenhaus von Einheit 701 geeilt, man hatte ihr gesagt, die Aufregung der Reise habe ihren Mann so stark mitgenommen, dass er zur Behandlung ins Krankenhaus müsse. Sie wusste nicht, was wirklich passiert war, und redete auf ihn ein, wieder ins Krankenbett zurückzukehren, doch er weigerte sich.

Vor der Tür parkte zu seiner Überraschung sein Jeep. Erleichtert rannte er darauf zu. Der Fahrer lag über dem Lenkrad und hielt ein Nickerchen. Man hatte den Wagen offenbar für ihn bereitgestellt. Zu seiner Frau sagte er, mit einer wahrheitsgemäßen Lüge: »Ich habe meine Brieftasche am Bahnhof vergessen und muss sie wiederfinden. Ich bin gleich wieder zurück.«

Dann fuhr er los, allerdings nicht zum Bahnhof, sondern nach B.

Es gab nur zwei Möglichkeiten: Der Dieb war entweder im Zug geblieben oder in B ausgestiegen. Wenn er noch im Zug war, war er gefangen. Also musste Rong Jinzehn so schnell wie möglich nach B. In A brauchte man ihn nicht, aber in B – in B brauchte man womöglich die ganze Stadt.

Drei Stunden später knirschten die Reifen seines Jeeps auf dem Parkplatz des Armeestützpunkts von B. Hier erfuhr er, dass das Sonderinvestigationsteam im Gästehaus des Stützpunkts versammelt war. Der zuständige Kader war ein hoher Funktionär, der direkt von der Geheimdienstzentrale abgeordnet worden war. Man erwartete jede Minute sein Eintreffen. Unter ihm agierten fünf Stellvertreter, die jeweils für die verschiedenen Armeeeinsätze in A und B zuständig waren. Einer von ihnen sollte später einmal Direktor von Einheit 701 werden: Es war Zheng der Lahme. Bei seinem Eintreffen im Gästehaus hatte der Lahme schlechte Nachrichten für Rong Jinzhen. Sie hatten den Zug von vorne bis hinten durchsucht, ohne den Dieb aufzuspüren.

Dann musste er also in B ausgestiegen sein.

Ohne Verzögerung durchsuchten die den Teamleitern unterstellten Einheiten die Stadt B. Am späten Nachmittag traf Vasili ein, den der Direktor von Einheit 701 geschickt hatte, um Rong Jinzhen zurück ins Krankenhaus zu eskortieren. Da der Direktor sich schon gedacht hatte, dass Jinzhen sich weigern könnte, hatte er Vasili weitere Anweisungen mitgegeben: Wenn Jinzhen darauf bestehe, B nicht zu verlassen, dürfe Vasili in keinem Augenblick von seiner Seite weichen. Er war persönlich für seine Sicherheit verantwortlich.

Also hielt sich Vasili an die zweite Weisung.

Niemand konnte ahnen, dass Vasilis Kompromiss Einheit 701 in große Schwierigkeiten bringen sollte.

6

In den darauffolgenden Tagen durchstreifte Rong Jinzhen tagsüber die Straßen, Gassen und Winkel der Stadt B wie ein ruheloser Geist, und während langer, endloser Nächte, Nächte, die jeden in den Wahnsinn getrieben hätten, hing er seinen Gedanken an den verlorenen Gegenstand nach. Nach dem ersten Anflug von Hoffnung blieb ihm nur noch die Verzweiflung. Jede Nacht war eine Folter für ihn. Kaum, dass die Dunkelheit anbrach, begann die Tragödie an ihm zu nagen, zu zerren, ihm den Schlaf zu rauben. Mit jedem Tagesanbruch aber wurde der Druck nur noch größer, brannte wie Feuer auf seiner Haut. Er grub tief in seiner Erinnerung nach jedem Detail der letzten 24 Stunden im Zug, machte sich Vorwürfe, fragte sich, wie er nur so dumm hatte sein können. Alles, was er getan hatte, schien ein Fehler zu sein: Das Geschehen wurde zum Traumgebilde. Seine Wangen brannten von den Tränen seiner Verlorenheit. Rong Jinzhen fühlte sich wie eine welkende Blume, von der ein Blütenblatt nach dem anderen abfiel. Dann wieder kam er sich vor wie ein verirrtes Lämmchen, dessen traurige Schreie immer schwächer und immer herzzerreißender wurden.

Sechs Tage waren inzwischen seit dem Vorfall vergangen. Es sollte ein denkwürdiger, kummervoller Abend werden. Er begann mit einem heftigen Regenguss. Vasili und Rong Jinzhen, durchnässt bis auf die Knochen, waren gezwungen, ihre Suche frühzeitig abzubrechen. Rong Jinzhen hustete ununterbrochen. Sie streckten sich auf den Betten aus, die für sie bereitgestellt waren, müde und angeschlagen. Der andauernde Regen war eine einzige Qual.

Rong Jinzhen brachte der endlose Regen auf eine beklemmende Frage …

[Aus dem Interview mit Direktor Zheng]

Als Betroffener sah Rong Jinzhen viele Dinge anders als die übrigen Beteiligten. Er war sich zum Beispiel sicher, dass der Dieb Geld brauchte. Deswegen würde er alles Wertvolle an sich genommen und den Rest weggeworfen haben, auch das Notizbuch. Man nahm diese beileibe nicht abwegige Vermutung sehr ernst, vor allem, weil sie von Rong Jinzhen selbst kam. Entsprechend durchstöberten die Mannschaften sämtliche Mülleimer und Müllhalden. Rong Jinzhen persönlich wühlte sich durch den Müll der Stadt, übernahm die Führung, wollte gründlicher sein als alle anderen.

Am Abend des sechsten Tages aber kam dieser sintflutartige Regen. Er peitschte durch die Luft und klatschte auf die Erde, und schon bald waren sämtliche Winkel und Ecken der Stadt überflutet. Rong Jinzhen bedauerte all die Männer, die für die Suche nach seinem Notizbuch eingesetzt worden waren, dem Hort seiner Seele, den das Wasser jetzt ohnehin in einen fetten Tintenfleck verwandeln würde. Selbst wenn nicht, würde die Flut das Büchlein mit sich fortspülen. Das Wetter demoralisierte jeden von ihnen, aber für Rong Jinzhen war der Regen noch entmutigender. Er war, ehrlich gesagt, nicht schlimmer als jeder gewöhnliche, heftige Regen. Er hegte keine bösen Absichten, war kein Gefährte des Diebes. Das kommt natürlich auf die Sichtweise an – man konnte dieses Wetter auch als Kollaborateur betrachten, als echote es die Bösartigkeit des Diebstahls, nährte sie und verstärkte die negative Wirkung des Geschehenen.

Die Wassermassen ertränkten jeden Funken Hoffnung, der Rong Jinzhen noch geblieben war …

[Fortsetzung folgt]

Wohl wahr, die Wassermassen ertränkten Rong Jinzhens letzte Hoffnung.

Für ihn war der furchtbare Regen ein Sinnbild des Ausmaßes der Katastrophe, als ob geheimnisvolle äußere Kräfte am Werk waren, die die Situation zu seinen Ungunsten manipulierten und alles Schreckliche und Unerwartete über ihn brachten.

Der Regen gab Rong Jinzhen Gelegenheit, auf die Geheimnisse und die Tragweite der letzten zwölf Jahre seines Lebens zurückzublicken. Ein Traum hatte ihm vor zwölf Jahren den Weg zur Entschlüsselung von PURPUR gewiesen und ihn über Nacht in eine ruhmreiche Erscheinung verwandelt. Er hatte angenommen, dass ein solches Wunder, dieses Werk der göttlichen Vorsehung, ihm nicht ein zweites Mal vergönnt sein würde. Ein Wunder kann man nicht suchen. Doch jetzt schien die göttliche Vorsehung zu ihm zurückgekehrt zu sein, wenn auch in ganz anderer Gestalt: Sie war Licht und Dunkelheit zugleich, ein umwölkter Regenbogen, alles andere als fassbar. Als habe er all die Jahre damit verbracht, dieses Etwas zu umkreisen und nur seine helle Seite gesehen. Jetzt war der Augenblick gekommen, dass er Zeuge seiner dunklen Seite werden sollte.

Was war dieses Etwas?

Als Schüler von Mr Stranger war Rong Jinzhens Denken stark vom Christentum beeinflusst, weshalb dieses Etwas nichts anderes als Gott der Allmächtige sein konnte. Wenn es Gott war, war es von so komplexer wie absoluter Natur. Es vereinte Herrlichkeit und Zorn, Güte und Schrecken in sich. Obwohl es nur ein Geist war, verfügte es über enorme Fähigkeiten und Macht, zwang dich, es immerzu zu umkreisen. Du drehst und drehst dich, und es offenbart dir alles: alles Glück und alles Leid, alle Hoffnung und alle Verzweiflung, Himmel und Hölle, Glanz und Elend, Erhabenheit und Erniedrigung, Freude und Trauer, Gut und Böse, Tag und Nacht, Helligkeit und Dunkelheit, Sauberkeit und Schmutz, Yin und Yang, oben und unten, innen und außen, dieses und jenes, alles, was ist...

Das Aufflackern der Idee Gottes vermochte ihn vollkommen zu beruhigen. Er dachte sich: Alles, was ist, ist Gottes Plan, warum also sollte ich mich dem widersetzen? Widerstand ist zwecklos. Das Gesetz Gottes ist gerecht. Er würde es nicht einer bestimmten Person zuliebe ändern. Gottes Plan ist es, jedem die Allmacht seiner Schöpfung zu zeigen. Durch PURPUR und SCHWARZ hat mir Gott alles, was ist, offenbart.

Alles Glück
Alles Leid
Alle Hoffnung
Alle Verzweiflung
Alles, was Himmel ist
Alles, was Hölle ist
Allen Glanz
Alles Elend
Alle Erhabenheit
Alle Erniedrigung
Alle Freude
Alle Trauer
Alles, was gut ist
Alles, was böse ist
Alles, was Tag ist
Alles, was Nacht ist
Alle Helligkeit
Alle Dunkelheit
Alle Sauberkeit
Allen Schmutz
Alles, was Yin ist
Alles, was Yang ist
Alles oben
Alles unten

Alles innen
Alles außen
Alles, was dies ist
Alles, was jenes ist
Alles, was ist ...

Rong Jinzhen betete sich diese Aufzählung wie ein Mantra vor. Es beruhigte ihn. Heiter wandte er sich von dem Regen vor dem Fenster ab, es interessierte ihn nicht mehr, ob es regnete oder nicht, und der Klang des Regens war ihm nicht mehr unerträglich. Er streckte sich auf dem Bett aus und genoss das Prasseln, es klang jetzt freundlich, ehrlich und milde, es lullte ihn ein, er löste sich darin auf. Er schlief ein und träumte. Im Traum redeten ferne Stimmen auf ihn ein: »Wie kannst du an einen Gott glauben ...?« – »Nur ein Feigling glaubt an Gott ...« – »Gott hat Karl Johannes kein schönes Leben gegeben ...« – »Wer sagt, dass die Gesetze Gottes gerecht sind ...?« – »Gottes Gesetz ist ungerecht ...«

Der letzte Satz echote immer wieder nach, wurde mit jeder Wiederholung lauter, bis er wie ein Donner in seinen Ohren dröhnte und ihn weckte. Noch nach dem Aufwachen hallte der Satz hartnäckig in seinem Kopf wider:

»Ungerecht – ungerecht – ungerecht ...«

Er konnte nicht ausmachen, wer oder was diese Worte sagte und warum – *Das Gesetz Gottes ist ungerecht!* Gut, dann war es eben ungerecht, und was weiter? Er sann darüber nach, aber Kopfschmerzen und diffuse Zweifel und Ängste ließen ihn einfach keinen klaren Gedanken fassen. Er fand den Anfang des Fadens nicht, jede Idee entglitt ihm sofort wieder. Sein Kopf lärmte und blubberte wie ein Topf kochenden Wassers. Lüftete man den Deckel, war nichts von Substanz zu entdecken, seine Gedanken bloß Chimären. Doch dann legte sich das Blubbern, als habe jemand Essen in den Topf geschüttet, und aus seiner

Gedankenwelt kam der Zug gerast, der Dieb, seine Aktenmappe, der Regen – eine Serie von Bildern, die ihm erneut seine persönliche Tragödie vor Augen führten. Doch er verstand ihren Sinn nicht, als seien sie noch nicht gar gekocht. Dann begann das Wasser wieder zu kochen, die Bilder stiegen erneut auf, und jetzt machte sich eine freudige Unruhe in ihm breit. Er war nicht mehr unruhig wie blubberndes Wasser, sondern aufgeregt wie ein Seemann, der nach einer langen Schiffsreise Land sieht. Ungeduldig und mit voller Kraft eilte er auf sein Ziel zu, und beim Näherkommen hörte er wieder diese Stimme, die zu ihm sagte: »Was kann daran gerecht sein, wenn dich diese unvorhergesehene Katastrophe fertig macht?«

»Nein!«

Rong Jinzhen schrie auf und rannte zur Tür hinaus in den strömenden Regen und wetterte gegen den nächtlichen Himmel: »Gott, du bist ungerecht! Ich will mich nicht von SCHWARZ bezwingen lassen! Erst wenn SCHWARZ mich besiegt hat, herrscht Gerechtigkeit! Gott, nur die übelsten Menschen sollten solch eine Ungerechtigkeit erdulden! Nur der übelste Geist würde eine solche Katastrophe über mich bringen! Das kannst du nicht machen, Gott! Ich nehme es mit dir auf, du böser Geist!«

Nach diesem Ausbruch spürte er plötzlich den kalten Regen wie Feuer auf der Haut, sein Blut begann zu kochen, sein Blut floss, es floss wie der Regen, sein ganzer Körper floss in seinem Strom mit, wurde eins mit Himmel und Erde, löste sich Tropfen für Tropfen in ihnen auf, zu Dunst, zu Nebel, zu einem Traum, zu einer Illusion. Und wieder hörte er die geheimnisvolle, ferne Stimme, sie schien von seinem armen Notizbuch zu kommen, das elend und hilflos durch das schlammigtrübe Wasser trieb, daraus auftauchte und wieder verschwand und immer wieder rief: »Rong Jinzhen, hör mich an... Das Regenwasser steigt auf und mit ihm bäumt sich die Erde auf... Das Regenwasser hat dein Notizbuch mit sich fortgespült, doch vielleicht spült es das Buch auch wieder zurück... Zurück zu dir... So vieles ist passiert, warum nicht auch das... Das Regenwasser hat es fortgespült... Das Regenwasser bringt es zurück... Zurück zu dir... Zurück zu dir...«

Das war sein letzter Gedanke.

Es war eine magische, eine teuflische Nacht.

Draußen prasselte endlos und zügellos der Regen nieder.

7

Dieser Teil der Geschichte wird Sie, lieber Leser, vor Freude tanzen und vor Trauer weinen lassen. Freude, weil Rong Jinzhens Notizbuch gefunden wird; Trauer, weil Rong Jinzhen selbst spurlos verschwindet. Das alles – alles, was ist – ist genauso wie Rong Jinzhen es gesagt hat: Gott schenkt uns Freude und er schenkt uns Trauer. Gott zeigt uns alles, was ist.

Rong Jinzhen verschwand in jener verregneten Nacht. Niemand konnte sagen, wann genau, ob vor oder nach Mitternacht, noch während des Regens oder nachher. Man wusste nur, dass er nicht zurückkam wie ein junger Vogel, der für immer aus seinem Nest davonfliegt, oder wie ein Komet, der seine Umlaufbahn für immer verlassen hat.

Rong Jinzhens rätselhaftes Verschwinden machte den Fall noch undurchsichtiger. Es war die dunkelste Stunde vor Tagesanbruch. Jemand sprach die Vermutung aus, dass sein Verschwinden mit dem Verschwinden des Notizbuchs zusammenhing, was wiederum ein neues Licht auf den ominösen Dieb warf. Dennoch nahmen viele seiner Kollegen an, dass Rong Jinzhen sich aus dem Staub gemacht habe, weil er keine Hoffnung mehr sah, er habe einfach die Angst und den Schmerz nicht mehr ausgehalten. Jeder wusste, dass Geheimcodes sein Lebensinhalt waren, und daher war sein Notizbuch es ebenfalls. Unwahrscheinlich, dass es je wieder auftauchen würde, und wenn, dann durchweicht und zerfleddert. Er hatte sich die Sache so zu Herzen genommen, dass sogar die Auslöschung seiner selbst nicht mehr unwahrscheinlich schien.

Diese Mutmaßungen schienen sich kurz darauf zu bestätigen. Eines Nachmittags entdeckte jemand am östlichen Ufer des Flusses, der die Stadt B durchzog, unweit einer Ölmühle einen Lederschuh. Vasili identifizierte ihn sofort als Rong Jinzhens Schuh, denn er erinnerte sich, dass der Schuh vorne bereits auseinanderging, wo Rong Jinzhens großer Zeh sich während der ermüdenden Suche den Weg nach draußen gebahnt hatte.

Vasili glaubte nun, sich mit der ernüchternden Wahrheit abfinden zu müssen. Seine Vorahnung sagte ihm, dass sie das Notizbuch wohl nie finden würden, dafür höchstens Rong Jinzhens Leiche, die irgendwann aus den schlammigen Wassern des Flusses auftauchen würde.

Vasili machte sich Vorwürfe. Hätte er ihn nur gleich mit nach Hause genommen! Von Beginn an war klar gewesen, dass die Sache für Rong Jinzhen keinen guten Ausgang nehmen würde.

»Verdammter Mist!« Er nahm Rong Jinzhens verdreckten Schuh und schleuderte ihn mit aller Kraft von sich, als könnte er damit auch diese ganze elende Geschichte von sich schleudern.

Es war der neunte Tag nach der Aufnahme des Falles. Es gab nichts Neues hinsichtlich des Notizbuchs, und die ganze Truppe war längst demoralisiert. Das Hauptquartier entschied daher, zusammen mit dem Sondereinsatzkommando, die Geheimhaltung aufzugeben und den Diebstahl öffentlich zu machen, ohne die genaueren Umstände preiszugeben.

Am Morgen des nächsten Tages erschien in *Nachrichten aus B* eine Verlustanzeige. Es hieß dort, es handele es sich um das Notizbuch eines Wissenschaftlers, der an der Entwicklung gewisser neuer Technologien arbeite.

Man muss anmerken, dass dieser Schritt ein großes Risiko barg, denn diese Veröffentlichung könnte den Dieb erst recht dazu bringen, das Notizbuch zu verstecken oder zu zerstören, und die Suche vollends sabotieren. Entgegen aller Erwartungen jedoch klingelte am selben Abend, um genau 22:03 Uhr, das

Telefon im Büro des Investigationsteams. Drei Hände griffen gleichzeitig nach dem Hörer, Vasilis agile Finger packten ihn zuerst. »Hallo, hier das Büro des Sondereinsatzkommandos, was wünschen Sie?«

»…«

»Hallo, wer ist da, bitte sagen Sie etwas.«

»Tuuut.« Der Anrufer hatte aufgehängt.

Enttäuscht legte Vasili den Hörer auf die Gabel. Er fühlte sich, als sei er mit seinem Schatten zusammengeprallt.

Eine Minute später schrillte das Telefon erneut. Vasili war wieder schneller als die anderen. »Hallo?«

Eine Stimme sprach hastig und aufgeregt in die Leitung: »Das Notiz, äh, Notizbuch, ist in einem Postfach …«

»In welchem Postfach? Hallo? Welches Postfach?«

Der Anrufer hatte aufgehängt.

Verdammter Dieb, blöder, kurioser Dieb. Zu nervös, um zu Ende zu sprechen, um ihnen das verfluchte Postfach zu nennen. Gut, das sollte genügen. So viele Postfächer gab es nicht in B, ein paar Hundert vielleicht, das sollte kein Problem sein. Und tatsächlich, das Glück meldete sich zwei Mal. Gleich im ersten Postfach, das er aufbrach, entdeckte er es …

Unter dem nächtlichen Sternenlicht strahlte das Notizbuch einen bläulichen stillen Glanz aus, furchteinflößend still. Doch diese Stille war wiederum voller Schönheit, man hätte tanzen können vor Freude beim Anblick dieses wie in Form gegossenen Meeres, dieses wertvollen Saphirs.

Das Notizbuch war vollkommen unversehrt, abgesehen davon, dass die letzten Seiten ausgerissen waren. »Damit hat sich der kleine Drecksack wahrscheinlich den Arsch abgewischt«, frotzelte der Funktionär im Hauptquartier am Telefon.

Sein Kollege hieb in dieselbe Kerbe: »Wenn Ihr den Kerl erwischt, dann schenkt ihm einen Packen Klopapier. Davon habt Ihr doch genug in Einheit 701, oder?«

Doch niemand erhielt den Befehl, den Dieb zu suchen.
Weil er schließlich kein Landesverräter war.
Weil von Rong Jinzhen noch immer jede Spur fehlte.
Am nächsten Tag erschien in *Nachrichten aus B* eine weitere Anzeige:
Vermisst: Rong Jinzhen, männlich, 37 Jahre alt, 1,65 groß, schlank, helle Haut. Zuletzt trug er eine starke, braun geränderte Brille, eine dunkelblaue Sun-Yatsen-Jacke und hellgraue Hosen. In der Brusttasche trug er einen Füllfederhalter (ausländisches Fabrikat), am Handgelenk eine Uhr der Marke Zhongshan. Spricht Chinesisch und Englisch, spielt gerne Schach, bewegt sich langsam und bedächtig. Geht eventuell barfuß.
Am ersten Tag gab es keine Meldungen.
Auch am zweiten Tag nicht.
Am dritten Tag erschien die Vermisstenanzeige auch in den *Nachrichten aus Provinz G*. Ohne Ergebnis.
Vasili war davon nicht überrascht. Nachricht von einem Toten zu bekommen, wäre doch eher ungewöhnlich gewesen. Aber trotz eines gewissen Zynismus hatte Vasili die Suche noch nicht aufgegeben. Es war seine Pflicht, Rong Jinzhen zu Einheit 701 zurückzubringen, und er wollte sie erfüllen.
An einem Nachmittag zwei Tage darauf berichtete ihm das Sondereinsatzkommando, dass ein Mann aus Kreis M angerufen habe, der jemanden beobachtet haben wollte, auf den die Beschreibung Rong Jinzhens zutreffe. Er solle sich so schnell wie möglich dorthin begeben.
Jemand, der aussah wie Rong Jinzhen? Vasili sah seine Vorahnung bestätigt. Weinend brach er zusammen.
Die Hauptstadt von Kreis M lag etwa 100 Kilometer nördlich von B. Es verwunderte, dass Rong Jinzhen auf der Suche nach seinem Notizbuch eine so weite Strecke zurückgelegt haben sollte. Unterwegs glitt noch einmal alles Geschehene wie ein Traum an Vasilis innerem Auge vorüber, er war bedrückt und teilnahmslos.

In M angekommen, ging Vasili nicht unverzüglich zu dem Anrufer. Denn als er an einer Papierfabrik vorbeikam, fiel ihm dort ein Mann auf, der zwischen den Altpapierbergen herumlief. Der Mann wirkte verdächtig, und bei genauerem Hinsehen sah man, dass er Probleme hatte, nicht normal war. Er war verdreckt, seine Füße waren nackt und blau gefroren. Mit blutigen Händen stöberte er im Abfall, systematisch ging er Haufen um Haufen durch. Jedes zerfledderte Buch untersuchte er besonders eingehend mit Kennermiene. Sein Blick war glasig, ununterbrochen murmelte er vor sich hin, er wirkte unglaublich armselig und fromm – wie ein daoistischer Mönch, der in den Ruinen seines zerstörten Klosters feierlich und tragisch seine heiligen Schriften sucht.

Es war ein sonniger Winternachmittag, die Sonnenstrahlen trafen direkt auf die Silhouette dieses unglückseligen Mannes.

Auf seine blutigen Hände.

Auf seine gekrümmten Knie.

Auf seine gebeugte Hüfte.

Auf seine eingefallenen Wangen.

Seinen Mund.

Seine Nase.

Seine Augen.

Während er auf den Mann starrte, weiteten sich Vasilis Augen, sie strebten auf den Mann zu, und Vasili lenkte seine Schritte hinterher, auf den Mann zu, den er kannte. Es war Rong Jinzhen.

Der Mann war Rong Jinzhen!

Der Tag, an dem Vasili ihn fand, war der 13. Januar 1970, um vier Uhr nachmittags, 16 Tage nach dem Verschwinden der Ledermappe.

Am 14. Januar 1970 traf Rong Jinzhen am späten Nachmittag in der Obhut von Vasili im streng bewachten Sperrgebiet von Einheit 701 ein. Womit unsere Geschichte an ihrem Ende angekommen ist.

V
SCHLUSS

1

Jedes Ende ist ein Anfang.

Ich möchte in diesem Kapitel noch ein paar Ergänzungen und Nachbemerkungen zu Rong Jinzhens Leben geben.

Dieses Kapitel ist wie ein Paar Hände, das aus den vorangegangenen Kapiteln ragt, eine Hand berührt die Vergangenheit unserer Geschichte, die andere ihre Zukunft. Es sind zwei sehr emsige Hände, sie holen weit aus, und es sind glückliche Hände, denn sie berühren sehr wahre und aufregende Dinge, glückliche Lösungen für schwierige Rätsel. Ich darf Ihnen verraten, dass all die mysteriösen Geheimnisse aus den vorangegangenen Kapiteln – mögen sie auch nicht gerade glamourös gewesen sein – hier ihre Auflösung finden werden.

Abgesehen davon spielen in diesem Kapitel die Stringenz der Geschichte und die erzählerischen Konventionen keine besondere Rolle mehr. Ich will gar nicht erst versuchen, eine runde Geschichte daraus zu machen, mir ist eher danach, ein paar bewusste Schieflagen und Sprünge hineinzubringen – passend zu Rong Jinzhens Leben. Es wundert mich selbst, wie erleichtert und entspannt ich mich fühlte, nachdem ich beschlossen hatte, dem nachzugeben, als hätte ich etwas damit gewonnen.

Nachgeben heißt ja nicht etwa aufgeben. Wenn Sie alles zu Ende gelesen habe, werden Sie feststellen, dass die Inspiration dazu von SCHWARZ' Erfinder kommt. Aber ich verrate schon zu viel. Jedenfalls, um ehrlich zu sein: Die folgenden Seiten driften mal hier-, mal dorthin, als wäre ich selbst verrückt geworden, während ich Rong Jinzhen beim Verrücktwerden zusah.

Aber kehren wir zum Thema zurück.

Nicht wenige haben mir gegenüber den Wahrheitsgehalt dieser Geschichte angezweifelt. Das hat mir den entscheidenden Anstoß gegeben, diesen letzten Teil anzufügen.

Früher dachte ich einmal, es sei nicht das Wesentliche beim Schreiben, den Leser glauben zu machen, dass eine Geschichte wahr sei. Doch diese Geschichte – nun, mit dieser Geschichte verhält es sich anders, weil sie wirklich wahr ist und keinen Zweifel duldet. Um ihre Essenz zu erhalten, habe ich einiges riskiert. Ich hätte mich zum Beispiel in Teilen der Handlung ganz auf meine Fantasie verlassen können, um die Geschichte plausibler zu machen oder sie mit ein paar erzählerischen Kniffen zu einem guten Ende bringen können. Doch das ließ meine Leidenschaft für diese Geschichte nicht zu. Wenn sie also an chronischen Krankheiten leidet, dann liegt das, so kann ich sagen, nicht an der dürftigen Kunstfertigkeit ihres Erzählers, sondern an ihren Charakteren und den Mechanismen des Lebens selbst. Möglich ist natürlich alles – jeder Mensch hat in seinem Leben Krankheiten durchgemacht, die jeder Logik oder Erfahrung widersprechen. Daran kann ich nichts ändern.

Ich muss also betonen: Diese Geschichte ist historisch belegt, sie ist nicht erfunden, ich habe alles aus aufgezeichneten Interviews zusammengetragen. Es gibt lediglich ein paar verständliche (und hoffentlich verzeihliche) Veredelungen in der Wortwahl oder Erfundenes, wie zum Beispiel die Namen von Personen und Orten oder natürlich die Beschreibung der Farbe des Himmels in einem bestimmten Moment. Möglicherweise hat sich der ein oder andere Fehler eingeschlichen, was den jeweils exakten Zeitpunkt eines Geschehens betrifft, und natürlich musste ich auf die Teile der Geschichte, die noch immer der Geheimhaltung unterliegen, verzichten. Und die eine oder andere Beschreibung der mentalen Befindlichkeiten der Charaktere ist vielleicht etwas übertrieben. Das müssen Sie mir verzeihen. Letztlich war Rong Jinzhen ein Mensch, der vollkommen in einer Fantasiewelt aufging und sein Leben damit verbrachte, Geheimcodes zu entschlüsseln. Es liegt in der Natur der Sache, dass niemand davon wissen darf. So ist das nun mal.

Außerdem muss ich gestehen, dass es nicht Vasili war, der Rong Jinzhen in der Papierfabrik (vielleicht war es auch eine Druckerei) im Kreis M aufgespürt hat, sondern der Direktor von Einheit 701 persönlich. Vasili war von den Ereignissen in jenen Tagen ab einem gewissen Punkt überfordert. Er wurde ernsthaft krank und war nicht mehr einsatzfähig. Jener Direktor ist leider vor zehn Jahren gestorben, doch er hatte sich schon vor seinem Tod strikt geweigert, über die Ereignisse zu reden, wahrscheinlich aus Taktgefühl gegenüber Rong Jinzhen. Böse Zungen behaupten, er habe sich schuldig gefühlt und sich noch kurz vor seinem Tod große Vorwürfe gemacht. Ich kann nicht sagen, ob er wirklich Grund für Schuldgefühle hatte, aber dieser Umstand macht für mich Rong Jinzhens Schicksal nur noch bedauernswerter.

Um auf die Geschichte zurückzukommen – es gab noch jemanden, der den Direktor an jenem schicksalhaften Tag begleitet hat: seinen Chauffeur. Angeblich war er ein ausgesprochen versierter Fahrer, aber praktisch Analphabet. Das ist der Grund, weshalb ich nicht mit Bestimmtheit sagen kann, ob es sich um eine Papierfabrik oder eine Druckerei gehandelt hat. Von außen sehen die jeweiligen Gebäude sehr ähnlich aus, sodass sie für jemanden, der nicht lesen kann und nur einen flüchtigen Blick erhascht, leicht zu verwechseln sind. Ich habe mir alle Mühe gegeben, ihm die wesentlichen Unterschiede zu erklären. Eine Papierfabrik zum Beispiel hat mehrere Rauchabzugstürme, eine Druckerei nicht. Dann hat eine Druckerei diesen typischen Geruch von Druckerschwärze, während Papierfabriken höchstens Ablaufrillen für Schmutzwasser ohne besonderen Gestank haben. Doch meine Hinweise fruchteten nicht, und der Fahrer blieb sehr vage und antwortete ausweichend. Ich hatte bisweilen das Gefühl, dass seine Schwierigkeit, sich ein klares Urteil zu bilden, an seinem Mangel an Bildung lag. Beurteilen zu können, was echt ist und was nicht, was richtig ist und was falsch, muss für Menschen mit geringerer Bildung noch schwieriger sein als für andere. Als ich mit ihm sprach, war der Chauffeur längst ein erschreckend seniler Tattergreis, dem Alkohol und Tabak den letzten Rest Erinnerung geraubt hatten. Ein Gespräch über Ereignisse, die sich Jahrzehnte zuvor ereignet hatten, gestaltete sich als schwierig. Dass er felsenfest davon überzeugt war, dass das Geschehen sich zwischen 1967 und 1969 zugetragen hatte (was unmöglich war), stärkte mein Vertrauen in seine Aussagen nicht gerade. Daher erlaubte ich mir am Ende die Freiheit, Vasili anstelle des Direktors das Verdienst zuzuschreiben, Rong Jinzhen in M aufgespürt zu haben.

Diese Details sind mir wichtig.

Denn dieses Ende ist der unrealistischste Teil der Geschichte.

Und manchmal bedaure ich das.

Der zweite Antrieb für dieses letzte Kapitel war ein gewisses Interesse an Rong Jinzhens Schicksal nach seiner Rückkehr zu Einheit 701.

Es bringt mich nämlich dazu, Ihnen zu erzählen, wie ich auf diese Geschichte gestoßen bin.

Und das will ich gerne tun.

Ehrlich gesagt, bin ich durch die schwere Krankheit meines Vaters mit dieser Geschichte in Berührung gekommen. Im Frühjahr 1990 erlitt mein damals 75-jähriger Vater einen Herzinfarkt mit Lähmungserscheinungen und musste ins Krankenhaus. Nach erfolglosen Behandlungsversuchen wurde er in ein Pflegeheim in Lingshan, Provinz Guangxi, eingewiesen. Nun ja, es war eher ein Hospiz als ein Pflegeheim. Wer dort hinkam, hatte nichts mehr vor im Leben, als in Frieden zu sterben.

Bei einem Besuch im Sanatorium im Winter desselben Jahres konnte ich feststellen, dass die Krankheit meinen Vater milder gemacht hatte. Er war nicht nur gütiger und herzlicher zu mir, sondern blühte auch in unserer Unterhaltung auf. Es war ihm wichtig, mir durch pausenlosen Smalltalk seine Zuneigung zu beweisen. Das war nun wirklich nicht nötig. Wir wussten beide, dass es zu spät war. Als ich ihn gebraucht habe, war er nicht da. Vermutlich hatte er nicht daran gedacht, dass er einmal in diese traurige Lage kommen könnte, in der er jetzt war. Warum auch immer, ich bin jedenfalls sicher, dass er mich als Kind nie richtig geliebt hat. Es war nicht schlimm. Ich mache ihm deshalb heute keine Vorwürfe und habe keine negativen Gefühle. Für mich änderte das nichts an meiner Liebe und meinem Respekt für ihn in seinen letzten Tagen. Offen gestanden, war ich anfangs überhaupt nicht damit einverstanden gewesen, ihn in diesem Sanatorium unterzubringen, aber mein Vater hatte keinen Widerspruch geduldet. Ich glaubte auch zu verstehen warum. Wäre er in unserer Nähe geblieben, hätte er befürchtet, dass meine Frau und ich es irgendwann überdrüssig sein würden, uns ständig um ihn zu kümmern. Diese Demütigung wollte er sich ersparen. Selbst wenn seine Annahme begründet war, hätte es andere Lösungen gegeben. Wir hätten es niemals ertragen können, den bettlägerigen alten Mann in seinem Elend allein zu lassen und wären ihm sicher mit Nachsicht und Mitleid begegnet. Als wesentlich anstrengender empfand ich jetzt seine Selbstvorwürfe und die endlose Litanei über seine Verfehlungen mir gegenüber. Erst als er endlich das Thema wechselte und mir von den seltsamen und abstrusen Geschichten der anderen Patienten erzählte, spitzte ich die Ohren, besonders, als er von einem gewissen Rong Jinzhen berichtete, wollte ich mehr hören. Mein Vater war mit seiner Geschichte bestens vertraut, sie wohnten auf derselben Station und waren Zimmernachbarn.

Rong Jinzhen lebe, so mein Vater, schon sehr lange dort, mehrere Jahrzehnte vermutlich, jeder im Lingshan-Sanatorium kenne seine Geschichte und wisse, wer er sei. Rong Jinzhens Geschichte sei sozusagen das Willkommensgeschenk für jeden Neuzugang. Man rede viel über seine große Begabung, seinen Ruhm und seine Tragödie, es gebe kaum ein anderes Gesprächsthema. Ich bemerkte schnell, dass sämtliche Patienten des Sanatoriums Rong Jinzhen den größten Respekt entgegenbrachten. Sobald er irgendwo auftauchte, verstummte jedes Gespräch und jede Aktivität und man richtete seine Aufmerksamkeit auf ihn, machte ihm, wenn nötig den Weg frei, lächelte ihn an – obwohl er wahrscheinlich gar keine Notiz davon nahm. Die Ärzte und die Schwestern pflegten in seiner Gegenwart sofort ein Lächeln aufzusetzen und freundlich auf ihn einzureden, ihm die Treppe hinauf- oder hinunter zu helfen, als sei er entweder ihr eigener Vater oder ein hoher Funktionär. Ich hatte noch nie einen behinderten Mann gesehen, dem so viel Respekt entgegengebracht wurde. Nur einmal im Fernsehen vielleicht – und da war kein Geringerer als Stephen Hawking zu Gast.

Ich verbrachte drei Tage in Lingshan. Ich bekam mit, dass die Patienten über viel freie Zeit verfügten, in der sich manche zusammentaten, um Schach oder Karten zu spielen oder einfach nur um spazieren zu gehen und sich zu unterhalten. Solange, bis es Zeit für die Visite war, und die Ärzte und Schwestern zur Routineuntersuchung und Medikamentenvergabe riefen. Die Visite wurde, so war es die Regel, mit einem schrillen Pfiff aus der Trillerpfeife angekündigt, woraufhin alle in ihre Zimmer zurückkehrten. Nur Rong Jinzhen blieb von vornherein stets auf seinem Zimmer, ohne je mit den anderen zu reden. Selbst zu den Mahlzeiten oder zur Krankengymnastik musste man ihn eigens holen gehen, sonst rührte er sich nicht. Er benahm sich nicht anders als früher in Einheit 701, wo er den ganzen Tag zurückgezogen im Labor der Kryptoanalyse verbracht hatte. Die Krankenschwester der Tagesschicht hatte daher die besondere Verpflichtung, ihn zu den Essenszeiten abzuholen und ihn nach dem Essen auf einen 30-minütigen Spaziergang zu begleiten. Mein Vater erzählte mir, dass man anfangs im Sanatorium nichts von Rong Jinzhens glorreicher Vergangenheit gewusst hatte, und sich die Schwestern daher geweigert hätten, diese Verpflichtung anzunehmen. Er sei daher oft hungrig in seinem Zimmer sitzen geblieben. Dann habe er Besuch von einem hohen Funktionär erhalten, der entsetzt über die schlechte Behandlung Rong Jinzhens war. Er trommelte sämtliche Ärzte und Krankenschwestern zusammen und sagte: »Wenn Sie zu Hause Eltern haben, dann behandeln Sie diesen Patienten bitte so, wie Sie Ihre Eltern behandeln würden. Wenn Sie Kinder haben, dann behandeln Sie ihn so wie ihre eigenen Kinder. Sollten Sie weder Eltern noch Kinder haben, dann behandeln Sie diesen Mann bitte so, als wäre er ich.«

Allmählich wurden Rong Jinzhens Verdienste und Verluste im ganzen Haus bekannt. Fortan behandelte ihn jeder wie ein rohes Ei. Niemand wagte mehr, ihn zu ignorieren oder zu beleidigen.

Hätte Rong Jinzhen nicht für den Geheimdienst gearbeitet, so mein Vater, wäre er längst ein landesweit bekannter Held und seine fantastischen Errungenschaften Legende.

Ich sagte darauf: »Was hat es denn mit der Arbeit zu tun, wie man einen Kranken behandelt? Sollte er nicht so oder so anständig behandelt werden?«

»Da hast du schon recht«, sagte mein Vater. »Doch als wir mit der Zeit herausfanden, was er für unser Land getan hat, hatte auf einmal jeder Respekt vor ihm. Er wurde jemand besonderes, wir schlossen ihn ins Herz und sahen ihn mit anderen Augen. Unser altes Bild von ihm verschwand.«

Und dennoch – trotz allem, was man ihm an Sonderbehandlung zukommen ließ – merkte ich, wie schwierig, wie traurig sein Zustand war. Ich beobachtete ihn manchmal durch das Fenster, wie er mit stumpfem Blick auf dem Sofa saß und sich nicht von der Stelle rührte wie eine Statue. Nur seine Hände zitterten unaufhörlich, als zerrten unsichtbaren Kräfte daran. Abends hörte ich hin und wieder durch die weißen Wände des stillen Sanatoriums hindurch sein schweres Keuchen, als würde etwas oder jemand unaufhörlich auf ihn einschlagen. Und dann kam es vor, dass mich in der spätnächtlichen Stille ein klagendes Geräusch aus dem Schlaf schreckte, das wie eine Suona klang. Mein Vater erklärte, dass es Rong Jinzhen sei, der hin und wieder im Traum so herzerweichend jammere.

Eines Abends traf ich unerwartet im Speisesaal auf ihn. Er saß mir gegenüber, mit gekrümmtem Rücken und gesenktem Kopf, reglos wie... Ja, wie was? Wie ein Haufen Kleider, ein nasser Sack. Er sah erbärmlich aus. Sein Gesicht war gezeichnet vom unerbittlichen Zahn der Zeit. Ich sah ihn verstohlen an und dachte im Stillen an die Erzählungen meines Vaters, daran, dass dies einmal ein vielversprechender junger Mann gewesen war, ein Sonderagent von Einheit 701, der sich durch seine hervorragenden Leistungen hervorgetan hatte. Und jetzt wirkte er einfach nur alt und geistig umnachtet, die Jahre hatten kein Mitleid mit ihm gehabt, sie hatten an ihm genagt, bis er nur noch Haut und Knochen war. Wie ein Stein, der vom Wasser klein gewaschen wurde – oder wie ein Sprichwort, dass sich über Generationen hinweg auf eine knappe, brillante Phrase verkürzt hat. In der Dämmerung wirkte er unglaublich alt, erschreckend alt, wie ein 100-Jähriger, der dieser Welt bald Lebewohl sagen wird.

Zuerst bemerkte er mich nicht. Doch als er nach dem Essen vom Tisch aufstand, trafen sich unsere Blicke. In diesem Augenblick glühte ein Funke in seinen Augen auf, als sei plötzlich Leben in sie zurückgekehrt. Er ging auf mich zu, mit roboterhaften Bewegungen. Er sah mitleiderweckend aus. Er stellte sich vor mich wie ein Bettler, sah mich mit Goldfischaugen an und streckte flehend die Arme aus. Mit zitternden Lippen und nur unter Mühe stammelte er: »Notizbuch, Notizbuch, Notizbuch …«

Sein Verhalten erschreckte mich zu Tode. Zum Glück hatte uns die diensthabende Schwester bemerkt und zog ihn schnell von mir weg. Während sie ihn, beschwichtigend auf ihn einredend, am Arm den dunklen Flur hinunterbegleitete, wanderte sein Blick immer wieder zu mir zurück.

Mein Vater klärte mich hinterher auf, dass er das immer so mache. Sobald er den Blick eines anderen traf, ging er auf die Person zu und fragte nach seinem lange verlorenen Notizbuch, als ob er in ihren Augen einen Blick darauf erhascht habe.

»Er sucht also immer noch danach?«, fragte ich.

»Ja, er sucht danach«, sagte mein Vater.

»Hast du mir nicht erzählt, es sei längst gefunden worden?«

»Das stimmt auch. Aber wie sollte er das wissen?«

Das brachte mich wirklich aus der Fassung.

Ich hatte angenommen, dass ein geistig verkümmerter Mensch, jemand, dessen Verstand verwirrt war, vermutlich gar kein Erinnerungsvermögen hatte. Doch die Sache mit dem verlorenen Notizbuch schien er sich so zu Herzen genommen zu haben, dass sie seltsamerweise hartnäckig in seinem Gedächtnis haftete. Er wusste nicht, dass es sich gefunden hatte, er war sich nicht bewusst, wie viel Zeit seitdem vergangen war. Er hatte nichts mehr, war nur noch ein menschliches Skelett mit einer einzigen Erinnerung. Viele Winter waren vergangen, und er hatte nicht nachgelassen, an seiner Suche nach dem Notizbuch festgehalten. Seit 20 Jahren.

Und er sucht immer noch. Bis heute.

Und morgen?

Könnte nicht ein Wunder geschehen?

Ich wage ein trauriges »Vielleicht«.

Ein Leser, der gern an dunkle Mythen glaubt, würde sicher hoffen, dass ich es hierbei bewenden lasse. Es gibt allerdings eine Menge Leute, die sehr realistisch sind, die gerne tiefer in eine Materie vordringen, alles gründlich verstehen wollen, nicht aufhören können, sich den Kopf zu zerbrechen. Sie würden gerne wissen, was nach SCHWARZ geschah, ihnen fehlt noch etwas (und wenn sie es nicht bekommen, sind sie unzufrieden). Das war der dritte Antrieb für mich, diesen Teil anzufügen.

Also suchte ich im Sommer des darauffolgenden Jahres noch einmal Einheit 701 am Rande der Stadt A auf.

2

Die Zeit hatte die Farbe vom Eingangstor zu Einheit 701 gefressen, und damit auch etwas von dem Geheimnisvollen des Ortes, von seiner Würde und seiner Ruhe. Ich hatte erwartet, dass es am Eingang eine nervenaufreibende Kontrolle geben würde, doch der Wachposten verlangte nur meinen Personal- und Presseausweis und ließ mich hinein, nachdem ich mich in ein ziemlich abgenutztes Gästebuch eingetragen hatte. Es war so einfach, dass ich zweifelte, ob der Wachmann seine Pflichten wirklich ernst nahm. Meine Zweifel schwanden mit jedem Schritt, den ich tiefer in das Gelände eindrang. Denn dort gab es Marktstände, und Arbeiter hingen unbeschäftigt herum, um die sich niemand zu kümmern schien, als sei man in einem gewöhnlichen Dorf.

Nicht, dass mir das bekannte Bild von Einheit 701 besonders gefallen hätte, aber zu sehen, was daraus geworden war, gefiel mir auch nicht, man fühlte sich wie in einem luftleeren Raum. Später erfuhr ich, dass Einheit 701 sich jetzt in einem neuen Komplex auf dem Gelände befand. Ich hatte meinen Fuß dagegen gerade in ein frisch angelegtes Wohngebiet gesetzt. Der neue Komplex von Einheit 701 war wie eine Höhle in einer Höhle, er war schwer zu finden, und hatte man ihn gefunden, merkte man es oft gar nicht. Die Wachposten tauchten unvermittelt vor dir auf wie Geister, mit einschüchternden, eisigen Mienen. Sie hielten dich auf Abstand, als fürchteten sie, deine Körperwärme könnte ihre eisige Gestalt zum Schmelzen bringen.

Ich verbrachte volle zehn Tage in Einheit 701. Wie Sie sich denken können, traf ich Vasili (sein richtiger Name ist Zhao Qirong), und ich traf Rong Jinzhens nicht mehr junge Frau, Frau Zhai. Sie arbeitete noch auf ihrem alten Posten. Die Jahre hatten ihre stattliche Körpergröße ein wenig zusammenschrumpfen lassen, doch sie war immer noch überdurchschnittlich groß. Sie hatte weder Eltern noch Kinder, Rong Jinzhen war ihr Ersatz für beides. Ihr größtes Problem sei, so sagte sie mir, dass sie aufgrund des speziellen Wesens ihrer Stelle den aktiven Dienst noch nicht quittieren könne. Sobald man sie gehen ließe, würde sie in das Lingshan-Sanatorium übersiedeln und Rong Jinzhen zur Seite stehen. Noch konnte sie nur ihren Urlaub mit ihm verbringen, nicht mehr als ein bis zwei Monate im Jahr. Die lange Zeit als Sicherheitsoffizier oder vielleicht auch nur das Alleinleben hatte Spuren hinterlassen. Sie wirkte schweigsam und weltfremd auf mich, mehr noch als Rong Jinzhen. Offen gesagt: So nett sie waren, sind weder sie noch Vasili eine große Hilfe für mich gewesen, und auch sonst niemand, mit einer Ausnahme. Die Leute von Einheit 701 wollten anscheinend nichts mehr von Rong Jinzhens tragischer Geschichte hören. Und wenn sie sich dazu äußerten, dann war es voller Widersprüche und Fehler, als ob die Tragödie sich negativ auf ihr Gedächtnis ausgewirkt hätte. Sie wollten nichts sagen, also konnten sie es auch nicht.

An einem der ersten Abende suchte ich Rong Jinzhens Frau auf. Da ich nicht viel aus ihr herausbekam, kehrte ich ziemlich schnell wieder in mein Gästehaus zurück. Zurück auf meinem Zimmer, begann ich gerade meine Notizen zu ordnen, als ein mir vollkommen unbekannter, etwa 30-jähriger Mann meine Tür aufriss. Er stellte sich als Angestellter des Sicherheitsbüros vor und löcherte mich mit Fragen. Ein eher unangenehmer Zeitgenosse. Ohne um meine Erlaubnis zu bitten, durchforstete er mein Gepäck und mein Zimmer. Nun, ich war mir sicher, dass das Ergebnis seiner Suche ihn beruhigen sollte, war ich doch hier, um jemandem aus seinen eigenen Reihen zu würdigen, Rong Jinzhen, den Helden. Also ließ ich ihn gewähren. Leider traute er mir aber auch hinterher nicht. Die Befragung wurde strenger, er nahm mich regelrecht in die Zange und erklärte mir noch dazu, er müsse meine Papiere und sämtlichen Rechercheergebnisse konfiszieren. Mein Fall bedürfe der genaueren Untersuchung, behauptete er, und zog mit meinem Presseausweis, meiner Arbeitserlaubnis, meinem Personalausweis, dem Mitgliedsausweis des Schriftstellerverbandes und all meinen Notizbüchern und Tonbandaufzeichnungen von dannen.

Ich machte die ganze Nacht kein Auge zu.

Am nächsten Morgen kam er wieder, dieser Inspektor Lin. Er schien wie ausgewechselt, entschuldigte sich mehrfach und unterwürfig für seine Vermessenheit und gab mir meine Sachen zurück. Seine Untersuchung hatte wohl ausschließlich positive Resultate gezeigt. Zu meiner Überraschung hatte er sogar eine gute Nachricht für mich. Der Direktor persönlich wünsche mich zu sprechen.

Unter seiner Eskorte zitterte ich mich durch drei rigorose Sicherheitskontrollen, bevor ich ins Allerheiligste eingelassen wurde.

Am ersten Kontrollposten standen zwei bewaffnete Polizisten mit Pistolen und Schlagstöcken am Gürtel. Der zweite Posten war mit Soldaten der VBA besetzt. Hier trugen die beiden Wachen rabenschwarze halb automatische Gewehre. Das Gelände dahinter war mit Stacheldraht abgeschirmt, und neben dem Posten stand ein kleiner Betonbunker mit einem Telefon und Waffen, die nach Maschinengewehren aussahen. Am dritten Posten hielt ein einziger Mann in Zivilkleidung Wache, der nur mit einem Funkgerät bewaffnet war.

Ich kann bis heute nicht genau sagen, welchem Bereich Einheit 701 unterstellt war, dem Militär, der Polizei, der Lokalregierung? Soweit ich sehen konnte, waren fast alle Angestellten zivil gekleidet, nur wenige trugen Uniformen. Auf dem Parkplatz gab es Standard- und Militärkennzeichen, von Letzteren aber viel weniger. Natürlich habe ich danach gefragt, doch ich erhielt die immer gleiche Antwort: dass es besser sei, nicht zu fragen. Es war letztendlich auch nicht wichtig, zu welchem Bereich Einheit 701 gehörte, beide Bereiche waren staatlich, und die Einheit war entscheidend für die Sicherheit des Staates. Das sollte genügen. Der Geheimdienst gehört zum Staat wie der Erste-Hilfe-Kasten in jeden Haushalt. Ohne geht es nicht, und daran ist bei näherer Betrachtung auch nichts Seltsames. Ein Staat ohne Geheimdienst, *das* wäre seltsam. Aber ich schweife ab.

Nach dem dritten Wachposten kamen wir auf eine enge, gerade Straße, gesäumt von hohen, dicht belaubten Bäumen. Inmitten von Vogelgezwitscher fühlte man sich wie in einem Naturschutzgebiet, und je weiter es ging, umso verlassener wirkte die Gegend. Doch nach kurzer Zeit tauchte vor uns ein stattliches, sechsstöckiges, mit schönen rostbraunen Keramikkacheln verkleidetes Gebäude auf. Davor lag ein freier Platz, so groß wie ein halbes Fußballfeld, mit rechteckigen Rasenflächen zu jeder Seite und einem großen quadratischen Blumenbeet in der Mitte. In der Farbenpracht der Blumen stand eine steinerne Skulptur, die in Form und Farbe stark an Rodins *Denker* erinnerte. Ich hielt sie zunächst für eine Reproduktion dieser berühmten Skulptur, doch bei näherem Hinsehen erkannte man, dass die Figur eine Brille trug, und dem Podest war in schwungvoller Kalligrafie das Zeichen für »Seele« eingraviert. Sie kam mir irgendwie bekannt vor, doch ich kam auch nach längerem Nachdenken nicht darauf, an wen sie mich erinnerte. Ich fragte meinen Begleiter. Natürlich – es war ein Denkmal zu Ehren Rong Jinzhens.

Ich stand eine Weile davor und betrachtete es. Im Sonnenlicht, das Kinn mit der Hand gestützt, schien er mir direkt ins Gesicht zu blicken, mit leuchtenden Augen, und sah tatsächlich dem Rong Jinzhen ähnlich, dem ich in Lingshan begegnet war, aber auch wieder nicht – ich hatte den Rong Jinzhen seiner Jugend vor mir.

Entgegen meiner Erwartung führte mich Inspektor Lin um das Gebäude herum zu einem zweigeschossigen Gebäude im westlichen Stil auf der Rückseite. Es bestand aus grünschwarzem Backstein. Innen war ein ziemlich spartanisch anmutender Empfangssaal für Gäste. Lin hieß mich, dort zu warten und verabschiedete sich. Es dauerte nicht lange, bis ich den Klang von auf dem Boden aufstoßendem Metall hörte. Ein älterer Mann betrat, auf einen Stock gestützt, mit schleppenden Schritten den Raum. Als er mich erblickte, begrüßte er mich herzlich: »Ah, der Genosse Reporter, willkommen. Darf ich Ihnen die Hand schütteln?«

Ich sprang auf, nahm die dargebotene Hand und bat ihn, neben mir Platz zu nehmen.

»Verzeihen Sie, ich hätte Sie aufsuchen müssen und nicht umgekehrt, schließlich habe ich um dieses Treffen gebeten. Aber, wie Sie sehen, bin ich nicht mehr so beweglich wie ehedem. Ich freue mich, dass Sie hergekommen sind.«

Ich sagte: »Sie müssen Herr Zheng sein, wenn ich mich nicht irre. Der Mann, der Rong Jinzhen von der Universität N weggeholt hat?«

Er lachte schallend. Mit dem Gehstock auf seinen lahmen Fuß zeigend, sagte er: »Leicht zu erkennen, was? Sie sind tatsächlich ein echter Reporter. Nicht schlecht. Der bin ich, zweifellos. Darf ich fragen, mit wem ich es zu tun habe?«

Als wüsstest du das nicht längst aus meinen Papieren, dachte ich bei mir, hielt aber meine Zunge im Zaum und stellte mich höflich vor.

Er nickte und wedelte dann mit einem Stapel Papier vor meiner Nase herum. »Woher wissen Sie das alles?«

In der Hand hielt er eine Kopie meines Notizbuchs!

Nun war ich weniger zurückhaltend: »Wie können Sie Kopien meiner privaten Aufzeichnungen machen, ohne um mein Einverständnis zu bitten?«

»Nehmen Sie es mir nicht übel«, sagte er. »Das musste sein. Wir sind zu fünft, und es hätte zu lange gedauert, das Heft jedem nacheinander zur Prüfung vorzulegen. Dann hätten Sie lange darauf warten müssen. Aber es ist alles in Ordnung, wir haben es gelesen, und es enthält nichts, was strenger Geheimhaltung unterliegt. Deshalb haben Sie es auch zurückbekommen. Sonst hätte ich es nämlich behalten.« Wieder lachte er sein schallendes Lachen, dann fuhr er fort: »Eine Frage habe ich allerdings, die mir seit gestern im Kopf herumgeht. Wie haben Sie das alles herausgefunden? Bitte, Genosse Reporter, klären Sie mich auf.«

Ich schilderte ihm in knappen Worten, was ich im Lingshan-Sanatorium gesehen und gehört hatte.

Er hörte mit einem wissenden Lächeln zu und sagte dann: »Ah, so ist das also. Ihr Vater gehört zu unserer Organisation.«

»Ganz bestimmt nicht«, antwortete ich. »Mein Vater war Konstruktionstechniker.«

»Das will nichts heißen. Sagen Sie, wie heißt Ihr Vater? Vielleicht kenne ich ihn sogar.«

Ich sagte seinen Namen. »Kennen Sie ihn?«, fragte ich.

»Nein.«

»Sehen Sie. Das wäre auch sehr unwahrscheinlich. Mein Vater kann unmöglich ein Mitglied Ihrer Organisation gewesen sein.«

»Das sagen Sie. Fakt ist jedoch, dass ausschließlich Mitglieder unserer Organisation in Lingshan aufgenommen werden.«

Ich war sprachlos. Mein Vater würde bald sterben, und ich wusste anscheinend nicht einmal, wer er war. Hätte Direktor Zheng nicht zufällig davon angefangen, wäre mir die geheime Identität meines Vaters wohl für immer verborgen geblieben, so wenig wie Meister Rong über die geheime Identität Rong Jinzhens Bescheid wusste. Zum ersten Mal glaubte ich zu verstehen, warum mein Vater mir und meiner Mutter nie ausreichend Liebe schenken konnte. Und auch, warum meine Mutter sich scheiden lassen wollte. Das war vielleicht ein bisschen ungerecht von ihr gewesen, aber die eigentliche Frage lag woanders. Warum hatte mein Vater es schweigend hingenommen und sich nie verteidigt? Aus Loyalität? Dogmatismus? Ich wusste nicht, ob ich ihn bewundern oder bedauern sollte, die Nachricht war völlig verstörend für mich. Erst, als ich ein halbes Jahr später mit Meister Rong über diese Dinge gesprochen hatte, kam ich zu der Überzeugung, dass meinem Vater Respekt gebührte.

Meister Rong sagte damals: *Ein Geheimnis vor den Menschen wahren zu müssen, die einem am nächsten sind, und das ein Leben lang, ist ungerecht. Doch ohne diese Ungerechtigkeit würde unser Land vielleicht schon nicht mehr existieren, zumindest wäre seine Existenz bedroht. Was heißt also ungerecht?*

Diesen Worten habe ich es zu verdanken, dass ich meinen Vater mit anderen Augen sehen, ihn wieder lieben konnte.

Zurück zu Direktor Zheng. Ich konnte froh sein, dass meine Auzeichnungen keine Staatsgeheimnisse verrieten, vor allem, weil sie sonst nicht mehr meine gewesen wären. Seine anschließende Bemerkung dazu schickte mich allerdings direkt in die Vorhölle.

»Ich habe den Eindruck, dass Sie die meisten Informationen bloßen Gerüchten entnommen haben. Das ist bedauerlich«, sagte er.

»Wollen Sie damit sagen, dass meine Angaben nicht stimmen?«, hakte ich rasch nach.

»Das nicht«, sagte Zheng. »Fakt ist Fakt. Ich habe nur den Eindruck... Nun ja, mir scheint, dass Sie Rong Jinzhen nicht richtig verstehen. Im Grunde haben Sie nichts begriffen.«

Er zündete sich eine Zigarette an, nahm einen Zug und sann einen Moment nach. Dann hob er den Kopf und sagte in einem sehr ernsthaften Ton: »Sehen Sie, Ihre Notizen sind sehr fragmentarisch, mehr als die Hälfte davon beruht auf reinem Hörensagen. Doch es hat mich an vieles erinnert, das ich längst vergessen hatte. Niemand kennt Rong Jinzhen so gut wie ich – oder sagen wir, ich bin einer von denen, die ihn am besten kennen. Wie wäre es, wenn ich Ihnen etwas mehr über ihn erzähle?«

Meine Güte, das wurde ja immer besser. Das war mehr, als ich je zu hoffen gewagt hätte.

Und so bekam mein ganzes Buch endlich Hand und Fuß.

Wir trafen uns während meines Aufenthalts in Einheit 701 mehrfach. Von Mal zu Mal erweiterte sich mein Bild von Rong Jinzhens Geschichte um weitere Facetten, weil ich ihm die vorangegangenen Auszüge aus den Interviews mit Direktor Zheng anfügen konnte. Direktor Zheng selbst ging es weniger darum, mir Stoff für meinen Roman zu liefern. Seine Absicht ging viel weiter. Es steht außer Frage, dass mir Rong Jinzhen vor meinen Gesprächen mit Direktor Zheng ein großes Rätsel war. Jetzt wurde aus der Legende ein Stück Geschichte. Und derjenige, der ihn entdeckt und seinen Lebensweg beeinflusst hatte wie kein anderer, war Direktor Zheng. Er eröffnete mir nicht nur den uneingeschränkten Zugang zu seinen Erinnerungen an Rong Jinzhen, sondern gab mir gleich noch eine Liste mit den Namen von Leuten, die ihn gekannt hatten, auch wenn einige davon schon lange tot waren.

Eine Sache gibt es, die ich heute sehr bereue. Die ganze Zeit in Einheit 701 über nannte ich ihn Direktor oder Vorsitzender und vergaß darüber, ihn nach seinem eigentlichen Namen zu fragen. Ich weiß nicht, wie der Mann heißt, den ich Zheng nenne. Es liegt in der Natur einer Geheimorganisation, dass die Namen ihrer Mitglieder bedeutungslos sind. Stattdessen tragen sie Codenamen oder man nennt sie bei ihrem Titel. Sein legendärer Hinkefuß tat im Fall von Direktor Zheng ein Übriges, um seine Identität zu verdecken. Seine Identität zu verdecken heißt nicht, dass man keine hat. Sie bleibt nur hinter der Fassade verborgen. Hätte ich ihn gefragt, da bin ich mir sicher, hätte er es mir gesagt; aber ich war einfach so gehemmt von der unerwarteten Situation, dass ich es schlicht vergaß. Meine Namen für ihn sind daher etwas willkürlich – der Lahme, Zheng der Lahme, Direktor Zheng, der Krüppel, Abteilungsleiter und so weiter. Er selbst nannte sich, wie bereits erwähnt, gern sarkastisch Direktor Krüppel. Und ich ihn Direktor oder Vorsitzender.

3

Direktor Zheng erzählte.

Die Verbindung zu Rong Jinzhen reichte bis zu seinem Großvater mütterlicherseits zurück. Im Jahr nach der Xinhai Revolution lernte dieser Lilley Senior im Theater kennen, und die beiden wurden enge Freunde. Da Zheng im Haus seiner Großeltern aufwuchs, kannte er Lilley Senior schon als Kind. Als der alte Lilley starb, nahm sein Großvater ihn mit zur Beerdigung an der Universität N, wo er auf Lilley Junior traf. Schon damals mit 14 Jahren, im zweiten Jahr der Mittelschule, war er begeistert von der Schönheit des Campus der Universität gewesen, sodass er nach dem Mittelschulabschluss mit seinem Zeugnis in der Hand Lilley Junior aufgesucht und um Aufnahme an der zur Universität N gehörenden Oberschule gebeten hatte. So war eines zum anderen gekommen. Einer seiner Lehrer, ein überzeugter Kommunist, rekrutierte ihn für die Partei. Nach Ausbruch des Krieges gingen Lehrer und Schüler zusammen nach Yan'an, um sich dem Widerstand anzuschließen. Das war der Beginn seiner langen Karriere als Revolutionär.

Mit seinem Eintritt in die Universität N, so könnte man sagen, war der Grundstein für seine Begegnung mit Rong Jinzhen gelegt.

Er selbst wandte ein, dass der Lauf der Ereignisse nicht ganz so geradlinig war. Es dauerte immerhin 15 Jahre, bis man ihn an die Universität zurückschickte, um besondere Talente für die kryptologische Abteilung von Einheit 701 aufzuspüren. Und nur durch seinen zufälligen Besuch beim ehemaligen Kanzler der Universität fand er Rong Jinzhen.

»Natürlich konnte ich Lilley Junior nicht erzählen, welche Art von Arbeit für ihn vorgesehen war. Ich sprach nur von bestimmten Begabungen, allerdings machte ich keinen Hehl daraus, um welche spezifischen Begabungen es sich handelte. Für mich war es ein glücklicher Zufall, dass der alte Herr mir von Rong Jinzhen erzählt hatte. Seinem Urteil und seiner Menschenkenntnis konnte ich blind vertrauen. Lilley war keiner, der gern scherzte; als er diesen Witz über Rong Jinzhen machte, wusste ich sofort, dass das mein Mann war.«

Und so war es auch. Rong Jinzhen war sein Mann.

»Überlegen Sie mal«, sagte Direktor Zheng, »ein Mathegenie! Ein Mann, der von klein auf mit der Kunst der Traumdeutung aufgewachsen war, mit chinesischer und westlicher Denkweise, der sich später der Erforschung der menschlichen Intelligenz verschrieb – das war der geborene Kryptoanalytiker. Wie hätte ich da nicht zugreifen können?«

Gerne hätte ich gewusst, wie er Lilley dazu gebracht hatte, ihn freizugeben, doch er beharrte darauf, dass das ein Geheimnis zwischen ihm und Lilley bleibe. Ich konnte mir schon denken warum. Vermutlich hatte er, um die Zustimmung des alten Herrn zu bekommen, seinen Eid gebrochen und ihm verraten, wohin die Reise gehen sollte. Das war der einzig mögliche Grund für seine Weigerung, sich zu diesem Thema zu äußern.

Immer wieder betonte er im Lauf unseres Gesprächs, dass die Entdeckung Rong Jinzhens sein wichtigster Beitrag zum Erfolg von Einheit 701 gewesen war. Nie habe er geahnt, dass es einmal so enden könne, welche verhängnisvollen Konsequenzen die Arbeit für Rong Jinzhen haben sollte. Wenn er darauf zu sprechen kam, schüttelte er traurig den Kopf und rief seufzend seinen Namen: »Rong Jinzhen, meine Güte!«

»Rong Jinzhen!«

[Aus dem Interview mit Direktor Zheng]

Was die Zeit vor seiner Entschlüsselung von PURPUR betrifft, ist meine Erinnerung an ihn eher vage. Mal sehe ich das Genie, mal einen Irren vor mir. Doch danach wird der Eindruck deutlicher, herrlich und fürchterlich zugleich, wie ein lauernder Tiger vor dem Sprung. Wirklich, ich bewunderte ihn, respektierte ihn, aber ich wagte mich nicht an ihn heran. Als könnte ich mich an ihm verbrühen, als könnte er mich packen. Das würde ich durchaus sagen – in ihm wohnte ein Raubtier. Er riss schwierige Aufgaben in Fetzen wie ein Tiger, der seiner Beute das Fleisch von den Knochen reißt. Er trug eine animalische Wildheit in sich, er war berechnend, wartete auf den richtigen Moment, um erbarmungslos zuzuschlagen.

Jawohl, ein Tiger!

König der Tiere!

König der Kryptoanalyse!

Ich war viel älter als er und galt im Geheimdienst als alter Hase (bei seiner Rekrutierung war ich immerhin schon Abteilungsleiter), aber, ehrlich gesagt, betrachtete ich ihn wie einen Vorgesetzten. Mit jedem Problem kam ich zuerst zu ihm. Je mehr ich ihn verstand, umso näher kam ich ihm, ich wurde regelrecht zum Sklaven seiner Intelligenz, ich unterwarf mich ihm ohne Wenn und Aber. Und ich habe es nie bereut.

…

Ich sagte es bereits: In der Welt der Kryptologie darf es so etwas wie die Ähnlichkeit zweier Codes nicht geben. Das macht sie zu Müll. Aus demselben Grund gibt es in unserer Welt eine zweite Regel, eine eiserne Regel: Ein und dieselbe Person kann nur einen einzigen Code entwickeln oder entschlüsseln. Denn wer einen Code gebrochen oder geschaffen hat, dessen Psyche wird von seiner Vergangenheit aufgesogen. Sie ist verloren. Im Prinzip hätte sich Rong Jinzhen niemals an SCHWARZ versuchen dürfen. Seine Seele gehörte PURPUR. Um SCHWARZ entschlüs-

seln zu können, hätte er seine zerstörte Seele neu zusammensetzen müssen.

Doch für jemanden wie Rong Jinzhen schienen keine Regeln zu gelten. Wir vertrauten einfach auf sein Genie. Wir trauten ihm alles zu, selbst, seine zerstörte Seele neu zusammenzusetzen. Alles, was er tat, war für die übrigen von uns ohnehin unglaublich. Vieles, was wir nie für möglich gehalten hatten, wurde bei ihm wahr, das Irreale wurde durch ihn Teil der realen Welt. Und so landete auch die schwere Last der Entzifferung von SCHWARZ auf seinen Schultern.

Das bedeutete, er musste in die verbotene Zone zurück.

Anders als beim ersten Mal wurde er von jemand anderem – und auch von seinem berühmten Namen – in die verbotene Zone genötigt. Beim ersten Mal war er aus eigenem Antrieb in die verbotene Zone der Geschichte der Kryptoanalyse vorgedrungen. Doch man kann nicht auf Dauer herausragend sein – wenn du dich zu weit von den anderen abhebst, wirst du nicht mehr von deinem Ruhm gestützt. Er stürzt dich vielmehr ins Verderben.

Ich bin nie tiefer in das vorgedrungen, was in Rong Jinzhen vorging, als er die Verantwortung für SCHWARZ übernommen hatte. Aber dass es ungerecht war, ihn deswegen so leiden zu lassen, war mir klar. PURPUR hatte ihm nicht allzu viel zu schaffen gemacht, es war ein Kampf, den er gelassen aufnahm. Für seine Kollegen sah es so aus, als ob er die Sache gar nicht ernst nahm, er arbeitete nach der Stechuhr und fertig. Doch im Fall von SCHWARZ war seine Gelassenheit wie weggeblasen. Er schien unter diesem Gewicht zusammenzubrechen. Mit eigenen Augen konnte ich beobachten, wie sein pechschwarzes Haar seit Aufnahme der Arbeit an SCHWARZ jeden Tag grauer wurde, wie er physisch schrumpfte. Er saß im Labyrinth von SCHWARZ fest und konnte weder vor noch zurück. Sie können sich vorstellen, wie SCHWARZ ihn mit sich fortgetragen hat, tief ins Innere seines Geheimnisses. Den Code zu entziffern, seine eigene Seele *zu zerstören, wurde zu einer Obsession. Der Teufel hatte ihn in seinen Klauen und ließ nicht los. SCHWARZ wurde zu seiner Schande, seiner Sorge, er nahm die Last der ganzen Einheit auf sich. Niemals habe ich Zweifel an seinem Talent gehegt, doch ja, ich hatte Zweifel, ob er ein zweites Wunder vollbringen könnte, SCHWARZ entziffern und die eiserne Regel brechen. Ein Genie ist immer noch ein Mensch, er kann sich irren, Fehler machen, und je größer sein Talent, desto schockierender muss der Fehler sein. SCHWARZ galt, um die Wahrheit zu sagen, unter Kryptoanalysten nicht als extrem komplexer Code. Wir waren bestürzt, als wir feststellten, auf welch simple Art er letztlich gebrochen werden konnte. Derjenige, der den Code kurz nach Rong Jinzhens Zusammenbruch entschlüsselte, hatte nicht einmal annähernd so viel Talent wie dieser. Doch als er die Aufgabe übernommen hatte, lief es wie damals, als Rong Jinzhen PURPUR entschlüsselte. Es dauerte keine drei Monate, und er hatte es ohne größere Anstrengungen erledigt...*

[Ende der Aufzeichnungen]

Haben Sie gehört? Jemand entschlüsselte SCHWARZ!

Wer?

Lebte der- oder diejenige noch?

Direktor Zheng sagte es mir: Sein Name sei Yan Shi, er lebe noch, und ich könne mich gerne mit ihm unterhalten und unser Gespräch danach fortsetzen, er habe mir noch etwas zu erzählen. Zwei Tage später traf ich ihn wieder. Das Erste, was er sagte, war: »Und? Was halten Sie von dem Burschen?«

Ich konnte nicht fassen, wie er von dem Mann sprach, der SCHWARZ entziffert hatte.

Er fuhr fort: »Nehmen Sie es nicht krumm. Ehrlich gesagt, hält hier niemand besonders große Stücke auf Yan Shi.«

»Warum?« Ich fand das ziemlich befremdlich.

»Weil er es zu weit gebracht hat, viel zu weit.«

»Aber er hat SCHWARZ entziffert! Er hat es verdient.«

»Ja, aber nur, weil er sich auf Rong Jinzhens Notizbuch stützen konnte. Sonst wäre er nie darauf gekommen.«

»Stimmt, das hat er mir selbst auch gesagt«, sagte ich.

»Wirklich? Das kann nicht sein«, sagte Zheng.

»Doch, allerdings. Ich werde mich kaum verhört haben.«

»Was genau hat er gesagt?«, wollte Zheng wissen.

»Er sagte, dass im Grunde Rong Jinzhen derjenige sei, der SCHWARZ entschlüsselt habe. Dass er selbst den Ruhm nicht verdient habe.«

»Hört, hört.« Direktor Zheng starrte mich ungläubig an. »Früher hat er das Thema immer vermieden und wollte nicht verraten, wie er auf die Lösung gekommen ist. Warum war das bei Ihnen anders? Tja. Vielleicht weil Sie keiner von uns sind, das muss wohl der Grund sein.«

Er überlegte einen Augenblick und fuhr dann fort: »Nie zuvor hat er Rong Jinzhens Namen auch nur in den Mund genommen, so getan, als hätte es ihn nie gegeben, als sei die Lösung für SCHWARZ allein sein Verdienst. Wir wussten, dass das nicht sein konnte, man kennt sich ja schließlich, wir arbeiten alle unter einem Dach. Und auf einmal wird ein unbeschriebenes Blatt über Nacht zum Genie. Meinen Sie, einer hätte ihm das abgenommen? Keiner! Wir konnten es nicht ertragen, wie er den ganzen Ruhm für die Entschlüsselung von SCHWARZ für sich beanspruchte. Die Gerüchte häuften sich wie die Beschwerden. Wir waren empört über das Unrecht, das Rong Jinzhen geschah.«

Ich schwieg und dachte nach. Sollte ich ihm verraten, was Yan Shi mir erzählt hatte? Yan Shi hatte mich in keinem Moment gebeten, unser Gespräch vertraulich zu behandeln. Er hatte aber genauso wenig angedeutet, dass ich darüber mit anderen reden könne.

Nachdem wir beide eine Zeit lang kein Wort gesagt hatten, sah Direktor Zheng mich an und sagte: »Es war in der Tat kein

Wunder, dass er allein durch Rong Jinzhens Notizbuch darauf gekommen war, wie SCHWARZ zu entschlüsseln war. Jeder von uns hatte sich das gedacht. Und jetzt erzählen Sie mir, dass er es sogar zugibt. Aber warum hat er uns gegenüber denn nie die Karten auf den Tisch gelegt? Er hat so getan, als gebe es Rong Jinzhen gar nicht. Dabei wusste jeder, was Sache war, und gerade darum wollte er es nicht zugeben und wurde umso mehr verachtet. Besonders klug war das nicht von ihm, ich würde sagen, seine Rechnung ging nicht auf. Aber lassen wir das. Was mich viel mehr interessiert, ist die Frage, wie es sein kann, dass er den Schlüssel in Rong Jinzhens Notizen fand, wo doch Rong Jinzhen selbst nicht dazu in der Lage war? Nehmen Sie sich einen Augenblick Zeit, darüber nachzudenken. Man sollte doch annehmen, dass er aus den Notizen nichts ableiten konnte, was nicht auch Rong Jinzhen hätte sehen können, und zwar viel früher als Yan Shi. Stimmen Sie mir zu? Es war schließlich Rong Jinzhens Notizbuch, seine Gedanken, seine Ideen. Um ein Bild zu gebrauchen: Das Notizbuch glich einem Zimmer, in dem sich der Schlüssel zu SCHWARZ befand. Wie konnte es dann sein, dass ausgerechnet der Bewohner dieses Zimmers den Schlüssel nicht fand? Und dass ein anderer einfach in das Zimmer hineinspazierte und ihn sofort entdeckte? Ist das nicht merkwürdig?«

Seine Analogie traf es auf den Punkt. Zumindest gab sie ein klares Bild dessen ab, was er als Tatsache ansah. Nur würde ich sagen, dass es sich dabei nicht um die wirklichen Tatsachen handelte. Anders ausgedrückt: an seiner Analogie war nichts auszusetzen, aber an den Annahmen, auf denen sie beruhte. Ich überlegte kurz, dann entschied ich, ihm endgültig alles zu erzählen, was ich von Yan Shi erfahren hatte, um die Sache klarzustellen. Aber er ließ mich gar nicht zu Wort kommen, sondern redete in einem Zug weiter: »Ich kam zu der Überzeugung, dass Rong Jinzhen bei seinem Versuch, SCHWARZ zu entziffern, irgendein Kardinalfehler unterlaufen sein musste, ein Fehler, der sich in seinem Gehirn festsetzte und aus einem Genie einen Idioten gemacht hat. So ein Fehler konnte letztendlich nur deshalb passieren, weil er die eiserne Regel der Kryptologie gebrochen hat. Es lag an den Nachwirkungen von PURPUR, die im Schatten herumlungerten, um bei der richtigen Gelegenheit zuzuschlagen.«

Hier machte Direktor Zheng eine Pause. Er schien in tiefer Melancholie versunken. Ich wartete darauf, dass er fortfahren würde, doch er wollte es offensichtlich dabei belassen und sich von mir verabschieden. Gerne hätte ich ihm noch erzählt, was ich von Yan Shi wusste, aber ich kam nicht mehr dazu. Nun gut, ich konnte damit leben, ich war mir ja ohnehin nicht sicher gewesen, ob ich es ihm erzählen sollte oder nicht, nun war mir die Entscheidung abgenommen worden und ich brauchte kein schlechtes Gewissen zu haben.

Als wir uns die Hand reichten, erinnerte ich ihn noch an sein Versprechen: »Sagten Sie nicht, Sie hätten noch etwas für mich?«

»Ah … Natürlich! Warten Sie.« Er ging hinüber zu einem metallenen Aktenschrank und zog eine Schublade heraus. Er entnahm ihr eine Aktenmappe und fragte: »Rong Jinzhen hatte an der Universität einen ausländischen Lehrer namens Jan Lisewicz. Wussten Sie das?«

»Nein, das höre ich zum ersten Mal.«

»Dieser Mann hat alles daran gesetzt, zu verhindern, dass Rong Jinzhen PURPUR entschlüsselt. Hier sind die Beweise dafür. Sie können gerne einen Blick hineinwerfen. Wenn Sie etwas damit anfangen können, lasse ich Ihnen Kopien anfertigen.«

Auf diese Weise hörte ich zum ersten Mal den Namen Jan Lisewicz.

Direktor Zheng gestand mir, dass er Lisewicz weder kannte noch Informationen aus erster Hand über ihn hatte. Er sagte:

»Als er mit uns Kontakt aufnahm, war ich gerade in Y, um dort etwas über Möglichkeiten zur Entschlüsselung PURPURs zu erfahren. Selbst nach meiner Rückkehr, bekam ich nichts von dem Briefwechsel mit Lisewicz mit, er war Sache des Spezialteams im Einsatz gegen PURPUR. Die Entscheidung kam von ganz oben. Man fürchtete wohl, wir würden uns darüber streiten und uns gegenseitig Konkurrenz machen. Deshalb ließen sie uns im Dunkeln, was diese Geschichte anging. Erst Jahre später gestattete mir ein hoher Funktionär aus unserem Hauptquartier, Einsicht in die Briefe zu nehmen. Sie sind alle auf Englisch, jeweils mit chinesischer Übersetzung.«

Als er das sagte, fiel ihm plötzlich ein, dass ich die englischen Originale besser dort lassen sollte. Ich öffnete daher die Akte und begann, die englischen und die chinesischen Fassungen zu sortieren. Dabei fiel mir ein Telefonprotokoll in die Hand, betitelt mit *Anruf von Qian Zongnan*. Wie ein Vorwort zu den Briefen lag es zuoberst. Es waren nur wenige Sätze:

Lisewicz diente der Armee von Staat X als ranghoher militärischer Beobachter. Ich traf ihn vier Mal, das letzte Mal im Sommer 1970. Später erfuhr ich, dass er zusammen mit Fan Lili auf dem Militärstützpunkt PP unter Hausarrest gestellt wurde, Grund unbekannt. Lise[wicz] starb 1978 auf Militärstützpunkt PP. Der Hausarrest für Fan [Lili] wurde 1981 von X aufgehoben. 1983 kam Fan [Lili] nach Hongkong und bat mich um Hilfe bei der Rückkehr in die Heimat. Ich lehnte ab. 1986 las ich in der Zeitung, dass Fan [Lili] ihren Grundbesitz in ihrer Heimatstadt C in Linshui dem »Projekt Hoffnung« gespendet hat. Es heißt, sie lebe jetzt in Linshui.

Von Direktor Zheng erfuhr ich, dass jener Qian Zongnan ein Informant gewesen war, der mit der Überwachung von Lisewicz' Aktivitäten in X betraut worden war. Ich dachte, dieser Mann könnte mir helfen, mehr über Lisewicz in Erfahrung zu bringen, doch zu meiner Enttäuschung war er im vorigen Jahr gestorben. Bei der im Bericht genannten Fan Lili handelte es sich zweifellos um Liswicz' chinesische Frau. Wenn ich mehr über ihn erfahren wollte, war sie meine beste Wahl.

Ich konnte es kaum erwarten, sie zu treffen.

4

Da ich keine konkrete Adresse hatte, war ich davon ausgegangen, dass sich die Suche nach Fan Lili kompliziert gestalten würde. Doch mein Glück wollte es, dass ich gleich bei meiner ersten Anlaufstelle, dem Kreisschulamt des ärmlichen Landkreises Linshui, fündig wurde. Jeder dort schien sie zu kennen. Fan Lili hatte, wie ich erfuhr, allein drei Grundschulen für das »Projekt Hoffnung« gegründet und außerdem Bücher im Wert von mehreren Hunderttausend Yuan für die Mittelschulen des Landkreises gestiftet. Kein Wunder, dass jeder, der in Linshui im Erziehungswesen an vorderster Front kämpfte, dieser Frau großen Respekt zollte. Mein Enthusiasmus wurde jedoch schnell gedämpft, als ich sie im Jinhe-Krankenhaus von C aufsuchte. Sie lag im Bett und trug um den Hals einen Verband, der so dick war, dass sie aussah, als habe sie zwei Köpfe. Die Arme hatte Kehlkopfkrebs. Die Operation sei zwar erfolgreich verlaufen, sagte mir der Arzt, Frau Fan könne aber auf keinen Fall sprechen und müsse erst lernen, mit der Lungenatmung Töne zu produzieren. Es war ausgeschlossen, sie in diesem Zustand, so kurz nach der Operation, zu sprechen. Ich erwähnte also nichts von meiner ursprünglichen Absicht und gab vor, ein Besucher aus dem Schulamt zu sein. Ich überreichte ihr einen Blumenstrauß und meine besten Genesungswünsche und verabschiedete mich. Ein paar Tage später kam ich wieder. Schließlich besuchte ich sie innerhalb von zehn Tagen insgesamt drei Mal und sie schrieb mir jedes Mal mit dem Bleistift ausführliche Antworten auf meine Fragen auf. Jedes ihrer Schriftzeichen war für mich eine Sensation.

Diese Antworten enthielten die ganze Wahrheit über Lisewicz, die Wahrheit über seine Identität, seine Stellung, seine Absichten und seine Verfehlungen, seine Nöte und seine Sorgen. Lisewicz' Umsiedelung nach X war aus völlig anderen Gründen erfolgt als weithin angenommen. Sein ganzes Leben wurde zu einer Anhäufung von Zufällen.

Ich muss ehrlich sagen, dass Fan Lilis Bericht es wert ist, mit Geduld und Empathie gelesen zu werden.

[Bericht 1 von Fan Lili im Wortlaut]
1. *Er (Lisewicz) war kein Kryptoanalytiker.*
2. *Da Sie ja bereits wissen, dass er diese Briefe schrieb, um die Gegenseite zu verwirren, warum glauben Sie dann noch, was darin steht? Das sind alles Lügen. Er und ein Kryptoanalytiker, Unsinn. Er schuf Codes, er war ein Feind der Kryptoanalytiker!*
3. *PURPUR wurde von ihm geschaffen.*
4. *Hier muss ich ausführlicher werden. Es war '46, im Frühling, ein Mann suchte ihn auf, ein ehemaliger Kommilitone aus Cambridge. Der Mann stand anscheinend kurz davor, einen wichtigen Posten in der künftigen Regierung des Staates Israel zu übernehmen. Er nahm ihn (Lisewicz) mit zu einer Synagoge in der Guloustraße und forderte ihn auf, vor Gott und im Namen von Millionen jüdischer Landsleute einen Code zu kreieren. Lisewicz brauchte über ein halbes Jahr dafür. Das schien ihnen nichts auszumachen, im Gegenteil, sie waren sehr zufrieden. Obwohl alles gut lief, war er ständig besorgt, jemand könne den Code entschlüsseln. Er war es von klein auf gewöhnt, mit Lob überschüttet zu werden und war sehr von sich überzeugt, Scheitern war ihm unerträglich. Er hatte nicht genug Zeit, um es perfekt zu machen, es ging ihm zu schnell, und er sah viele Mängel. Also war es für ihn Ehrensache, einen neuen Code zu schaffen. Damit wurde er*

immer tiefer in die seltsame Welt der Kryptologie hineingezogen. Nach etwa drei Jahren Arbeit schließlich schuf er einen Code, mit dem er zufrieden war. Das war PURPUR. Er bat seine Auftraggeber, den alten Code durch PURPUR zu ersetzen, sie versuchten sich daran, aber dann winkten sie ab: PURPUR war zu kompliziert, sie kamen nicht damit zurecht. Damals lebte der berühmte Kryptoanalytiker Karl Johannes noch. Als er ein mit PURPUR verschlüsseltes Telegramm sah, sagte er angeblich: »Ich bräuchte 3.000 solcher Telegramme, um den Code zu entschlüsseln, aber in der gegenwärtigen Situation* werden wir bestimmt nicht mehr als 1.000 bekommen.« Anders gesagt, er würde diesen Code in seinem Leben nicht entschlüsseln können. Als der Staat X davon hörte, wollten sie PURPUR sofort kaufen, doch damals hatten wir die Universität N noch gar nicht verlassen. Außerdem sagte uns die angespannte Lage zwischen X und China, dass wir auf das Angebot nicht eingehen sollten. Danach geschah genau das, was Sie beschrieben haben. Wir gingen auf das Angebot aus X ein, um meinen Vater zu retten, und verkauften den Code.

5. *Ja, er war sich sicher, dass Rong Jinzhen PURPUR früher oder später entschlüsseln würde und unternahm große Anstrengungen, um es zu verhindern.*
6. *Die einzige Person auf der Welt, die er bewunderte, war Rong Jinzhen. Für ihn vereinte Rong Jinzhen das ganze Wissen und die Weisheit der westlichen Welt, er war ein Mensch, den es alle 100 Jahre nur ein Mal gibt.*
7. *Ich bin müde, fahren wir ein andermal fort.*

---

* Da es gerade keine großen Weltkriege gab, wurden nicht so viele verschlüsselte Telegramme hin- und hergeschickt.

[Bericht 2 von Fan Lili im Wortlaut]
1. *Die Bezeichnung (militärischer Beobachter) war reine Formsache, tatsächlich widmete er (Lisewicz) sich ausschließlich der Chiffrierung von Codes.*
2. *Mit einem komplexen Code verhält es sich wie mit der Hauptrolle in einem Theaterstück – er braucht eine Zweitbesetzung. Man entwickelt immer zwei Codes gleichzeitig: einen zum unmittelbaren Einsatz, den anderen als Reserve. Das Wesen von PURPUR aber hatte viel mit seinem (Lisewicz') eigenen Charakter zu tun; er konnte einfach keinen zweiten Code als Reserve dafür schaffen. Als er PURPUR entwickelte, war er auch gar nicht davon ausgegangen, dass es ein komplexer Code werden sollte. Er hatte mit dem Code eine ganz neue Sprache geschaffen, die er so präzise wie möglich ausformulierte. Doch als X sich dafür entschied, PURPUR als einen Code 1. Grades einzusetzen, musste ein Reservecode her. Und das war SCHWARZ.*
3. *Richtig. Kaum hatte er X betreten, wurde er sofort abgezogen, um SCHWARZ zu entwickeln. Genauer gesagt, beaufsichtigte er die Entwicklung von SCHWARZ.*
4. *Im Grunde genommen kann ein Mensch immer nur einen einzigen hochkomplexen Code entwickeln. Daher war er im Fall von SCHWARZ nur Beobachter, das heißt, er beteiligte sich nicht direkt an der Entwicklungsarbeit. Seine Rolle bestand darin, die besonderen Eigenschaften von PURPUR klarzustellen, mit den Forschern zusammenzuarbeiten, sie dazu zu bringen, nicht einfach nur eine Kopie von PURPUR zu erschaffen. Er war der Steuermann des Projekts. Also zum Beispiel – wo PURPUR gen Himmel aufflog, da sollte SCHWARZ sich in die Erde bohren. Was das dann konkret hieß, war Sache des Forschungsteams.*
5. *Noch bevor sie herausfanden, dass Rong Jinzhen PURPUR entschlüsselt hatte, stand die Grundstruktur von SCHWARZ*

bereits fest. Die beiden Codes hatten ungefähr denselben Schwierigkeitsgrad. Warum sollten auf dem Gebiet der Kryptologie nur die talentiertesten Leute arbeiten, wenn nicht deshalb, um den Gegner ins Bockshorn zu jagen? Als Jan erfuhr, dass Jinzhen PURPUR entschlüsselt hatte, bestand er darauf, SCHWARZ zu überarbeiten. Er kannte Rong Jinzhen, er wusste, was für ein Mensch er war, und er bewunderte das ihm eigene Talent, das dann zu Höchstform auflief, wenn es mit einem scheinbar unlösbaren Problem konfrontiert wurde. Nichts würde ihn aufhalten können, nicht einmal der Tod. Also war der einzige mögliche Weg, ihn gründlich zu verwirren, dem Code Winkelzüge zu verleihen, die Jinzhens ganze Art zu Denken herausforderten. Nur so konnte er ihn besiegen. SCHWARZ wurde entsprechend geändert, aber nicht auf herkömmliche Weise. Der Code nahm regelrecht absurde Züge an. Bestimmte Bereiche waren einfach undurchdringlich, während andere verblüffend einfach waren. Der Code war weder Fisch noch Fleisch, er war nicht greifbar. Lisewicz selbst beschrieb es so: Er sei wie ein Mann, der einen vornehmen und stilvollen Anzug trage, aber darunter weder Unterhose noch Strümpfe.

6. *Da haben Sie vollkommen recht.* Rong Jinzhen jedoch verstand nur allzu gut, wie Jan tickte. PURPUR zu entschlüsseln war wie eine Schachpartie mit Jan. Er ließ sich von ihm nicht in die Irre führen. Da Rong Jinzhen sich nicht irreleiten ließ, konnte er hingehen und weitere Codes entschlüsseln. SCHWARZ aber wurde nicht auf dieselbe Weise entschlüsselt.*

---

* Hier bezieht sie sich auf die Aussage, man könne Codes entweder nur chiffrieren oder dechiffrieren, weil man, egal ob man einen Code erschaffen oder zerstört hat, Herz und Seele an diese Arbeit verloren hat. Es darf niemals zwei sich ähnelnde Codes geben.

7. Zunächst einmal habe ich Zweifel an Ihrer Aussage.* Selbst wenn es da jemand anderen gegeben hätte, er hätte das nie allein gemeistert. Er muss sich auf die Angaben in Jinzhens Notizbuch gestützt haben.
8. Können Sie mir genauer sagen, was mit Jinzhen passiert ist?
9. Jan hatte recht, das muss man ihm lassen.
10. Er sagte: Jinzhen hat unser Leben zerstört, doch am Ende hat er auch sich selbst zerstört.
11. Jemand wie Jinzhen konnte sich nur selbst zerstören, das hätte kein anderer zustande gebracht. Beide, Jinzhen und Jan, waren vom Schicksal verflucht, es hat sie umgebracht. Mit dem Unterschied, dass Jinzhens Schicksal nicht unabhängig war, es war fest mit Jans verbunden. Aber in Jinzhens Augen blieb Jan immer nur sein großer Lehrer und sonst nichts.
12. Lassen Sie uns hier aufhören. Bitte bringen Sie die Briefe mit, die Jan an Jinzhen geschrieben hat. Ich würde sie gerne sehen.

[Fan Lilis Bericht Nr. 3 im Wortlaut]
1. Ja, Lisewicz und Weinacht sind ein und dieselbe Person.
2. Das ist doch klar. Er war Mitglied des Geheimdienstes, wie konnte er unter seinem eigenen Namen als Mathematiker weiterarbeiten? Ein Wissenschaftler arbeitet im Dienst der Öffentlichkeit, das wäre für einen Geheimdienstler natürlich unzulässig.
3. Da er in der Forschungsgruppe SCHWARZ nur Beobachter war, hatte er genug Zeit und Energie für anderes. Die Erforschung der künstlichen Intelligenz war immer sein Traum gewesen, und man muss sagen, dass seine Theorie zur Binärdarstellung in der Entwicklung der Computertechnologie eine große Rolle gespielt hat. Dass er versucht hat, Jinzhen davon zu überzeugen, China zu verlassen, geschah nicht unter dem

---

* Ich hatte ihr erzählt, dass SCHWARZ nicht von Rong Jinzhen entschlüsselt wurde.

Druck anderer oder aus politischen Motiven. Nein, er hoffte, dass Jinzhen mit ihm zusammen an seinem Forschungsprojekt zur künstlichen Intelligenz arbeiten könnte.
4. *Darüber* machen Sie sich besser Ihre eigenen Gedanken. Das kann ich nicht beantworten. Jan war Wissenschaftler. Was Politik betraf, war er furchtbar naiv, und das machte ihn leicht angreifbar und leicht manipulierbar. Dass er ein entschiedener Kommunistenhasser gewesen sein soll, wie Sie sagen, ist völlig aus der Luft gegriffen. Das war er bestimmt nicht.*
5. *Auch das ist offensichtlich.** Die beiden komplexen Codes PURPUR und SCHWARZ wurden kurz hintereinander dechiffriert. Den ersten hatte er selbst entwickelt, am zweiten war er beteiligt. Und beide Male war sein ehemaliger Schüler für die Entschlüsselung verantwortlich gewesen. Ich war dabei. Jan hat all diese Briefe geschrieben. Es sieht zwar so aus, als seien sie allein dazu gedacht, den Leser in die Irre zu führen, doch wer kann schon sagen, ob ihnen nicht eine Geheimbotschaft zugrunde lag? Die Wahrscheinlichkeit, einen ausgeklügelten Code zu entschlüsseln, ist ausgesprochen gering, und wenn dann jemand auch noch zwei Codes von diesem Kaliber kreiert und innerhalb so kurzer Zeit – so etwas ist eigentlich gar nicht möglich. Also musste ihm jemand geholfen haben. Wer wohl? Der erste Verdacht fiel natürlich auf Jan.*
6. *Nachdem bekannt wurde, dass SCHWARZ entschlüsselt worden war, wurden wir unter strengen Hausarrest gestellt, das war in den späten 70ern. Aber schon vorher, als PURPUR dechiffriert worden war, hatte man uns auf Schritt und Tritt beschattet. Auch unser Telefon wurde abgehört. Man machte uns ständig neue Auflagen. Schon damals fühlten wir uns wie unter Hausarrest.*

---

*   Ich hatte nach Lisewicz späterem politischen Extremismus gefragt.
** Es ging darum, unter welchen Umständen Lisewicz und seine Frau unter Hausarrest gestellt wurden.

7. Jan starb 1979 an einer Krankheit.
8. Richtig, als wir unter Hausarrest standen, waren wir immer zusammen, wir redeten und redeten. Daher weiß ich das alles. Erst in dieser Zeit hat er mir alles erzählt, vorher wusste ich so gut wie nichts.
9. Ich frage mich manchmal, warum Gott mich mit dieser Krankheit gestraft hat. Wahrscheinlich, weil ich zu viele Geheimnisse kenne. Wie ironisch... Jetzt, wo ich keine Stimme mehr habe, darf ich sprechen.
10. Ich möchte diese Geheimnisse nicht mit ins Grab nehmen. Ich möchte in Frieden sterben können. In meinem nächsten Leben wäre ich gerne ein ganz normaler Durchschnittsmensch, kein Ruhm, keine Geheimnisse, keine Freunde und keine Feinde mehr.
11. Sparen Sie sich die Lügen, ich weiß, wie krank ich bin. Ich habe schon überall Metastasen. Mir bleiben vielleicht noch ein paar Monate.
12. Einem Sterbenden sagt man nicht auf Wiedersehen, das bringt Unglück! Gehen Sie, ich wünsche Ihnen alles Gute.

Wenige Monate später hatte Fan Lili eine Gehirnoperation, und kurz darauf war sie tot. In ihrem Testament war auch von mir die Rede. Sie ließ mich bitten, in meinem Roman nicht ihren richtigen Namen zu nennen. Sie und ihr Mann wollten in Frieden ruhen. Fan Lili und Jan Lisewicz sind also erfundene Namen. Das läuft zwar meinen Prinzipien zuwider, doch was bleibt mir übrig? Eine alte Frau, die ein Leben voller Enttäuschungen und auch voller Liebe hinter sich hat, hat mich in ihrem letzten Willen um ihren Seelenfrieden gebeten. Einen Seelenfrieden, den sie zu Lebzeiten nie hatte.

5

Ich sollte noch etwas über Yan Shi erzählen.

Es mag vielleicht an Yan Shis Versuch gelegen haben, Rong Jinzhen seinen Ruf als besten Codebrecher streitig zu machen, dass er sich so von den anderen in Einheit 701 entfremdete und nach seiner Pensionierung nicht mehr auf dem Gelände der Einheit lebte. Stattdessen wohnte er jetzt mit seiner Tochter in der Hauptstadt der Provinz G. Die neue Schnellstraße hatte die Distanz zwischen dort und A erheblich verkürzt, ich brauchte nur drei Stunden bis dorthin. Ohne Umstände fand ich zum Haus seiner Tochter und stattete dem alten Yan Shi einen Besuch ab.

Er war so, wie ich ihn mir vorgestellt hatte. Er war schon weit über 70, trug eine dicke Brille, hatte leuchtend silbergraues Haar und einen listigen, geheimnisvollen Glanz in den Augen. Auf den ersten Blick fehlten ihm die Güte und die Würde eines alten Mannes. Da mein Besuch etwas spontan war, saß er bei meinem Eintreffen gerade an einem Go-Tisch. In seiner rechten Hand kreisten zwei Qigong-Kugeln, während er mit der Linken einen der weißen Go-Steine setzte. Er wirkte wie tief in Meditation versunken. Er war allein, kein Gegner saß ihm gegenüber. Ja, er spielte gegen sich selbst. Wie einer, der mit sich selbst spricht, wie ein altes Rennpferd, das immer noch gewinnen möchte, rührend und einsam. Seine Enkelin, eine 15-jährige Schülerin, erzählte mir, dass er seit seiner Pensionierung kaum etwas anderes tue. All seine Zeit verbrachte er damit, Go zu spielen oder Bücher über das Spiel zu lesen. Er war inzwischen so gut, dass er kaum einen ebenbürtigen Gegner fand, die Bücher waren seine letzte Herausforderung.

Vielleicht kennen Sie die Redeweise: Gegen sich selbst Schach spielen ist wie gegen den größten Fachmann spielen.

Unser Gespräch nahm also am Go-Tisch seinen Anfang. Voller Stolz erklärte Yan Shi mir die Vorteile des Spiels, wie es die Einsamkeit vertreibe, das Gehirn fit halte, die Seele nähre und das Leben verlängere. Doch die Liebe zum Schachspiel, fasste er zusammen, sei bei ihm tatsächlich eine Berufskrankheit. »Das kollektive Schicksal aller, die im Bereich der Kryptologie tätig sind, ist auf natürliche Weise mit den Varianten des Schachspiels verknüpft, vor allem, wenn sie von eher mittelmäßigem Talent sind. Irgendwann lässt sich jeder von uns vom Schach verführen, so wie ein Drogendealer sich von seiner eigenen Ware berauschen lässt. Wenn man alt wird, lernt man, Gutes zu schätzen.«

Seine Ausführungen leuchteten mir ein, doch etwas schien mir fragwürdig... »Warum meinen Sie, das gelte vor allem für nur mittelmäßig talentierte Kryptologen?«

Er überlegte kurz und meinte dann: »Die talentiertesten Kryptologen vermögen ihrer Leidenschaft und ihren Fähigkeiten in ihrer Arbeit Ausdruck zu verleihen. Das heißt, ihr Genie kommt tatsächlich zur Entfaltung, sie nutzen es für sich und ihre Arbeit. Wer die Leidenschaften seiner Seele auf diese Weise austoben kann, wird nach außen ruhig und nachdenklich, ohne Grund, sich zügeln zu müssen, ohne unter den eigenen Sorgen dahinzuwelken. Wer keinen Druck verspürt, muss sein Herz von keiner Last befreien, sehnt sich nicht nach einem anderen Leben. Daher zehrt ein alterndes Genie in der Regel von seinen Erinnerungen, es kann in seinem Inneren den Geschichten seiner eigenen Schönheit lauschen. Doch dann gibt es die, die nicht zum Genie geboren sind. Für den erlauchten Kreis der großen Talente sind wir das schwache Geschlecht. Wir haben unsere Vorzüge, werden aber niemals Großes schaffen. Wir forschen und arbeiten unter Druck – haben eine gewisse Begabung, aber nie die Gelegenheit, sie unter Beweis zu stellen und ihr freien Lauf zu lassen. Wenn wir alt werden, können wir nicht einfach in ruhmreichen Erinnerungen schwelgen. Was also wird mit uns auf unsere alten Tage? Nichts, wir machen mit dem weiter, was wir immer schon getan haben, suchen vergeblich nach einer Aufgabe, einer Erfüllung für unsere Ambitionen, einer letzten großen Herausforderung. Das ist der erste und wichtigste Grund für die Obsession mit dem Schachspiel. Der zweite Grund ... nun, Genies, um es aus einer anderen Perspektive zu betrachten, verwenden viel Zeit auf emsiges Studieren, hängen ihr Herz an eine Sache, klettern über die engsten Pfade auf den Gipfel, ohne Rücksicht auf andere Bedürfnisse, die sie sich nie erfüllen werden. Der Weg, den ihre Seele und ihr Verstand nehmen müssen, steht fest, nichts kann sie dort herausreißen« – wie er das sagte, »herausreißen«! Das Blut gefror mir in den Adern dabei. »Ihr ganzes Bewusstsein und ihre geistigen Fähigkeiten sind nicht mehr frei, in jede Richtung zu gehen. Es gibt für sie nur eine Richtung, vorwärts, immer tiefer hinein in die Materie. Wissen Sie, wie man verrückt wird? Genie und Wahnsinn haben denselben Ursprung, beide kommen von exzessiver Faszination von einem Gegenstand. Würden Sie mit so jemandem Schach spielen wollen? Das ist unmöglich, denn Sie können es nicht.«

Er machte eine Pause. Dann fuhr er fort: »Genie und Wahnsinn sind für mich wie ein Januskopf, zwei Gesichter, die zu einem Körper gehören, aber in zwei verschiedene Richtungen schauen. In der Mathematik gibt es die Idee des positiven und des negativen Unendlichen. Das Genie wäre das positive, der Wahnsinnige das negative Unendliche. Doch in der Mathematik liegt beidem dieselbe Idee zugrunde: die des Unendlichen. Deshalb denke ich oft, dass eines Tages, wenn die Menschheit einmal eine gewisse Entwicklungsstufe erreicht hat, der Wahnsinnige uns so viel nutzen wird wie das Genie, unserer Gesellschaft mit seiner Weisheit und seinen besonderen Fähigkeiten auf verblüffende Weise dienen wird. Lassen wir alles andere einmal beiseite und konzentrieren wir uns auf die Kryptologie. Stellen Sie sich nun vor, Sie folgten dem wirren Gedankengang eines Wahnsinnigen, um einen Code zu entwickeln. Niemand wäre in der Lage, diesen Code zu entschlüsseln. Einen Code zu entwickeln ist also, könnte man sagen, das Werk eines Verrückten, es führt zu Wahnsinn und zu Genie. Anders gesagt: Genie und Wahnsinn sind aus demselben Stoff gemacht. Erstaunlich, aber wahr. Aus diesem Grund hege ich eine gewisse Sympathie für die Verrückten, denn ich glaube, dass sie womöglich, tief in ihrem Innern, einen Schatz hüten, etwas, an das wir nicht herankommen, zumindest nicht für den Augenblick. Wie verborgene Naturschätze, die darauf warten, von uns geborgen zu werden.«

Dem alten Mann zuzuhören war wie eine Gehirnwäsche. Als werde mein Geist poliert und geschliffen, gereinigt von all dem Staub und Dreck, der sich darüber gelegt hatte, um ihn nun in neuem Glanz erstrahlen zu lassen. Wie gut sich das anfühlte! Erleichternd geradezu. Ich hörte aufmerksam zu, ließ mich von seinen Worten berauschen. Gedankenverloren fiel mein Blick schließlich auf den Spieltisch mit den schwarzen und weißen Go-Steinen, und ich fragte: »Wie also kommt es zu Ihrer Faszination für Go?«

Er rückte seinen Körper auf dem Korbstuhl zurecht und sagte dann in einem fröhlichen, leicht ironischen Ton: »Ich bin eben einer dieser armseligen Mittelmäßigen.«

»Gewiss nicht«, antwortete ich entschieden. »Sie haben schließlich SCHWARZ entschlüsselt. Wie könnten Sie da mittelmäßig sein?«

Schweigen. Sein Blick wurde mit einem Mal sehr ernst, sein Körper richtete sich achtunggebietend im Stuhl auf. Dann hob er den Blick und fixierte mich.»Wissen Sie, wie ich SCHWARZ entschlüsselt habe?«, fragte er schließlich in einem sehr ernsten Tonfall.

Ich schüttelte den Kopf.

»Soll ich es Ihnen erzählen?«

»Sehr gerne«, sagte ich.

»Ich sag es Ihnen: Rong Jinzhen hat mir geholfen!« Er schrie es fast. »Ach was, nein, nicht geholfen – er hat SCHWARZ entschlüsselt, ihm gebührt der ganze Ruhm, nicht mir.«

»Rong Jinzhen...« Ich schluckte. »Aber er... Es ist doch etwas passiert mit ihm, nicht wahr?«

Ich wollte das Wort »verrückt« nicht aussprechen.

»Ja, genau. Es ist etwas passiert. Verrückt geworden ist er.« Er sagte es mit Genugtuung. »Aber sie werden es nicht glauben: Dieser Umstand, seine persönliche Katastrophe, hat mir ermöglicht, das Geheimnis von SCHWARZ zu entdecken.«

»Was wollen Sie damit sagen?« Ich war so aufgeregt, dass mir fast die Nerven durchgingen.

»Ach, das ist eine lange Geschichte.«

Er holte tief Luft, sein Blick schweifte ab, und gab sich der Erinnerung an die Vergangenheit hin...

6

[Aus dem Interview mit Yan Shi]

Ich weiß nicht mehr genau, wann es war, vielleicht 1969 oder 1970, jedenfalls war es Winter, als das mit Rong Jinzhen passierte. Zu dem Zeitpunkt war Rong Jinzhen Leiter unserer Abteilung und ich sein Stellvertreter. Der Bereich Kryptoanalyse war damals so groß wie nie zuvor, es gab -zig Mitarbeiter. Inzwischen sind es viel, viel weniger. Es gab damals noch einen zweiten Bereichsleiter, Zheng hieß er. Ich habe gehört, er sei heute Direktor der ganzen Einheit. Auch ein ziemlich außergewöhnlicher Mensch. Er hat einmal mehrere Schüsse ins Bein abbekommen und hinkte seitdem, aber das tat seinem Aufstieg in den Olymp unserer Organisation keinen Abbruch. Er war es, der Rong Jinzhen entdeckte. Beide hatten an der Universität N Mathematik studiert. Sie verstanden sich offenbar gut, angeblich gab es da auch familiäre Verbindungen. Sein Vorgänger war ein Absolvent der alten Nationaluniversität, auch ein ziemlich verdienter Bursche, der zur Zeit des Widerstands viele der von den Japanern benutzten Codes geknackt hatte. Nach der Befreiung arbeitete er in Einheit 701 in Sonderbereichen. Leider hat PURPUR den armen Kerl in den Wahnsinn getrieben. Alles in allem hatten wir wirklich Glück mit Bereichsleitern von diesem Format, unsere Ergebnisse konnten sich sehen lassen. Und das sage ich ohne jede Übertreibung. Ich wage weiter zu gehen und zu behaupten, dass wir noch viel mehr erreicht hätten, wenn Rong Jinzhen nicht den Verstand verloren hätte. Niemand hatte mit so etwas gerechnet… niemand. Da steckt man nicht drin.

Was ich sagen wollte: Als diese Sache mit Rong Jinzhen passierte, entschied die Organisation, dass ich seinen Aufgabenbereich übernehmen sollte, das hieß im Klartext die Entschlüsselung von SCHWARZ. Dieses Notizbuch, also Rong Jinzhens Notizbuch, war das wertvollste Material, das wir dazu an der Hand hatten. Sie können es nicht wissen, aber dieses Heft war das Auffangbecken all seiner Gedanken, es war ein Abbild seines profunden Nachdenkens und seiner wirrsten Assoziationen zu SCHWARZ. Während ich jedes Wort, jeden Satz, jede Seite dieses Notizbuchs studierte, hatte ich das Gefühl, dass ausnahmslos alles darin von Bedeutung war. Mir klopfte vor Aufregung das Herz schneller, denn jedes Wort war ungewöhnlich und traf einen Nerv. Ich verfüge selbst über kein entdeckerisches Talent, aber ich bin in der Lage, das anderer zu erkennen und zu schätzen. Das Notizbuch gab mir zu verstehen, dass Rong Jinzhen schon 99 Prozent des Wegs zur Entzifferung von SCHWARZ zurückgelegt hatte, es fehlte nur noch der letzte Schritt.

Der letzte Schritt war der entscheidende. Der Schlüssel, der ins Schloss passen musste.

Das mit dem Schlüssel für einen Code müssen Sie sich folgendermaßen vorstellen: Nehmen wir an, SCHWARZ sei ein Haus, das Sie abbrennen möchten. Als Erstes brauchen Sie dafür ausreichend trockenes Holz, um ein Feuer zu entfachen. Rong Jinzhens Feuerholzhaufen war groß genug, um einen Berg klein aussehen zu lassen. Das ganze Haus konnte darin verschwinden. Es fehlte nur der zündende Funke.

Aus dem Notizbuch ergab sich, dass Rong Jinzhen bereits seit einem Jahr dabei war, den letzten Schritt auf der Suche nach dem Schlüssel zu tun. Für die ersten 99 Prozent hatte er nur zwei Jahre gebraucht. Mich wunderte, warum ihm der letzte Schritt so schwergefallen war. Wie konnte er ein ganzes Jahr damit verbringen, an dem verbliebenen einen Prozent herumzurätseln, ohne eine Lösung zu finden? Sonderbar.

Und dann gab es noch etwas Merkwürdiges, ich weiß nicht, ob Sie das nachvollziehen können, aber gut: SCHWARZ war ein komplexer Code, und wir haben Jahre daran gesetzt, ihn zu entschlüsseln, ohne die geringsten Fortschritte. Als rede ein gesunder Mensch mit den Worten eines Irren. Innerhalb von drei Jahren kein Leck, kein Spur, so etwas hatte es in der Geschichte unseres Fachs selten gegeben. Wir hatten darüber gesprochen, Rong Jinzhen und ich, wie ungewöhnlich das war. Bei mehreren Gelegenheiten äußerte er seine Zweifel an SCHWARZ, spekulierte sogar, dass es sich um das Plagiat eines früheren Codes handeln könnte. Denn nur ein bereits verwendeter Code, also ein modifizierter Code, konnte so perfekt sein. Sonst musste sein Schöpfer ein Gott sein, ein unvorstellbares Genie.

Wir kamen nicht umhin, uns mit diesen beiden seltsamen Phänomenen zu befassen. Aus dem Notizbuch war unschwer abzulesen, wie ausgiebig und nachdrücklich sich Rong Jinzhen bereits damit auseinandergesetzt hatte. Aus dem Büchlein sprang mich sein brillanter Geist an, so herrlich, dass einem Angst werden konnte. Als ich es in die Hände bekam, dachte ich, ich könnte auf den Schultern dieses gigantischen Geistes stehen und brauchte nur meine ganze Energie einzusetzen, um seinen Weg zu verfolgen. Doch ich erkannte bald, nachdem ich in die Lektüre eingetaucht war, dass ich ihm nicht das Wasser reichen konnte. Dieser geniale Verstand musste mich nur anhauchen, um mich aus der Verankerung zu reißen. Es haute mich einfach um.

Sein Geist drohte, mich zu überwältigen.
Er drohte, mich zu verschlingen!
Man kann sagen, das Notizbuch war Rong Jinzhen. Ich sah ihm durch seine Notizen ins Gesicht, kam ihm näher, spürte seine Größe und seinen Zauber. Und das machte mir meine eigene Schwäche bewusst, meine Bedeutungslosigkeit. Ich schrumpfte innerlich zusammen. Erst, als ich mich intensiv mit seinem Notizbuch beschäftigte, verstand ich, wie einzigartig und unerreichbar

Rong Jinzhen war. Dass seine Art zu Denken verrückt war, bizarr, und dabei so abgefeimt und prägnant. Eine gewisse Garstigkeit sprach daraus, eine seinem Wesen innewohnende Boshaftigkeit, die in jedem Augenblick nach dir schnappen konnte. In diesen Aufzeichnungen zu lesen war für mich, wie die Geschichte der Menschheit zu lesen, eine Geschichte von Schöpfung und Mord, wobei alles von einer besonderen Schönheit beherrscht war, die die bemerkenswerte Weisheit und Kreativität eines Menschen offenbarte.

Ich sah einen Gott vor mir, einen allmächtigen Schöpfer. Aber auch einen Dämon, einen furchtbaren Zerstörer, der meinen eigenen Verstand und meine Seele vernichten konnte. Ich wollte vor diesem Mann auf die Knie gehen. Wirklich, ich konnte sozusagen nicht mehr aufrecht stehen. Drei Monate vergingen, ohne dass ich einen Schritt tun konnte. Schüchtern stand ich stattdessen neben ihm, fast wie ein verlorenes Kind, das am liebsten für immer in den Schoss seiner Mutter zurückkriechen möchte.

Wäre es dabei geblieben, wäre ich bestenfalls bei Rong Jinzhens 99 Prozent stehen geblieben, wie Sie sich vorstellen können, ohne einen Schritt weiterzukommen. Die Zeit hätte höchstens ihm selbst gestattet, diesen letzten Schritt zu tun, mir jedenfalls nicht, ich konnte allenfalls mit ihm zugrunde gehen. Als mir das klar wurde, sah ich, wie viel Traurigkeit ich mir mit dem Notizbuch eingehandelt hatte. Es erlaubte mir, den Sieg von Ferne zu sehen, ohne ihn je erringen zu können. Elend war das. Panik und Hilflosigkeit bemächtigten sich meiner.

In dieser Situation wurde Rong Jinzhen aus dem Krankenhaus entlassen.

Ja, er kam aus dem Krankenhaus, aber nicht, weil er geheilt war, sondern ... weil nichts mehr zu machen war. Es gab keine Hoffnung auf Heilung, also konnten sie ihn gehen lassen.

Es muss der Wille des Himmels gewesen sein, dass ich ihn bis dahin nie getroffen hatte. Als es passierte, lag ich selbst im Kran-

kenhaus, und als ich es verlassen konnte, war Rong Jinzhen schon in die Provinzhauptstadt verlegt worden. Es wäre sehr umständlich gewesen, ihn zu besuchen. Und dann war ich gleich nach meiner Genesung mit SCHWARZ beauftragt worden und hatte gar nicht die Zeit dazu. Ich las ausschließlich in seinem Notizbuch. Zum ersten Mal sah ich ihn also wieder, als er psychisch krank aus dem Hospital entlassen wurde.

Es war der Wille des Himmels.

Hätte ich ihn einen Monat zuvor getroffen, das wage ich zu behaupten, wäre alles anders gekommen. Warum? Aus zwei Gründen: Erstens las ich, als er im Krankenhaus war, die ganze Zeit in seinem Notizbuch, und er war für mich zu etwas Großem und Mächtigen angewachsen. Zweitens zogen sich die Schwierigkeiten beim Entziffern von SCHWARZ im Lauf meiner Lektüre zu einer winzigen Spitze zusammen. Damit war die Basis für alles gelegt, was danach kam.

An dem Nachmittag, an dem es hieß, er würde zurückkommen, brach ich sofort auf, um ihn zu sehen. Ich war früh dran und wartete im Vorgarten seiner Wohnung auf ihn. Kurz darauf hielt ein Jeep vor dem Haus, und zwei Personen stiegen aus, jemand aus der Verwaltung unserer Einheit, Huang hieß er, und Rong Jinzhens Frau Xiao Zhai. Ich ging hin, um Hallo zu sagen, aber die beiden hatten nur ein flüchtiges Kopfnicken für mich übrig. Sie bückten sich wieder in den Wagen hinein, um Rong Jinzhen beim Aussteigen zu helfen. Er schien nicht aussteigen zu wollen, und sie behandelten ihn, als sei er zerbrechlich und könne nur sehr vorsichtig peu à peu aus dem Wagen gezogen werden.

Dann war er endlich draußen. Und ich sah diesen Menschen ...

Einen gebrechlichen, gebeugten Mann mit einem Kopf, der so schief und wackelig auf seinem Rumpf saß, als habe man ihn ihm falsch aufgesetzt. Weit aufgerissene Augen starrten kugelrund und erschrocken aus seinem Gesicht, ohne einen Funken Lebensgeist darin. Sein Kiefer hing herab, der Mund stand offen *wie eine Lücke, die sich nicht schließen lässt. Er sabberte aus den Mundwinkeln ...*

Konnte das Rong Jinzhen sein?

Es schnürte mir die Kehle zusammen. Ich war völlig durcheinander. Der Anblick dieses Mannes, der Rong Jinzhen sein sollte, gab mir dasselbe Gefühl wie der Rong Jinzhen des Notizbuchs, der mich hatte schwach und ängstlich werden lassen. Ich stand da wie vom Donner gerührt, unfähig, etwas zu sagen, als könnte dieser Mensch mir etwas antun. Seine Frau nahm ihn am Arm und brachte ihn ins Haus und Rong Jinzhen verschwand aus meinem Blickfeld wie ein böses Phantom. Doch sein Anblick blieb mir für immer im Gedächtnis.

Zurück im Büro, ließ ich mich auf das Sofa fallen. Meine Beine waren wie Blei und mein Kopf leer. Es war zu viel für mich gewesen, gerade so wie die überwältigende Wirkung seines Notizbuchs. Irgendwann kehrte zwar wieder Leben in meinen Verstand, aber das Bild von Rong Jinzhen, wie er aus dem Jeep stieg, ließ sich nicht vertreiben. Es tobte wie ein Schreckgespenst durch meinen Kopf, ich konnte es weder hinauskatapultieren noch wirklich erfassen, musste es einfach zulassen. Rong Jinzhens Bild marterte mich und je länger ich es vor mir sah, umso mehr bedauerte ich ihn, seinen erbarmungswürdigen Zustand. Wer oder was hatte ihn so weit gebracht? Wer oder was hatte ihn zerstört? Ich erinnerte mich wieder an die Vorfälle, daran, wer für diese Katastrophe verantwortlich war – der verdammte Dieb!

Ich meine, ehrlich, wer hätte das erwartet? Ein solches Talent, eine so bemerkenswerte und auf ihre Weise furchterregende Persönlichkeit, ein Überflieger, das Sahnehäubchen der Gattung Mensch, ein Held der Kryptoanalyse – zerstört, gedemütigt, von einem miesen kleinen Dieb.

Starke Gefühle provozieren oft tiefe Gedanken, manchmal ganz unbewusst, sodass sie keine Auswirkungen haben. Es geschieht ja nicht selten in unserem Leben, dass Ideen uns geradezu überfallen und wir uns nachdenklich fragen, woher sie kommen, ob sie so etwas wie eine göttliche Eingebung sind. In Wahrheit tragen wir diese Ideen bereits in uns, sie sind tief in unserem Unterbewusstsein vergraben. Und mit einem Mal tauchen sie unvermittelt auf wie ein Fisch, der aus den Wellen springt.

Ich war mir jedoch in diesem Moment meiner Gedanken vollkommen bewusst, sah ganz klar die Gestalt des unglaublichen Rong Jinzhens vor mir und die des widerlichen Diebes. Diese diametral verschiedenen Bilder gaben meinem Denken eine Richtung. Auf das Wesentliche reduziert, repräsentierten sie Gut und Böse, Schwere und Leichtigkeit, Wichtigkeit und Bedeutungslosigkeit. Wie tragisch, dass ein Mann wie Rong Jinzhen nicht von einem Code oder einem Kryptografen gefällt worden war, sondern von einem gewöhnlichen Dieb.

Warum war er so schnell zusammengebrochen?

War der Dieb so mächtig?

Natürlich nicht.

War Rong Jinzhen so schwach?

Ja, das war er.

Alles nur, weil der Dieb mit seinem geheiligten und geheimen Notizbuch davongerannt war. Es war sein wichtigstes und empfindlichstes Gut, wie ein Herz. Ein kleiner Hieb reicht, und es hört auf, zu schlagen.

Sie verstehen bestimmt, dass man normalerweise seinen liebsten und wertvollsten Besitz an einem sicheren Ort verwahrt. In Rong Jinzhens Fall hätte das der Lederkoffer sein sollen. Es war ein Fehler gewesen, es in seine Aktenmappe zu stecken, eine Nachlässigkeit. Andererseits hätte doch ein feindlicher Agent, der hinter seinem Notizbuch her gewesen wäre, dieses Ach-so-wichtige-Notizbuch niemals in einer ungesicherten Aktenmappe vermutet. Er hätte selbstverständlich den Lederkoffer gestohlen. Man könnte es sogar als geschickten Kniff bezeichnen, es gerade nicht im Lederkoffer zu verschließen.

Lassen Sie uns weiter überlegen – wenn also Rong Jinzhen sein Notizbuch absichtlich in der Mappe aufbewahrt hat und es sich bei dem Dieb tatsächlich um einen Geheimagenten gehandelt hat – dann hatte er ihn vielleicht auf abgefeimte Weise in eine Falle locken wollen, nicht wahr? Dieser Gedankengang brachte mich zurück zu SCHWARZ. Was, wenn der Schöpfer von SCHWARZ den wichtigsten Schlüssel für seine Decodierung gar nicht versteckt, tief im Code vergraben hätte, sondern hatte offen herumliegen lassen? Also nicht in den sicheren Lederkoffer, sondern in die Aktenmappe gelegt hätte? Dann wäre Rong Jinzhen, der so eifrig und schmerzlich nach dem Schlüssel für SCHWARZ gesucht hatte, wie der Geheimagent gewesen, der im Lederkoffer nach dem Notizbuch sucht.

Bei diesem Gedanken wurde ich ganz aufgeregt.

Natürlich war meine Idee, logisch betrachtet, vollkommen absurd. Aber diese Absurdität passte gut zu den beiden sonderbaren Phänomenen, die ich zuvor erwähnt habe. Das Erstere legte den Schluss nahe, dass SCHWARZ ein abstruses Gebilde war, so abstrus, dass Rong Jinzhen den letzten Schritt zu seiner Decodierung nicht schaffte. Das Letztere dagegen wies darauf hin, dass SCHWARZ extrem einfach war – deshalb hatte man auch im Verlauf von drei Jahren keinen Fehler darin entdecken können. Verstehen Sie, was ich sagen will? Meist sind es die einfachsten Dinge, die reibungslos verlaufen und Perfektion erreichen.

Unter den gegebenen Umständen muss man streng genommen zwei Arten von Simplizität unterscheiden, künstliche und echte Simplizität. Der Kerl, auf dessen Mist der Code gewachsen war, hatte eine seltene Gabe für echte Simplizität. Er hatte einen Code erschaffen, der für ihn selbst sehr einfach und leicht zu dechiffrieren war, für uns andere aber extrem ausgeklügelt daherkam. Echte Simplizität blendet, sie verschwört sich gegen dich und lockt dich in eine Falle. Dementsprechend lag hier der Schlüssel einfach direkt vor unserer Nase, in einer schlichten Aktenmappe.

Sie können sich vorstellen, wie es weiterging. Wäre die Simplizität des Codes künstlich gewesen, hätte ich zwangsläufig kapitulieren müssen, denn ein solcher Code hätte nur das Werk eines Genies sein können, wie es die Menschheit vielleicht alle 1.000 Jahre zu Gesicht bekommt. Mir wurde klar, dass sich Rong Jinzhen in der Annahme verstrickt hatte, es handelte sich bei SCHWARZ um eine künstliche Simplizität. Er war dem ambivalenten Minimalismus des Codes in die Falle gegangen. Wie dem auch sei, es war ja nur logisch, unvermeidlich sozusagen, dass er sich davon täuschen ließ. Sagen wir ... Ich versuche, es anschaulicher zu machen: Stellen Sie sich vor, Sie haben mich beim Boxen gerade zu Boden geschlagen. Da springt aus meiner Ecke jemand in den Ring und greift Sie an. Auch wenn Sie ihm haushoch überlegen sind, kämpft er zumindest besser als ich. In dieser Situation befand sich Rong Jinzhen. Er hatte PURPUR entschlüsselt, er war der Sieger, hatte sich bewiesen. Er war bereit für den nächsten Kampf. Dann beging er einen Fehler, den Fehler eines Genies: Für ihn lag es außerhalb des Möglichen, dass ein besonders komplexer Code einen so offensichtlichen Widerspruch in sich trug (das heißt, dass er aussah, als sei seine Simplizität künstlich, während sie es in Wahrheit gar nicht war). Er hatte PURPUR entschlüsselt und wusste um dessen ausgeklügelte und feinsinnige Struktur. Ein widersprüchlicher Code wie SCHWARZ machte ihn ratlos, er war unfähig, die Ambivalenz zu erkennen und aufzubrechen, mit jeder Anstrengung verstärkte er sie umso mehr. Das war die Macht echter Simplizität.

Dem Genie Rong Jinzhen stand in diesem Fall sein eigenes Talent im Weg. Die künstliche Simplizität hatte ihn verhext und er konnte sich von dem Zauber nicht lösen. Es zeigt auch, wie mutig und stark er war, es mit einem doppelt starken Gegner aufzunehmen. Sein Verstand lechzte nach einem solchen Nahkampf.

Ich bin anders. Mich schreckt so ein Gegner. Er lässt mich verzweifeln. Niemals hätte ich SCHWARZ auf diesem Weg entschlüs-

seln können. Mir blieb nur der zweiten Weg, die echte Simplizität, die Idee, dass der Schlüssel zu SCHWARZ in der Aktenmappe lag. Ein unbeschreibliches Glücksgefühl überkam mich, mir bot sich ein Ausweg aus dem Dilemma. Als ob eine unsichtbare Hand den Schleier vor meinen Augen weggezogen und zu Boden geschleudert hätte.

Das war es, ja, ja, ja, wenn ich an diesen Moment denke, vibriert alles in mir, so aufgeregt war ich. Es war der größte Augenblick meines Lebens. Diesem Augenblick habe ich zu verdanken, dass mein Leben jetzt so ruhig und friedlich ist. Der Himmel hatte alles Glück der Welt in die Hände genommen und über meinem Haupt ausgeschüttet. Ich fühlte mich winzig und geborgen wie im Mutterleib. Mir wurde alles gegeben, ohne dass ich um etwas bitten oder es vergelten musste. Ich durfte die Früchte vom Baum pflücken.

Ach, ich habe das Gefühl von damals leider nicht festhalten können, es ist mir entglitten. Ich weiß nur noch, dass ich nicht sofort hingegangen bin und den Beweis für meine Annahme suchte. Kann sein, dass ich Angst davor hatte, oder dass mich ein alter Aberglaube zurückhielt. Es war noch nicht drei Uhr morgens, und es heißt, in der Zeit nach drei Uhr früh gehört die Welt den Menschen und den Geistern. Es ist die Zeit, in der Geist und Seele am mächtigsten sind. Und so fühlte ich mich auch, mitten in der Nacht, in meinem Büro, wie ein Verurteilter ging ich dort auf und ab, spürte meinen heftigen Herzschlag und versuchte gleichzeitig, mich zu beruhigen. Ich wartete bis drei Uhr morgens. Erst dann schaltete ich den Rechner ein (der, den das Hauptquartier Rong Jinzhen für seine Verdienste geschenkt hatte, der 40.000 Anweisungen pro Sekunde verarbeiten konnte) und suchte nach dem Beleg für meine absurde These. Ich weiß nicht mehr, wie lange es gedauert hat. Doch ich weiß noch, was ich tat, als ich Gewissheit hatte. Ich stürmte wie ein Irrer aus der Höhle – unsere Büros lagen damals noch unterirdisch in einer der Höhlen verborgen –, warf mich auf den Boden und jaulte, johlte, pries Himmel und Erde.

Draußen war es noch dunkel, es war kurz vor Sonnenaufgang. Ich hatte SCHWARZ entschlüsselt.

Schnell, sagen Sie? Natürlich ging es schnell, der Schlüssel zu SCHWARZ lag schließlich in einer gottverdammten Aktenmappe!

Genau, der Code hatte kein Schloss. Er hatte einfach keins. Es gab nichts.

Nun, also, ich weiß selbst nicht, wieso ich Ihnen das alles so ausführlich erzähle. Ich würde gerne noch ein Gleichnis bringen. Sagen wir, SCHWARZ sei wie ein Haus, das weit, weit oben irgendwo in den Wolken versteckt liegt. Es hat zahllose Türen, alle sind vollkommen identisch, und alle sind verschlossen. Nur eine dieser Türen lässt sich öffnen. Um in das Haus zu gelangen, müssen sie es erst am weiten Himmel ausfindig machen, dann müssen Sie die eine Tür unter unzähligen falschen finden, die sich öffnen lässt. Damit können Sie eine Ewigkeit zubringen. Und haben Sie sie doch gefunden, fehlt ihnen noch der Schlüssel dazu. Rong Jinzhen hatte das Haus und die Tür, nur nicht den Schlüssel.

Will man den passenden Schlüssel finden, muss man einen nach dem anderen ins Schloss stecken und ausprobieren. Kryptoanalytiker schmieden sich diesen Schlüssel mit ihrem Intellekt und ihrem Vorstellungsvermögen. Sie schaffen einen nach dem anderen, bis einer funktioniert. So hatte Rong Jinzhen seine Zeit verbracht, bis ihm das Notizbuch gestohlen wurde. Stellen Sie sich vor, wie viele Schlüssel er wohl bis dahin schon ausprobiert hatte. Um überhaupt erst so weit zu kommen, braucht es nicht einfach nur Begabung, das sollten Sie inzwischen begriffen haben, es bedarf eines unverschämt großen Glücks. Ein begnadeter Kryptoanalytiker verfügt über eine unbegrenzte Anzahl von Schlüsseln im Kopf, und einer von ihnen muss am Ende passen. Man weiß nur nicht, welcher das ist und wann man ihn gefunden haben wird. Es hat viel mit Spürsinn und Zufall zu tun.

Zufall kann verhängnisvoll genug sein, um alles zu zerstören! Zufall kann wunderbar genug sein, um alles zu erschaffen!

Doch für mich gibt es keine Schlüssel, ich kann sie nicht schmieden, deswegen birgt der Zufall für mich weder Glück noch Gefahr. Aber so abwegig es auch klingen mag – diese Tür sah nur so aus, als sei sie fest versperrt! Sie war reine Fassade, ich musste nur ein wenig dagegen drücken, und sie sprang von selbst auf. Das war des Rätsels Lösung. Der Schlüssel zu SCHWARZ war ein Witz, niemand konnte das für bare Münze nehmen, so unglaublich war es. Selbst als ich die Tür geöffnet hatte und ins Innere des Hauses blickte, konnte ich es noch nicht fassen. Ich dachte, es sei alles nur ein Traum.

Mann, dieser verdammte Teufel. Dieser Code war das Werk eines Dämons!

Nur ein Dämon hat den Mut zu solcher Barbarei!

Nur ein Dämon verfügt über einen solch perfiden Intellekt!

Dieser Dämon war Rong Jinzhens genialem Angriff geschickt ausgewichen, aber mit einem einfältigen Deppen wie mir hatte er nicht gerechnet. Doch der Himmel weiß, und ich weiß es vor allen Dingen, dass das Verdienst Rong Jinzhen gebührt. Sein Notizbuch verhalf mir zu diesem Höhenflug und ließ mich aller Widrigkeiten zum Trotz hinter das Geheimnis von SCHWARZ kommen. Sie könnten argumentieren, dass das reiner Zufall war. Meinetwegen, aber sagen Sie mir, welcher Code denn nicht dank einer Mischung aus harter Arbeit und einem bisschen Glück geknackt wird? Kennen Sie die Redensart vom Glück, dass jenseits des Horizonts liegt? Wie, wenn der Rauch aus dem Grab deiner Ahnen im selben Augenblick aufsteigt, in dem du die Hände nach oben reckst. Davon haben Sie schon gehört, nicht wahr?

Tja, junger Mann, damit haben Sie nicht gerechnet, was? Ich kann Ihnen versichern, dass Sie heute hinter meinen persönlichen Geheimcode gekommen sind. Alles, was ich Ihnen heute erzählt haben, war bislang mein bestgehütetes Geheimnis, niemand weiß davon. Und jetzt fragen Sie sich, warum ich ausgerechnet Ihnen alles verrate, vor Ihnen meine alles andere als glorreiche Lebens-

beichte ablege? Ich will es Ihnen sagen: Ich bin jetzt bald 80 Jahre alt und jeden Tag kann der Tod an meine Tür klopfen, ich habe keine falsche Eitelkeit mehr nötig…
[Ende des Interviews mit Yan Shi]

Am Ende gab mir der alte Mann noch seine Hypothese mit auf den Weg, warum unser Gegner einen Code ohne Schlüssel geschaffen hatte: Er hatte nach der beschämenden Decodierung von PURPUR eingesehen, dass er in einer Sackgasse steckte, denn er musste sich eingestehen, dass er gegen ein magisches Talent wie Rong Jinzhen nicht ankam. Jeder weitere Kampf bedeutete die sichere Niederlage. Daher schuf er in einem letzten wahnsinnigen Versuch dieses bizarre Gift namens SCHWARZ.

Sie konnten nicht ahnen, dass Rong Jinzhen zu einem Gegenschlag fähig war. Um es mit den Worten des alten Mannes zu sagen: Durch seine persönliche Tragödie – wieder so ein Beweis dafür, dass er nicht von dieser Welt war – hatte er seinem Kollegen das abgründige Geheimnis von SCHWARZ offenbart. Dieser Mann war unglaublich, einzigartig in der Geschichte der Kryptoanalyse.

Heute, wenn ich die ganze Geschichte noch einmal Revue passieren lasse, verspüre ich beim Gedanken an die magische Gestalt des Rong Jinzhen unendlich große Hochachtung – und unglaubliche Traurigkeit.

Anhang
RONG JINZHENS NOTIZBUCH

Wie die Überschrift verrät, besteht dieser Anhang aus den Aufzeichnungen in Rong Jinzhens Notizbuch. Es handelt sich um Zusatzmaterial und steht streng für sich allein. Diese Seiten legen keine neuen Geheimnisse in Bezug auf die vorangegangenen Kapitel offen. Der Leser kann selbst entscheiden, ob er sie lesen möchte oder nicht. Sicher fügen sie der Geschichte noch ein paar kleine Details hinzu, aber sie sind nicht wichtig und ändern nichts an unserem Bild von Rong Jinzhen. Sie sind so wichtig oder unwichtig wie ein Wurmfortsatz, deshalb heißen sie auch Anhang und können bestenfalls als eine Art Nachwort verstanden werden.

Nachdem dies klargestellt ist, kann ich Ihnen verraten, dass Rong Jinzhen während seiner Zeit in Einheit 701 (also zwischen 1956 und 1970) 25 Notizbücher gefüllt hat, die jetzt alle unter der Obhut seiner Frau stehen. Nur eines von ihnen verwahrt sie tatsächlich als Privatmensch, die anderen 24 als Sicherheitsoffizier von Einheit 701, wo die Hefte in einem mächtigen Stahlschrank weggeschlossen sind, versehen mit einem doppelten Sicherheitsschloss. Einen der Schlüssel dafür trägt sie bei sich, über den zweiten verfügt der Bereichsleiter. Obwohl die Hefte unter ihrer Aufsicht stehen, ist sie nicht befugt, sie zu lesen oder als ihre eigenen zu betrachten.

Wann werden sie freigegeben werden?

Das kann man nicht mit Sicherheit sagen. Rong Jinzhens Frau gibt an, dass für einige die Sperre wohl schon in wenigen Jahren aufgehoben wird, andere bleiben voraussichtlich noch für mehrere Jahrzehnte unter Verschluss, je nachdem, welcher Geheimhaltungsstufe sie unterliegen. Diese 24 Hefte existieren für uns also gar nicht oder ungefähr so wenig, wie der Mann im Lingshan-Sanatorium existiert. Er ist dort, man kann hingehen und ihn besuchen, aber den wirklichen Rong Jinzhen gibt es schon längst nicht mehr. Kein Wunder, dass ich ausgesprochen neugierig auf das einzig zugängliche Notizbuch war. Jeder wusste, dass es in ihrem Besitz ist, doch, soweit mir bekannt, hatte niemand es je gesehen. Man wusste nur mit Sicherheit, dass sie es hatte, denn sie hatte seinen Erhalt quittiert. Auch wenn sie mich stets abwimmelte, konnte sie nicht leugnen, es zu besitzen, doch meine Versuche, Einblick in den Inhalt zu bekommen, beantwortete sie immer mit einem »Raus!«. Ohne Zögern, ohne Diskussion warf sie mich hinaus. Vor ein paar Monaten, als ich die ersten fünf Teile meines Romans beendet hatte, musste ich noch einmal bei Einheit 701 vorstellig werden, um prüfen zu lassen, ob der Text nicht etwa klassifizierte Informationen preisgab. Rong Jinzhens Frau gehörte zu den Zensoren. Beim Lesen machte sie ein paar Kommentare zu meiner Geschichte, und dann fragte sie mich unvermittelt: »Möchten Sie das Notizbuch immer noch sehen?« – »Natürlich«, antwortete ich, und sie lud mich ein, am nächsten Tag bei ihr vorbeizukommen. Doch so lange musste ich gar nicht warten. Noch am selben Tag suchte sie mich stattdessen im Gästehaus auf und überreichte mir das Heft oder besser – und wie nicht anders zu erwarten –: eine Kopie des Originals.

Drei Dinge muss ich dazu erklären:

Die Kopie war nur unvollständig.
Woher ich das weiß? Nun, soweit mir bekannt, benutzte Rong Jinzhen genauso wie alle Mitglieder von Einheit 701 ein hauseigenes Fabrikat. Ich habe die druckfrischen Originale selbst gesehen. Es gab drei Formate, einmal 14,2 × 21,0 cm, 13,0 ×

18,4 cm und 9,0 × 10,0 cm, alle kamen entweder mit rotem oder blauem Kunststoff- oder einem Ledereinband. Rong Jinzhen hatte offenbar ein Faible für blau. Seine Notizbücher waren alle blau und von mittlerer Größe. Auf dem Einband eines solchen Hefts ist jeweils in roter Schrift »Verschlusssache« eingeprägt. In der Mitte des Deckblatts ist Raum für die Daten:

    Seriennummer: _____
    Codenummer: _____
    Datum: _____

Rong Jinzhens Codenummer war 5603K. Niemand außerhalb von Einheit 701 konnte wissen, wer sich hinter dieser Kennziffer verbarg. Der Code setzte sich zusammen aus dem Jahr, in dem er die Arbeit aufgenommen hatte (1956), der wievielte neue Mitarbeiter er in diesem Jahr gewesen war (der dritte) und der Abteilung, in der er tätig war (Kryptoanalyse). Jede einzelne Seite war mit dem roten Schriftzug »Verschlusssache« in der rechten oberen und einer Seitenzahl in der rechten unteren Ecke geprägt.

    Die Kopie, die ich in der Hand hielt, hatte auf den Seiten weder den Stempel »Verschlusssache« noch Seitenzahlen. Gut, es war einzusehen, warum man »Verschlusssache« getilgt hatte. Aber warum die Seitenzahlen? Ich zählte die Seiten. Es waren 72. Da begriff ich, was los war, denn ich hatte ja die Originale schon in der Hand gehabt. Jedes Heft hatte 99 Seiten. Meine Kopie war also unvollständig. Xiao Zhai hatte zwei Erklärungen dafür. Zum einen habe Rong Jinzhen nicht alle Seiten beschrieben, deshalb habe sie auch nicht alle kopiert, und zum anderen gebe es Stellen, die zu den intimen Geheimnissen ihrer Ehe gehörten, und daher nicht für andere Augen bestimmt seien. Für mich wären gerade die fehlenden Seiten die interessantesten gewesen.

Das Notizbuch stammte offensichtlich aus einer Zeit, in der Rong Jinzhen krank war.
Es war an einem Tag Mitte Juni 1966, als Rong Jinzhen nach dem Frühstück in der Kantine Übelkeit verspürte und er plötzlich auf dem Gang ohnmächtig wurde. Dabei schlug er mit dem Kopf auf einer hölzernen Bank auf, dass das Blut spritzte. Man brachte ihn sofort ins Krankenhaus. Die Diagnose lautete: Kopfwunde und starke innere Blutungen. Sein Magen war für die jähe Bewusstlosigkeit verantwortlich. Es sah sehr ernst aus und die Ärzte entschieden, ihn auf der Station zu behalten.

Es handelte sich um dasselbe Krankenhaus wie das, in dem damals der Schachidiot behandelt worden war. Die Ausstattung dieses Hospitals, das zu Einheit 701 gehörte und im Südkomplex lag, konnte sich mit jedem guten städtischen Krankenhaus messen. Rong Jinzhens schweres, aber nicht ungewöhnliches Leiden dort behandeln zu lassen, stellte kein Problem dar. Problematisch war allein die Lage im Südkomplex, der längst nicht so unzugänglich und damit sicherer war als der Nordkomplex. Um es anschaulicher zu machen: Das Verhältnis des Nordkomplexes zum Südkomplex war wie das von Herr und Diener. Der Diener lebt im Haus des Herrn und erfüllt seine Wünsche, doch was der Herr treibt, geht ihn nichts an. Selbst wenn er davon wüsste, war es seine Aufgabe, nichts davon nach außen dringen zu lassen. Streng genommen durfte niemand im Krankenhaus Rong Jinzhens Identität kennen. Das war natürlich einfacher gesagt als getan, denn er war kein Unbekannter. Sein Ruhm hatte sich selbstverständlich herumgesprochen. Seine Identität war innerhalb von Einheit 701 ohnehin kein Geheimnis mehr. Über die Inhalte seiner Arbeit herrschte dennoch absolutes Stillschweigen.

Als nun Rong Jinzhen blutüberströmt und bewusstlos ins Krankenhaus eingeliefert wurde, trug er auch sein Notizbuch bei sich. Das war streng verboten, doch sein weiblicher Sicherheitsoffizier, der wusste, dass er ins Krankenhaus überstellt worden war und den Nordkomplex verlassen hatte, hatte sich nicht darum gekümmert, es zu sichern. Und so lieferte Rong Jinzhen es erst persönlich bei ihr ab, als er am Abend wieder bei Bewusstsein war. Als das Sicherheitsbüro davon erfuhr, erhielt die Dame sofort einen Verweis und wurde von ihrem Posten suspendiert. Rong Jinzhen wurde ein neuer Sicherheitsoffizier zur Seite gestellt, und das war niemand anderer als seine zukünftige Frau. Das musste drei oder vier Tage gewesen sein, nachdem Rong Jinzhen sein Notizbuch abgegeben hatte.

Es handelte sich also nicht um *das* Notizbuch!

Rong Jinzhen hatte sofort um ein neues gebeten. Jemand wie er konnte nicht ohne ein Notizbuch sein. Es gehörte zu seinem Leben seit dem Tag, an dem ihm Lilley Junior seinen Waterman-Füller geschenkt hatte. Nicht einmal im Krankenhaus konnte er mit seiner Gewohnheit brechen. Der einzige Unterschied war, dass er in dieser Umgebung auf keinen Fall von Dingen schreiben konnte, die seine Arbeit betrafen, und genau aus diesem Grund war dieses spezielle Heft freigegeben und seiner Frau Xiao Zhai übereignet worden. In dem Notizbuch befanden sich also ausschließlich alltägliche Gedanken, die er während seines Krankenhausaufenthalts notiert hatte.

Die Namen der auftauchenden Personen sind unklar.
Die Personen, von denen er schreibt, werden in dem Heft meistens nur mit »du«, »er« oder »sie« bezeichnet. Sie stehen meinem Eindruck nach gar nicht für konkrete Personen. Linguistisch ausgedrückt war das jeweilige Designatum der Aussage verwirrend. Manchmal scheint er sich selbst damit zu meinen, manchmal Lisewicz, Meister Rong, seine Mutter oder Lilley Junior. Dann wieder könnte es sich um seine Frau handeln oder um den Schachidioten oder um Gott. Und hin und wieder sogar

um einen Baum oder einen Hund. Das Ganze ist jedenfalls sehr verwirrend, und vielleicht wusste er selbst zuweilen nicht, über wen oder was er redete. Was man daraus macht, hängt vom Leser ab. Weshalb ich es Ihnen dennoch überlasse, ob Sie es sich zu Gemüte führen möchten oder nicht, hat folgenden Grund: Es ist schwer zu sagen, ob der Inhalt dieses Notizbuchs verständlich ist. Man kann viele Aussagen nicht ganz nachvollziehen. Man muss sich auf sein Gefühl verlassen und die Dinge nehmen, wie sie sind. Daher überlasse ich es Ihnen, ob sie die folgenden Seiten lesen wollen oder nicht. Sollten Sie sich dafür entscheiden, dann habe ich für den interessierten Leser an einigen Stellen Anmerkungen eingefügt und die Einträge nummeriert. Alle Stellen, die auf Englisch geschrieben waren, habe ich übersetzt.

1)
Er möchte immerzu ein Leben wie ein Pilz führen, im Einklang mit der Natur wachsen und im Einklang mit der Natur vernichtet werden. Doch das geht nicht. Und jetzt hat er sich auch noch in ein Haustier verwandelt.
Ein verdammtes Haustier!*

2)
So denkt er: Ins Krankenhaus zu kommen ist das Furchtbarste. Im Krankenhaus wird selbst der stärkste Mensch zu einer erbärmlichen Kreatur. Zum Schwächling. Zum Kind. Zum Greis. Unvermeidlich, dass andere sich um dich sorgen ... wie um ein Haustier.

3)
Alles, was ist, ergibt Sinn, aber nicht alles ist vernünftig – das hat er gesagt. Gut gesagt!

---

* Der unterstrichene Teil stand im Original auf Englisch. Dasselbe gilt für die nachfolgenden Unterstreichungen.

4)
Im Fenster die Spiegelung deiner selbst mit Kopfverband wie ein verwundeter Soldat frisch von der Front...

5)
Angenommen, das Blut aus meinem Magen ist Blutgruppe A, das aus meinem Kopf Blutgruppe B, meine Krankheit X, dann gibt es offensichtlich zwischen A und B eine Beziehung in zwei Richtungen über X, A ist innerlich, B ist äußerlich, oder A ist dunkel, B ist hell. In der Folge könnte man A auch als oberhalb oder positiv bezeichnen und B als unterhalb, negativ; kurz gesagt: Wir haben es mit einer gleichwertigen, mehrdirektionalen Beziehung zu tun. Für eine solche Beziehung braucht es keine solide Grundlage, sie ist vielmehr völlig beliebig. Doch sobald es diese Beliebigkeit gibt, wird sie zur Notwendigkeit. Ohne A kein B und ohne B kein A. Diese mehrdirektionale Beziehung entspricht der Theorie der mehrdirektionalen Zahlen von Georg Weinacht*... Ob Weinacht etwas Ähnliches widerfahren ist wie dir und er seine Theorie daraus abgeleitet hat?

6)
Es gibt eine Erklärung für die Wunde auf meiner Stirn –
Paulus sagte: »In dieser Zeit muss man sich ranhalten. Was sitzt du doch dann hier herum und heulst?«
Der Bauer sagte: »Gerade ist einer meiner Esel wild geworden und hat mir zwei Vorderzähne ausgetreten.«
Paulus sagte: »Dann solltest du lachen, was nutzt dir das Weinen?«
Der Bauer sagte: »Ich weine vor Schmerz, weil ich verletzt bin, wie könnte ich lachen?«
Paulus sagte: »Der Herr sagt: Werden einem jungen Mann die Zähne ausgeschlagen und die Stirn gespalten, ist das ein Zeichen

---

* Zu dieser Zeit wusste Rong Jinzhen noch nicht, dass es sich bei Weinacht um Lisewicz handelte.

des Himmels, und schon bald wird dir großes Glück beschieden sein.«
Der Bauer sagte: »So bitte ich den Herrn, er möge mir einen Sohn schenken.«
In diesem Jahr schenkte der Herr dem Bauern einen Sohn.
Und jetzt hat man auch dir die Stirn gespalten. Ob das Glück bedeutet?
Etwas wird geschehen, nur kannst du nicht sagen, ob es etwas Gutes oder Schlechtes sein wird, weil du nicht weißt, was gut für dich ist.

7)
<u>*Ich sah an alles Tun, das unter der Sonne geschieht, und siehe, es war alles eitel und Haschen nach Wind. Krumm kann nicht schlicht werden, noch, was fehlt, gezählt werden.*</u>
<u>*Ich sprach in meinem Herzen: Siehe, ich bin herrlich geworden und habe mehr Weisheit denn alle, die vor mir gewesen sind zu Jerusalem, und mein Herz hat viel gelernt und erfahren.*</u>
<u>*Und ich richtete auch mein Herz darauf, dass ich erkennte Weisheit und erkennte Tollheit und Torheit. Ich ward aber gewahr, dass auch dies ein Haschen nach Wind ist. Denn wo viel Weisheit ist, da ist viel Grämens, und wer viel lernt, der muss viel leiden.*</u>*

8)
Er ist reicher, er wird immer reicher.
Er ist arm, er wird immer ärmer.
Er ist er.
Auch er ist er.

---

* Prediger 1, 14–18.

9)
Der Arzt sagt, ein guter Magen sei außen glatt und innen rau. Stülpe man ihn von innen nach außen, würde ein guter Magen wie ein frisch geschlüpftes Küken aussehen, über und über mit einem feinen Flaum bedeckt. Gut verteiltem zarten Flaum. Doch mit meinem Magen verhält es sich umgekehrt. Er sieht aus wie jemand, der an Kopfgrind leidet, als habe man den Flaum versengt, er ist voller Ringflechten. Der Arzt sagt auch, es hieße, dass Magenkrankheiten in der Regel von ungesundem Essen kämen, aber tatsächlich kämen sie davon, dass man sich zu viele Sorgen mache. Das heißt, der Magen wird nicht vom übermäßigen Essen und Trinken krank, sondern von überbordender Fantasie.
Wann hätte ich je zu viel gegessen und getrunken?
Mein Magen ist wie ein Fremdkörper, ein Feind (ein Spion), er hat mich nie angelächelt.

10)
Du solltest deinen Magen hassen.
Aber das kannst du nicht.
Denn er trägt den Abdruck deines <u>Papas.</u>
Dieser alte Herr ist es gewesen, der deinen Magen geformt hat. Von Geburt an schwach, zart wie eine Birnenblüte.
<u>Papa,</u> du bist nicht tot. Du lebst in meinem Herzen und auch in meinem Magen fort.

11)
Du bist jemand, der beharrlich voranschreitet, du blickst ungern zurück.
Weil du ungern zurückblickst, zwingst du dich umso mehr, beharrlich voranzuschreiten.

12)
Alles unter dem Licht des Himmels ist von Gott geordnet.
Würdest du selbst es ordnen, dann würdest du wie ein Einsiedler leben oder wie ein Gefangener. Am liebsten wie ein unschuldiger Gefangener oder wie ein unrettbarer Gefangener. Auf jeden Fall ein Unschuldiger.
Im Augenblick stimmt Gottes Plan mit deinen Wünschen überein.

13)
Ein Schatten hat dich gepackt.
Weil du stehen geblieben bist.

14)
Und wieder hat dich ein Schatten gepackt!

15)
Johannes sagt, dass Schlaf anstrengend sei, denn er erfordere das Träumen.
Ich würde sagen, nicht zu arbeiten ist anstrengend, weil dein Herz leer ist. Ganz wie beim Träumen kann sich die Vergangenheit seiner bemächtigen und die Leere füllen.
Arbeit hilft, die Vergangenheit zu vergessen, selbst der Grund für die Vergangenheit wird abgeschüttelt.

16)
Wie ein Vogel, der sein Nest verlässt und davonfliegt.
Wie eine Flucht...

17)
»Du undankbarer Kerl, wo bist du hingelaufen?«
»Ich bin westlich von euch... in einem Tal, einen Kilometer weit weg.«
»Warum kommst du nicht zu uns zurück?«

»Ich kann nicht zurück…«
»Nur ein Verbrecher kann nicht nach Hause zurück!«
»Ich bin so etwas wie ein Verbrecher…«
<u>Er ist ein Verbrecher an sich selbst!</u>

18)
Ihr habt ihm zu viel gegeben! Deshalb wagt er nicht, sich zu erinnern, er fühlt sich unwohl dabei, voller Reue und Demut, vom Glück beschenkt und traurig, als habe er sein erbärmliches Leben einzig eurer Güte zu verdanken.
Die Leute des Altertums sagten, aus viel wird wenig, aus voll wird leer.
Die Götter sagen, alles unter dem Licht des Himmels sei unvollkommen…

19)
Es gibt Menschen, die durch die Liebe anderer glücklich werden, und solche, die durch die Liebe anderer leiden.
Wegen des Glücks wollte er zurückkehren.
Wegen des Leides wollte er weggehen.
Er ging nicht fort, weil er das wusste, sondern erst, weil er fortging, wusste er davon.

20)
Der Unwissende kennt keine Angst.
Angst ist wie ein Seil, das sich um dich schlingt, das dich rückwärtszieht, dort, wo es hängt, macht es ihn unfähig, der Welt Geheimnisse zu erzählen.

21)
Mutter, wie geht es dir?
Mutter, geliebte Mutter!

22)
Gestern vor dem Einschlafen hast du dich selbst zum Träumen gezwungen. Doch jetzt kannst du dich kaum mehr an den Traum erinnern. Wahrscheinlich hast du von deiner Arbeit geträumt, so, wie du es beabsichtigt hattest. Endlich frei sein von der »Qual, nicht zu arbeiten«.

23)
Johannes zeigte mit dem Finger auf mich und sagte, er sei der Meister unseres Fachs, und ich komme nach ihm. Dann aber kritisierte er mich und sagte, ich habe zwei schlimme Fehler begangen: Zum einen sei ich zu einem Teil des Systems geworden, und zum anderen habe ich meine Zeit mit <u>mittelmäßigen Codes</u> verschwendet, die auch andere entschlüsseln könnten. Der zweite Fehler sei eine Folge des ersten. Aufgrund dieser Fehler werde die Kluft zwischen uns immer größer statt kleiner. Doch wenn mein Gegner sich keiner anspruchsvollen Codes mehr bedient, was soll ich tun? Er sagte, er habe kürzlich ein Buch geschrieben, in dem es um die größten Herausforderungen der Kryptologie ginge. Wer in der Lage sei, dem Inhalt seines Buches zu folgen, es zu entschlüsseln, sei für die nächsten 30 Jahre in der Lage, die kniffligsten Codes der Welt zu entschlüsseln. Er schlug mir vor, zu versuchen, sein Buch zu enträtseln. Dabei hielt er seinen Daumen in die Höhe und sagte, wenn ich dieses Buch entschlüsseln würde, sei ich dieser Daumen.
Das ist wirklich eine gute Idee.
Aber wo finde ich dieses Buch?
In meinen Träumen.
Nein, im Traum von Johannes in meinem Traum.

24)
Angenommen, es gibt dieses Buch, dann kann es einzig aus der Feder von Johannes stammen.

Von niemandem sonst!
Sein Gehirn gleicht in der Tat einem solchen Buch.

25)
Johannes hat in seinem Leben nur ein Buch geschrieben, es heißt
Unleserliche Handschriften. *Jemand hat mir erzählt, er habe es in einer Buchhandlung gesehen. Das ist jedoch sehr unwahrscheinlich, denn ich habe alles darangesetzt, es zu finden, und es immer noch nicht aufgetrieben.*
Es gibt nichts, was meine Leute nicht finden könnten, es sei denn, es existiert nicht.

26)
Du bist eine Ratte.
Du befindest dich in einer Scheune.
Aber du kannst das Getreide nicht fressen.
Jedes Korn ist mit einer Schutzschicht überzogen, sodass du es nicht essen kannst.
– Das ist der Code.

27)
Die Erfindung von Codes hält deine Intelligenz auf einer Armlänge Abstand von dir, und sie trübt dir die Augen, sodass du dich wie ein Blinder fühlst.

28)
General MacArthur reckte auf der koreanischen Halbinsel die Hand gen Himmel und griff in die Luft, dann schüttelte er die Faust vor den Nasen seiner Kryptoanalysten und sagte: »Das ist der Geheimdienst, den ich brauche, einen, der nach dem Himmel greift, der alle die Dinge packt, die ich nicht sehen kann, weil ich blind bin. Ich brauche euch, um mich wieder sehend zu machen.« Jahre später schrieb er in seinen Memoiren: »Meine Kryptoana-

lysten haben es nicht ein einziges Mal geschafft, mir die Augen zu öffnen. Ich kann von Glück sagen, dass ich überhaupt lebendig nach Hause gekommen bin.«

29)
Warum nicht den Arm in die Luft recken wie MacArthur und nach dem Himmel greifen? Doch du bist nicht dazu da, um Luft zu greifen, du sollst einen Vogel schnappen. Immer gibt es Vögel in der Luft, doch die Wahrscheinlichkeit, sie mit der bloßen Hand zu fangen, ist mehr als gering. Gering, aber nicht unmöglich, denn es gibt Leute, die auf wundersame Weise einen Vogel in der Luft fangen können.
– Das ist Kryptoanalyse.
Und doch werden die meisten nur ein paar Federn zu fassen bekommen, selbst wenn sie ihr Leben lang daran arbeiten, den Vogel zu erwischen.

30)
Wer könnte wohl tatsächlich einen Vogel in der Luft fangen?
John Nash vielleicht.
Nicht aber Lisewicz, selbst wenn er nicht weniger genial ist als Nash.

31)
Nash mag in der Lage sein, einen Vogel im Flug zu fangen, doch ich kann mir nicht vorstellen, wann. Lisewicz wiederum müsste nur genauestens auf Nashs Blickrichtung achten, auf den Augenblick, in dem er die Hand hebt, auf seine Haltung, seine Geschmeidigkeit, seine Genauigkeit und seine Sprungkraft, und wenn er dann seinen Kopf heben würde, um die Zahl der Vögel am Himmel zu bestimmen und ihre Fluggeschwindigkeit, ihre Flugrichtung und ihre Flugbahnwechsel – dann, ja dann vielleicht könnte er sagen, wann Nash nach dem Vogel am Himmel greifen würde.

Sie hatten vergleichbare Fähigkeiten, doch Lisewicz' Talent war gründlicher, vorsichtiger, herrlicher als das eines Engels, es war göttlich. Nash dagegen war ungewöhnlich, seine Außergewöhnlichkeit hatte etwas Abartiges, Unbändiges, er war wie von einem bösen Geist besessen. Codes sind das Werk des Teufels. Sie sind ein Zeugnis für die Heimtücke und Bösartigkeit der Menschen, unseren bösen Absichten und teuflischen Neigungen in extremum. Daher kam der teufelsgleiche Nash ihnen so nahe.

32)
Schlaf und Tod tragen denselben Vornamen, aber nicht denselben Nachnamen.
Schlaf ist die Vorbereitung auf den Tod. Träume sind die Hölle der Lebenden.
Es heißt, deine Seele wird durch dein Skelett klein, dein Gehirn wird durch deinen Körper klein, das sind die wesentlichen Merkmale der Mächte des Bösen.
Außerdem heißt es, dass dich die Begegnung mit den Traumwelten von Kindheit an mit der Bosheit und dem Teuflischen dieser Welt infizieren. Dadurch bist du in der Lage, einen Vogel im Flug zu fangen.

33)
Alle Geheimnisse dieser Welt stecken in unseren Träumen.

34)
Du musst dich nur selbst beweisen.
Wenn du dich selbst bewiesen hast, wird dein Gegner dir dabei helfen.
Wenn du dich nicht selbst beweisen kannst, wird dein Gegner sich beweisen.

35)
Du sehnst dich nach einem anderen Genie, das dir erlaubt, den Mund zu halten. Doch damit es so weit kommt, musst du ständig weiterreden.*

36)
Sie haben mir schon wieder einen neuen persönlichen Sicherheitsoffizier zur Seite gestellt. Die andere hatte versäumt, mein Notizbuch zu sichern. Sie war nicht die erste und wird auch nicht die letzte gewesen sein.

37)
Mein neuer Sicherheitsoffizier wird mit ziemlicher Sicherheit eine Frau sein...**

---

* Da diese Notiz auf Englisch dastand, nehme ich an, dass es sich um ein Zitat handelt, doch ich habe die Quelle nicht herausfinden können.
** In den 1970er-Jahren unterlagen Ehen innerhalb von Einheit 701 strengen Vorschriften. Weibliche Genossen der Einheit durften keine romantischen Beziehungen außerhalb der Einheit pflegen. Männer waren trotz der offiziellen Gleichstellung privilegiert: Wollte ein Mann eine Beziehung außerhalb der Einheit, musste er seine Vorgesetzten darüber informieren. Daraufhin würde die Organisation den Hintergrund der jeweiligen Person überprüfen lassen. Erst nach einer offiziellen Genehmigung durfte die Beziehung vertieft werden. Wenn es Probleme zwischen den beiden gab, durfte die Partei sich einmischen und eine Lösung suchen. Rong Jinzhen wurde älter und älter und war noch immer nicht verheiratet und unternahm auch nichts in dieser Hinsicht. Sobald er über 30 war, machte es sich die Organisation zur Aufgabe, ihn zu verheiraten. Sie suchten eine passende Genossin aus und stellten sie ihm als Sicherheitsoffizier zur Seite. Die jeweilige Dame genoss das vollkommene Vertrauen der Partei, und außerdem sollte sie ihm nicht nur nicht von der Seite weichen, sondern auch einer Ehe nicht abgeneigt sein. War sie erfolglos, musste sie ihren Posten bald verlassen und der nächsten Kandidatin Platz machen. Deshalb bekam Rong Jinzhen immer neue Sicherheitsoffiziere zugeteilt, und immer waren es Frauen. Die neue war mittlerweile die vierte.

38)
Wer ist sie?
Kennst du sie?
Hoffst du, sie zu kennen, oder nicht?
Hat sie sich freiwillig gemeldet oder haben sie sie dazu überreden müssen?
Ob sie mich morgen im Krankenhaus besuchen wird?
Verdammt! Man bekommt Kopfschmerzen vor lauter Fragen.

39)
Der Teufel bekommt unentwegt Kinder, weil er sie fressen will.

40)
Der Arzt hat gesagt, mein Magen blute noch immer. Er wundert sich, dass selbst die besten Medikamente noch immer keine zufriedenstellenden Ergebnisse zeitigen. Ich sagte ihm warum: Seit meiner Jugend habe ich Medikamente für den Magen genommen wie Mahlzeiten, es waren einfach zu viele. Deshalb haben sie keinen Effekt mehr. Er entschied, es mit einem anderen Medikament zu versuchen. Ich erklärte ihm, dass das sinnlos sei, ich hätte schon alles genommen. Wirkungsvoll könne höchstens eine höhere Dosierung sein. Das sei zu riskant, antwortete er, das könne er nicht wagen. Ich sollte mich wohl darauf einstellen, etwas länger hierzubleiben.

41)
Widerliches Haustier!

42)
Sie ist da.
Immer stellen sie sich dir mutig zur Seite.

43)
Ist sie im Krankenzimmer, wirkt der Raum zum Platzen voll. Wenn sie geht, sieht sie von hinten gar nicht aus wie eine Frau. Sieben Kuchen hat es bedurft, um ihren Hunger zu stillen.

44)
Sie taugt absolut nicht dazu, etwas zu verbergen – als Code wäre sie eine Katastrophe. Du hattest das Gefühl, dass sie sich gegenüber anderen ähnlich verhält wie du, diese Unsicherheit! Warum tut sie sich das bloß an? Weißt du, das ist erst der Anfang. Von jetzt an wird es dir jeden Tag so gehen. Nun, ich wusste ja, dass er kein Mitleid mit jemandem haben kann, der den falschen Weg eingeschlagen hat.

45)
Mein Denken unterstützen zu wollen ist wie eine Krankheit. Allein durch Bettruhe werde ich genesen können.

46)
Zu viel Nachdenken ist auch eine Krankheit.

47)
Blauer Himmel, weiße Wolken, Baumwipfel, Wind, Flattern, Fenster, ein vorbeischießender Vogel, wie ein Traum ... Ein neuer Tag, die Zeit wie Wind, Tage wie Wasser ... Erinnerungen, Seufzer, Verwirrung, große Ereignisse, Zufälle, Lächerlichkeiten ... Du siehst zwei Dinge: Das Erste ist Raum, das Zweite ist Zeit, man könnte auch sagen, Das Erste ist Tag, das Zweite ist Nacht ...

48)
Dass der Arzt Träume als eine Gefahr für die Gesundheit betrachtet, ist auch eine Krankheit.

49)
*Sie hat mir Daqianmen-Zigaretten mitgebracht, blaue Tinte Marke Guoguang, Yinjun-Tee, ein Pendel, Tigerbalsam, ein Radio, einen Federfächer und den Roman Die drei Reiche. Sie scheint mich testen zu wollen ... Doch sie liegt nicht ganz richtig, ich höre kein Radio. Meine Seele ist mein Radio, sie flüstert mir ununterbrochen ins Ohr. Wie ein Pendel kann die Vibration meiner Fußtritte sie für lange Zeit in Schwingung versetzen.
Deine Seele wird angehoben, hängt in der Luft wie ein Pendel.*

50)
Im Traum hat er gesehen, wie er rauchte, und dann hat er geraucht.

51)
Daqianmen zu rauchen habe ich von Fräulein Jiang.* Sie war aus Schanghai. Einmal kam sie von einem Heimatbesuch zurück und hatte diese Zigaretten dabei. Sie pries ihre Qualität und erzählte, sie werde ihre Familie bitten, ihr künftig jeden Monat eine Kiste zu schicken. Er mochte es, wenn sie Schanghai-Dialekt sprach. Es klingt wie Vogelzwitschern, melodisch, hell, klar und komplex. Er stellte sich ihre Zunge dünn und spitz vor. Er schien sie zu mögen, hatte aber nicht genug Zeit, sich darüber klar zu werden. Sie ging zu laut, machte zu viel Krawall, als trage sie Hufeisen unter den Schuhsohlen. Er konnte es nicht lange ertragen. In Wahrheit hatte es nichts mit dem Krach zu tun, es bedeutete nur, dass seine gelegentlich davonfliegende Seele beim Aufsteigen an den Kleidern zerrte und aus halber Höhe zu Boden fiel.

52)
Wenn er zwischen Tag und Nacht wählen könnte, würde er die Nacht wählen.

* So hieß sein erster Sicherheitsoffizier.

Wenn er zwischen Blumen und Gräser wählen könnte, würde er Gräser wählen.
Wenn er zwischen einem Menschen und einem Geist wählen könnte, würde er den Geist wählen.
Wenn er zwischen Blindheit und Taubheit wählen könnte, würde er Taubheit wählen.
Kurz gesagt, er hasste Lärm und alles, was ihn verursachte.
Auch das ist eine Krankheit, wie Farbenblindheit, zu der man von Natur aus mehr oder weniger neigt.

53)
Ein Zauberer, der sein Ziel nicht erreicht ...

54)
Wie widerlich das aussieht!
Sie sagt, das sei eine Käferschnecke.* Der Legende nach entstehe sie aus der Kreuzung zwischen einer Kröte und einer Schnecke, und sie solle gut gegen Magenkrankheiten sein. Das glaube ich, weil der Volksmund ihnen eine positive Wirkung bei unheilbaren Krankheiten zuschreibt, und weil mein kranker Magen ihnen ähnlich sieht. Vermutlich kann allein ein so grimmig aussehendes Getier meinen grimmigen Magen kurieren. Ich nehme an, sie hat den ganzen Tag nichts anderes gemacht, als in den Bergen danach zu suchen. Wahrscheinlich keine leichte Aufgabe.
<u>*Bis der Tag kühle werde und der Schatten weiche, will ich zum Myrrhenberge gehen und zum Weihrauchhügel.*</u>**

---

* Käferschnecken sind Stachelweichtiere, sie leben zwischen Felsen und Gestein und ähneln Weichpanzerschildkröten, aber ihre Außenhaut ist rauer und ekliger. Sie sind äußerst selten und haben zahlreiche heilende Eigenschaften.
** Das Hohelied Salomos 4, 6.

55)
Der Wald scheint unter dem Mondlicht zu atmen. Dann schrumpft er in sich zusammen, wird zu einer dichten Masse, immer kleiner, die Baumwipfel ragen daraus hervor. Doch dann breitet er sich aus, die Hügel hoch, kurze, niedrige Borsten auf den Hügeln, wird dunstig, ein fernes Bild ...

56)
Ich hatte plötzlich das Gefühl, mein Magen sei leer, so friedlich, als gebe es ihn nicht – so habe ich mich seit einer Ewigkeit nicht gefühlt. Immer hatte ich das Gefühl, mein Magen sei eine Jauchegrube, von einer üblen Fäulnis durchdrungen. Und nun scheint er aufgebrochen zu sein, die Luft ist entwichen, weich und locker ist er jetzt. Angeblich dauert es 24 Stunden, bis chinesische Medizin Wirkung zeigt. Doch es sind nur wenige Stunden vergangen, unglaublich!
Ein Wundermittel.

57)
Zum ersten Mal habe ich sie lachen gesehen.
Es war ein ausgesprochen zurückhaltendes Lachen, unnatürlich, ganz still und kurz. So schnell vorbei wie ein Lächeln in einem Gemälde.
Ihr Lachen zeigte, dass sie ungern lacht.
Lacht sie wirklich ungern? Oder ...

58)
<u>*Er hielt sich gern an das Sprichwort eines alten Fischers. Das Sprichwort besagte: Ein intelligenter Fisch hat viel festeres Fleisch als ein dummer Fisch, und gefährlicher ist er auch, denn der dumme Fisch frisst alles, während der intelligente Fisch den dummen frisst ...*</u>

59)
In einem weiteren Heilungsversuch gab mir der leitende Arzt eine Liste mit vorgeschriebenen Lebensmitteln: warme Reissuppe, Mantous, Tofu mit Soße. Er ließ keinen Zweifel daran, dass es ihm ernst war damit, und wies jeden an, sich exakt an die vorgeschriebene Menge zu halten. Nach meiner Erfahrung sollte ich jetzt besser Nudeln essen, und zwar mit Biss.

60)
Unser Leben ist voller falscher Ideen, die uns oft realer vorkommen als wirkliche und bewiesene Ideen.
Das liegt daran, dass sich die falschen Ideen nach innen wenden, ihr mächtiges Antlitz sieht uns unmittelbar ins Gesicht.
Wenn du einen Code entschlüsselst, bist du der Arzt und sie der Patient.

61)
Du nimmst sie auf demselben Weg mit. Vielleicht führt der Weg ins Paradies, doch vielleicht ist es für sie die Hölle. Du hast mehr zerstört, als du geschaffen hast ...

62)
Wo Glück ist, weicht das Unglück.

63)
Man könnte die Uhr nach ihr stellen. Immer kommt und geht sie pünktlich.
Sie kommt lautlos und geht ebenso still.
Ob sie dich versteht, dir gefallen will, oder ob sie immer so ist?
Ich glaube... Ich weiß es nicht.

64)
Auf einmal wünschte ich, sie käme heute nicht, dabei fürchte ich, dass sie wirklich nicht kommt.

65)
Sie macht mehr, als sie sagt, und außerdem erledigt sie alles geräuschlos wie ein Pendel. Doch ihre Art gibt ihr Macht über dich.
Aus ihrem Schweigen könnte man Gold machen.

66)
<u>*Denn Gott ist im Himmel und du auf Erden; darum lass deiner Worte wenig sein. Denn wo viel Mühe ist, da kommen Träume, und wo viele Worte sind, da hört man den Toren. Wenn du Gott ein Gelübde tust, so zögere nicht, es zu halten; denn er hat kein Gefallen an den Toren; was du gelobst, das halte. Es ist besser, du gelobst nichts, als dass du nicht hältst, was du gelobst.*
Lass nicht zu, dass dein Mund dich in Schuld bringe, und sprich vor dem Boten Gottes nicht: Es war ein Versehen. Gott könnte zürnen über deine Worte und verderben das Werk deiner Hände. Wo viel Träume sind, da ist Eitelkeit und viel Gerede.</u>***

67)
Ob sie die Bibel gelesen hat?

68)
Sie ist eine Waise!
Sie ist noch viel unglücklicher als du!
Sie ist vom Gnadenbrot der Massen groß geworden!
Sie ist eine echte Waise!
Eine Waise – ein Begriff, der dir so viel sagt.

---

*   Prediger 5, 2–7.

69)
Das ist also des Rätsels Lösung.
Sie ist eine Waise, das ist es.
Was ist eine Waise? Eine Waise hat zwei Reihen Zähne, aber eine unvollständige Zunge. Eine Waise spricht mit ihren Blicken. Eine Waise ist aus der Erde geboren (alle anderen aus dem Wasser). Das Herz einer Waise ist verwundet...

70)
Sag ihr, dass auch du ein Waisenkind bist... Ach was, wozu? Willst du ihr näherkommen? Und warum? Weil sie eine Waise ist? Oder weil... weil... weil du auf einmal so viele Fragen auf dem Herzen hast? Fragen sind die Schatten der Wünsche... Genies und Idioten haben keine Fragen, sondern nur Forderungen.

71)
Zögern ist Macht, jedoch die Macht der Gewöhnlichen. Gewöhnliche Menschen verkomplizieren die Dinge gern. Wer Codes entwickelt, weiß das, wer sie entschlüsselt, nicht.

72)
Heute ist sie eine halbe Stunde länger geblieben. Weil sie mir etwas über Pawel Korchagin vorgelesen hat, dem Helden des Romans Wie der Stahl gehärtet wurde. *Sie bezeichnet es als ihr Lieblingsbuch. Sie trage es immer bei sich und lese in jeder freien Minute darin. Heute habe ich ein wenig darin geblättert. Sie fragte mich, ob ich es kenne, und ich sagte Nein. Dann fragte sie, ob sie mir daraus vorlesen solle. Ihr Hochchinesisch ist ausgezeichnet. Sie hat einmal in der Telefonzentrale des Hauptquartiers gearbeitet, sagt sie. Vor Jahren hatte sie einmal meine Stimme am Telefon gehört...*

73)
Das ist der Unterschied – manche Leute sind auf alle Eventualitäten vorbereitet, andere nicht; man sollte sich deswegen nicht schelten.

74)
Er sah sich im Traum lesend durch hüfthohes Wasser waten. In dem Buch waren keine Worte… Hohe Wellen kamen auf, und er legte sich das Buch auf den Kopf, damit es nicht nass wurde. Als die Wellen vorüber waren, hatten sie seine Kleider mit sich fortgerissen. Er war nackt…

75)
In dieser Welt ist jeder Traum schon einmal von jedem geträumt worden.

76/77)
Er träumte zwei Träume auf einmal, einer ging nach oben, einer nach unten…*
…Er erwachte erschöpft aus seinem Traum. Als ob sein Traum ihn zu einem Stück Dreck gemacht hätte.

78)
Ein furchtbarer Sturz kann den größten Triumph auf den Kopf stellen. Muss er aber nicht.

79)
Du denkst über Dinge nach, von denen du nie geglaubt hättest, dass du dir einmal über sie den Kopf zerbrechen würdest.

---

*   Ich habe den Eindruck, dass an dieser Stelle ein paar Absätze fehlen.

80)
Dich kann man nur auf eine Weise loswerden: dich mit den eigenen Augen betrachten.

81)
Hör mal…
…ein…
…du…
…Augen…
…mehr…
…oben…
…du…*

82)
Zwei Arten von Krankheit. Die erste verursacht hauptsächlich Schmerzen, die zweite verursacht hauptsächlich Träume. Die erste lässt sich mit Medikamenten behandeln, die zweite ebenfalls. Aber die Medizin steckt in den Träumen. Von der ersten Krankheit kann man sich erholen. Die zweite röstet dich.

83)
Du träumst, wach auf!
Du träumst, wach nicht auf!

84/85)
Hör zu, diesmal wird er nicht wieder etwas schreiben und dann ausstreichen, er…**
…Herzklopfen, wie ein Apfelbaum unter den wilden Bäumen***, wie die Lilie im Dornbusch.

* Was er hier geschrieben hatte, war ausradiert. Ich konnte nur einzelne Worte ausmachen.
** Hier fehlt offenbar etwas.
*** Das Hohelied Salomos 2,3.

86)
Das Symbol deines Lebens verlischt, wie ein Insekt, das von einem anderen verschlungen wird.

87)
Ein Käfig, der auf einen Vogel wartet...

89)
Ein Vogel!

90)
Hat er noch nicht genug gekämpft? Ein Käfig, der auf einen Vogel wartet, letztlich... *

Ein Blick in dieses Notizbuch genügt, um festzustellen, wie ungeordnet die Einträge sind, doch man kann problemlos herauslesen, wie Rong Jinzhens Zuneigung zu Xiao Zhai wuchs. Vor allem in den späteren Einträgen treten seine Gefühle deutlich zutage. Ich nehme an, dass seine Frau die Stellen entfernt hat, die von emotionalen Dingen handeln. Vermutlich waren sie noch undurchsichtiger als der Rest. Ich hatte sie gefragt, ob Rong Jinzhen ihr gegenüber jemals von seinen Gefühlen für sie gesprochen habe, und ihre Antwort war Nein gewesen. Doch dann wandte sie ein, dass er das vielleicht doch getan habe, nur eben auf seine eigene Weise.
Ich fragte sie, was sie damit meine, aber sie zögerte mit der Antwort. Schließlich sagte sie, er habe nicht seine eigenen Worte gebraucht, sondern Zitate aus dem Hohelied Salomos, vor allem Vers 4. Ich schlug das Zitat nach, um zu wissen, worum es sich handelte. Es kann nur das gewesen sein:

---

*   Ab hier fehlen einige Seiten, ich weiß nicht, wie viele.

Erwache, Nord, und komm, o Süd, durchwehe meinen Garten, dass sein Balsamduft ströme! Es komme mein Geliebter in seinen Garten und genieße seine köstlichen Früchte.

Da es sich um private Details zu ihrer Beziehung handelte, kann ich ihr keinen Vorwurf machen, dass sie diese Teile entfernt hat. Ich hätte gerne mehr über diese Beziehung gewusst, weil so viel Unausgesprochenes dahinter steht, so vieles im Verborgenen geblieben ist. Man könnte dieses Notizbuch als einen Code lesen, in dem ihre Beziehung verschlüsselt ist.

Ich muss sagen, dass ich über Rong Jinzhen, was seine Begabung und seine Tätigkeit als Kryptoanalytiker angeht, genug herausgefunden habe. Doch was seine Empfindungen betrifft, die Beziehung zu seiner Frau zum Beispiel, werde ich wohl für immer im Dunkeln tappen. Was ich dazu an Informationen habe, ist unvollständig, mir fehlen wichtige Puzzleteile. Meine Nase sagt mir, dass es im Interesse gewisser Leute liegt, diese Seite Rong Jinzhens nicht nach außen dringen zu lassen, als könne ihm dadurch etwas von seinem Glanz genommen werden. Vielleicht geziemt es sich für jemanden wie Rong Jinzhen nicht, Gefühle zu haben, liebevolle, zärtliche, freundschaftliche. Da er sie nicht haben sollte, hat er sie möglicherweise von vornherein erstickt, und wenn ihm das selbst nicht gelingen wollte, haben andere dafür gesorgt. So muss es gewesen sein.

Nach den Worten seiner Frau kam er am Nachmittag des dritten Tages nach seiner Entlassung aus dem Krankenhaus in ihr Büro, um das Notizbuch bei ihr abzugeben. Es gehörte zu ihren Aufgaben als Sicherheitsoffizier, den Inhalt jedes Notizbuchs zu überprüfen, ob Seiten fehlten, zum Beispiel. Als er ihr das Heft zur Inspektion überreichte, sagte er: »In diesem Heft stehen einige Dinge, die nichts mit meiner Arbeit zu tun haben, sondern nur mit mir persönlich. Wenn Sie mehr über mich erfahren möchten, sollten Sie es lesen. Ich hoffe, dass Sie es lesen werden und mir etwas dazu sagen.«

Sie erzählte mir, dass es bereits dunkel war, als sie das Notizbuch fertig gelesen hatte. Als sie im Dunkeln auf ihr Zimmer gehen wollte, lenkten ihre Schritte sie stattdessen wie ein Gespenst in Richtung von Rong Jinzhens Zimmer. Xiao Zhai wohnte in Haus 33, während Rong Jinzhen im Gebäude für die Experten schlief. Die beiden Häuser gibt es noch. Das Erstere ist aus rotem Backstein und dreigeschossig, das Zweite hat zwei Stockwerke und ist aus grünlichem Backstein. Ich stand einmal vor diesem Gebäude und sehe es jetzt deutlich vor mir. In Gedanken höre ich wieder, wie sie erzählt: »Als ich in sein Zimmer kam, blickte er mich nur an und sagte kein Wort. Er selbst saß, aber er bot mir nicht an, Platz zu nehmen. Ich stand vor ihm und sagte, dass ich das Notizbuch gelesen hätte. Er bat mich, weiterzureden. Ich sagte: ›Lass mich deine Frau werden.‹ Und er sagte: ›Gut.‹ Drei Tage später haben wir geheiratet.«

So einfach war das, wie im Märchen. Kaum zu glauben.

Sie erzählte mir das alles ohne jede Gefühlsregung, ohne Trauer oder Freude oder Staunen, als ob ihre Erinnerungen frei davon wären und sie von einem Traum erzählte. Schwer zu sagen, wie sie sich damals gefühlt haben muss, oder wie sie heute darüber denkt. Mit gewisser Vermessenheit fragte ich sie deshalb ganz direkt, ob sie Rong Jinzhen liebe. Das war ihre Antwort: »Ich liebe ihn so, wie ich mein Vaterland liebe.«

Ich fragte weiter: »Soweit ich weiß, kam SCHWARZ schon kurz nach Ihrer Hochzeit in Gebrauch, richtig?«

»Stimmt.«

»Und von da an war er selten zu Hause, oder?«

»Stimmt.«

»Glauben Sie, dass er die Ehe mit Ihnen bereut hat?«

»Ja.«

»Und Sie, haben Sie sie bereut?«
Die Frage schien sie zu überraschen. Sie riss die Augen auf und starrte mich an. »Bereuen? Könnte man es bereuen, sein Vaterland zu lieben? Niemals!«
Und auf einmal sah ich ihre Augen feucht werden, als würde sie jeden Augenblick zu weinen anfangen.

Begonnen im Juli 1991 in Peking, Weigongcun
Beendet im August 2002 in Chengdu, Luojianian

Originaltitel: Jiemi
Originalverlag: China Youth Publishing Group, Peking, 2002

Die Arbeit der Übersetzerin wurde gefördert vom Deutschen Übersetzerfonds e.V.

Der Verlag dankt dem Zhejiang Literature & Art Publishing House für die finanzielle Unterstützung dieses Projekts.

Verlagsgruppe Random House FSC® N001967
Das für dieses Buch verwendete FSC®-zertifizierte Papier
Munken Premium Cream liefert Arctic Paper Munkedals AB, Schweden.

1. Auflage
Copyright © 2002 by Mai Jia
Copyright © der deutschsprachigen Ausgabe
2015 by Deutsche Verlags-Anstalt, München,
in der Verlagsgruppe Random House GmbH
Alle Rechte vorbehalten
Gestaltung und Satz: DVA/Brigitte Müller
Gesetzt aus der Minion
Druck und Bindung: GGP Media GmbH, Pößneck,
Printed in Germany
ISBN 978-3-421-04671-0

www.dva.de